Le passage du SS

Catherine Paysan

Le passage du SS

ROMAN

Albin Michel

22, rue Huyghens, 75014 Paris

ISBN : 2-226-08875-X

Ce livre est dédié à l'homme et la femme dont je suis née et qui ne sont plus, et à tous ceux et celles qui ont traversé avec moi la période difficile des années 39-45.

AMOR, Amor, Amor.

Au-dessus des lambris en pin des Landes travaillés par les ferments du salpêtre ayant proliféré jusqu'à leur éclatement, depuis ces quatre années d'occupation, de guerre, pour transformer en salle de bal l'endroit qui avait peut-être été dortoir sinistre, entassement de chair malade, épuisée, de chair esclave, bloc à châlits superposés pour les prisonnières russes préposées à la tenue de la ferme du camp, l'élevage des porcs, de la volaille, au profit des soldats de la VIIe armée allemande stationnée dans la région du Mans, les hommes de Patton avaient accroché des miroirs. De hauts et longs miroirs hissant en chaîne leur verticalité insolite de pièces d'eau, de fragments d'icebergs comme taillés dans le vif, puis laminés minutieusement au couteau, avant encadrement et dans lesquels, par les feux soudains d'un vieux plafonnier rétro, toutes lampes allumées, arrachés qu'ils venaient d'être à leur nuit polaire, je découvrais mon reflet accolé à celui de quelqu'un d'autre.

La scène se passait au début de l'hiver 1944, au camp militaire d'Auvours. Admise en classe de philosophie-lettres après avoir été reçue à la première partie de bac et même avoir, dans la foulée du débarquement de Normandie, décroché le prix d'excellence, pour la première fois de ma vie ou presque, je dansais avec un homme. Un garçon yankee. Un Américain.

Jusqu'ici quand j'avais dansé (j'aimais danser, ce glissement délicieux, irréfléchi du corps qui tout à coup se met en branle à la recherche d'un équilibre nouveau, cette tâtonnante mise sur orbite à deux, d'étoiles de chair, dans le sillage de la musique, de son soleil) ç'avait pratiquement toujours été avec les copines de l'internat et en cachette. Quand, prenant prétexte auprès des surveillantes, d'avoir à cirer nos chaussures, le soir, après souper, nous nous glissions à la cordonnerie. Une manière de petit hall vitré, débouchant par un escalier à perron sur les vastes jardins potagers de l'ancienne école normale d'instituteurs où nous avions dû émigrer dans le quartier dit des Maillets, à la périphérie nord de la ville parce que les Allemands occupaient, dans le centre, à la lisière du parc de la Préfecture, ce qui avait été notre établissement, notre joli lycée de jeunes filles du Mans.

Une sacrée partie de plaisir, l'escapade à la cordonnerie ! Histoire de voler à la rigueur du sort, celle de la discipline, dix minutes de bon temps, en braillant a cappella *Le Plus Beau de tous les Tangos du monde* ou quelque grand air du même tonneau. De fignoler sur le pavage, prétendument osée, prétendument lascive, l'arabesque argentine. De donner des ailes à la pesanteur de nos richelieux en faux cuir, à semelles de bois, à nos sandalettes à lanières, taillées dans des chutes de feutre à chapeaux ou de toile à draps. Histoire de serrer contre soi la copine ou de se laisser serrer par elle comme si on était, ou qu'elle était, le prince charmant. L'irrésistible bateleur gominé de l'île de Beauté, l'œil passé au khôl, la voix, elle, au miel, la guitare de même. Le prénommé Tino qui nous faisait fondre comme du beurre. En bref, le susurrant séducteur impeccable et méditerranéen de service comme on n'en fait plus.

Amor, Amor, Amor...

C'était un saxophone je crois, son voluptueux débit nasillard soutenu par la complicité de celui de la trompette bouchée, et d'une batterie, à moins qu'il ne se fût agi d'une manière de xylophone, à cause de cet éclatement de sons liquides et ronds, de leur percussion de gouttes d'eau sur un clavier de cuivre qui, sur un parquet glissant, fraîchement raboté, fraîchement passé à la cire, me faisait chalouper, et comme malgré moi, dans les bras d'un GI.

Tout comme malgré moi et, pour la première fois de ma vie aussi, la veille ou l'avant-veille de mes dix-sept ans, deux mois après le débarquement des Alliés en Normandie, du côté de Sainte-Mère-Église, sous les brumes opaques presque irrespirables de moiteur d'un 6 juin qui ferait date dans l'avenir du monde, alors que sous la pression de l'armée de Patton, il battait en retraite en direction de Chartres avec sa division, j'avais été embrassée sans crier gare, mais sans réelle violence non plus, par un lieutenant de la Waffen SS.

Quelque chose comme la foudre qui vous éclaterait en pleine figure. Le trou noir dans lequel on tombe alors qu'on imaginait marcher en terrain ferme. En même temps rien d'irréparable pourtant. Tout juste, dans l'affaire, patiemment reliées les unes aux autres par Maman avec du fil, les paillettes bleues d'un de mes petits pendants d'oreilles de jeune fille, leur pacotille écrasée sous, m'immobilisant nuque au mur, une main gauche, ornée, à l'annulaire, du lourd anneau barbare à l'insigne des militaires nazis : os croisés, tête de mort, ponctuée, celle-là, d'un rubis enchâssé en plein crâne. Un terrifiant travail de joaillerie macabre à l'aune du national-socialisme et voilà tout ! Pour le reste aucune brutalité particulière. Aucun viol à la clef, scène de dépucelage sanglant à la Callot puis c'est la mise à mort systématique de la suppliciée après orgasme de l'éventreur.

Non. A peine le temps de la stupeur. Celui de la peur et voilà tout.

Simplement, inopinément, à cause de cette main gauche toujours, me contraignant à livrer mon visage sur fond de tapisserie de papier gris parcouru de grappes de fleurs orangées, de baies d'alisiers, la pression d'une bouche décidée à ouvrir la mienne. Y mettant sinon de la douceur, mais une espèce de patience, de détermination à vaincre un refus qu'elle avait visiblement décidé de prendre moins pour de l'aversion, que de la pudeur. Simplement encore une fois, le baiser subi, imposé (une sensation surprenante d'élasticité, de chaleur que cette bouche, que ces dents travaillant à desserrer les miennes, que l'approche souple, reptilienne de cette langue de fumeur aux relents de tabac d'Orient), mon raidissement de bête piégée, coincée entre la cloison et son corps à lui et puis encore, ce silence que j'avais observé après cela. Le grave silence de qui se sait livré à merci et le sérieux (mon sérieux) devant les choses de la vie, leurs ambiguïtés, leurs dangers, leurs enjeux, avouables ou non. Tout cela, derrière mes fragiles lunettes, inscrit, depuis toujours, dans mes yeux bleus étroits de myope, ceux de ma petite enfance face à l'objectif du photographe chargé de fixer mon image de bébé, puis de fillette endimanchée. Face au regard des autres, bêtes et gens. Mon fameux sérieux, réputé intimidant, jusque pour les hommes qui m'auront pour de bon approchée, aimée et qui, le décontenançant lui-même, sans doute, lui avait fait lâcher prise, me laisser quitter la pièce où nous nous trouvions, à l'étage de la maison d'école, redescendre l'escalier pour rejoindre mes parents à la cuisine comme si de rien n'était.

Comme si j'avais rêvé.

Rêvé ce battement des artères à hauteur de tempes, cette sueur acide au creux des paumes, le long du dos. Rêvé cette boucle d'oreille écrasée, m'obligeant à retirer précipitamment l'autre, à inventer dans la seconde, au pied levé, un mensonge à l'intention de Maman. Que je les avais perdues le jour précédent sans m'en rendre compte en descendant à fond de train la côte à vélo me ramenant de la ferme du Petit-Houx, celle du maire, où nous nous fournissions une fois par semaine en fromage blanc et que c'était par habitude qu'elle avait cru me les voir aux oreilles ce matin quand j'avais dû monter porter, sur ses ordres de la veille au soir, son café au lieutenant SS. Rêvé cette odeur pénétrante, offusquante, de tabac turc dans mes narines, sur mes lèvres. Cette tiédeur de grand animal humain en bras de chemise mollement déboutonnée au col, occupant ma chambre que j'avais dû quitter pour lui faire la place, aller dormir dans notre maison d'à côté et qui s'y tenait pour l'heure, tête nue, littéralement au saut du lit, comme s'il avait été chez lui, là-bas, en permission en Allemagne alors qu'il bivouaquait sous notre toit en attendant on ne savait quels ordres de repli ou au contraire de résistance sur place à la progression de la IIIe armée américaine. Et alors, si c'était le cas, ici, tout serait mis à feu et à sang ! Rêvé cette tentative de rapprochement fortuit entre lui et moi. De consentement de ma part à l'un de ces accouplements, une de ces pariades furtives dont il convient de ne garder ensuite aucune mémoire. De la traiter comme un coup de vin, un coup de gnole qu'on a sifflé au passage parce que la bouteille était là, un point c'est tout. Encore qu'il y eût eu, curieusement dans son regard, très attentif, très concentré, chevillé au mien, jusque dans son comportement même : ainsi quand il m'avait ôté le plateau de son petit déjeuner, qu'il avait fixé à huit heures, après avoir, la veille au soir, remis à ma mère du café, pour le poser lui-même sur la table ronde où son revolver voisinait avec son paquet de cigarettes, un gilet de corps en jersey épais d'une teinte sableuse, un gros calepin noir, un réveille-matin et puis encore dans l'esquisse de sourire qu'il m'avait jeté en me demandant mon âge, mon prénom, aussi pour me féliciter de posséder quelques bons rudiments de langue allemande qui lui avaient facilité à la mairie le problème de la réquisition des chambres dans le pays, quelque chose d'autre, en effet. D'autant plus insolite, de plus fascinant ce quelque chose que la situation, s'il le voulait, lui donnait entièrement barre sur moi. A moins que j'eusse rêvé cela encore, plus que tout le reste. Rêvé, stupéfiante de sa part, cette attitude qui consistait à chercher à entrer en familiarité avec moi. A m'inciter, ne fût-ce que pour quelques heures, quelques jours peut-être, entre deux phases de combat, leur rituel de violence, de tuerie, à jouer avec lui, sur fond d'apocalypse, le jeu d'une intimité charnelle, tranquillement acceptée, quasi domestique. Dans le cadre, pourquoi pas, de ma propre chambre. Où tout m'était connu, rassurant : le vieux canapé second Empire de Marthe ma mère où il avait jeté sa veste de militaire, sa casquette, une carte d'état-major, l'armoire à glace en noyer de ma grand-mère défunte, l'encrier en poterie de Malicorne en forme de cœur, le vide-poches de la commode, les calendriers d'avant-guerre figurant les côtes de Sicile et la pointe du Raz accrochés aux murs avec le crucifix de ma communion, le store crocheté à la main, sa dégringolade de roses et de papillons en coton mercerisé devant la haute fenêtre vétuste, le lit de fer peint imitation loupe d'orme (une horreur à laquelle j'avais dû me faire après que le lit de ma grand-mère en noyer comme l'armoire dans lequel j'avais dormi jusqu'à la débâcle de 1940 avait été généreusement prêté par mes parents à un couple de réfugiés du Nord) et dans lequel il eût suffi, apparemment, que je me glissasse en sa compagnie, comme pour m'y sentir avec lui de nouveau chez moi. Tout cela apparemment d'une simplicité effarante et comme coulant de source !

Bien sûr, personne n'ignorait plus en cette fin de juillet 44, que les Alliés, après un temps d'incertitude, de noyaux de résistance allemande acharnée à vaincre ou à contourner pour avancer, gagnaient du terrain. Que l'inexpugnable Grand Reich tremblait sur ses assises. Et pas seulement du côté de la Volga, du Niémen, de l'Afrique du Nord, de la Sicile mais ici, dans ce qui constituait les terroirs de Normandie et d'Armor, ceux du Maine.

Édifié par la main-d'œuvre polonaise et russe, jusqu'à ce qu'elle en crève, ensuite, à partir de 43, sous la férule impitoyable de Fritz Sauckel, ç'avait été le tour des jeunes Français soumis au STO de lui succéder dans le cadre de l'organisation Todt, le mur, le fameux mur de l'Atlantique contre lequel toute tentative de débarquement anglo-saxon devait forcément se briser, avait cédé. L'incapacité stratégique et technique, l'absence de véritable esprit de sacrifice des troupes anglaises et yankees, la décadence de leurs mœurs avilies par la juiverie régnante dont les journaux collabos avaient fait des gorges chaudes après l'échec du débarquement de Dieppe en 42 d'un commando canadien amphibie, avaient cessé désormais de faire long feu. L'impossible, au prix d'une mise sur pied sans précédent de machines et de matériel de guerre, d'une mobilisation, de même, des énergies et des cerveaux, d'un génie de l'organisation, appelé Dwight Eisenhower, de la pugnacité de Churchill venait d'arriver.

Ici, dans le Maine, outre les nouvelles distillées par Radio Londres annonçant la reddition des villes normandes : Caen, Bayeux, Saint-Lô, Carentan, celle des ports, certains pris à revers, envahis par les terres, ainsi de Saint-Malo dont on disait que les Malouins restés sur place s'y débattaient sous les gravats d'une cité en flammes avec leurs malades et leurs morts, avec ce qui y demeurait de troupes allemandes retranchées dans le fort d'Alep et l'île de Cézembre et refusant de se rendre, d'autres nouvelles circulaient d'ordre local, sur le recul des divisions hitlériennes à travers la campagne sarthoise, à la lisière de l'Orne du Sud et des forêts du Perche-Gouet.

Murmurées, ces nouvelles-là, à la mairie, comme au café-épicerie, entre une demande de fiche d'état civil et l'achat d'une demi-livre de café de glands, d'un ton neutre comme s'il se fût agi de tout et de rien. De la pluie et du beau temps si nécessaires d'ailleurs, l'une comme l'autre, pour espérer, en situation de pénurie sévère, de ne pas mourir de faim en cultivant son jardin, à condition d'au moins en avoir un, ou bien encore de la bonne mine qu'avait retrouvée une voisine après une jaunisse et puis encore, et puis encore... Au bout de quatre ans de soumission plus ou moins résignée à la condition humiliante des pays vaincus, à un régime de délation, de persécution raciale, de spoliation à tous azimuts cautionné par Vichy, un art du bouche à oreille, de la conversation à mots couverts, du renseignement entre quatre z'yeux, porté à son paroxysme. Ainsi, une matinée avait suffi pour qu'on fût au courant du passage, au village de Saint-Aignan, situé en pleine campagne à deux bonnes heures de marche à pied de chez nous, d'une compagnie de militaires soviétiques de l'armée de Vlassov combattant sous bannière nazie.

Levés à la pointe de l'aube, pour la traite de leurs vaches au pré, un couple de vieux fermiers avait tout à coup vu, émerger au-dessus d'une haie de ronciers, dans les miaulements d'essieux, le renâclement des chevaux de trait, les faciès quasi mongols d'une bande de soldats d'origine asiatique. Enfin, à ce qu'il leur avait paru. A moins qu'il ne se fût agi d'Ukrainiens mobilisés de gré ou de force pour le compte de l'Allemagne et que les hasards et les nécessités de la guerre avaient conduits des rives du Don, aux côtes de la Manche. Et maintenant, livrés à eux-mêmes, abandonnés à leur sort de soudards de raccroc, de mercenaires volontaires ou non par leurs officiers ou sous-officiers d'encadrement allemands dépassés par les événements, indécis qu'ils étaient sur le chemin à prendre pour rejoindre l'Ile-de-France dans le sillage des divisions germaines rabattant vers Paris, ils trimardaient en chariots à travers le bocage manceau sous les brumes duveteuses, volatiles, gorgées de soleil rose d'une aube de plein été.

Sous un clair de lune ardent, crémeux, qui les aimantait, un de ces clairs de lune fiévreux où le scintillement de la moindre coulée de ruisseau, sa giclée d'eau nocturne entre les peupliers, entre les saules, atteint la luisance d'une peau d'anguille, d'un souple arrière-train de sirène affalée sur le ventre, tête enfouie dans l'inextricabilité des roseaux, ils avaient, sans discontinuer, roulé des heures. Au sortir de l'Orne, de ses forêts d'Écouves, celle de Bellême, de Raynaud, ils avaient traversé des bourgs endormis ou qui feignaient de l'être à leur passage de redoutable horde noctambule, de soudards nomades aux abois. Pour leur tenir compagnie, veiller sur eux autant que pour maîtriser leur propension à la violence, au pillage, il ne leur restait que cette lune à son zénith ! Ce faciès rond et plat, fardé d'or en fusion de déesse Aphrodite et mère, d'inaccessible catin royale et sauvage multipliant, carrefour après carrefour, tournant après tournant, les rendez-vous avec eux. Avec l'errance.

Il faisait jour et c'était l'heure somptueuse, guérisseuse entre toutes, du soleil levant quand ils avaient fait leur entrée à Saint-Aignan, investi son petit bassin fertile, dominé sur fond de collines par les hauteurs d'un autre village, celui de Sables et de son clocher d'église. Alors qu'à l'habitude, dans les pays armoricains ou normands, il est immanquablement flèche, poinçon aigu, avait-ce été alors, hypnotisante, rassurante pour eux, l'apparition insolite de son clocher quadrangulaire et bulbeux à l'orientale, leur rappelant les terres russes qui les avait pacifiés ? Les y ramenant ce matin-là à leur insu. Comme si, jamais, depuis deux ou trois ans qu'ils trimardaient au service de l'Allemagne, rien, ni le temps ni l'espace, ne les en eût jamais séparés. Mais, alors qu'aussi les femmes, craignant d'eux le pire, s'étaient jetées par l'arrière des jardins, celui des cours, vers les champs, ils avaient traversé Saint-Aignan, sans chaparder ni molester personne. Sans même s'arrêter. A croire que dans leur hâte d'en finir avec cette bourgade étrangère, avec le dernier coup de collier à fournir pour atteindre en sommet de raidillon, le havre du sol natal, rien n'eût plus désormais compté pour eux, que ce mirage. Que ce clocher !

Là-haut, à portée de main, de botte rongée d'usure, la première isba. Son capuchon de seigle. Sa somnolence de vieillarde accroupie à même les éteules dans l'épaisseur de ses jupons, de ses châles. Enfin, le grouillement du premier troupeau d'oies, son bouquet de gros reptiles blancs, de serpents à plumes palmipèdes promenant en lisière de taïga, dans le gris des friches piquetées de chardons bleus, son irascibilité majestueuse ! Enfin, la colonnade à l'infini des bouleaux, leur luisance argentifère, entre lesquels, enfants de moujiks, de pêcheurs de carpes, d'écrevisses, de mineurs, de terrassiers, gamins trapus et rustauds, ils avaient tant joué à se défier, à se battre, à se réconcilier ! Enfin, le regard de la mère, de la femme, du fils, de la fille, de nouveau posé sur eux, un regard à la mesure de tous les pardons, de toutes les attentes ! Enfin, le retour aux sources, avec, à la clef, le jugement de Dieu !

Quoi qu'il en serait de leur destin par la suite, à Saint-Aignan, on ne saurait jamais rien d'eux. Les habitants du hameau de Sables pas davantage. Les voyant à leur tour, non sans crainte, surgir agrippés, avec armes et bagages, carrioles et chevaux, à la raideur d'une côte, les menant jusqu'à eux ; déboucher sur l'espèce de terrasse constituant avec deux ou trois fermes, l'église et son cimetière, avec l'école, le plus gros de leur communauté paysanne sans défense. Continuer leur chemin en se parlant entre eux dans une langue inconnue, d'une voix basse aux intonations rauques, désenchantées, comme s'ils venaient de constater qu'ils s'étaient trompés. Que c'était, ici comme ailleurs, toujours et encore, le désert autour d'eux. Comme ça l'était depuis qu'ils se traînaient, qu'on les traînait, à la remorque de l'aventure hitlérienne, avec promesse plus ou moins fallacieuse que le bolchevisme terrassé, ils y gagneraient la liberté. Que cette bourgade, ses closeries silencieuses et pauvres, peuplées de poules furtives, de chiens hirsutes, pareillement d'enfants, avec leurs mares dorées de grands pans de soleil levant, leurs palissades délimitant des potagers plantés de choux, de haricots-rames, leurs vergers à pommiers à cidre, et ce clocher surtout, son turban d'émail bleu cloisonné à cette heure de fine lumière blonde n'aient été qu'illusion d'optique, née, moins d'un phénomène de réfraction à travers des épaisseurs de brume chaude que de leur extrême fatigue. De leur extrême désemparement.

Aussi, bizarrement encore une fois, négligeant de faire halte, d'exiger à manger, à boire, de l'eau-de-vie, du pain, des femmes, tournant du même coup le dos à cette église ayant sans doute déçu leur espérance, dont le chevet leur indiquait pourtant la direction de l'est qui était la bonne, ils avaient continué droit devant eux, vers le sud comme si au-delà de la route de Ballon, celle du Mans, ils cherchaient la Loire. Avec elle, Tours, Orléans, et puis encore la Bourgogne, Pontarlier, la Suisse. A moins qu'égarés pour de bon, conscients de l'être, de leur état d'épaves, de soldats esclaves d'une armée en déroute où on les avait toujours méprisés, ils n'aient décidé, sachant les Alliés à leurs trousses, de tourner en rond, de se laisser capturer le plus vite possible, pour en finir d'une manière ou d'une autre avec les malentendus, les convulsions, les violences d'une guerre de conquête de toute l'Europe au profit de l'Allemagne les ayant plus ou moins sauvagement éradiqués et les entraînant jusqu'à Cherbourg, jusqu'à Caen. Dépouillés littéralement d'eux-mêmes.

Au demeurant, qu'une année plus tard, après la chute de Berlin, la redistribution des terres en Europe, celle des ethnies, après Yalta, après Postdam, ils aient déjà disparu dans les combats ultimes livrés par Guderian, dans les Ardennes, ou en Prusse, ou que, faits prisonniers par les Alliés, ils aient été rendus à l'Union soviétique où ils seraient fusillés sur ordre de Staline, quand ils étaient passés à Saint-Aignan, à Sables, la mort était déjà sur eux, comme on dit. Leur collant, mètre après mètre, aux talons, à la peau. Jusqu'à cet éclat d'obus qui leur ferait péter le crâne, cette rafale de mitraillette les déchirant au ventre, cette fusillade en rang d'oignons, dos à la fosse commune, les rayant de la carte du monde, là-bas entre Dniepr et Volga, Arménie et Ouzbékistan.

Dans le même temps, ici, dans le prolongement de Bonnétable, chef-lieu du canton, des soldats de la Wehrmacht traversaient à pied notre village d'Aulaines en direction de la Beauce. C'était toujours à peu près au même point d'incurvation de la route qui nous les avait cachés jusque-là, qu'à mes parents et moi, ils apparaissaient par petites escouades exténuées, taciturnes, le casque suspendu au ceinturon leur ballottant le long de la cuisse, la botte lourde, la visière du calot enfoncée jusqu'aux yeux ou au contraire tête nue, après qu'ils l'avaient passé, pour s'en débarrasser à cause de la chaleur, sous l'épaulette de leur veste fripée par les combats, les nuits de marche forcée, les haltes de fortune pour quelques heures de sommeil animal, sans mémoire, cauchemardesque dans la paille des granges, l'herbe râpeuse des fossés, celle des éteules leur déchirant la peau, les vêtements, à la lisière d'un bois qui leur cachait, un temps, le reste du monde. Ce monde qui semblait vouloir pour de bon cesser de leur appartenir alors qu'ils avaient cru le mettre à genoux.

Certains allant droit devant eux, machinalement et sans chef de section pour les maintenir en rang, leur donner une apparence de bon ordre, de discipline militaire inaltérable, d'autres se repliant sous la direction d'un sergent ayant reçu consigne de les conduire vers Orléans ou Paris jusqu'à un lieu de rassemblement qui permettrait de reconstituer peut-être une armée, survivants de bataillons d'infanterie, d'artillerie, dispersés, ayant tenté d'appuyer, finalement sans succès, les blindés du front occidental, après avoir essuyé toutes sortes de revers qui les avaient à la fois stupéfiés et humiliés, tous quand ils passaient sous nos fenêtres avaient déjà beaucoup marché, eu faim et soif, vu leurs camarades de combat tomber à leur côté, mourir brûlés vifs ou sous les décombres.

Quant aux ports de la Manche, avec eux les villes de l'intérieur, où ils avaient parfois assez longtemps tenu quartier et même à l'occasion pris des habitudes : celle d'aller boire une bière le soir en dehors de leur caserne, de leur cantonnement, à la même auberge où l'on avait fini par les connaître, leur adresser la parole, celle de s'y asseoir devant la même fenêtre donnant sur la luxuriance d'un rosier grimpant, d'une glycine qui leur plaisait, celle encore de retrouver au bordel s'il y en avait un, ou tout bonnement chez elle, pour une petite heure, la même femme vénale ou non (car des amours, des liaisons qui y ressemblaient, ils en avaient parfois noué avec une fille d'Ouche, du Cotentin qui leur donnait du bonheur en les laissant taquiner sous la jupe la tiédeur d'une jarretelle ; qu'ils aimaient à tenir contre eux sur leurs genoux en fumant un mince cigare et en lui chantant en allemand quelque vieux refrain de chez eux qu'ils lui traduisaient par bribes et, où il était presque toujours question de moulins à roue au bord de ruisseaux clairs, de servantes énamourées succombant aux ardeurs de nobles et beaux cavaliers de passage), ils les avaient vus, combat après combat de rue, pilonnage après pilonnage de côtes, de baies, d'usines, de gares, d'aérodromes, de grands axes routiers, s'écrouler quartier après quartier. Bayeux, Coutances et puis Saint-Lô et puis Falaise et puis Caen. Après celui de Stalingrad, l'apocalypse, le chaos de Normandie. Le crépuscule des Dieux. Avec du vrai sang allemand versé. De la vraie terreur allemande. Celle qui tord les boyaux, fait vomir ou chier dans le froc quand, collé au sol à plat ventre au milieu des monotonies céréalières de la plaine de Caen qui prennent feu, on essuie, à même les blés où les corps tentent de s'ouvrir un gîte, un terrier, le mitraillage en rase-mottes d'un Hariett de chasse décidé à faire son office d'épervier monstrueux, de dragon d'acier crachant la mort par éructation systématique, implacable, régulière.

A ceux d'entre eux qui passaient par ici, avaient survécu à l'enfer normand, vastes et sauvagement accidentées, riches en sources, en carrières de schiste ou de grès, en gibier, les forêts de l'Alençonnais, du Perche, du Saosnois, de la Sarthe du Nord, quand ils les avaient traversées, avaient été plus clémentes. Leur dispensant, sous la haute gravité de leur luxuriance d'arbres centenaires, de longs couloirs protecteurs, des pistes déferlantes comme étroitement ouvertes au couteau dans l'épaisseur des humus gras collant aux rives des lits des ruisseaux qu'ils suivaient. Avec, au-dessus de leurs têtes bourdonnantes d'anxiété et de fatigue de soldats germains en rupture de conquête, la multiplication de l'appareil ligneux des hêtres et des chênes, leurs clefs de voûte.

Ainsi, travée par travée, arcature après arcature de nef arborescente animée de mouvements vibratiles, fourmillante de menus reptiles, d'insectes et d'oiseaux, à la rencontre de la mort qu'ils donneraient encore ou qui les attendait à leur tour dans les ultimes combats qu'on leur ferait livrer entre la Meuse et la Spree, jusqu'à la reddition de Berlin, avançaient-ils alors comme dans les églises, quand, après les violences de la lumière et le fracas des rues (ici, terrifiants, ceux des combats) l'ombre qui tout à coup vous submerge, le silence qui vous prend au collet, apaisent en vous les tumultes, et vous flottez comme sur une eau calme, fœtale, nourricière et la prière naïve de l'enfance vous remonte aux lèvres. Celle qui dit que le Seigneur est parfait en toutes choses, que pour vous avoir créé à son image, Il espère de vous que vous tendiez vers le bien, ne leviez le glaive contre quiconque, n'écoutiez que la voix des anges et ainsi de suite. Et voilà que c'est comme si, et quoi qu'il vous arrive désormais, pour avoir été en prise une seconde, avec l'éternité, l'éternité de l'innocence retrouvée, vous n'aviez jamais été soldat. Jamais n'aviez été lancé, d'enthousiasme ou non, dans l'aventure d'une de ces guerres hideuses, perpétueuses de génocides, déshonorant périodiquement à travers un peuple (ici, le vôtre) l'humanité entière. Et c'est comme si, par la suite, toute honte bue, toute peine endurée, à cause de ces quelques secondes d'état de grâce éprouvé fortuitement dans la cathédrale des arbres, vous gardiez vos chances de sauver votre âme.

Pour ce qui était de nous, qui les voyions passer au ras de nos fenêtres, ivres de fatigue et l'amertume leur collant au visage un masque aux traits figés, nous tenir cois ! Derrière les murs de nos maisons basses d'artisans, de journaliers endiguant le flot de leur retraite silencieuse, démoralisée, quatre ans après leur entrée victorieuse, musique en tête (et certains alors, avaient levé le bras vers nous en criant : demain, Angleterre), tâcher de nous faire oublier. Feindre d'ignorer les raisons de leur recul par groupes hétéroclites de fantassins, de sapeurs, de conducteurs de blindés, tournant le dos, toutes armes confondues, à leur défaite de Normandie, s'essayant à gagner l'Ile-de-France, au-delà de la Champagne ou bien encore les Flandres, dans l'espoir, sous le commandement de von Keitel, de barrer les routes de l'Allemagne aux Alliés. Après les avoir si longtemps endurés au point qu'on avait souvent douté, qu'un jour, ils seraient contraints de desserrer leur étreinte, jouer le jeu de vaquer à nos occupations coutumières : jardinage, cuisine, lessive, ferrage des chevaux de trait, moisson, comme si de rien n'était. Que cet afflux de soldats ne fût rien d'autre que le signe de manœuvres de routine décidées par l'état-major des armées de l'Ouest. Ignorer ce regard surtout, parfois singulièrement absent, émoussé, que certains, comme frappés d'une demi-cécité, par excès de harassement, promenaient machinalement sur les façades de nos pauvres logis ternes, frileusement accolés les uns aux autres ; parfois au contraire, singulièrement hargneux, agressif et qu'il fallait à tout prix éviter d'affronter. Car, il se pourrait alors, que vous faisant péter le crâne, le coup partît tout seul. Là, au passage, sur un trottoir laiteux de soleil, au seuil béant d'une forge, de sa caverne noire sentant le fer et la corne brûlée, où l'effervescence d'un feu jaune et vert multipliait, au fond, ses cheveux d'Erinye ; sous les fenêtres d'une épicerie antique, toute en pavage et cloisons fissurées, quasi vide de denrées et n'exposant, derrière ses vitres, que des boîtes à cirage, à sucre, sonnant le creux, un lot d'enveloppes à lettres jaunies, une toupie de bois décolorée couchée de biais sur un carré de papier journal illustré par la photo de Pierre Laval en cravate blanche et chapeau mou, avec ses airs énigmatiques et rasta de marchand de café, de cacao vénézuélien, tenant comptoir en Auvergne en fumant ponctuellement le cigare. Ou bien encore, à un carrefour. Au pied de sa croix rongée d'usure, de son Dieu crucifié mangé de rouille et qui était devenu si familier que vous ne preniez plus la peine depuis longtemps de le regarder. Moins encore, de vous interroger sur la signification de cette scène de torture ayant fini par faire partie du paysage avec la haie et ce duvet d'herbe courte où vous vous écrouleriez, frappé de mort violente. Alors c'en serait fait de vous et vous incarneriez pour la grande autant que pour la petite histoire, celle de votre nation, celle de votre terroir, l'holocauste par excellence. La victime exemplaire. Celle de la dernière heure, de la tragédie à l'état pur ! De l'ultime crime de sang perpétré par le vainqueur d'hier n'ayant pu supporter que vos yeux renvoient, ne fût-ce qu'une seconde, aux siens, le reflet de sa propre fragilité.

Oui c'était bien de cela qu'il s'agissait. De faire comme si de rien n'était. Que l'histoire, toujours, celle de l'Europe, avec elle, celle des autres continents ne fût pas en train de basculer au détriment du nazisme. Éviter toute provocation à cet égard, même muette, en face de fuyards exténués, mais encore armés de la grenade à manche, du fusil-mitrailleur, du revolver, du poignard. Vis-à-vis et plus encore de ce détachement d'hommes de la Wehrmacht et de la Waffen SS mêlés, et cantonnés dans la forêt voisine. Sans parler de leurs deux officiers tenant quartier à Aulaines, notre village.

Restait encore qu'au milieu de si fortes tensions de dernière heure qui pouvaient déboucher sur le pire comme sur le meilleur, mes dix-sept ans inexpérimentés en la matière, mais diablement féminins, intuitifs, mais passablement rusés et finalement rompus par quatre années d'ambiguïté politique vichyssoise, à celle de la chèvre et du chou, allaient devoir apprendre immédiatement et sur le tas, à jouer discrètement et serré, sans pouvoir m'en ouvrir à personne et surtout pas à ma famille, avec ce lieutenant de la Waffen SS apparemment résolu, lui aussi, après l'affaire de ce baiser volé, à feindre de le considérer, entre lui et moi, comme un simple pas de clerc pour mieux me brouiller les cartes. A faire comme s'il eût finalement des jours, des semaines, des mois, bref, tout son avenir de SS devant lui pour prendre son temps avec moi. Pour venir à bout, à coups de lieder de Schubert, de Schumann fredonnés en mon honneur avec un romantisme imperturbable, quand avant de remonter dans sa chambre en fin de soirée, il nous imposerait quotidiennement sa présence à ma mère et à moi, de mes réticences de jeune fille visiblement dressée, comme il convient, à la retenue avec les hommes. Nazis ou non. Tortionnaires ou non. De sac et de corde ou non. Amis, ennemis ou non. Question de principes, d'éducation, voilà tout !

ÇAVAIT été sur le coup de trois heures après midi d'une fin de juillet 44 passablement torride, charriant des odeurs entêtantes de foin sec sous un ciel orageux, moitié craie, moitié cendre chaude, nous pesant comme un joug à la nuque, aux épaules où, pris entre l'espoir de l'arrivée des Alliés et la crainte qu'elle ne se fît dans la région du Mans comme en Normandie par le feu et par le sang, nous ne réussissions plus guère à respirer à fond, qu'après avoir lentement rasé le trottoir qui longeait la maison d'école dirigée par Marthe ma mère et dont l'une des pièces du rez-de-chaussée tenait lieu de salle de mairie, où mon père officiait depuis quinze ans, toute en pare-chocs énormes, en plafonds bas, la croupe en forme d'obus, d'arrière-train de grosse guêpe d'argile verte tatouée de l'inévitable croix gammée, une voiture militaire s'était arrêtée. Un homme en était sorti. Malgré la canicule et les désordres du repli, casquetté raide et botté.

Des Allemands, nous en avions pas mal vu depuis quatre ans, depuis cet armistice signé entre eux et nous en forêt de Compiègne. Des fantassins de la Wehrmacht dans la force de l'âge, de l'euphorie de la facile victoire sur la France, du partage juteux de la Pologne entre eux et l'allié soviétique du moment dont Hitler venait de recevoir un télégramme de félicitations à l'occasion de l'entrée de ses armées dans Paris. Des gendarmes. Larges et hauts comme des armoires. Le collier à plaque d'acier taillé en croissant de lune de la police militaire leur barrant l'estomac et qui passaient à toute volée, sous nos fenêtres dans leurs side-cars. D'élégants gradés, impeccables et glacés, minces comme des joncs dans leur culotte de cavalier gris perle, leur bouffant raidement au-dessus des fines bottes couleur de jais comme celle des clowns. Des fils de famille berlinoise, de Leipzig, de Munich, de Hambourg. Héritiers de la grande tradition prussienne dont nous ignorions, au demeurant, que certains d'entre eux, malgré leur adhésion à l'aventure national-socialiste supportaient parfois mal d'être gouvernés par l'homme de la Nuit des longs couteaux, l'aboyant petit caporal autrichien, mégalo et fiévreux, ayant réussi, avec l'appui de ses tueurs en chemise brune, après liquidation d'Ernst Röhm, le compagnon des premiers jours, devenu le rival dans la course au pouvoir, à faire la peau des démocrates de la République de Weimar ! Et puis il y avait les adjudants. Des sourcilleux, des forts en gueule dans le service, mais pour le reste, bons pères de famille dans le privé à ce qu'ils disaient autant que buveurs de bière du côté d'Ulm, de Munich. Amateurs de choucroute et de tartes de Linz. Amoureux de leurs montagnes de Forêt-Noire, de la Hardt au point, paraît-il, de s'y promener le dimanche à la saison des fraises sauvages, des myrtilles, en joyeux galurin à plume et culotte de peau courte de garçonnet en compagnie de leur épouse en corsage et tablier de lin blanc, flamboyante jupe rouge et caraco de velours noir qui la rendait si agréable à culbuter sur la douceur des mousses, entre une longue promenade avec elle dans la pénombre des résineux, et le pique-nique : brioche tressée au cumin, biscuits secs à la cannelle confectionnés par ses soins, qu'elle vous tendait avec la gourde de thé sucré et cet air calme, rassurant de mère de vos enfants, cet art conjugal de vous mettre à l'aise à ce point avec elle que vous n'aviez pas même besoin de vous montrer galant, inventif, pour la séduire, tant son abandon coulait de source.

Et puis encore, il y avait eu la succession des commandants de la place du Mans, tenant avec leur personnel, leurs assises en centre-ville dans les bâtiments de l'ancienne chambre de commerce devenue avec la caserne Mangin le siège de la Kommandantur. Deux ou trois fois l'an, à la saison d'automne, nous avions droit au spectacle de la traversée d'Aulaines en trombe, par leur somptueuse Chrysler couleur caca d'oie, conduite par une ordonnance. Coiffés de la casquette plate à visière rebiquante, signe de l'importance de leur grade (nous avions d'ailleurs repéré l'un d'eux, son profil plat et mongol, aux yeux bridés d'Allemand de Poméranie orientale, peut-être mâtiné de lituanien) en longs manteaux de drap gris leur battant les mollets, jaillis de la fable épique, wagnérienne d'outre-Rhin, ils venaient tirer le gibier dans la forêt de Clossay et comme nous en occupions les lisières, les jours où le vent y était, on entendait crépiter leurs fusils jusqu'à nuit tombante.

Gavés de grand air, de belle nature opulente et sylvestre, ces messieurs pavoisaient sur le chemin du retour, des faisans morts attachés en guirlande par des liens de chanvre de chaque côté du capot, le cadavre mordoré d'un chevreuil coincé pattes en l'air et tête bringuebalante entre la carrosserie arrière de la Chrysler et la partie de la malle à moitié ouverte. Un tableau de chasse ambulant à la mesure de la rentrée triomphante prévue au Mans !

Entre deux séances de chasse aux juifs, aux résistants, deux passages de troupes en revue en stationnement avec beaucoup de « Heil Hitler », de claquements de talons, de toasts portés en l'honneur du Führer, de la Grande Allemagne civilisatrice et de ses femmes, car il y avait là dans le lot, un certain nombre de femmes, en effet, d'accortes créatures moulées dans leur tailleur gris de secrétaires militaires, leurs cheveux blonds rassemblés en chignon sous le calot réglementaire surmontant leur dur visage à l'épiderme clair et net comme une peau de bébé, des infirmières en robes de cotonnade ou de lainage rayé, cape de bure, front bombé, sous la raideur de la coiffe blanche, une fête s'annonçait à cause de ce gibier. Elle aurait sans doute lieu avec certaines d'entre elles, triées sur le volet, au château de Sargé, devenu, à quelques kilomètres du Mans, la résidence du Herr Kommandant. Des Fräulein, parfaites de compétence et de discrétion dans le travail, parfaites au lit à l'occasion et qui appréciaient, elles aussi, la viande de vénerie, le champagne et tout ce qui s'ensuit sur fond d'orchestre de chambre, de sonate pour violon alto, flûte et clarinette. Aussi la promenade à deux, au clair de lune, dans le parc ou dans la pénombre des pièces de réception, leur enfilade ; avec, pour créer l'atmosphère qui convient, récitation de vers par votre cavalier qui se souvient avoir appris par cœur au gymnasium de Dresde, de Lübeck où il a fait ses études secondaires avant d'endosser l'uniforme de conquérant, des poèmes d'Eichendorff, de Wieland, de leur délicatesse fiévreuse et désespérée si opportune à évoquer, en guise de préface, après le rituel des bonnes manières entre lui et vous, à la bousculade qui suivra. Derrière une porte d'écurie, de grange à foin, ou mieux encore, face à une haute fenêtre seigneuriale, encadrée, vieux rose ou céladon, d'un velours de Gênes élimé jusqu'à la trame, donnant sur celui, épais et noir, inusable, de la nuit, sur un canapé constituant l'unique mobilier d'un salon de style Empire désaffecté.

Enfin, gradés ou non, persuadés ou non du bien-fondé de l'entreprise hitlérienne, jeunes et fringants ou non, ces derniers mois, de plus en plus vieux, alourdis, porteurs des stigmates de l'érosion : ceux de l'âge, des fatigues de leur existence de paysans poméraniens, bavarois peinant sur des sols pauvres, de mineurs de fond de la Ruhr, traînant leur carcasse d'anciens combattants de la Première Guerre mondiale au milieu des ruines fumantes de la plaine de Caen, gamins à peine pubères aussi, la grenade à manche fichée en travers du ceinturon comme hache de pierre, encore et toujours, des militaires allemands, des militaires !

Mais des Waffen SS, taillés sur le modèle de celui qui venait brusquement d'ouvrir la porte de la pièce de la mairie intimant l'ordre à mon père dans un français haché « Monsieur le secrétaire, venir avec moi, tout de suite, chercher logements pour officiers dans le village », pendant que le gros de sa compagnie gagnait la forêt avec armes et bagages, le guerrier tudesque, pur et dur, plus vrai que nature, le champion du national-socialisme, celui des portraits en couleurs des revues de propagande fasciste, de *Signal*, exaltant ses vertus d'ange exterminateur du Satan bolchevique, du prédateur juif et franc-maçon, du résistant à la solde de la pourriture anglo-américaine, le Siegfried de la *Tétralogie* wagnérienne revu et corrigé à la mesure du fantasme hitlérien, de sa mégalomanie sanglante, jamais nous n'avions eu l'occasion d'en voir un de si près. A nous toucher. A quelques jours, quelques heures de ce qui pouvait être notre libération, encore assez maître du terrain pour tenir suspendu, à son gré, le glaive au-dessus de nos têtes. Le profil abrupt de l'homme de fer. Inexorable. Encore qu'il y avait eu en même temps, terriblement aigu, impérieux, mais troublé l'espace d'un éclair, ce regard d'intérêt qu'il avait jeté sur moi, sur mon apparition inopinée dans la mairie quand mon père m'avait appelée de l'autre pièce pour, puisque j'étudiais l'allemand au lycée, y jouer le rôle de traductrice au pied levé et qui avait consisté à lui faire préciser combien de chambres il exigeait qu'on lui procurât. Et m'avait aussi frappée ce grand calme subit avec lequel, après m'avoir répondu qu'il en fallait quatre, il était revenu sur la nécessité que mon père l'accompagnât chez les gens pour les lui montrer. Qu'on devrait préparer les lits pour le soir même, mettre des draps, tenir les portes ouvertes à toute heure, ou donner des clefs. Tous ces détails prodigués, en marquant souvent un arrêt patient entre les mots, une volonté de me faciliter les choses, de se mettre à la portée de mon allemand appliqué de lycéenne, de me signifier qu'il n'avait rien contre moi, bien au contraire. Rien contre cette très jeune fille en robe d'été de cotonnade rose usée par les lessives, aux clignotants doux yeux de myope, à visage grave et laiteux, creusé d'une fossette au menton encadré d'une opulente chevelure châtaine qui lui donnait des airs de lionne au repos. A peine troublée par l'approche du danger qui rôde. Du chasseur. De son désir. De cette décharge d'énergie, d'électricité de sa part à laquelle par instinct féminin de conservation, j'avais feint de ne rien comprendre alors que j'en avais subi la secousse du bulbe aux talons.

Dire qu'alors, j'avais été pour de bon étonnée de cette décision qu'il avait finalement prise et qui agitait beaucoup mon père, de refuser, du moins pour lui-même, une des chambres les plus confortables qui lui avaient été présentées, à l'autre extrémité du bourg, dans l'une des trois maisons un peu cossues qui s'y trouvaient, pour jeter son dévolu et sans vouloir d'ailleurs prendre la peine de la visiter sur mon ancienne chambre située au premier étage de l'école et qui n'avait même pas l'eau courante : « Eau courante, égal, monsieur le secrétaire », avait-il, paraît-il, scandé péremptoire, sûrement pas !

Avec une lourde malle de fer cadenassée que deux soldats avaient montée là-haut, il avait emménagé quasiment sur l'heure, pris possession de ce qui avait été plusieurs années de suite, mon modeste domaine privé jusqu'à ce qu'en juin 40, nous l'ayons cédé un temps à un couple de réfugiés du Nord, les Tiefine, pour lesquels cet asile avait été sur le moment la providence et j'étais allée dormir à cause d'eux dans la petite maison d'à côté, acquise par mes parents dès 1930 en prévision de leur retraite, et déjà, par eux, partiellement meublée. Ensuite j'avais pris le pli de continuer à y passer la nuit quand pensionnaire au Mans, je revenais à la maison, une fois par mois et pendant les vacances. Cependant j'avais gardé là-haut, après le départ des Tiefine un certain nombre d'anciennes habitudes. Celle de m'y tenir à tout le moins dans la journée, d'y faire mes devoirs sur la table ronde de ma grand-mère Anne qui était morte dans cette pièce, à l'automne 1938, d'y réviser mes cours pour le lycée ou tout bonnement de rêvasser, tricoter ou coudre en regardant au-dessus du toit d'en face passer au gré des saisons, de leur alchimie, le train fastueux des nuages. Un défilé princier couleur de soufre ou de cendre selon les jours. Après les pluies, une bousculade silencieuse, olympienne d'archanges ventripotents et sans tête, drapés dans les replis d'étoffes cotonneuses polychromes et qui, puisque nous venant toujours de la mer dont l'accès, face à l'Angleterre, nous était désormais interdit, se propageaient constamment en direction de l'est. Un spectacle qui m'avait appris, assignés collectivement à résidence que nous étions (encore ne fallait-il pas s'en plaindre, en regard de la déportation punitive), à voyager sans bouger, à me joindre sans bruit à leur incessante migration. A m'y tailler au milieu d'eux, quasi inaliénable, une place privilégiée au-dessus du malheur du monde.

Oui, Auguste mon père n'avait, par chance, rien subodoré des raisons qui avaient guidé le choix de ce lieutenant SS battant en retraite, de prendre ses quartiers à la maison de l'école.

« Il ne nous manquait plus que cela, avait explosé Marthe. Il va falloir l'endurer. Mon Dieu qu'est-ce qu'il nous prépare ? Pourvu que nous ne l'ayons pas encore sur le dos avec les autres à l'arrivée des Alliés. Qu'il ne nous réduise pas en chair à pâté avant de céder la place.

– Je n'y peux rien, Marthe », avait répondu mon père et retrouvant son vocabulaire d'ancien gendarme à la retraite, de poilu aussi de la guerre de 1914, jeté à vingt ans dans les misères d'une guerre qui avait été menée contre le même adversaire que celui d'aujourd'hui : Gaulois Francs, contre Germains Francs, avec, entre eux, le Rhin, l'Alsace, la Lorraine, leur carrefour de communication et de discorde, de vieux soldat fatigué par les violences renouvelées de l'histoire des nations, celle des hommes, il avait eu un geste péremptoire et fataliste pour ajouter : « A la guerre, comme à la guerre. Il va falloir obtempérer et se démerder. Nous avons tenu quatre ans. Il faut essayer de tenir encore ces jours qui viennent. Avec le bout du tunnel ou la catastrophe à la clef. Je te préviens qu'il nous a donné deux heures pour lui préparer la pièce, balayer, épousseter, monter de l'eau, faire son lit. Dis-toi que pour l'instant c'est déjà quelque chose que ce lascar en casquette plate qui se fout apparemment du confort et qui tient à bivouaquer dans nos murs, compte tenu de ce qu'il est et de la gravité des événements, n'ait pas l'air particulièrement à cran. Tiens-toi bien, il est même finalement allé jusqu'à être poli avec moi. Il m'a dit “au revoir, monsieur, merci pour visite habitation” avant de partir en trombe avec sa torpédo de service, direction forêt. Donc tous les espoirs sont encore permis ou presque » et il s'était mis à rire, de ce rire fêlé et bref, devenu, avec ce qu'il pouvait déployer d'humour en pareille circonstance, la seule arme qui lui restât depuis les mauvais jours. Ceux d'une défaite où chacun avait dû apprendre à respirer à l'économie, à se tenir en équilibre de plus en plus fragile, le cul entre deux chaises : celle d'un pétainisme plus ou moins collabo, du chant des sirènes de la Nouvelle Europe purifiée du bolchevisme et de la juiverie, celle du refus gaullien de se déclarer battu, d'emboîter servilement le pas au système nazi dans l'espoir de survivre.

Donc, ma mère et moi étions montées là-haut faire le ménage dans mon ancienne chambre, remplir d'eau le broc d'émail bleu qu'il y avait là, au pied de la table de toilette, mettre des draps. Au chevet du lit se trouvait suspendu au mur un crucifix. Nous l'y avions laissé. C'était celui de ma première communion. Aussi, au-dessus du canapé, le tableautin représentant un bouquet aérien d'angelots qui m'avait été offert par ma marraine, l'année de mon entrée au catéchisme. Nous n'avions pas touché non plus, sur la commode, au gros dictionnaire rouge de latin, à celui d'allemand, au recueil de pièces de Racine, au livre de géométrie dans l'espace, constituant l'essentiel de mes outils de travail scolaire, non plus, dans notre hâte d'en finir, dans notre trouble aussi, au petit coffret de bois blanc à couvercle coulissant contenant la collection de billes de mon enfance, à la tasse de porcelaine chinoise que j'avais gagnée à la loterie, à la fête du village, quand j'avais sept ans et dans laquelle je n'avais jamais bu de crainte de la casser. Je n'avais descendu avec moi qu'un seul cahier. Celui des poèmes que j'écrivais depuis deux ans et dont je faisais la lecture en catimini aux copines du lycée, parce que c'étaient des poèmes d'amour !

Ensuite, Marthe et moi, nous étions réfugiées à la cuisine qui jouxtait le couloir, donnant de l'autre côté, sur la mairie, sur l'escalier, sur la salle de classe. Un étroit couloir-carrefour où j'avais tant joué autrefois, assise sur une marche ou dans mon petit fauteuil d'osier, à la maîtresse de maison et à la maîtresse d'école, au gendarme, au secrétaire de mairie en imitant les intonations de la voix de ma mère, celles de mon père, en me complaisant à m'inventer une seconde nature androgyne. Peu de temps après, ç'avait été le branle-bas de l'installation du lieutenant. De la montée par les soldats de la fameuse malle de fer dans laquelle bringuebalait du matériel lourd. Étaient-ce des armes, une mitrailleuse démontée, des appareils de transmission ? Allez savoir... Bruit de bottes et de portes. Éclat sourd ou rocailleux des voix donnant, recevant des ordres et dont, à cause de l'éloignement aussi des carences de mon vocabulaire, je n'arrivais pas à percevoir complètement le sens.

Et puis d'un coup, une fois sa voiture stationnée à l'angle de la cour des garçons sous le cerisier, ses hommes apparemment renvoyés dans la forêt, lui-même ayant pris la direction à pied de la partie occidentale du bourg où se trouvait son collègue gradé, il s'était installé autour de nous, en nous, un grand silence insolite, déconcertant et ç'avait été comme si Auguste, Marthe et moi avions seulement été victimes tout l'après-midi d'une hallucination collective. Que nous avions ensemble partagé un même cauchemar qui avait précipité nos gestes, bousculé nos pensées et maintenant que c'était fini, il allait falloir songer, pour s'en remettre, à souper.

Pouvoir de prophylaxie quasi souverain des gestes quotidiens : le potage à réchauffer, l'omelette de quatre œufs pour trois convives enrichie d'un oignon et de deux pommes de terre à battre au fouet, le persil, la poignée de groseilles à maquereau à cueillir au jardin. Derrière nous le soleil vire de bord en direction des pays de la mer. Comme chaque soir, il vient d'éclater, toutes vannes ouvertes, au-dessus du clocher. Radieusement il saigne, drape l'église dans des épaisseurs de sanie. Le monde est une boucherie. Le monde est beau. Et puisque l'espérance et la peur se disputent le terrain, il faut absolument renouer avec les gestes ordinaires pour ne pas devenir fou. Prendre place à table, de sorte que nos cœurs s'apaisent un peu, retrouvent un rythme de battement supportable. Au demeurant, pourquoi pour de bon s'effrayer ? Dans cette cuisine-salle commune devenue le foyer d'Auguste et Marthe Roulette depuis vingt ans, où j'ai, depuis l'enfance, appris à manger proprement, à me laver au savon de Marseille, où j'ai joué à la diligence avec deux chaises attachées l'une à l'autre par une corde à sauter, esquissé mes premières pattes de mouches sur des feuilles de papier réglé d'après les modèles de lettres tracées par Marthe à l'encre rouge, pris tant de plaisir à occuper mes veillées d'hiver en découpant dans le catalogue de la Samaritaine, du Bon Marché, pour les coller sur les pages vierges de mon petit album personnel les silhouettes de jolies dames à nez retroussé sous la voilette de leur toque en taupé, des élégantes porteuses de renard argenté sur des redingotes gansées au revers, des charmeuses raffinées, irrésistibles, en bas de soie et gants de peau, comme je le deviendrai plus tard, quand mon Paulo, mon frère nourricier qui vit maintenant à Paris, après avoir obtenu son brevet de pilote (ce qui lui permettra de m'entretenir sur un grand pied), reviendra comme convenu entre nous, pour m'épouser, rien, même avec la défaite, n'a sérieusement, dangereusement changé. Sinon qu'il a fallu, depuis la mort d'Anne, ma grand-mère, s'accommoder de son absence. Se résigner à mettre une assiette en moins à table. S'habituer à ce fauteuil vide près de la fenêtre qui était le sien. A l'occasion pour s'en consoler y prendre place. Discrètement certes, pour ne pas déranger, toujours présente, cette somnolence des derniers temps de femme aveugle au cœur usé par son travail de servante, après que son mari, emporté par la phtisie en 1900, l'ait laissée seule avec deux enfants. Attendre pour s'y asseoir que le crépuscule tombe qui permet de renouer à travers une ombre, mais sans la gêner, le dialogue avec la mémoire.

Continuer à faire confiance au sort. A ce décor immuable de haute cheminée campagnarde montant jusqu'aux solives et qui sert de niche à la cuisinière Godin émaillée de bleu, blasonnée d'une guirlande de gui. A ce buffet à deux corps où la vaisselle ordinaire occupe le bas, le service en Limoges des grands jours d'avant 39, le haut vitré. Aux placards muraux, l'un réservé à la batterie de cuisine et aux provisions, l'autre occupé par l'évier de pierre encastré dans la cloison et qui, en l'absence d'eau courante, permet du moins l'évacuation des eaux usées par un tuyau de plomb débouchant à l'extérieur sur l'incision étroite d'une rigole d'écoulement longeant la base du mur et rejoignant le caniveau dans la rue. A cette lumière d'été ayant pris, à sept heures du soir, son habituelle épaisseur, sa texture de miel presque palpable. Continuer à croire qu'il n'y a, qu'il n'y aura pas, de raisons décisives, pour que cette pérennité des êtres et des choses, ancrés dans leur humilité, soit ébranlée. Qu'elle cède aux convulsions de l'histoire. S'en remettre à la nuit qui vient. A cette façon, qu'en cette période de l'année elle a de s'installer silencieusement autour de vous, comme une mer étale. De vous entraîner en elle comme dans une grotte, la plénitude d'un ventre palpitant et sombre, seulement parcouru de mouvements mystérieux, reptiliens qui n'ont, si inquiétants parfois qu'ils puissent être, rien à voir avec les cruautés concertées des hommes.

Nous en étions à l'omelette aux pommes de terre quand le lieutenant de la Waffen SS a frappé du couloir à la porte de la cuisine. « Bonsoir », a-t-il articulé en français et s'adressant à Marthe à laquelle il tendait un petit paquet rouge : « Madame, voilà café, à préparer pour moi, demain matin huit heures, s'il vous plaît. » Ensuite, il a répété ce qu'il venait de dire en allemand pour m'obliger à lever franchement la tête de dessus mon assiette, échanger quelques mots avec lui qui consistaient à dire qu'en effet, comme il lui semblait, j'aimais beaucoup les œufs quand nos poules nous donnaient l'occasion d'en disposer de quelques-uns. Pour le regarder.

Il était tête nue et sans son revolver. Sous ses cheveux châtains, taillés court, mais légèrement frisés, son visage, en l'absence de la casquette réglementaire, de sa rigidité, apparaissait plus rond, plus rempli, plus mobile aussi qu'il ne m'avait semblé à première vue. Son froid regard clair posé sur nous trois, sur Marthe, son obésité, inguérissable désormais, de femme affligée d'un sévère dysfonctionnement glandulaire, mais si digne d'expression, de maintien concentré de grave diva aux beaux cheveux gris, rassemblés et maintenus en hauteur à la chinoise par un peigne de corne ; sur son ample robe d'été taillée dans un pauvre tissu à tablier ; sur Auguste mon père, ses traits romains, singulièrement creusés, étirés par la dureté des temps (d'eux je retrouverai plus tard la réplique au musée du Louvre dans ceux d'un buste de marbre de proconsul, dont j'ai oublié le nom), enfin sur moi, avait eu tout à coup quelque chose de débonnaire, de presque cordial. A croire que notre pauvre intimité domestique de petits Français moyens végétant sous la férule d'hommes de son espèce, de leur dureté, pouvant à tout moment décider de leur destin, le touchait.

Et comme il voyait bien qu'à cause de lui, de sa présence de SS, nous avions cessé de manger, il nous avait souhaité bon appétit et bonne nuit, comme un visiteur de passage qui ne veut pas troubler davantage par son intrusion le rituel du repas familial des gens de la maison dont il ne fait pas partie. Et, l'entendant monter l'escalier sans hâte particulière, refermer sur lui la porte de mon ancienne chambre sans violence après qu'il eut encore, avant de se retirer, demandé à mon père une clef de la porte d'entrée de la rue pour la liberté de ses allées et venues à toute heure par le couloir, nous avions été, du moins dans l'instant, presque rassurés au point d'achever de dîner.

Le lendemain matin nous étions toujours vivants...

Et c'est alors que Marthe très contrariée d'avoir non seulement à faire du café pour notre hôte mais à le lui monter, avec un bel aveuglement de mère qui se refuse à voir sa fille devenir femme, à se faire à l'idée qu'elle atteint le stade où elle peut exciter les convoitises masculines m'avait, comme à un enfant sur lequel on se décharge d'une tâche fastidieuse et simple ensemble et qui ne portera, pour lui à aucune conséquence, mis le plateau avec la cafetière, le bol et une cuillère entre les mains.

« Je m'appelle Helmut Steiner », m'avait-il dit en allemand en prenant place, en milieu d'après-midi à côté de moi sur le banc de la cour de récréation des garçons après avoir arrêté sa voiture au même endroit que la veille, à la lisière du jardin, sous le cerisier. En même temps, il avait croisé les jambes et posé sa casquette sur ses genoux en la tenant en place de sa main gauche à l'annulaire bagué de la chevalière figurant une tête de mort que j'avais eu, quelques heures auparavant, un moment contre ma tempe, et j'avais su qu'il voulait, qu'il allait parler. Qu'il avait décidé de reprendre le contact avec moi. De m'apprivoiser. Assise à ma droite, Marthe qui reprisait des bas avait eu un sursaut. Ses sourcils s'étaient froncés, sa bouche pincée comme à chaque fois qu'elle était mécontente, choquée profondément, mais tout de même, elle avait su se contenir, continuer pendant que j'ourlais un torchon taillé dans une chute encore bonne de drap usagé, à ravauder, sous le tilleul.

Un très bel arbre ! D'un vert doux, apaisant. Dispensateur d'ombre ocellée de flaques de soleil et qui était le grand charme de cet endroit de plein air contenu entre un banal bâtiment de salle de classe construit en longueur et prolongeant l'habitation et la mairie et le petit jardin planté de légumes constituant le potager de la maison basse dont nous étions les propriétaires.

Scène bucolique s'il en fut.

La jeune fille que l'on sait est assise avec un ouvrage de couture entre les doigts, aux côtés de sa mère. Elle est fraîche et sereine comme il se doit. Sa robe villageoise de cotonnade rose mouchetée de blanc, à manches de mousseline froncée transparente, largement échancrée puisque c'est l'été, fait valoir sa ligne de cou et d'épaules, son épure, gainée d'une peau fragile et laiteuse. Comme les beautés discrètes et touchantes des tableaux de genre ou de mœurs du siècle précédent qui déploient leurs attraits charmants dans les musées de province ou les calmes salons bourgeois, elle a des seins virginaux, des hanches rondes, des jambes longues et charnues pourtant. Sa silhouette, celle d'une amphore, est de celles qui ne plaisent qu'aux hommes tourmentés par une impétueuse mais toujours inquiète virilité. C'est une silhouette enrobée de chair tendre c'est-à-dire un peu encombrée d'elle-même et qui promet par conséquent à qui en convoite les douceurs et les moiteurs, les délivrances de l'abandon à deux, son apaisement partagé. Peut-être que l'officier, un assez jeune militaire d'outre-Rhin, assez bien de sa personne et qui, en dehors des combats sanglants, aussi des génocides, auxquels il est rompu à prendre part, semble savoir se tenir avec les dames, va se mettre dans l'intention de plaire à la jeune fille (et il va le faire justement, d'autant que là où ils se trouvent elle et lui c'est de circonstance), à lui fredonner cet air de chez lui dont les paroles qu'elle connaît d'ailleurs pour les avoir apprises au lycée sont les suivantes : « A la fontaine, devant le porche, se dresse le tilleul. Tant de fois je me suis tenu sous son ombre pour y graver des mots d'amour dans son écorce et c'est vers ce tilleul que mon âme revient toujours. »

Alors on la verra baisser les yeux davantage sur son ouvrage. Aussi, sur cette main à l'annulaire sinistrement bagué d'un rubis enchâssé dans un crâne au-dessus de deux os croisés proche à la toucher de la sienne qui manie l'aiguille, pousse le dé avec un grand calme apparent. Celui qui souvent précède l'irruption du pire, de son irréparable. Une main blasonnée au sigle de la mort et qui lui rappelle, au-delà d'un baiser volé, cette eau-forte d'Holbein reproduite dans un album qu'elle possède, consacré aux peintres graveurs de Flandre et d'Allemagne figurant une scène de labour, où c'est la mort qui mène le train, conduit l'infortuné vilain et son attelage d'une poigne de fer jusqu'au bout du champ, qui sera leur fin. Car elle n'ignore pas qu'au-delà du choc possible des armées, ici, dans ces lieux mêmes, celle qui bat en retraite, celle qui la harcèle et qui peut réduire ce village et la forêt qui la jouxte en brasier, il suffirait tout bonnement, tout bêtement d'une fausse manœuvre de sa part à elle, vis-à-vis d'Helmut Steiner d'Erfurt (il vient aussi de préciser qu'il est d'Erfurt) pour que ce décor idyllique à souhait au milieu duquel pour l'instant elle se trouve assise avec lui, en y jouant le rôle d'oreille complaisante, d'interlocutrice même qu'il lui impose, bascule dans l'horreur. Que la terre s'ouvre sous ses pieds, ceux des siens et, qui sait, par voie de conséquence, sous ceux de tout un voisinage. Pour un geste de recul trop vif, un refus de rester assise, là, sur ce banc à la lisière d'un uniforme abhorré, de répondre aux questions posées sur sa vie de pensionnaire au Mans, ses matières d'étude préférées, sur sa religion (catholique sans doute), un malheur pourrait si vite arriver. Une arme est si vite dégainée. Une corde si vite nouée à la maîtresse branche d'un tilleul là où se trouvait autrefois la balançoire, où vos pieds en jouant à la marelle soulevaient la poussière d'un sol friable et sec. Le même que celui d'aujourd'hui. Avec son fouillis, craquant sous les semelles, d'akènes couleur d'anis, de fruits ailés et ronds comme des oisillons minuscules tombés du nid.

MAIS qui est donc cette très jeune fille, si placide, en apparence, si résignée à s'adapter à la situation et qui atteindra ses dix-sept ans dans quatre jours ? Si Dieu veut. Si la chance le permet. Après toutes ces années d'adolescence placées non point seulement sous le signe des privations mais d'un obscurantisme savamment entretenu par les tenants du fascisme, qu'est-elle devenue dans son cœur, dans sa chair ? Ou plutôt qui donc est-elle (qui suis-je ?) finalement restée ?

Été 1940.

Dans la foulée de la signature du cessez-le-feu franco-allemand à Compiègne dans le wagon de Foch devenu après celui de la victoire de la France de 1918, le symbole, vingt-deux ans plus tard, de sa cuisante défaite en face des blindés de Guderian et de Rommel, celle de la chute de la IIIe République et du vote par une Assemblée nationale déboussolée, réfugiée à Vichy, des pleins pouvoirs à Philippe Pétain, Paris, Chartres, Orléans investis, mes treize ans ont regardé traverser mon village natal d'Aulaines, comme ailleurs, elles ont traversé toute la province du Maine, sa plaque tournante, inscrite au carrefour de Bretagne et de Normandie, les troupes de la Wehrmacht progressant par flots en direction des grands ports de la Manche en prévision de l'invasion de l'Angleterre.

Consignée par mes parents, par souci de sécurité, à l'étage, dans la chambre d'Anne devenue la mienne, irréductible sauvageonne malgré déjà deux années d'études secondaires au lycée du Mans où je commence tout juste à moins patauger dans les arcanes des grammaires latine et allemande, me fichant encore à l'époque comme d'une guigne des raffinements tant vantés par mon professeur d'histoire des civilisations gréco-romaines que j'ai d'ailleurs eu le toupet de qualifier, une fois, en plein cours, d'esclavagistes, de leurs beautés architecturales aux lignes épurées, incompatibles avec les luxuriances forestières, inextricables et gothiques, ayant, randonnée après randonnée à travers bois avec mon père, façonné ma sensibilité, mes goûts, consolidé chez moi les fondements d'une religiosité païenne viscérale en communion avec la nature, ce qui me permet de ne pas me sentir par trop dépaysée dans le contexte des paraboles de l'Évangile, oiseau de plein air craintif, mais curieux, se tenant par prudence perché au-dessus de la sombre forêt des casques, de la vision terrifiante, encore qu'hypnotisante, d'une armée d'hommes sans visages, déferlant à pied, en camions bâchés, en voitures à cheval, tirées par des juments couleur de feuilles mortes, de châtaignes, résignées et graves sous le harnais de servitude, certains autres à vélo qu'ils chevauchaient en rangs serrés, barda sur le porte-bagages, couverture et fusil au dos en charriant avec eux, comme la mer quand elle est grosse, épaves et galets, des pièces d'artillerie, des provisions bringuebalantes de paille et de foin, j'avais assisté, non sans angoisse subite ni étonnement, mais comme des hauteurs d'une digue, me permettant de garder les pieds au sec, aussi peut-être de m'enfuir, toutes ailes ouvertes vers un ailleurs se confondant avec la vacuité du ciel, au déferlement, au son du *« traderidera »*, du *Marchons contre l'Angleterre*, du bruit cadencé et mat des bottes courtes, des ordres gutturaux et brefs lancés par les feldwebels à la tête de leur brigade, au formidable raz de marée de la seconde invasion tudesque des pays gaulois d'Atlantique. La première ayant eu lieu, celle des Wisigoths, des Ripuaires, des Francs

Saliens surtout, quatorze siècles auparavant. Leur première grande ruée vers l'ouest. Celle qui aboutirait à leur implantation militaire, politique irréversible. Ferait que les pays gallo-romains à la civilisation déjà si modifiée par les cultures méditerranéennes, leur polythéisme oriental, détrôné, peu à peu, par l'avènement d'un monothéisme judéo-chrétien, mis cette fois en coupe réglée par les grands chefs tribaux des Ardennes, des Flandres, de la Baltique, les Clovis, les Clothaire, les Chilpéric y perdraient jusqu'à leur nom. Qu'ils deviendraient la France, c'est-à-dire leur royaume. Celui des nouveaux monarques francs. Francs de Francie, Allemands des Allemagnes avec entre eux, éternel sujet de discorde, de coups fourrés, la possession du couloir du Rhin.

Cette fois encore, à la veille ou presque de l'an 2000, tout recommençait. Après sa défaite de 1918, contraignant l'Allemagne à rendre à la France l'Alsace-Lorraine, à lui abandonner le Cameroun, à lui payer au titre de réparation de dommages de guerre des sommes annuelles exorbitantes, ôtant pratiquement à ses ressortissants le pain de la bouche, après donc, les rigueurs imbéciles et cruelles du traité de Versailles, orchestrées par Clemenceau, le même élan germain séculaire, irrépressible, d'expansionnisme, à la recherche des richesses minières à l'est, à l'ouest, des terres riches des nations du soleil couchant. Le même que celui des ancêtres, naguère impitoyablement contenus dans les bourbiers de leurs marécages, leurs tourbières de la Baltique dans les nids d'aigle de leurs montagnes de schiste, de grès, par Rome, les réduisant à l'esclavage quand elle mettait la main sur eux ; à la famine. Allant jusqu'à leur fournir, pour leurs galettes de blé noir, leurs bouillies de seigle, des grains empoisonnés pour qu'ils en crèvent, cessent d'être une menace constante aux frontières d'un empire, fragilisé après cinq siècles de rude discipline militaire, par la décadence des mœurs de ses citoyens, désormais englués dans les mollesses de leur opulence.

Le retour en somme, avec Hitler, le chef de clan germain moderne à la case zéro. Au même scénario de la nuit des temps ou presque, inscrit dans les profondeurs de la mémoire collective des hommes et des femmes nés sur les sols pauvres d'une Allemagne passée au nazisme dès 1933, moitié par désastre économique, moitié par besoin de puissance. A la recherche, avec l'Autriche à sa remorque, avec la Hongrie et, par tous les moyens, d'un second souffle pour un XXe siècle pour elle mal commencé. Prête pour retrouver le goût du chocolat, du beurre, celui du pain blanc, celui de la victoire qui la hisserait enfin sur le pavois de la suprématie en Europe, absolument à tout.

Or voici, qu'à la gamine que j'étais encore, qui, pour un peu, eût trouvé bêtement, stupidement, du bon, à ce que la débâcle française, provoquant la fermeture de l'internat l'eût rendue plus tôt que prévu à son cher parentage, aux couleurs, aux formes, aux odeurs d'un paysage qu'elle avait dans la peau (oh, cette ineffable vision d'alors de la colline d'en face, de sa mortaise toute en rondeur, cadenassant le plein centre d'un ciel variable) l'histoire, tout à coup, sautait à la figure. L'histoire du bonheur et du malheur des peuples. Du cycle de leurs fortunes diverses collectivement assumées pour le meilleur et pour le pire et, cette fois, c'était sans doute le pire qui arrivait à la nation française. A ses enfants dont j'étais.

L'enfant, imaginative, sensuelle et vivace, encore assez immature, assez imprégnée d'égocentrisme puéril pour, les jours qui l'avaient précédée, avoir pratiquement confondu les prémices de la tragédie qui s'amorçait, avec le retour, pour elle, des grands ou petits plaisirs plus ou moins licites ou défendus ayant constitué jusqu'ici la trame de son existence à elle. De sa petite histoire personnelle de gamine affligée de myopie en face des dimensions dramatiques des événements.

Plaisir de gober cru, l'œuf oblong, tiède et lunaire, cueilli sous le cul blanc de la belle grosse sussex de service qui s'en offusque : indignation, pudeur, comme d'un vol aux allures de viol perpétré dans l'épaisseur de ses jupons de plumes. Moins avouable encore, la séance de grimaces devant l'armoire à glace de Grand-Mère. Avec ou sans hideux bibi de pensionnaire tourné à l'envers. Avec ou sans extraordinaires effets vocaux (car j'ai une sacrée voix, capable de pousser la goualante, d'entonner *Le Danube bleu* au dessert de noces et de communion) en m'essayant à donner dans le soprano lyrique, voire la colorature, avec des retombées émouvantes dans les gravités roucoulantes du contralto. Et vas-y pour *Sur la mer calmée*, pour *Viens dans mon joli pavillon* et tout le bataclan. Et puis il y a mes jarretelles. De belles jarretelles roses aux solides boucles à ardillon d'acier étincelant, assorties à mon corset de coutil broché de demoiselle fraîchement pubère. Un cadeau de Marthe avec ma première paire de bas en fil mercerisé, le mois ayant suivi mes premières règles. Un événement ! Parfois, je relève ma jupe et je me les montre. Je trouve que j'ai l'air de Marlene Dietrich dans *L'Ange bleu* quand elle chante assise sur son tonneau qu'elle est *« von Kopf bis Fuss auf Liebe eingestellt »*. Traduire qu'elle a l'amour dans la peau, de la tête aux pieds... ! Passons...

Et puis il y a les retrouvailles avec les copines. Pas celles du lycée. Les compagnes d'internat obligées, donc de raccroc, encore que certaines, au-delà des complicités de la vie de pension, de l'art d'en contourner les disciplines, histoire de se payer un peu la tête non seulement des pionnes, mais de nos distingués professeurs, commencent à me devenir chères, mais les copines pour de bon. Celles d'ici. D'Aulaines. Les presque sœurs de lait. Les presque sœurs de sang. Filles de campagne ou de village, accoutumées, comme moi, aux grands coups de vent dévastateurs sur les routes de terre, sous les portes. Au froid paralysant et sacré des églises le temps d'une heure et demie de messe et de vêpres chantées, le dimanche. Entre nous, des souvenirs de rentrée scolaire, dans la grande pièce à vivre, à ânonner, à compter des bûchettes, à réciter, à coudre de l'école mixte tenue par Marthe. D'initiation laborieuse aux mêmes rites de la scolarité gratuite et obligatoire, allant de l'alphabétisation à l'obtention du certificat d'études primaires.

Mêmes parties de rigolade à bouches fermées lors des leçons d'observation de feuilles de chou, d'épis de blé, de carcasse de poulet, de poitrine de bovidé, organisées par elle dans le cadre de l'enseignement des sciences naturelles, de leurs séances d'autopsie improvisées sur un plat de faïence à fleurs autour d'une paire de poumons de veau, de mouton. De leur divergence élastique et molle de gros fruits roses et juteux de sang à l'embranchement d'un tronçon annelé et creux de pharynx qui finiront dans la gamelle du chat. Même récitation de poèmes de Victor Hugo et de Jean Richepin. Même liste à débiter du nom des apôtres, des sacrements, des péchés capitaux, des commandements de Dieu. Même soulagement quand les portes s'ouvrent. Sur l'école. Sur l'église. La première fût-elle quasi en plein champ, enluminée d'images représentant les montagnes et les mers, la seconde, des somptuosités polychromes de statues d'archanges guerriers, écrasant, à pleins cothurnes, l'échine écailleuse des démons convulsés. Même plaisir aigu, délicieux, d'échapper à des lieux où l'instruction qui vous est un bienfait, paraît-il, le bon Dieu de même, vous ont, tant d'heures d'affilée, tenues en laisse.

Les copines à la vie à la mort ! Avec lesquelles on échange une poignée de reines-claudes contre une demi-barre de chocolat Meunier. Devant lesquelles on peut, à l'occasion, faire pipi sans honte dans les fougères et en leur compagnie comme on a pris le pli de le faire du cours préparatoire jusqu'au « certif » dans les cabinets à deux places de la cour des filles. Aussi se déclarer amoureuse d'un tel : de l'Alexis, du Maurice. A moins que ce ne soit du Marcel ou de l'Eugène. Des copains à la vie à la mort eux aussi ! Des galopins de campagne, champions du lance-pierres et déjà francs buveurs de cidre. D'irrésistibles malfrats de village, en béret basque et brodequins à clous et qui hésitent encore, au seuil de la virilité, à se jeter à l'eau. Des galants familiers. Des frères. Qui osent, même si vous fréquentez maintenant le lycée, vous appeler « ma p'tite Annie », « ma belle grosse » en souvenir du passé. Car vous en avez eu bel et bien un, avec eux, quand aux récréations vous jouiez sous le tilleul (celui d'hier, celui d'aujourd'hui sous lequel se tient, son genou d'acier au ras de votre jupe, Helmut Steiner), au mariage, au baptême des enfants qui vous étaient immanquablement nés par l'opération du Saint-Esprit naturellement. Avec qui vous avez dansé, au bal de la fête du pays, le 15 août, commémorant l'Assomption de la Vierge, de sa montée au ciel, après qu'elle a conçu un fils prédestiné au salut du monde et par conséquent au martyre. Et nous, en son honneur de vierge-mère, d'entité séraphique androgyne capable d'enfanter sans qu'il y ait ce que les Églises appellent le péché, de donner de la sandale, du soulier avec le Gustave, le Narcisse, avec le Jules au son de la clarinette et du saxo sur l'air de la *Rose-Marie Polka* qui aura fait danser, avant qu'elles n'entrent en guerre avec ses cinquante millions de morts à la clef, du Don à la Rance, de la Baltique au rocher de Gibraltar, toutes les démocraties et les dictatures d'Europe ou presque. Du valet de ferme au métallo, de l'instituteur au boutiquier, du fermier au représentant de commerce, au notaire et les gamins et gamines comme nous, acharnés à nous donner une pinte de bon temps dans leur sillage. Comme si la vie était à nous. La belle, la folle vie qui nous habitait, nous mettait des ailes aux talons, nous faisait voir, même si nous étions pauvres, mal lotis, ou pire encore, promis à l'horreur des génocides qui s'amorçaient, l'avenir en rose. Notre avenir !

Que la horde des vigoureux jeunes hommes d'outre-Rhin galvanisés par la réussite de la guerre-éclair, sur la Hollande, la Belgique, la France, défilant armés de pied en cap était en train d'écraser joyeusement sous les semelles de leurs bottes en passant devant nos fenêtres sans savoir qu'ils écrasaient aussi le leur quand l'allié soviétique devenu leur ennemi mortel, des centaines de milliers d'entre eux commenceraient dans l'enfer des neiges ukrainiennes, à subir, à leur tour, le coup de boomerang. Avec pour finir, l'Allemagne, leur Allemagne, prise entre deux feux, le russe, le yankee, transformée, raid après raid, scène après scène de tuerie, en cimetière.

Car elles étaient passées au zénith de leur triomphe et d'assez belle humeur en somme, au son des fifres, des tambours, les divisions teutonnes, en ces jours de juin et juillet 1940 où la société française désarçonnée par la défaite, prise de court entre deux discours contradictoires, celui de Pétain, son fameux : « *C'est le cœur serré que je vous dis aujourd'hui qu'il faut cesser le combat* », celui de Charles de Gaulle son ancien sous-secrétaire d'État au ministère des Armées passé à Londres et à la Résistance : « *La France a perdu une bataille mais elle n'a pas perdu la guerre* » allait dans son ensemble danser, un bon moment, la valse-hésitation.

Quant à moi, m'efforçant du haut de mon perchoir de flairer le vent, de m'orienter à l'ouïe autant qu'à la vue, car les voix qui montaient maintenant jusqu'à moi ne venaient plus seulement de la rue mais de notre jardin, de la salle de classe, de robustes voix allemandes qui occupaient elles aussi la place, l'investissaient, m'investissaient, quelque chose me disait que la digue où je m'étais réfugiée, bientôt ne serait plus assez haute, que la vague réussirait un de ces quatre matins à passer par-dessus bord. Que c'en était fini en tout cas de la belle vie. Finis les gentils repas de famille ou de banquet, avec les chansons au dessert. Les édifiantes, les grivoises, qui vous font pleurer ou crever de rire, à en avaler de travers son café et son morceau de quatre-quarts.

Finis les bals sous la tente jusqu'à la pointe du jour, jusqu'à ce que la lune n'en puisse plus de vous avoir tenu sous sa coupe, folle compagnie d'animaux humains en complets-vestons et robes à fanfreluches qui s'enlacent, aimantés comme paquets de mer, allant donner de la tête contre elle et qui oscillent sur eux-mêmes, ébouriffés d'écume et de plaisir comme couple de serpents électrisés par la musique des astres.

Finis, sûrement aussi pour moi dans la foulée, les récitals de plein air que je donnais les dimanches après-midi d'été à la carrière de sable, en lisière de forêt. Pour les copains, les copines, toujours.

Au cœur de l'hémicycle que la pelle des maçons, des cantonniers creuse dans son ventre de falaise, sa chair siliceuse et friable que la lumière pénètre, bombarde de particules d'énergie, se met non seulement à luire, mais à frémir, à devenir toison, pelage de gros fauve assoupi sous la chaleur et qui fait corps avec son antre. Et c'est alors qu'elle change de nature. Devient lynx, loup-cervier, opère sous mes yeux sa fantastique mutation. Qu'elle se met à vivre sa vraie vie. Qu'elle irradie. Et moi je monte sur son échine de bête. Là-haut, sur son dos de fougères, de ronces griffeuses, j'entre en scène. Qu'importe si j'en ai mollets et chevilles en sang. Entre deux colonnes, somptueusement sylvestres : celle d'un chêne, celle d'un alisier, tenant, moitié voile de misaine, mon mouchoir à carreaux déployé d'une main, moitié oriflamme féminine de ronde, quand les doigts s'envolent autant que les pieds dans les farandoles paysannes, qu'ils donnent le signal du premier balancement du corps sur place, préface au ballet qui va suivre et qui ne concerne encore que le tronc axé autour du pivot de la tête, tantôt étreignant l'air, ou le repoussant au contraire, des bras, des coudes, des épaules, je danse et le vide que je creuse autour de moi n'est que prétexte, coquetterie de fille éloignant d'elle son cavalier pour qu'il lui revienne. En même temps je chante à pleins poumons, *La Petite Église*, *Sombre dimanche*, *Le Chaland qui passe* et même, et c'est le clou, l'air de Chérubin des *Noces de Figaro*, qu'une Parisienne très distinguée, Madame Dion, qui vient passer des vacances à Aulaines, chez son ancienne employée de maison et dont nous avons fait la connaissance m'a appris, en m'accompagnant sur mon vieux piano d'étude, quand elle a découvert, lors de ses visites à la maison, que j'avais de l'oreille et du timbre. Ce qu'elle appelle une nature de diva à l'état brut. Capable de s'envoyer déjà la voix en l'air, sinon le reste, pourvu qu'on la pousse à faire le coup de feu dans l'air de Rosine : « *Ah, viens, mon cher amant, la nuit est belle* », et sans en faire un plat pour autant de ne pas arriver à la cheville de Lily Pons.

Ainsi donc, à cause de ces voix toujours, m'imposant leur dynamique orchestrale impérieuse et cuivrée, j'avais brusquement su qu'il m'allait falloir changer de registre avec la mienne, passer à une autre façon de vivre, de respirer prudemment, humblement. A l'économie. Que j'allais, que nous allions, devoir, et sûrement pour un temps très long, entrer en hibernation.

En bas, les adultes, c'est-à-dire Roclin, le maire, un fermier ayant quitté son exploitation en hâte pour descendre dans le bourg et Roulette, mon père, son secrétaire de mairie essayaient de faire face, d'être peu ou prou à la hauteur de la situation. Debout sur le trottoir, devant la mairie, ils se débattaient comme ils pouvaient en dialoguant en petit-nègre avec un adjudant de la Wehrmacht en tenue de campagne. Un très imposant feldwebel motorisé, mi-estafette, mi-sergent fourrier, le casque soudé au crâne, brandissant sous leur nez une carte d'état-major en leur désignant d'un majeur ganté de cuir la toile d'araignée des chemins vicinaux ou de terre conduisant sur le territoire de la commune aux fermes et aux bordages qui allaient devoir fournir aux troupes en stationnement ce qu'il leur faudrait non seulement en pain et en pommes de terre mais en lait, en volailles, en viande de porc et d'œufs. Sa compagnie avait besoin de produits frais et il allait falloir en trouver...

Visiblement, les deux hommes de campagne plantés là, devant la fenêtre de la petite pièce constituant le centre administratif de ce quelconque village français l'impatientaient. Le maire en culotte et veston de velours à grosses côtes, rapiécés aux coudes et aux genoux, la casquette de coutil à visière déformée par l'usage rabattue sur l'insondabilité paysanne du regard qui se dérobe. Avec lui, ce modeste gratte-papier communal casquetté lui aussi à la bonne franquette villageoise mais ayant outre une allure militaire à cause du port de culotte de cavalier et de guêtres, inscrite sur le visage, une espèce de fermeté, de dignité tranquille jusque dans les humiliations et les désordres de la défaite. Ce qui n'était pas, sans doute au fond sans le décontenancer un peu, lui paraître insolite dans ce trou perdu, constitué le long d'une voie unique par une enfilade de maisons ternes et basses au pied d'une forêt, son long corridor de fraîcheur, charpenté de lumière et d'ombres qu'il avait traversé à pleins gaz avant d'atterrir ici, pour y réquisitionner des vivres.

Un sacré choc pour moi encore, de voir mon père, chargé par le maire en tant que secrétaire de mairie de servir de guide au feldwebel, obligé, pour en finir, de monter dans le side-car à ses côtés pour lui servir de cornac jusque dans les fermes les plus retirées d'Aulaines, leur repliement de bêtes sauvages en lisière de futaies, au bout de chemins creux, secrets, encaissés, criblés d'ornières. Un départ incongru, ahurissant ! L'Allemand, un costaud d'une trentaine d'années, visiblement rompu à ce genre d'expédition tout terrain, de voyage-découverte en pays conquis (combien de centaines et de centaines de kilomètres, depuis l'Allemagne en passant par la Hollande, la Belgique avait-il déjà à son actif qui l'avaient conduit jusqu'ici ?), les pans du cache-poussière lui faisant des ailes de chauve-souris dès que sa machine avait forcé l'allure, mon père littéralement coincé en contrebas de lui dans le sabot du side-car, retenant d'instinct à deux mains sa casquette sur le crâne, pour éviter de la perdre !

L'impression insupportable, au-delà du ridicule de la situation, de ce qu'elle avait d'humiliant, que j'étais en train d'assister à son enlèvement. Que peut-être, je ne le reverrais jamais. Que le regard qu'il avait jeté de biais à ma mère se tenant, traits crispés, mains accrochées à la barrière de la cour de récréation de l'école, un regard concentré, extrêmement grave aussi, posé sur toute sa personne d'épouse, de compagne des bons et des mauvais jours, auquel le sien avait répondu, était peut-être son dernier regard de vivant. Le même choc éprouvé deux années plus tôt et qui m'avait glacée jusqu'aux reins, ce matin de 24 septembre 1938, où sur le coup de sept heures du matin, Maman et lui étaient rentrés dans ma chambre pour me dire qu'il devait s'en aller. Que, réveillé à la pointe de l'aube par les deux gendarmes de service de la prévôté de Bonnétable, la ville voisine, il avait reçu d'eux son ordre de mobilisation d'ancien gendarme retraité, passé dans la 2e réserve depuis 1933, mais qui ne serait libérable de toute obligation militaire, en cas de conflit armé, qu'en novembre 41 quand il atteindrait ses quarante-huit ans. Hitler, aux dernières nouvelles, m'avaient-ils expliqué, recommençait à faire des siennes. Après ce qu'on appelait l'Anschluss c'est-à-dire, six mois auparavant, le rattachement pur et simple de l'Autriche à l'Allemagne, cette fois c'était l'annexion du territoire des Sudètes raflé à la Tchécoslovaquie avec ses trois millions d'hommes et de femmes, de nationalité tchèque depuis le traité de Versailles, mais qui, dans leur ensemble, de souche et de culture allemandes, n'avaient pas été difficiles à noyauter par les tenants du national-socialisme, de leur politique de pangermanisme à outrance.

Alliée en titre de la fragile République tchécoslovaque du président Benès, n'ayant recouvré qu'à peine depuis plus de vingt ans son indépendance vis-à-vis de l'Autriche-Hongrie, perdue lors du traité de Westphalie, la France, soucieuse de s'opposer à son démembrement, mobilisait. Les journaux, la TSF commentaient la levée de six cent mille réservistes rappelés sous les drapeaux, faisaient état, gare de l'Est, de leur cohue de futurs défenseurs de la démocratie au-delà du Rhin et du Danube, encore en casquette ou chapeau, attendant avec un père, une mère, une épouse, des enfants, une amante, la formation des trains qui les conduiraient à Strasbourg, à Metz, à Nancy.

Auguste Roulette lui aussi quittait la maison. Notre maison. Grand Dieu qu'arrivait-il ? Que nous arrivait-il à tous trois à cause de cette sinistre histoire de Sudètes dont je me refusais, autant de toute mon ignorance d'alors de la géopolitique hitlérienne que de mon attachement pour Auguste, à ce qu'elle nous concernât. Qu'elle le concernât au premier chef alors qu'il n'était pas remis, survenue à peine trois semaines auparavant, de la mort d'Anne, ma grand-mère dont il était le fils. Je n'étais bien sûr pas davantage en état de donner à la fameuse devise : *Ein Volk, ein Reich, ein Führer* : un seul peuple, un seul empire, un seul chef, toute sa signification. D'en mesurer les conséquences d'impérialisme terrifiant assorti des horreurs de la purification ethnique.

Je ne savais, dans l'instant, passionnément, viscéralement, qu'une chose. Que j'aimais mon père. Qu'être privée de lui, de sa présence efficace, de son énergie, de la qualité de son sourire, car lorsqu'il souriait son visage devenait celui d'un enfant, indemne de toute fatigue, d'amertume, le sourire solaire, généreux de l'homme prenant sur lui, sur ses malaises physiques (il avait été gazé par ypérite en 1918), sur ses épreuves de gamin pauvre, orphelin de père à sept ans, jeté dès treize ans dans la lutte pour la vie, précipité à vingt ans dans les affres de la guerre de 1914, c'était m'ôter aussi à moi, un grand pan de joie de vivre, m'amputer d'une main ou presque, me rendre boiteuse. M'ôter mes points de repère aussi. Car il était si loyal, si tolérant avec autrui, si ennemi de toute violence gratuite l'ancien gendarme Roulette. Et comme il détestait quand ils n'avaient rien commis de mal qu'on bousculât nomades et marginaux, qu'on se fît la main sur eux... Était-il possible qu'il s'en aille ? Qu'on me privât de lui ? Qu'on m'ôtât cet homme qui était si beau, si imposant, même s'il chantait faux, quand à la fin des repas en famille, au banquet des laboureurs d'Aulaines, à l'heure de la pièce montée et du vin mousseux aux noces de ma cousine Madeleine (un vrai mariage de gala avec des demoiselles d'honneur en robe d'organdi jaune paille, garçons d'honneur en complet sombre et souliers vernis) il se levait en chemise blanche à col cassé agrémenté d'un nœud papillon, en costume de draperie noire pour entonner *Les Ponts de Paris* et *La Valse des ombres* ?

Un grand et beau truc cette *Valse des ombres* qui allait me poursuivre toute ma vie avec ses allusions si frappantes pour la gamine que j'étais, à la vanité des choses de ce monde, à la précarité de toute condition humaine, avec l'amour en guise d'unique recours, de panacée :

« *Aujourd'hui très grand*
Demain dans le néant
L'homme est une ombre qui passe
Ouvriers trimards
Bourgeois ou fêtards
La mort vous frappe au hasard
Au lieu de vous faire la guerre
Apprenez à vous aimer
Puisqu'un jour dans d'autres sphères
Vous danserez enlacés... »

Et vas-y pour les ombres qui valsent réconciliées. Légères, si légères, d'en avoir fini avec leurs encombrantes dépouilles d'ouvriers, de bourgeois et tutti quanti. D'en avoir fini comme dirait Monsieur le curé avec leur péché... !

Et voilà que ce salopard d'Adolf Hitler venait nous obscurcir l'horizon avec, comme les appelait Papa, ses gueuleries sur fond de croix gammées et d'infernal ballet de jambes raides, de défilé au pas de l'oie ; avec, comme je l'avais lu une fois dans un journal qui m'était tombé sous la main « son appétit insatiable de domination ». Formule dont je m'étais gargarisée depuis, avec « pangermanisme et espace vital » pour montrer que j'avais du vocabulaire à mes condisciples de l'école primaire d'Aulaines. Donc, ce matin-là, je les avais eus, Auguste et Marthe, se tenant frileusement l'un à côté de l'autre, devant moi et je l'avais senti, au bord des larmes. Elle, sa belle tête de Junon inquiète, émergeant de l'échancrure de sa chemise de nuit froissée que, surprise dans le sommeil et dans la hâte de s'activer à préparer pour son mari une valise de linge, l'aider à rassembler ses affaires, elle n'avait pas eu le temps d'échanger contre une robe. Lui qui, tout en portant encore beau à quarante-cinq ans, parce qu'il avait grossi en quelques années d'existence civile, de quiétude domestique exempte de tournées à vélo, de corvées de planton qui avaient été pour lui si éprouvantes à cause de ses varices aux jambes, qu'elles l'avaient contraint à prendre sa retraite anticipée, toussotait nerveusement, anxieusement, boudiné qu'il était dans son vieil uniforme de pandore qu'il avait fallu récupérer en toute hâte avec pardessus militaire, ceinturon, brodequins noirs et guêtres, le tout rangé depuis 1929 sous une ancienne toile à matelas derrière la corniche de l'armoire à glace conjugale.

Le képi à la main, il essayait de me sourire.

Toute une affaire, tout un programme, ce sacré képi, rangé, lui, pour l'ordinaire à l'abri de la poussière dans le placard mural aux archives de la salle de la mairie, qu'il ne prenait sur lui de sortir de sa cachette que pour s'adonner à des opérations de police officieuses et bien déterminées et dont il déclarait lui-même en s'esclaffant qu'elles ne s'effectuaient plus désormais pour sa gouverne que dans le cadre restreint de la brigade des mineurs d'âge scolaire, autrement dit à l'encontre des seuls polissons de la classe jouxtant la mairie, dirigée par son honorable épouse !

Le képi d'Auguste, l'épreuve par excellence ! Celle de la loi. Celle du feu !

C'est devant lui, et non point devant mitre ou couronne, voire couvre-chef rutilant de maréchal de France, imposant bonnet carré de président à mortier que Marthe, institutrice d'État, chargée de pourvoir autant à la formation morale de ses élèves qu'à leur instruction de base, avec des éclats de voix qui n'appartenaient qu'à elle, le sarrau de satinette noire virevoltant autour de sa personne olympienne, entraînait le prévenu d'une poigne de fer, le long du couloir conduisant à la pièce de la mairie. Bien sûr, c'étaient là mesures d'exception, liées à la gravité du délit. Il fallait par exemple avoir été pris la main dans le sac, autrement dit dans le placard aux fournitures scolaires, à l'heure de la récréation ou du balayage du soir de la classe.

Le chapardeur de papier buvard rose, si doux, si velouté au toucher ce buvard, de craies de couleur qui vous transforment un rectangle d'ardoise d'un bleu sombre en parterres de fleurs et d'oiseaux, de boîtes de plumes Sergent-Major à somptueux reflets mordorés de roue de paon, de ventre de faisan, l'amateur de compas de bois d'un jaune vif, le passionné du tracé à satiété de cercles concentriques, répétés et magiques sur des bouts de papier récupérés dans la corbeille (ensuite on les plie en quatre et on les porte dans sa poche, en guise de talisman, au milieu, autre grigri, de la provision des billes) bref, autant que le voleur en herbe, le rêveur, l'enfant sorcier, l'enfant lunaire, souvent indigent en même temps, auquel les huit ou dix sous manquaient pour l'achat d'une gomme neuve, du taille-crayon en forme de globe terrestre, de planète qui lui aurait permis, en la faisant tourner entre ses doigts pour aiguiser la pointe de son Bagnol-Farjon, de s'imaginer qu'il en était le maître, ou bien encore, l'apprenti macho, ayant la veille au soir sur le chemin du retour vers les fermes, après l'avoir coincée entre une barrière et lui, fait un croc-en-jambe à une fille, qui s'en était plainte à son institutrice, tout ça histoire de se donner du bon temps avec ses glapissements de femelle apeurée tombée dans l'herbe et par la même occasion de s'en mettre plein la vue de ses cuisses blanches de chevrette sous son jupon de flanelle retroussé, se retrouvaient pantois et raidement assis sur un mauvais tabouret en posture d'accusé, face au képi, extirpé pour la circonstance des profondeurs du placard et solennellement posé sur une pile de registres.

Mauvais quart d'heure à passer et même davantage. Car la méditation du coupable sur lui-même en présence du principal attribut de la maréchaussée, de la maréchaussée elle-même, impénétrable, silencieuse, pouvait durer jusqu'à deux heures d'affilée. D'autant qu'elle ne levait les yeux de ses dossiers, n'interrompait son minutieux travail d'officier de police déguisé en banal gratte-papier, de redoutable greffier dressant implacablement procès-verbal des minutes de votre silence, équivalant au fur et à mesure qu'il s'amplifiait à des aveux complets, que pour vous envelopper d'un regard glacé.

Généralement c'était la levée de vos sanglots qui tenait lieu de prélude à la levée d'écrou. La séance de garde à vue, la relégation, la menace du mitard, c'était fini pour aujourd'hui. Mieux encore, avant que de vous laisser regagner vos foyers, vous aviez droit à un sermon qui prouvait qu'on vous jugeait capable de vous racheter. Ce qu'il allait falloir, c'était faire provision de bonnes résolutions. La plus urgente de toutes, s'avérant dans l'intérêt de votre avenir, encore bien plus que de céder étourdiment aux attraits du beau sexe, de ne plus céder, par contre, au nom de l'adage de « qui vole un œuf vole un bœuf », à celui des fournitures scolaires, si belles à regarder derrière une vitre cuivrée de soleil, à l'heure vespérale du nettoyage des tableaux au chiffon mouillé, du décendrage du poêle Godin, dans la tiédeur d'une classe vide, son air délicieusement confiné de grande salle commune rendue au silence, sa vacuité sacrée, la même ou presque que celle d'une église et dans laquelle, chargé, par roulement, de la mise en ordre, du balayage vous officiiez comme le bedeau en ayant l'œil à tout et sur tout comme Dieu veut ! Et voilà que vous aviez failli. Qu'indigne de vos fonctions, vous aviez abusé de la confiance en vous de votre institutrice pour dérober un cahier, une feuille de papier calque, un lot de crayons d'ardoise. On passerait pour cette fois l'éponge. Mais que vous récidiviez, votre famille serait mise au courant. Et alors, gare sans doute à la trique de votre père. A sa fierté blessée de pauvre bordager ne disposant que d'un âne pour faire valoir quatre hectares de terre et peinant sur elle du matin au soir pour vous nourrir de pain et de soupe. Gare à votre mère. A son humiliation à elle de femme des champs.

D'éleveuse de volailles, d'un cochon, de deux vaches, d'une paire de brebis. Se privant de linge de corps, de bas de laine, de tablier pour que vous en ayez un qui soit convenable, vous permette de vous présenter sans honte à l'école.

La porte de la mairie à la fin s'ouvrait. Elle s'ouvrait sur la cour, le tilleul, sur son décor familier de palissades, de bûcher bien rangé, de ciel pommelé de nuages, de leur féerie nacrée et les larmes que vous versiez, après qu'on avait poussé la bonté, non seulement jusqu'à vous pardonner, mais jusqu'à vous gratifier d'un morceau de sucre, d'un bonbon pour faire passer l'émotion, étaient de celles qui vous coulent au long des joues comme la plus caressante, la plus bienfaisante des pluies.

Le képi d'Auguste, la justice qui tient le fléau de la balance, le jugement de Dieu !

Ah si j'avais pu, oui si j'avais pu, à la veille de ce qu'on baptisait pompeusement la conférence de Munich avec son défilé de ministres, de plénipotentiaires anglo-saxons et français décidés, moitié par pacifisme naïf, moitié par veulerie politique, à entériner le dépècement de la République tchécoslovaque par l'Allemagne nazie, faire quelque chose, ce matin de 24 septembre-là pour cet homme et cette femme dont j'étais née. Dont le désemparement qu'ils essayaient de me cacher m'était insupportable.

Ah oui, si j'avais pu, en lieu et place de Chamberlain, de Daladier, de Bonnet et consorts, de leurs solennelles mômeries munichoises, de leur pacte de dupes signé avec un dictateur sans foi ni loi, prendre à ma façon les affaires en main. Faire à Adolf Hitler le coup du képi.

L'enfermer à double tour dans le mitard de la mairie d'Aulaines, sans manger ni boire jusqu'à ce qu'il cède ou qu'il en crève ! Jusqu'à ce que, comédien fou, artiste-peintre raté, sombre petit homme aigri, soulevé par l'instinct de puissance, hissé par ses sicaires en chemises brunes sur les podiums des grandes fêtes du national-socialisme, de leurs fastes militaires terrifiants, bateleur fulminant frappé d'incontinence verbale devant des foules travaillées à leur tour comme du mauvais pain par le ferment de ses haines, de ses mensonges, aussi de ses aveuglements, enfin, privé de public, réduit en face d'une table de bois blanc et d'un vieux képi de gendarme, à force de silence, seulement à lui-même, il déclarât forfait. Qu'une bonne fois pour toutes, il nous foute la paix. Et pas seulement à nous, les Roulette, mais au monde entier. Ce monde que, se jouant de la faiblesse des uns, s'appuyant sur la complicité des autres, il plongerait dans le chaos et dans le crime au nom de la supériorité de la race allemande, appelée, selon lui, par vocation, privilège de droit divin, à régenter toute l'Europe.

Hélas, en ce matin d'automne encore tout imprégné des tiédeurs d'un été finissant, il m'avait bien fallu en finir avec mes billevesées d'enfant, me résigner au départ d'Auguste. Le regarder, le cœur gros, postée avec Marthe au milieu de la route pour l'apercevoir plus longtemps, s'éloigner de nous, gravement, silencieusement à vélo, en direction de son lieu d'affectation, peu éloigné d'Aulaines certes mais qui l'arrachait à sa quotidienneté, et, repris, presque à chaque coup de pédale, par cette fameuse petite toux de gazé qui en disait long ce jour-là, non seulement sur son regret d'avoir à nous quitter mais sur son degré d'inquiétude face à l'avenir.

Car il reviendrait vite, moins de deux semaines après, à vélo toujours et je l'aurais de nouveau devant moi, avec moi, pour moi et cesserait alors de me tourmenter cet air d'irréalité qu'avaient pris autour de Marthe et de moi, en son absence, les êtres et les choses, l'impression, à cause d'elle, que le temps désormais suspendu, j'étais devenue une horloge qu'on avait, depuis lors, oublié de remonter. Puis, il y aurait une seconde alerte, celle d'avril 1939 où il serait de nouveau rappelé sous les drapeaux avec, pour en finir, sa mobilisation le 22 août, à la veille de la signature du pacte germano-soviétique, prélude entre nazis et Soviétiques au dépeçage de la Pologne notre alliée traditionnelle depuis nos rivalités avec les Habsbourg. Même vélo toujours, même képi, même uniforme qu'il avait entre-temps, car il croyait la guerre inévitable, fait élargir par un tailleur en prenant sur les coutures. Même tiédeur, douceur insensée de fin d'été que l'année d'avant. Sur son passage de gendarme réserviste, progressant lentement à bicyclette, montant les côtes à pied, épongeant d'un mouchoir à carreaux qu'il tenait de sa mère défunte la sueur qui lui roulait sur la figure d'homme éprouvé un quart de siècle plus tôt à vingt ans par les misères d'une guerre ayant coûté la vie à des millions de poilus comme lui, aussi à des millions de jeunes Allemands, même somnolence des champs moissonnés, de leurs éteules, de leur bourre de paille passée à l'or fin. Même présence taciturne, étale, de mer à son reflux, d'une forêt aux couleurs d'algues, de fosse sous-marine, libérant par endroits des raz de marée de bruyère mauve. Même pérennité de l'organisation des paysages, des rythmes, des rites de la nature et, puisqu'il en aimait autant que moi les bienfaits et les sortilèges, même malaise à savoir qu'il en jouissait seulement au passage avant le lever du rideau sur la tragédie, avant que n'en retentissent les trois coups.

Car cette fois, avec le viol au 1er septembre, de la frontière polonaise par l'armée allemande d'une part, fonçant sous le commandement de Guderian en direction de Danzig ; par l'Union soviétique d'autre part, ce serait pour de bon la guerre. Réveil tardif des Occidentaux. Pacifisme irresponsable d'une gauche française entichée d'antimilitarisme à courte vue en face d'un adversaire armé jusqu'aux dents, et de son allié bolchevique du moment et d'une extrême droite souvent gagnée au fascisme, ni la France, avec elle ses alliés anglais, hollandais et belges ne seraient en état de s'opposer longtemps à l'avancée des troupes hitlériennes, à travers les Flandres, l'Alsace, la Lorraine.

Une effroyable pilée, une catastrophe collective que, justement, le gendarme Roulette, affecté au chef-lieu de canton de Tuffé en remplacement de son jeune chef de brigade mobilisé au Mans dans le cadre de la 4e légion, qu'il avait fallu, au bout de deux mois de reprise de service actif, pour cause d'ulcérations profondes aux jambes provoquées par les heures de planton, finalement réformer en décembre après quatre semaines d'immobilisation forcée à l'hôpital militaire, avait non seulement craint mais vu venir depuis l'Anschluss !

Car ce modeste homme de l'arme doué d'une intelligence naturelle vigoureuse, c'est-à-dire d'un jugement clair, jeté un quart de siècle plus tôt, jeune fantassin anonyme du 115e de ligne dans l'enfer d'une guerre s'étirant sur des mois de pourrissement dans les tranchées, avec ses hécatombes à Verdun, Douaumont, avait déploré, dès la remilitarisation de la Rhénanie, au mépris du traité de Versailles, dès le début des crimes perpétrés par les milices hitlériennes au nom de la pureté de la race, celui des arrestations des libéraux allemands, la mollesse des gouvernements de la IIIe République et de la royale Angleterre. Leur politique de démission qu'il qualifiait de lâche, en même temps d'imbécile face au cynisme hitlérien.

Ce fameux traité de Versailles, auquel, en homme de bon sens, de modération aussi, ayant souffert sur les champs de bataille de la faim et du froid, connu l'horreur des montées à l'attaque baïonnette au canon, la course à la mort, celle qu'on donne, celle qu'on reçoit (et pourtant on a encore si peu, si mal vécu, pas même eu le temps, l'autre non plus sans doute, l'ennemi, celui d'en face, avec son casque à pointe, son mauser qui en veut à votre peau, comme vous en voulez à la sienne avec votre lebel, de prendre femme, de planter à tout le moins dans son doux ventre offert un enfant qui vous prolonge), en homme résolument adversaire du cycle des haines séculaires, il avait été loin de souscrire pour sa part, aveuglément. De sorte qu'à l'égard de Clemenceau, le père La Victoire comme on l'appelait en 1918, son admiration avait été mitigée. A cause de cet acharnement qu'il avait mis, une fois l'Allemagne battue, à lui imposer des conditions de paix draconiennes, indignes selon lui, des règles de l'honneur. De celles qui acculent, au milieu de ses deuils, un peuple, à la ruine ; au dénuement de ses veuves, de ses vieillards, de ses enfants. Ce que Roulette appelait faillir au code de chevalerie, de la pitié virile, encore une fois à l'honneur.

Et puis enfin, ç'avait été aussi se rendre coupable d'immaturité politique que d'avoir oublié, sinon ignoré, qu'humiliation et misère sont mauvaises conseillères. Que c'était, pour l'avenir, ouvrir la porte à toutes sortes de révoltes justifiées ou non, à toutes les violences de la part d'une nation qui, rongée par le chômage, victime d'une telle inflation monétaire que ses masses se trouvaient incapables de satisfaire à leurs besoins les plus élémentaires, se rangerait à plus ou moins brève échéance sous la bannière d'un meneur, passé maître à coups de contrevérités philosophiques, religieuses, raciales grossièrement mais habilement orchestrées, dans l'art de manipuler l'opinion d'une société malmenée dans sa vie quotidienne et d'autant plus encline à la chasse aux boucs émissaires : avant tout les juifs, dont il saurait la persuader qu'elle était leur victime. Un lavage de cerveaux, surtout celui de la jeunesse, toujours si facile à manipuler, sans précédent ! Un dressage à se faire les dents, au nom du culte national-socialiste sur les victimes expiatoires que son Dieu Führer lui désigne. Comme si, du partage de la haine entre les foules et lui, du rituel de ses messes noires, pouvait naître celui de l'amour.

Aux yeux de mon père donc qui s'en ouvrirait à moi plus tard quand je serais en âge d'en discuter, une double erreur historique dont les conséquences irréparables défigureraient l'Europe du XXe siècle, la replongeraient dans la barbarie : la dureté de Clemenceau d'une part et de son entourage et d'autre part, vingt ans après, au nom d'un pacifisme de qualité douteuse, puisqu'il fermait les yeux sur les premières annexions territoriales de l'Allemagne hitlérienne, aussi sur les premiers holocaustes des démocrates allemands, leur internement, la pusillanimité pour ne pas dire la veulerie, de la France et de l'Angleterre, de leurs responsables politiques des années trente.

C'est pourquoi, partisan, si l'Allemagne était restée, après 18, une république, d'une politique de réconciliation qui aurait permis d'arrêter le cours sanglant de l'histoire, Auguste, en homme et de lucidité et de loyauté aussi, à l'inverse des foules venues faire à Daladier un triomphe, à la descente de l'avion le ramenant de Munich où il avait bradé, avec la bénédiction britannique, la République tchèque pour maintenir, toute honte bue, une mascarade de paix, avait été outré ! Au point, par dérision et pour l'aveuglement d'une société française plus soucieuse de syndicalisme au petit pied que de lutte contre un fascisme dont elle se croyait à l'abri et le manque de fermeté en face d'elle de son président du Conseil, d'avoir prénommé le coq qu'il venait d'acquérir pour notre basse-cour, Daladier.

Une très belle bête d'ailleurs, taillée du col au poitrail dans du cuivre martelé, la fourche de la queue irascible à souhait, forte en gueule dès quatre heures du matin, galante en diable avec les dames de son gynécée, multipliant, entre deux assauts, avec des airs de diplomate initié à la gravité de la situation, des séances de méditation insondable sur une patte.

Daladier, avec ses prédécesseurs, Camille Chautemps, Léon Blum et consorts, à qui Roulette qui n'avait pour autant rien de spécial contre le radical-socialisme en voulait passablement. A cause d'un manque de courage politique qui aurait consisté, dès l'incendie du Reichstag en 1933 et la liquidation des partis d'opposition au nazisme, à préparer la population et l'armée à une intervention militaire immédiate, au lieu de ménager, dans l'instant, une opinion à courte vue prête, non seulement à droite mais à gauche, à se laver du sang des justes répandu hors de ses frontières, tout en se flattant de défendre des idées de fraternité, de tolérance, de justice, de liberté à travers le Front populaire. En prenant les armes à temps, peut-être eût-on enrayé la machine nazie, intimidé du même coup les dictatures espagnole, italienne, évité que Mussolini, ayant pris la mesure de la passivité franco-anglaise, n'attelât son char à celui d'Hitler, mieux encore que Staline, pour avoir sa part du gâteau polonais ne fournît à l'Allemagne du blé, du pétrole, du minerai jusqu'en 1941.

« *Nous vaincrons parce que nous sommes les plus forts* », avait claironné Paul Reynaud à la veille de la débâcle peu de temps avant de rendre à Vichy son tablier à une Assemblée acculée à saborder la République.

Et maintenant, en ce mois de juin 1940, c'en était fini des cocoricos sonores !

Au cœur de notre village, chez nous, dans la cour d'école des garçons, une trentaine de gaillards en uniforme vert, bottes poussiéreuses et calot rejeté en arrière du crâne avaient envahi les pissotières. Tout ça sifflait, rigolait, s'interpellait en allemand, s'ébrouait torse nu, bretelles lui ballottant le long des fesses en actionnant le levier de la pompe du jardin pour se laver les dents, s'étriller le buste, les épaules, à coups de brosse savonneuse au-dessus de notre baquet à linge et comme apparemment ils n'avaient, dans l'instant, pas reçu l'ordre de tout mettre à feu et à sang, on m'avait laissée descendre à la cuisine en m'intimant d'éviter dans les cours les allées et venues inutiles, sauf côté filles pour aller au petit coin ; de ne pas mettre les pieds dans la classe que la poignée de soldats qui l'occuperait une dizaine de jours avant de filer vers les côtes, était en train, sous la direction d'un sergent, après avoir sorti dehors les bureaux des élèves, celui de Marthe et répandu sur le pavage des épaisseurs de paille, de transformer en chambrée. S'affairait en bras de chemise, le cuistot de service au milieu des cageots de patates et de choux, des chapelets de saucisses fumées, autour de la roulante qu'il avait allumée sous le tilleul. Bientôt, s'insinuerait à travers ses feuillages, se mêlant, en cette saison, à celle, délicatement douceâtre de ses fleurs, une puissante odeur de soupe grasse made in Germany. Dans un bruit de cuillères heurtant le fer-blanc des gamelles, dans un robuste fumet de gros légumes saturés de lard bouilli, l'occupation allemande prenait corps dans nos murs, par bouffées d'arômes puissants, presque rassurants, presque domestiques.

S'éleva tout à coup, insouciante, entraînante, déployant par une fenêtre ouverte de notre maison d'à côté, ses spirales langoureuses, une valse de Strauss jouée avec brio sur mon piano d'étude. Aussi retournées l'une que l'autre, Marthe et moi, sans prendre le temps de la réflexion, nous nous étions précipitées d'instinct et vers ces lieux qui nous appartenaient mais dont nous n'étions, depuis quelques heures, plus les maîtres puisqu'un sergent-major y tenait ses quartiers, en attendant d'aller faire la peau à l'Angleterre, et vers cet air qui en jaillissait. Sa gaieté, son effronterie ! Sans bien savoir à quoi nous nous exposions, à quel accueil, quel désordre, nous entrâmes par l'arrière, côté jardin. En même temps nous craignions pour notre mobilier de salle à manger, tenu là en réserve, faute de place à l'école, pour les petits verres anciens de famille exposés dans la vitrine du buffet, pour notre théière de gala ornée de deux hirondelles perchées à la fourche d'un rameau fleuri, pour le tapis de prière d'Anatolie ramené par Auguste de Cilicie où il avait fait campagne, comme gendarme à Adana, dans le cadre de la guerre que la France menait alors contre Mustafa Kemal, se refusant à se soumettre aux clauses du traité de Sèvres, amputant la Turquie des territoires qui lui restaient au Moyen-Orient. Nous craignions pour le piano bien sûr. Pour mon Klein. Acheté d'occasion certes, mais une si belle pièce, comme nous disions avec un brin de fatuité dans la voix. Pour sa lampe de cuivre éclairant, le soir, mes gammes laborieuses, mes arpèges. Pour ses touches d'ivoire crémeuses sur lesquelles je m'évertuais à tricoter les notes, à venir à bout des sonatines de Telemann, du menuet de Boccherini et bien entendu de la *Lettre à Élise* en prenant des airs inspirés, des airs d'artiste.

Un petit sous-officier d'infanterie à lunettes, à la mine, au maintien à la fois énergique et constipé d'instituteur de province, féru, à ses moments perdus, de musique légère, encore qu'il se fût agi, peut-être, pour de bon, d'un pianiste de bar, faisant métier dans le civil de fournir un fond sonore à la fois romantique et enlevé à la clientèle des quartiers de plaisir de Berlin, de Hambourg, celle des ports de la Baltique, car l'un comme l'autre, le pédagogue et le musicien, ont souvent, en effet, dans l'exercice de leur fonction, le même air de sérieux désespéré, de solitude irrémédiable et concentrée face à leur auditoire d'élèves ou de marins noctambules en bordée, veste ouverte pour être plus à l'aise, tenait salon chez nous en jouant la *Kaiserwalz* en présence de trois jeunes gaillards de sa compagnie, amateurs de musique viennoise et qui la savouraient en fumant des petits cigares.

Quelle contenance adopter ? Marthe avait alors pris le parti, pour justifier quelques secondes notre présence, de leur faire signe du couloir par la porte ouverte, en les leur désignant du geste, que nous étions venues en coup de vent pour chercher le balai, la bassine en zinc, la serpillière et la gueule-de-loup qui s'y trouvaient dans un angle et dont nous avions besoin pour notre ménage mais nullement pour nous mêler de ce qui ne nous regardait pas. Ne nous regardait plus, en tout cas, puisque ces messieurs, chez nous, étaient maintenant chez eux.

Ils daignèrent non seulement faire semblant d'y croire mais insister également par gestes pour nous faire asseoir, nous faire profiter du concert. Ce que nous fîmes dans un tel éperdument, une telle confusion d'esprit que nous aurions été incapables, elle et moi de dire ce qui nous arrivait, une fois de plus. Pourquoi, ayant pris place dans notre propre logis, sur nos propres chaises cannées, nous avions le sentiment d'être assises comme au théâtre sur des sièges qu'il allait falloir, quelle que fût la pièce, comédie ou tragédie, quitter à peine le rideau retombé. A la vérité, nous ne savions plus très bien qui nous étions. Qui étaient ces hommes. Ce qui nous avait conduites à être là, avec eux. A qui appartenait cette maison.

Mon père l'avait-il vraiment achetée en ce 14 juin 1927 où, ménager de l'avenir, soucieux de s'enraciner définitivement dans ce village où sa femme allait tenir l'école un quart de siècle, lui, le secrétariat de mairie, trente ans, elle lui avait été adjugée, après mise à prix de douze mille francs, pour treize mille six cents francs ? Où les deux bougies allumées sur cette ultime enchère qui avait été la sienne, s'étaient éteintes avant que personne entre-temps n'en ait porté d'autre ? Y avait-il, dès le mois suivant, fait procéder à la réfection d'une partie de sa toiture, fait chauler sa façade, rajeunir les huisseries avant de la louer à Clémence, ma marraine, demoiselle institutrice à la retraite, jusqu'à ce que, de santé fragile, elle dût quitter la Sarthe pour aller passer les hivers à Lorgues, dans le Midi, chez des religieuses qui tenaient maison de retraite ? Lesquels, d'eux et de nous, de ces quatre fringants fantassins de la Wehrmacht au repos, après une campagne victorieuse si rondement menée contre la France que nous n'avions pas eu le temps de nous reconnaître, cigare rivé au bec et poignard court au ceinturon, ou de Marthe et de moi avec notre balai-brosse, notre serpillière, notre bassine, étaient les intrus ?

Le comble avait été, qu'après s'être esclaffé : « Belle grande fille vous avez, madame, comme ma sœur », le petit sous-officier virtuose, soucieux de ne rien nous faire perdre du charme de la *Kaiserwalz*, nous faisant signe de nous asseoir, soit allé jusqu'à la reprendre depuis le début.

Bon Dieu, quel sacré concert !

Plaqués les derniers accords, nous prîmes congé, le feu aux trousses. Comme bêtes désorientées ayant, loin de l'écurie, de leur niche, perdu leur chemin, nous retraversâmes le jardin, la cour des garçons, celle des filles, au milieu de la soldatesque teutonne dans un égarement de l'esprit et des sens qui nous troublait la vue, nous orientait vers le bercail seulement à l'instinct, au flair.

Auguste était rentré indemne de son expédition avec le feldwebel. Nous respirâmes. Il avait dû écumer avec lui tout le territoire agricole de la commune. De chemins de terre en chemins de terre, criblés d'ornières, en lourdes barrières celtiques à contrepoids de pierre à faire pivoter, bouger à deux en donnant de la force du bras, de l'épaule, de cours paysannes en cours paysannes où les volailles s'égaillaient devant ses roues avec des cris d'effroi extraordinaires, des déhanchements de flottille en dérive essayant de gagner la vacuité verte des pacages comme la haute mer, où les canards s'allaient jeter, eux, dans la mare, où de longs chats tigrés ou noirs prenaient leur élan, se faufilaient comme des rats dans les écuries, où des chiens hirsutes, prisonniers de leur chaîne à longueur d'année, dévorés par les puces, aboyaient à s'en faire péter le larynx, où le tas de fumier dégoulinant du pissat des vaches, des cochons, empestait à cause de la chaleur, rien n'avait arrêté le sergent fourrier. La Fosse-Fillette, les Pierrières, la Meneurie, Monteyer, la Grillonnaie, la Pavoiserie, ailleurs encore la Chetardière, la Poherie, les Fourneaux, les Étrivières, Gâtelet et puis encore et puis encore. De grosses fermes situées au carrefour de leurs champs, de la blondeur vibratile de leurs blés encore debout, de leurs prés cloisonnés de haies somptueuses, en pauvres bordages où l'on gîte plus qu'on ne vit, à l'abri d'un tertre herbeux ou bien encore dans un creux, une espèce de vasque marneuse cernée de deux ou trois arbres à fruits, d'un noyer, d'une oseraie pour le tressage des paniers, des claies et, au-delà, c'est à peine si on dispose de trois hectares (une misère), mon père lui servant de truchement, il avait réquisitionné, pour le lendemain et les jours suivants, de la volaille et des œufs, aussi du lait et du beurre, ailleurs de la paille et du foin sans compter un cochon pour lequel il faudrait désigner à Bonnétable un charcutier pour l'abattre et en accommoder les viandes.

Du corps de logis, de la laiterie, d'une grange, au ronflement du moteur du side-car, ses éructations de machine au point mort, de crapaud énorme, de monstre diluvien, vomissant les fumées par le fondement en milieu de cour, une femme, surprise dans son travail, en nippes rapetassées, pieds nus dans ses sabots, deux rides d'inquiétude incisées profond à la racine du nez, un homme de même, la devançant ou lui collant aux talons, la fourche ruisselante de foin ou de purin, un père, un beau-père, un jeune fils pubère, un valet remplaçant le mari aux armées dont on ne savait plus rien, sinon que pris dans la tourmente de la défaite, ses rassemblements, ses errances, ce n'était pas demain la veille qu'on saurait s'il était mort ou vivant, surgissaient.

Ainsi donc, ils étaient là. Les Allemands, les chleuhs, étaient là. A peine si on avait pris sérieusement ces derniers jours le temps d'y penser. De les sentir venir. De descendre au village pour y cueillir des nouvelles fraîches. Il y avait eu le vêlage d'une vache dont le veau se présentait mal la nuit précédente, les derniers foins à rentrer en prévision des orages et maintenant, ils étaient là. Ils étaient là pour de bon puisqu'il y en avait un, justement, qui, de l'ombre épaisse du chemin de traverse, de son vert aqueux de cours d'eau en stagnation, là où il forme embouchure avec la baie de la cour, son aire de soleil, en déboulait sans crier gare, vomi par lui d'un coup comme paquet d'alluvions. Casqué, botté, armé, large d'épaules et de croupe et qui, après avoir arrêté sa machine, tout en s'étirant, jambes écartées, pour se détendre les reins et le dos après avoir subi l'épreuve du tapecul sur les voies de terre, jetait déjà sur la basse-cour, la porcherie, le regard inquisiteur du sergent fourrier, en sortant d'une des sacoches suspendues au porte-bagages de son engin un gros calepin noir à comptabiliser les denrées. Quant à Roulette, le secrétaire de mairie que tout le monde connaissait, qui, l'accompagnant bien évidemment sur commande, s'extrayait péniblement du side-car, il n'avait plus de figure sous sa casquette. Il n'arrêtait plus non plus, malgré la chaleur, de tousser tout en fixant au-delà de la ligne de faîtage des greniers, des étables, celle de crête, végétale et sinueuse des haies vives, on ne savait quel point visible pour lui seul, auquel son regard tentait de s'accrocher comme à une bouée.

En même temps, lentement, calmement, prenant sur lui comme autrefois lors des enquêtes de gendarmerie, il expliquait aux gens qui faisaient cas depuis longtemps et de son sérieux professionnel et de son bon sens, de quoi exactement il retournait. Qu'une compagnie occupait le pays depuis quelques heures. Qu'il se trouvait là avec cet homme sur ordre du maire, lui-même contraint de satisfaire aux exigences de l'occupant. Il allait donc falloir accepter contre un simple bon de réquisition et non point contre argent sonnant et trébuchant, de livrer du fourrage et des vivres, pour le lendemain avant dix heures au profit de l'armée allemande. La situation étant ce qu'elle était, il n'y avait pas le choix si l'on voulait éviter des incidents. D'autant qu'à part quelques mots de français connus du fourrier : lait, pommes de terre, beurre, cochon, on risquait, en refusant ce qu'il demandait sous des prétextes divers, des malentendus avec lui qui pourraient tourner à la tragédie. En particulier avec le lait, avec le beurre, avec les œufs dont en écrivant le nombre de litres, de kilos, de douzaines sur une feuille de son calepin qu'il brandissait sous le nez des cultivateurs, il réclamait des quantités passablement excessives. Roulette avait donc conseillé qu'on le fît entrer dans les écuries pour qu'il se rendît compte par lui-même de l'importance du cheptel des bêtes à lait. De ce qui serait possible et impossible de lui fournir. Ainsi dans les plus pauvres bordages de la commune, avait-on pu obtenir de lui, par ce procédé, en lui ouvrant les battants de portes vermoulues donnant sur des étables où l'on ne disposait que de deux vaches, qu'il descendît de vingt à dix litres pour les jours à suivre. Ce à quoi il consentait avec, généralement, un grand haussement d'épaules, regard tourné avec une manière de pitié sur la poignée d'enfants dépenaillés, massés en retrait autour du puits et qui l'épiaient de loin comme nichée de renards sur le qui-vive.

Réfugié ce soir-là près de la fenêtre dans le fauteuil de sa mère, Auguste nous avait tout raconté. Il avait l'air fatigué. Très fatigué. Un air qui ne le quitterait plus guère pendant quatre ans. Aussi longtemps que Marthe et lui, et tant d'autres Français comme eux, allaient devoir s'installer, sans pouvoir préjuger de l'avenir, de ses coups de chance ou de grisou, dans cet état permanent de dédoublement de la personnalité qui deviendrait, en somme, pour les individus des nations livrées à la mégalomanie hitlérienne, littéralement une seconde nature.

DANS la semaine qui suivit il y eut un enterrement.

Celui d'une femme d'âge, Augustine Delâtre, une de mes meilleures amies qui comptait quatre-vingt-neuf ans. Ç'avait été l'arrivée des Prussiens, comme elle n'avait jamais cessé de les appeler depuis sa jeunesse, qui l'avait tuée.

Née en 1852, juste après la chute de Louis-Philippe et à la veille du coup d'État qui sonnerait le glas de la IIe République au profit du second Empire, elle avait tenu, une vingtaine d'années, d'abord, avec Eugène Dupont son premier mari qui l'avait faite trois fois mère avant de mourir dans la fleur de l'âge, ensuite, avec un second, Henri Delâtre qui avait été son valet avant qu'elle l'épousât, eût de lui encore un enfant, la ferme située au lieu-dit : la Praillère, accrochée avec d'autres, au flanc de la colline bocagère battue des vents ou mangée de soleil selon les saisons, qui constituait l'essentiel de son terroir et du mien.

Delâtre décédé à son tour, elle était venue, après une rude vie paysanne l'ayant tenue non point à l'écart des malheurs des guerres, de la maladie et des deuils, mais des arcanes de la politique, de ses subtilités plus ou moins avouables, se retirer en face de l'école dans une humble maison de deux pièces avec petit jardin et bûcher attenant, eau du puits à partager avec le voisinage et voilà tout.

Son installation avait été pour moi une grande source d'enrichissement intérieur à tous égards. Non point seulement parce que après la mort d'Anne ma grand-mère, elle l'avait presque remplacée sur le plan affectif mais parce qu'elle m'avait laissé explorer en elle les sédiments de sa propre mémoire, pour en mieux structurer la mienne.

Nos rapports avaient toujours été simples, naturels, enjoués. Ensemble, elle et moi, pour nourrir la portée de lapins de chou qu'elle engraissait dans un clapier ramené de la Praillère, nous allions à l'herbe avec faucille et panier le long des chemins. Une aubaine pour les gens pauvres que ce reliquat de « vaine pâture » médiévale qui lui permettait d'entretenir un petit élevage lui procurant un peu de viande à bon compte. Et c'est alors que tout en conduisant son ouvrage, moi l'y aidant, Augustine se racontait. Qu'elle me livrait d'elle de grandes coulées de vie car, comme toute vie, la sienne avait été un fleuve qui se confondait sans qu'elle le sût avec celui de l'histoire. Ou bien c'était le soir à la veillée, à la lisière d'un feu de cheminée lui permettant à l'heure incomparable, vivifiante du retirement chez soi quand la maison redevient gîte, caverne, terrier, de renouer avec le passé.

Installée dans le village en 1930, après délibération extraordinaire du conseil municipal avec une contribution à payer de vingt francs par usager, empruntée par la commune au nom de ses ressortissants au Crédit foncier, pour une somme globale de 8 840 francs remboursable en trente ans au taux d'intérêt de 5 %, elle disposait, luxe inouï, pour une personne de sa sorte qui n'avait connu que la lampe Pigeon et à pétrole, le falot à bougie pour les allées et venues hivernales à l'écurie, de l'électricité.

A la fois par économie et parce que toute clarté crue l'offusquait, elle refusait toujours que l'ampoule chapeautée d'un disque de fer peint en blanc maintenue en suspens au bout d'un fil épais et torsadé entre deux solives de réemploi du plafond, dépassât les trente watts. Qu'elle lui distribuât, à nuit tombée, davantage qu'un rayonnement lunaire qui suffisait amplement, selon elle, à diriger ses allées et venues de sa table à son lit de coin de guignier, si haut sur pattes qu'elle devait monter sur une chaise pour s'y coucher, et l'armoire sarthoise à fiches, ornée d'une marguerite au centre du linteau où elle serrait draps et torchons de chanvre et puis ses hardes et ses coiffes. Celles du dimanche, amidonnées et brodées au point d'Alençon, celles des jours ouvrables, étant simples bonnets coulissés autour du front et noués par deux pans sous le menton.

Et puis trop de lumière empêchait le plaisir. Celui du rêve à hauteur de chenets, de geyser de feu sur fond de crémaillère noire de suie. Et Augustine aimait le rêve. Moi aussi d'ailleurs.

L'année 1870 avait été celle de ses dix-huit ans, de son mariage avec Eugène et de la guerre entre la France et la Prusse. De l'échec cuisant des armées de Mac-Mahon battues par celles de von Molkte. Celle d'un Paris assiégé à la mi-septembre, réduit à manger les rats de ses caves, de ses rives de Seine, d'où Gambetta s'échapperait en montgolfière pour rejoindre Chanzy à Tours, dans le but de tenter d'arrêter, avec l'armée de la Loire, au prix de combats sanglants, la marche des uhlans. De débloquer la capitale en les prenant à revers. Cependant les jeux étaient faits. La Prusse vaincrait.

Jeune soldat de la classe 69, au 46e régiment d'infanterie de ligne, Eugène stationnait alors à Nogent-le-Rotrou, entre Chartres et Le Mans, dans l'attente, après les revers essuyés dans l'Est et le Nord, de mener à partir de septembre 70 jusqu'en janvier suivant, avec d'autres paysans comme lui, sarthois, mayennais, tourangeaux, angevins, avec des fusiliers marins bretons, renforcés localement par des milices de gardes mobiles, des francs-tireurs rassemblés au pied levé, le dernier baroud d'honneur d'une nation acculée peu après à demander l'armistice. Dix lieues, c'est-à-dire dix heures de marche, à peu près, séparaient Nogent de la Praillère et il se trouvait qu'Eugène Dupont avait pu faire savoir à son Augustine, par rouliers interposés, que dans l'attente d'en découdre avec les troupes du grand-duc de Mecklembourg et du roi de Bavière, d'y laisser peut-être sa peau, il piétinait au cœur du Perche, que faute de ravitaillement convenable il avait faim. Faim de pain et d'elle. De nouvelles de la ferme, de ses parents, de ses bêtes, avant qu'on le jetât dans l'enfer des combats.

S'arrachant à son univers de chemins creux balisés par la colonnade des hêtres, des chênes, au déferlement des paquets de viornes, de sureaux cloisonnant leurs catacombes sylvestres, à leurs tranchées grouillantes de bêtes vivaces et furtives, et qui, la conduisant d'un pacage à l'autre, la menaient cinq ou six fois l'an à Aulaines pour les mariages, les baptêmes, les enterrements, pour l'achat de sucre et de sel à l'épicerie, de ce qu'il fallait de bougies pour l'allumage des falots en hiver à l'écurie (puisque décidément le feu de cheminée suffisait dans la maison pour éclairer le monde jusqu'à ce que le monde s'allât coucher), Augustine Hayes, femme Dupont, était partie seule et à pied porter à manger à son homme, comme le devoir et l'attachement le lui dictaient.

Avec deux miches de pain de méteil rassis de quatre livres chacune, boulangées la semaines d'avant par son beau-père dans le fournil de la Praillère, avec des rillettes, des fromages secs et du beurre salé, le tout réparti, pour le pain, dans un sac de meunier fermé par une corde et qu'elle portait sur le dos comme une musette, le reste dans un panier d'osier noir à couvercle muni d'une paire d'anses, en coiffe blanche ordinaire et en sabots, en bas de coton gris fraîchement lavés et reprisés, maintenus à mi-cuisses par un large ruban élastique faisant office de jarretière, en chemise de dessous et jupon de flanelle sous la jupe et le caraco de futaine réchauffé d'une pèlerine, avec, par là-dessus, un tablier bleu à poches profondes dans lesquelles, avec un fort couteau de poche, elle avait glissé deux oignons et des noix, un tronçon d'andouille et trois œufs durs pour tromper sa propre faim pendant le voyage, sur le coup de six heures du matin, quand le soleil donne de la tête contre la nuit, en crève la membrane opaque, l'ouvre en deux, comme le poussin crevant sa coquille, elle avait quitté la Praillère. A travers champs dont elle franchissait les limites plantées par des échaliers, l'obligeant, pour les enjamber, à retrousser sa jupe à pleines mains en prenant garde à ne point faire tomber son panier, elle avait atteint, au bout de la demi-lieue, la percée rectiligne de la route départementale ouverte entre deux pans de forêt. A partir de cet instant-là, elle avait marché droit devant elle, vers l'orient, puisque c'était par là, si Dieu voulait, qu'elle atteindrait Nogent.

Ce qu'il fallait, c'était ne pas dévier. Ne pas se laisser intimider par cette grande voie poussiéreuse qu'elle n'avait pratiquement jamais empruntée, jeune bête ensauvagée qu'elle était, lui préférant, pour ses allées et venues entre deux fermes, deux bourgades, la discrétion des chemins creux, leur cocon de feuillages.

Comme on se hasarde cœur serré sur une terre étrangère, craignant la rencontre des vagabonds, aussi des soldats affamés, en veine de rapine et surtout celle des cavaliers uhlans, qu'elle imaginait, bien qu'on lui eût assuré qu'ils n'avaient pas dépassé Chartres, pouvoir surgir à l'improviste (des hommes qu'on lui avait dépeints terrifiants sous leur casque à pointe, qui la voleraient, la feraient piétiner par leurs chevaux, la laissant pour morte au creux d'un fossé), croisant parfois des rouliers qui la saluaient de la pointe du fouet, aussi des paysans comme elle, juchés sur des charrettes de paille, de pommes à cidre et qui s'enquéraient où, jeunette et chargée comme elle était, elle pouvait bien aller, et quand elle répondait qu'elle allait à Nogent porter du pain à son homme qui était aux armées, ils hochaient la tête, avec un grand geste fataliste du côté de l'est, elle avait marché deux heures d'affilée. Déjà le soleil avait viré de bord à sa main droite à elle, tout engourdie comme le bras par le port du panier quand elle avait atteint, par progression de plus en plus rude, les premières collines du Perche-Gouet. Du village de la Bosse, situé à près de deux heures de marche de la Praillère, un village à l'inverse d'Aulaines, le sien, si haut perché, si dépaysant pour elle avec sa façon de se tenir en suspens au-dessus des vallées, elle avait surtout gardé le souvenir de la pierre à silex du seuil de son église où elle s'était assise pour souffler un peu, reposer son bras, ses épaules, les faire bouger, tirer, pour les décrisper, sur les articulations de ses doigts. De même, une grande lieue après, à Saint-Aubin-des-Coudrais, à cause que le chemin souvent montait, elle avait dû faire halte à l'ombre de son église encore. Cette fois, elle avait pris place sur le banc de pierre de son narthex. Car il en avait conservé un, appareillé de roussard, éclairé par des meurtrières à colonnettes et dont elle ignorait, bien sûr, que tout comme son clocher hexagonal, son chevet en cul-de-four, il fût roman. Aussi, que sortant des poches de son tablier, tant elle avait eu brusquement faim et envie de pleurer, les quelques noix, le quignon de pain, le couteau pour le détailler, elle était en train de renouer là, assise, loin de chez elle, sous un auvent, sans protection et livrée au hasard des rencontres, avec de vieux gestes ancestraux. Ceux d'un nomadisme pèlerin ou de colportage en quête d'un refuge, au nom du droit d'asile, consenti même par les âmes les plus dures, dans le giron de la maison commune de Dieu.

Pour épargner les quelques sous qu'elle réservait à Eugène si elle avait la chance d'arriver indemne à Nogent-le-Rotrou, de l'y retrouver et qu'elle tenait cachés sous sa chemise dans un petit sac coulissé serré, suspendu à son cou par un cordon, jamais, quand elle avait eu soif, elle n'était entrée au cabaret pour y boire un verre de cidre. Elle avait mendié de l'eau dans les bordages et elle avait eu cette chance qu'aucune femme, occupée près de la mare aux soins de sa basse-cour, à la porcherie, la regardant d'abord avec défiance franchir la barrière ouvrant sur sa cour (cette fameuse défiance paysanne dont elle était elle-même pétrie comme une renarde, comme une laie, surtout en cette période de guerre, de désordre, où les temps étaient si durs que, même les gens ayant un cœur finissent par ne plus savoir qu'ils en ont un, où l'on cachait le grain, les saloirs dans des silos creusés à même le sol qu'on recouvrait d'un tas de fagots et même de fumier) ne lui ait refusé la permission de boire à même la louche de frêne à long manche avec laquelle on lui laissait puiser de quoi se désaltérer dans le seau tenu plein contre la margelle du puits.

C'est en milieu d'après-midi qu'elle avait eu devant elle, après avoir franchi un pont de rivière, la porte à tours crénelées, vestige de l'ancienne place de guerre qu'avait été naguère au carrefour de Haute-Normandie et du Vendômois, de la Beauce et du Maine, la ville de La Ferté-Bernard. Une espèce de lieu clef, comme Nogent d'ailleurs, pour le passage des marchandises, celui des armées. Les Capétiens de France et les rois anglais angevins s'y étaient rencontrés au cours de tractations entre eux, pour l'Anjou, le Maine, la Touraine qui n'avaient servi de rien pour interrompre le cours de guerres entre eux ayant duré cent ans. Plus tard, championne du catholicisme des Guises, elle avait été assiégée par les protestants manceaux tenants de Henri de Navarre. Cette fois, trois siècles plus tard, jolie ville parcourue par les rivières de l'Huisne et de la Même grossies de ruisseaux qui la quadrillaient, ayant conservé les vestiges d'un lustre médiéval dont témoignaient souvent de vieux logis bourgeois à colombage, fenêtres à meneaux, transformée pour l'heure en ville-garnison de fortune par la présence d'un détachement de gardes mobiles et d'une milice de volontaires francs-tireurs, elle tendait le dos dans la crainte de l'avancée prussienne.

Avec effarement, une sensation d'étouffement aussi qui l'étranglait, car elle était si peu habituée au resserrement d'une ville sur elle-même, sur l'imbrication de ses logis, celle de leurs toits s'emboîtant à la diable, aux allées et venues de ses chalands, le bruit de leurs voix, le fracas de leur négoce, Augustine Dupont avait traversé d'une traite l'essentiel de sa rue marchande, débouchant sur une place à fontaine Renaissance, sur une église dont le fastueux gothique flamboyant, son acharnement à multiplier partout l'ornementation en pointe de flèche, de harpon, à empêcher le regard de trouver à se reposer sur quelque surface nue, l'avait, au passage, déconcertée. Autant qu'un si grand nombre de soldats, elle n'avait jamais vu un si grand nombre de boutiques accolées les unes aux autres. Ne lui laissant pour l'œil, tout comme l'église, aucun répit. Car il s'y trouvait encore, malgré la menace d'invasion, outre des quartiers de viande, de la crémerie, du pain, de la quincaillerie, des cordes, des harnais et même dans une librairie du matériel de bureau : épais registres noirs, porte-plume, tampons buvards qui l'avaient intimidée, aussi des toiles. Des calicots écrus ou jaunes de fabrication locale. Des pièces de chanvre, des casquettes en cuir de veau, des chapeaux de notables noirs ou bruns, à ruban de satin et puis, au milieu des sabots de bois brut comme les siens, leur servant de repoussoir, de fines bottines pour dames, à bouts pointus comme des langues de vipères, à boutons ronds, serrés et qui brillaient comme des yeux de fouine, de putois, quand ces bêtes-là, arrachées à leur terrier, après qu'on l'a enfumé, pour avoir leur peau, en faire un collier de fourrure, un manchon pour les coquettes du Mans ou de Paris, vous regardent. Que c'est une flèche, qu'à moitié asphyxiées, elles vous décochent en pleine figure avant de mourir sous les coups de gourdin !

Une ville, c'était donc cela une ville ! Une boîte étroite et haute, sans couvercle, mais pleine à craquer de richesses et qui nécessitait, si on la traversait, de garder la tête levée pour pouvoir respirer.

Aussi, malgré la fatigue qui lui faisait des bras, un dos de plomb, malgré la soif, alors qu'elle aurait pu boire à la fontaine, s'étant fait indiquer la direction à prendre vers Nogent, avait-elle, coupant au plus court par une rue montante, gagné la ligne de crête des faubourgs, sa grande voie chartrienne.

Et maintenant que le soleil était dans son dos, que la fraîcheur du soir lui tombait dessus, elle avait hâte de trouver un gîte.

Avant le premier bourg percheron d'Avèze, dans une closerie

retirée de la route, au bout d'un chemin de terre dont elle avait entrevu, au-dessus des épineux, le faîtage des toits bossus, on lui avait donné asile dans le foin de la grange. Et même, on avait eu pitié d'elle, de son harassement, aussi des motifs qui la poussaient à courir l'aventure d'aller à la rencontre des armées, au point de la gratifier d'une écuelle de soupe et d'une tartine de pain beurrée qu'elle avait, l'une comme l'autre, mangées religieusement à la lueur du foyer de cheminée. De ses grosses flammes, bourdonnantes et vivaces comme des frelons butineurs de suie. Et ç'avait été comme si elle était chez elle à la Praillère ou presque et de nouveau l'avait reprise, avec cette envie de pleurer, cette peur de ne pas réussir à retrouver son homme dans Nogent. D'avoir fait tout ce chemin pour rien. Sans pouvoir lui remettre à manger, alors qu'à cause de l'occupation de la Beauce par les Prussiens, le grain ne passait plus. Sans pouvoir lui parler, s'assurer qu'il vivait encore. Sans pouvoir l'approcher pour de bon et seul à seule, quelque part. Dans un lieu où ils pourraient échapper, ne fût-ce qu'une heure, à l'affairement d'une ville sur le pied de guerre, aux impératifs de la discipline militaire. Sans pouvoir, comme à la Praillère, au soir venu, quand la dure journée faite, leur lit de coin à rideaux refermés sur eux devenait juste avant le sommeil leur univers, leur aire de jeux amoureux, le sentir encore une fois sur elle et en elle, car ils étaient jeunes, fraîchement mariés et encore gourmands l'un de l'autre.

La domestique de la maison, une de ces fortes filles taillées pour les travaux durs comme il s'en trouvait dans chaque ferme, peinant de l'aube au couchant pour le vivre et le couvert, pour les cent francs du jour de l'an qu'elle cachait sous sa paillasse dans l'espoir qu'ils l'aideraient un jour à s'établir avec un garçon comme elle, l'avait conduite à la grange à la lueur d'un falot qu'elle avait bien vite éteint par crainte d'incendie.

Après avoir ôté jupe et sabots, les gardant par-devers elle avec le panier et le sac de meunier, elle s'était fait un trou dans le foin pour s'y loger. Un terrier d'herbes sèches au fond duquel bête migrante, hase ou laie en cavale, elle avait écouté la nuit, c'est-à-dire les autres bêtes prendre leurs quartiers autour d'elle. La nuit ! Ses piétinements résignés de vaches, de juments dans leur stalle, frappant le sol du sabot avec un bruit lancinant et mat de tambour voilé. Ses galopades de rats. Leurs expéditions de voyous noctambules au-dessus des têtes. Ses ululements d'oiseaux de chasse. Bruits animaux, domestiques ou sauvages dont elle était coutumière. Qui, la rassurant sur l'ordre naturel et brutal des choses et par conséquent sur elle-même, l'avaient endormie, la faisant basculer dans un sommeil sans mémoire, sans perspective d'avenir non plus.

Finalement, le lendemain, en début d'après-midi, elle avait atteint Nogent-le-Rotrou. Le Grand Nogent comme elle l'appelait pour le différencier, quand elle m'en parlait, de Nogent-le-Bernard, un joli village presque voisin du nôtre. Eugène, elle avait, par chance aussi, pu le trouver, lui remettre le sac de meunier, les provisions du panier et même, avec la permission du sergent, passer la nuit avec lui dans une auberge où, pour quelques sous, on leur avait procuré une paillasse jetée à même le carreau d'une soupente située au-dessus d'une buanderie à laquelle ils avaient accédé par une échelle.

A peine pour elle et lui le temps de se voir, de se toucher. De se reconnaître pour compagnons, pour mari et femme unis, depuis quelques mois, par un curé de campagne vivant presque aussi frustement qu'eux, mais déclaré dépositaire des desseins de Dieu sur eux. Oui c'était bien cela, sur eux. Sur Augustine et Eugène Dupont. L'un à l'autre liés pour le meilleur et pour le pire. Le pire étant qu'il ne revît jamais la Praillère. Ni elle, Augustine. Alors il n'y aurait plus rien d'autre de lui sur cette terre que le souvenir qu'elle se ferait de sa voix, de son odeur, de ses gestes, de sa façon de manger en prenant garde à ne rien perdre de sa nourriture au fond de son assiette, de parler à ses bêtes et à elle Augustine sur un ton de commandement ou de connivence, selon les heures, le moment. Du moins quand le travail lui laisserait, à elle, le loisir de se souvenir de lui.

A peine le temps de se réhabituer l'un à l'autre, de se respirer. Elle qui l'avait toujours vu, sauf au jour de leurs noces, où il portait, empruntés à un cousin, un costume noir et des souliers, en large blouse bleue de laboureur, réplique de l'antique saie gauloise, en culotte étriquée de coton rayé et sabots, de se faire à cet uniforme de soldat à rutilant pantalon garance, à tunique militaire d'un gris bleuté, à ce képi à calotte souple de même teinte qu'il portait rebiquante sur le front et qui lui faisait, à cause de ses yeux qu'il avait vifs et ronds, de son nez court, de son teint clair, un profil à la fois naïf et belliqueux de jeune verrat, défiant, groin relevé, ceux qui voudraient s'approcher de lui pour l'abattre.

Difficile pour lui d'y croire. De croire qu'elle était là. Grande et mince. Un peu sèche même. Avec un nez un peu trop long aussi, trahissant chez elle, mêlée à l'ascendance celtique, la germanique par greffage fransalien ou viking d'avant l'an 1000. Avec ses yeux à elle. Deux admirables yeux d'un bleu foncé. Enchâssés dans la cavité des orbites comme des émaux. Deux yeux de sirène, de fille-poisson. De déesse marine aux couleurs changeantes de l'Océan qu'ils ne verraient jamais mais qui l'habitait, elle, Augustine. Dont elle offrait en quelque sorte le spectacle chaque fois qu'il la regardait et qui lui donnaient, malgré sa coiffe salie, froissée par le voyage, l'odeur de fatigue, sueur et crasse, qui lui collait à la peau, un air de beauté.

Assis flanc à flanc sur la couette qui puait le suint, la poussière, pendant que, harassée, elle faisait glisser ses jarretières et ses bas jusqu'aux chevilles, qu'il s'était essayé, avec des gestes appliqués, précautionneux, qu'elle ne lui connaissait pas, à lui masser les mollets, ils avaient parlé de la Praillère ! De la rentrée des grains. De leur battage au fléau par son père à lui, le sien à elle, venus à la rescousse pour compenser son absence. Du vêlage de la Marcotte et de la Rosa, les deux vaches (il les appelait des

« taures » en patois du cru) qui avaient constitué la plus belle part de sa dot à lui. Quand décembre viendrait, ses nuits ardentes et froides de pleine lune, même si cette guerre durait, qu'on serait sans nouvelles de lui, il faudrait s'arranger pour tuer le cochon comme d'habitude. Procéder aux salaisons, à la fumaison des viandes. Quitte à devoir ensuite enterrer les saloirs dans les champs pour les y cacher si les Prussiens ravageaient la contrée. On ne peut, quoi qu'il arrive de terrible dans une vie, quand on est un paysan, se permettre de tout laisser aller. Le temps de labourer, de semer, c'est le temps de labourer, de semer. Le temps d'engraisser la volaille, une portée de gorets, de les aider à naître, devenir florissants, de les tuer, c'est le temps de nourrir, le temps d'abattre. Autrement, une ferme n'est plus rien. Ceux qui la mènent non plus. Voilà ce qu'il fallait que ses dix-huit ans, déjà rompus à la traite, le battage du beurre, la tenue d'une porcherie, comme ses vingt-deux ans à lui l'étaient à la mise en valeur d'un sol, d'un élevage de gros bétail, au dressage d'une jument pour le labour, gardent toujours en tête, qu'on le revît à la Praillère ou non.

A l'aube du jour suivant, ils avaient pris congé l'un de l'autre et, tournant le dos à la forteresse de Nogent, à son colossal donjon érigé sur un tertre abrupt lors des invasions normandes, à l'ombre duquel, après avoir partagé avec son homme le pain et les noix qui lui restaient dans les poches de son tablier, lui avoir remis les provisions, s'être défaite de sa bourse qu'elle portait au cou pour la passer au sien, après qu'ils se furent un peu aimés, à la hâte : une effervescence des cœurs et des corps entre eux comme s'il se fût agi d'un amour défendu, de quelque rendez-vous caché d'amants et ils s'étaient appelés mon Augustine, mon Eugène, elle avait regagné la Praillère.

Depuis, c'en avait été fini désormais pour elle des grands voyages. Des angoissants voyages, forcés ou non, en terre étrangère !

Fin février 1871, après avoir échappé, sinon à la misère du

soldat, mais aux blessures irrémédiables, au typhus, à la dysenterie, à la mort, Eugène avait regagné ses foyers, retrouvé Augustine. Avec elle, le monde de leur maison, dans une Praillère ayant vécu un hiver difficile mais épargnée, par chance avec l'ensemble du terroir de Bonnétable, enclave indemne de famine, de tuerie, par l'avancée des régiments du Mecklembourg et de Bavière ayant, après pillage de La Ferté-Bernard, déployé leur effort sur les chemins de crête des collines dominant la vallée de l'Huisne, sa route naturelle vers Le Mans.

L'histoire de la vie d'Augustine ! Ses péripéties, ses épreuves ! Sa lutte journalière pour repousser, toujours latente, toujours menaçante, l'extrême pauvreté. Assise à ses côtés, à la frontière des braises, de leur rougeoiement fascinant de longue bête rampante, je l'écoutais religieusement me raconter comment elle l'avait, pendant plus d'un demi-siècle, tenue à bout de bras, cette vie. En compagnonnage avec deux hommes ayant été jusqu'au bout de leurs propres forces, jusqu'à complet épuisement de leur énergie vitale, Eugène qui mourrait prématurément de la phtisie avant 1900, Henri, qui se tuerait, après lui, au travail pour la mise en valeur de la Praillère. Réussir à en régler chaque année le fermage, éviter la honte et le désespoir de la saisie à une époque où l'arrivée massive des blés américains à bas prix sur les marchés d'Europe ruinerait tant de petits agriculteurs sous la IIIe République, bien avant 1914. Comment, après avoir mis quatre enfants au monde, les avoir, du mieux qu'elle pouvait, gardés en santé, avoir peiné avec leurs pères pour les établir, les forces lui manquant à son tour pour soulever une fourche grasse de purin, une marmitée de soupe pour les cochons, elle avait pris résolution de se retirer ici dans le bourg, en face de chez nous, d'y vivoter de patates, de potées de légumes, de fromage, en s'offrant le luxe inouï quand il faisait un peu de soleil de s'accouder au vantail inférieur de sa porte ouverte en sa partie haute pour regarder le monde.

Le monde qui était les jardins des autres, la colline d'en face, le jaillissement hors de leurs nids d'argile des hirondelles de la poterie, la façade de la maison d'école, l'élancement, le long d'un fil fixé du tilleul au mur de la classe, de la guirlande de roses multiflores couleur de dragées de baptême, de la cour des filles sur laquelle, en été, elle s'extasiait ; le passage des voiturées de foin, de betteraves, de sacs de grain, de la haute berline de livraison à deux chevaux de l'épicier en gros du chef-lieu, conduite par un cocher en casquette et tablier de cuir, parfois d'une automobile, une Renault (la nôtre), une Panhard, la camionnette du boulanger qui lui arrachait des cris de réprobation et d'admiration ensemble, donnait à sa pensée un tour de rêverie jamais tarie, exaltante.

Or voici que soixante-dix ans après le voyage à pied, sac au dos, pour aller porter à manger à Eugène, à Nogent-le-Rotrou, les Prussiens revenaient.

Ils revenaient pour les quatre-vingt-neuf ans d'Augustine et ce retour en force, la contraignant à la remontée violente du cours du temps, la terrasserait.

Signé l'armistice, nous l'aperçûmes en milieu de matinée, très exactement le 2 juillet 1940, se tenant comme elle aimait à le faire, sur le pas de sa porte. Tout à coup il y eut, qui se propageait, tellurique et sourde, n'allait plus cesser de s'amplifier jusqu'au soir, cette rumeur, venue de La Ferté, venue de l'est, de Nogent, et qui était celle d'une armée et de son artillerie en marche. Le malheur arrivait. Encore quelques instants pour regarder devant, derrière, autour de soi, prendre le dernier élan. Pour que d'instinct, le corps qui se met à tourner sur lui-même esquisse le dernier cercle, la dernière figure de danse, de liberté, et il serait là.

Les Allemands arrivaient.

Mon père avait cessé de s'activer autour d'un faitout d'eau bouillante destinée à la cuisson des haricots verts que nous épluchions Marthe et moi.

« Les voilà, avait-il répété par deux fois. Les voilà et il va falloir essayer de soutenir le choc. Je dois passer immédiatement à la mairie, être à mon poste avant leur arrivée et celle du maire. Pas d'affolement, Marthe, surtout. Je suis par ailleurs d'avis qu'Annie monte là-haut, à l'étage. Elle y sera plus au calme en attendant la suite des événements. Après tout, l'armistice est signé. Nous avons peut-être des chances de voir les dégâts limités aux réquisitions d'usage mais tout de même ça ne va pas forcément rigoler. »

Il était blême. Le pli qui lui coupait le front le défigurait presque. A croire qu'il venait de recevoir un coup de sabre et que la blessure allait se mettre à saigner. Et c'est alors que Marthe qui donnait, elle, l'impression d'étouffer, de manquer d'air (elle était veuve d'un premier mari épousé en février 1918, tué en juillet 1918), épouse d'un autre qui de son côté en avait vu de dures, ayant d'une poigne violente ouvert la fenêtre sur la rue comme si, avant qu'elle ne débordât de soldats, elle eût voulu, à la limite de l'asphyxie, essayer de respirer à fond une dernière fois, avait crié apercevant Augustine : *« Grand-Mère, ne restez pas sur le pas de la porte. Les Allemands arrivent. »*

Le temps de voir, sous la coiffe, se figer le vieux profil à menton en galoche et nez busqué, se rencogner une silhouette apeurée dans l'ombre d'une pièce, se refermer une porte au verrou, pour Marthe de refermer la fenêtre et ç'avait été tout.

Ensuite les Allemands furent là. Il fallut les recevoir à la mairie. Leur ouvrir des barrières, des portes cochères, leur indiquer dans les potagers, les cours, les points d'eau, les lieux d'aisances, sortir des draps, préparer des lits pour un lieutenant, un capitaine tenant leurs quartiers dans l'ancien presbytère déserté par ses propriétaires ayant évacué en direction de la Loire, où ces messieurs prirent le frais dans le jardin dès le premier soir avec des airs débonnaires de militaires au repos, poussant l'attitude chevaleresque du vainqueur soucieux de donner l'exemple de la civilisation jusqu'à souhaiter le bonsoir en français à qui passait. La fameuse stratégie des débuts de l'Occupation en France, ne fût-ce que pour nous désolidariser de l'Angleterre, de sa trahison absolue de mauvais allié, réembarquant ses régiments à Dunkerque dans une cohue indescriptible de soldats fuyant le continent. Une tactique qui porterait plus d'une fois ses fruits. Brouillerait au moins un an les esprits et les cartes, ferait croire à d'aucuns et de bonne foi dans les débuts, au bien-fondé du régime de Vichy, tenir Philippe Pétain pour le grand homme de la France et Charles de Gaulle son aide de camp passé à Londres avec une poignée seulement de militaires et de parlementaires de la IIIe République, pour un voyou.

Très tard dans cette soirée du 2 juillet, après une journée d'agitation, de soucis indescriptibles où la plupart des gens n'avaient pris le temps ni de manger ni de s'asseoir, ni de se parler sinon quand il s'agissait de transmettre un ordre, celui d'ouvrir une porte à un caporal, un fourrier, de faire de la place dans un hangar pour y loger du matériel ou des hommes et où, pour le reste, on avait tourné en rond dans sa maison, son bout de jardin, autour d'un berceau, d'un lit de malade ; où l'on n'était plus sûr de ses gestes pour préparer un biberon, donner une potion, et d'aucuns avaient comme perdu la mémoire, par exemple du nombre de litres d'huile, de saloirs qu'ils avaient en cave, de l'emplacement sous des piles de linge, au grenier, où ils avaient dissimulé leurs économies ; où il avait fallu tenir cette journée à bout de bras à en avoir les muscles rompus, je ne sais plus comment, ni qui, Marthe elle-même peut-être ou une voisine circulant par l'arrière des logis et s'inquiétant, tout en tirant l'eau du puits commun, de ce grand silence figé qui régnait depuis des heures chez Augustine, ayant ouvert la porte arrière de sa demeure donnant sur sa petite salle commune, l'avait découverte couchée tout habillée en travers de son lit, victime d'une attaque de paralysie, lui ayant ôté non point ni sa lucidité d'esprit ni l'ouïe (puisque durant les deux semaines qu'elle survivrait à elle-même, elle écrirait sur une ardoise pour se faire comprendre, demander à boire, qu'on lui changeât son linge, qu'on l'aidât à faire ses besoins) mais l'usage de son côté gauche, et de la parole.

Bien sûr, elle avait fait sous elle. Bien sûr, elle avait déjà cette pâleur lunaire, ce hiératisme, cette raideur des traits telle qu'on la voit inscrite au burin sur le visage des anciens dieux de pierre. Bien sûr, il y eut tout à coup autour d'elle, après des heures de solitude absolue, de relégation muette, animale, sur fond, terrifiant pour elle, de rumeurs de troupes et d'engins de guerre, de solitude de bête piégée, condamnée à l'immobilité et au tête-à-tête avec elle-même, des gens pour la prendre en pitié, la soulever, la déshabiller, remplacer ses draps souillés par des propres. Il y eut un médecin appelé d'urgence à la cabine publique du café-épicerie-bureau de tabac et qui vint sur les dix heures du soir après qu'il eut fallu, le couvre-feu étant déjà de rigueur, se faire ouvrir la porte de l'estaminet avec la permission du capitaine allemand logé au presbytère. Bien sûr, le lendemain, au lever du jour, quelqu'un partit à vélo prévenir sa fille Marie Boblet, déjà veuve comme elle et qui tenait la ferme de Beauvais au village de Prévelles à une lieue et demie d'Aulaines et qui vint une fois le jour en carriole, la nourrir et la soigner entre la traite des vaches du matin et celle du soir, entre deux corvées de récurage de clapiers ou d'écuries. Bien sûr, il fallut s'organiser entre voisins et alliés pour la veiller de nuit. Lui rendre, à la clarté livide d'une ampoule, ces humbles soins qu'on rend à un corps malheureux de n'être plus rien d'autre que la prison de l'âme.

J'aimais Augustine. J'allai la voir souvent avant qu'elle ne mourût. Avec le besoin de l'entourer, il y avait celui d'installer ma jeunesse en face de cette agonie de vieille femme, victime, plus encore que de son grand âge, des terreurs de ses dix-huit ans. D'en engranger les étapes, cruelles, initiatiques, leur chemin de croix. Comme j'avais engrangé l'histoire de ses travaux de paysanne, de sa vie de femme, de ses deuils, engrangé les récits qu'on lui avait faits des pillages de La Ferté par les uhlans. De la bousculade, le long des routes, des fermiers d'Eure-et-Loir en fuite, poussant devant eux leur cheptel, vieillards et enfants coincés entre deux matelas, deux baluchons dans des carrioles tirées par des juments percheronnes éreintées, à croupe somptueuse, ocellée de taches grises comme la peau des couleuvres. De ces bandes aussi de soldats français en déroute, leurs képis bleus ou verts mêlés aux bonnets à pompon de la poignée de Lombards, de Piémontais, de Vénitiens, venus, sous l'impulsion de Garibaldi, champion de l'unité italienne, prêter main-forte aux troupes de Napoléon III par rancune contre l'annexion de leurs États du Nord au profit de l'Autriche, lors du congrès de Vienne et qui, livrés à eux-mêmes, chapardaient presque autant que l'ennemi. De ces bruits affreux qui couraient. De fermes incendiées, de bras et jambes tailladés au sabre, de petits enfants jetés dans les mares.

Une chose était sûre. Ces fantassins, ces cuirassiers, ces artilleurs des landes pauvres du Mecklembourg balayant les boues de novembre du bas de leur lourde capote couleur de terre, ces montagnards renfermés, durs à l'ouvrage sur les pentes de leurs Préalpes de Bavière, transplantés de chez eux depuis des mois, au-delà du Danube et du Rhin pour ramener dans le giron allemand, l'antique royaume des princes germains d'Alsace-Lorraine, certains rongés par la phtisie, minés par la dysenterie, avaient furieusement faim et soif eux aussi. Besoin de gîte, de chaleur, furieusement envie de tout. Et c'était vrai que jusqu'à l'arrivée de von Thann, commandant en chef du 1er corps d'armée bavarois qui avait repris ses hommes en main, redonné aux réquisitions en vivres, en hébergement une manière de légalité, La Ferté et ses environs avaient été mis à sac.

Des années et des années après, donnant aux conversations dans les veillées, dans la cuisine des pauvres tisserandiers, comme dans les salons bourgeois, des dimensions dramatiques, la vérité dépassant la fiction, ou vice versa, bien après le pansage des plaies, les hécatombes de soldats de Chanzy, les ravages du typhus, de la variole parmi enfants et vieillards, on continuerait à entretenir en soi, rancune et crainte des Prussiens.

Eugène aussi bien sûr. Travaillé par les souvenirs quand ils assaillent. Que la lune est à son plein, à la Noël, la Saint-Jean surtout. Qu'elle éclaire alors impitoyablement le monde. Se refuse à lui ménager (vous ménager) la part de l'ombre, de faire quartier à l'être humain de ce qu'il est : un lieu privilégié de souffrance et de cruauté par excellence, un creuset de violence. De l'arracher à une condition insupportable pour la pensée, pour la chair, pour les nerfs et qui a laissé en vous des traces si profondes, mais si secrètes aussi, qu'il faudrait, tant vous avez en apparence repris un rythme d'existence, un parler, des façons robustes et lentes de paysan placide, de terrien obstiné, vous ouvrir en deux à la hache pour en mettre au jour les stigmates. Seule Augustine, peut-être, les aura découverts. Vous entendant parfois gémir contre elle. Vous débattre. Hurler à la mort comme bœuf, comme pourceau qu'il faut bien abattre pour s'en nourrir ou tirer profit et dont on feint ensuite d'oublier qu'on a levé le couteau contre eux. Augustine, cultivant avec vous, autant que le bon blé, l'avoine et l'orge des champs de la Praillère, l'herbe empoisonnée de l'angoisse, son ivraie ! Ni le second mariage avec Henri, son cadet de dix ans, pris par elle comme valet après son veuvage, devenant son époux après qu'elle eut sans doute eu pour lui des faiblesses de femme seule, désemparée, encore sensible aux choses de l'amour, ni la naissance d'un autre enfant redonnant à ses trente-six ans, l'élan de la prime jeunesse, ni l'absence d'inquiétude pour la vie d'Henri, trop âgé déjà en 1914 pour être mobilisé, ni l'érosion apparente des angoisses passées ne viendraient finalement à bout, d'autant qu'elle ne les avait jamais vus, de sa peur des Prussiens. Et c'était cette peur aussi, tellement plus éclairante, plus incontrôlable que la mienne, car enfants et adolescents, contrairement aux idées reçues, ont souvent peu la prescience du danger, non plus, celle de la mort, que je venais apprendre à lire dans son regard qui, m'arrachant à l'égocentrisme de la jeunesse, me faisait regretter de ne pas avoir su l'aimer de la bonne façon, c'est-à-dire de n'avoir rien deviné, ou si peu, des terreurs qui l'habitaient dont elle s'était parfois ouverte à moi avec des intonations de tragédie, alors que j'en avais parfois ri. Avec affection, certes, mais ri.

Tant de choses poignantes, avouables ou non, dans les yeux d'Augustine, comme dans tous ceux de n'importe quel être humain. Fût-il un grand savant, voire un être de génie ou à la limite de l'analphabétisme. Ce qu'elle était. Tout juste scolarisée deux ans. Le temps d'apprendre chez les sœurs à lire, compter, signer son nom. A pouvoir déchiffrer l'almanach, une fiche d'état civil, un acte de mariage, de baptême, de décès, le journal local, quitte, en l'ânonnant, à voix haute, avec une application laborieuse d'enfant, à s'imaginer, ce qui était son cas, qu'Hitler et le Führer étaient deux énergumènes distincts ; deux acolytes de mèche pour mettre l'Europe en coupe réglée et faire la peau au pauvre monde. Et personne, pas même mon père dont elle faisait cas, n'avait pu la persuader de son erreur. Deux ans d'approche tâtonnante, avec ce qu'on appelle l'instruction. Et voilà, cela suffit. Puisque c'est assez pour qu'ayant atteint vos huit ans, vous puissiez commencer à rendre service à l'atelier, à l'usine, à la ferme, que vous cessiez d'être une bouche inutile. Pour que, bergère en herbe, en chemise, jupon et caraco retaillés dans les nippes de votre aïeule qui n'est plus, en étroit bonnet blanc coulissé serré au-dessus du front bombé, emprisonnant la courte natte de cheveux durement et finement tressés une fois la semaine par Françoise Jarrier, femme Hayes, votre mère, qui les a d'abord lissés à la salive, vous soyez en état, faute d'avoir dans la paume et les doigts encore la force de les traire, de mener les vaches pâturer à travers bois, jusqu'à une clairière où vous passez la journée seule, cernée par les futaies, leur appareil de ronces, de broussailles. Et, comme vous craignez la morsure des vipères, et, colossal dieu sylvestre, l'apparition de la hure armée du sanglier, alors vous chantez : « *Gentille bergerette, gardez vos troupeaux nouveaux. Bonne Marie, je te confie mon cœur ici-bas...* » Enfin, c'est selon. Et qu'importe, pourvu que votre propre voix vous tienne compagnie !

C'est assez encore pour gagner, sous la conduite des adultes, en habileté, en vigueur, de sorte de conduire convenablement à la laiterie, à l'étable, le travail qui vous incombe. Pour éprouver, les élans de la puberté aidant, le besoin d'aimer, de faire souche avec un homme dont, consciemment ou non, sans que vous puissiez trouver les mots pour le dire, vous espérez le bonheur c'est-à-dire quelque chose de doux, de secret à partager avec lui. D'inaliénable. Qui vous permettrait d'échapper, ne fût-ce que pour de courts instants fortuits, aux dures contingences de votre vie commune. Assez pour pleurer et rire. Espérer. Désespérer. Faire le bien et le mal. L'un l'autre parfois confondus au point qu'à la fin d'une vie, à l'heure de tourner le dos à soi-même et aux autres on ne s'y retrouve plus...

Tout cela, chagrins et plaisirs, espoirs et déceptions, souvenirs heureux ou destructeurs, fossilisés en vrac dans son œil bleu, devenu vitreux et fixe dans l'orbite enflammée et que ses filles et nièces se relayant à son chevet, essuyaient ponctuellement avec un mouchoir.

Dedans, il y avait encore, et il avait été le dernier deuil, le dernier ébranlement d'impuissante douleur, la mort récente du fils de sa fille Marie, tué à Troyes en 1940 lors des combats d'arrière-garde, livrés en Seine-et-Marne pour tenter d'enrayer l'avancée allemande.

De son vivant, Paul Boblet avait été étêteur d'arbres, bûcheron acrobate, c'est-à-dire qu'à l'instar du dompteur devant ses tigres, il avait exercé un de ces métiers à risque où la moindre erreur dans le travail du dressage peut être votre perte. Où la domestication du chêne, du hêtre, du frêne par amputation calculée de leurs bras multiples, pour en limiter le foisonnement somptueux, en museler l'élan naturel pour les conduire à maturité par forçage, peut être elle aussi une condamnation. Où la semelle du brodequin qui glisse, le nœud de corde qui lâche alors qu'elle vous avait maintenu de biais en équilibre le long du tronc à la façon d'un pic-vert taraudeur, le coup de hache qui rate son coup, vous la projette en pleine figure, font de vous un homme mort. Mais ce n'était pas un arbre qui l'avait tué. Ç'avaient été les Prussiens.

Maintenant qu'Augustine en était à sa troisième guerre avec eux, elle abandonnait la partie.

Contrairement à ce qu'elle avait craint, pourtant, à leur arrivée ici, sa porte n'avait pas été ouverte à coups de botte, ses meubles fracassés, son assiettée de soupe au lait jetée par la fenêtre, ses lapins occis, elle-même précipitée dans son puits. Cependant il était trop tard pour l'aider, la rassurer. Et j'avais eu beau tenir sa main, celle qui était de glace et couleur d'encre et qui pendait sur la retombée du drap à la façon d'un reptile mort, d'un cadavre de lézard resté accroché le long d'un pan de muraille, essayé de mes doigts chauds d'en réchauffer la paume, le médecin avait eu beau prescrire des médicaments pour soutenir le cœur, elle était morte.

Augustine Hayes femme Dupont, puis Delâtre était morte au son de la *Kaiserwalz* comme on meurt au son du canon et voilà tout.

Et finalement les mois passant, les années même, s'alourdissant la chape de plomb qui pesait sur nos têtes, nous découvririons qu'elle avait eu raison d'avoir si peur. Qu'elle avait été plus perspicace, plus savante que nous !

Parallèlement à cette mort ou presque, il y eut un scandale de taille au village d'Aulaines. Le départ en tramway, littéralement à la cloche de bois, pendant que leurs parents étaient absents, de deux filles mineures de treize et quatorze ans, encore d'âge scolaire, ayant décidé de faire commerce de leurs charmes avec les militaires d'outre-Rhin. Passablement mûres pour leur âge, hardies en diable, tempéramentueuses, surtout la cadette qui menait l'aînée, pour avoir vu défiler devant chez elles, à l'entrée du bourg, dans la splendeur altière de la victoire, les jeunes hommes de la Wehrmacht, pour les avoir trouvés plutôt à leur goût sous le chaudron renversé du casque à jugulaire, elles s'étaient découvert une âme de filles à soldats et, laissant là leur famille en plan, sans compter Marthe leur institutrice avec ses problèmes de débit de robinet d'eau et d'accord du participe passé, avec ses leçons de tricot et de couture du samedi après-midi, elles s'en étaient allées s'envoyer en l'air dans la ville du Mans.

Recherchées par la gendarmerie, la police, contraintes dans un premier temps à rentrer chez elles après des scènes familiales extraordinaires suivies d'une apparence d'amendement, elles referaient une seconde fois la malle, s'engageraient finalement pour le service du travail en Allemagne d'où, on finirait par l'apprendre, elles reviendraient indemnes en 45 pour se fondre dans l'anonymat de Paris.

En bref, l'Occupation s'installait.

Sa présence de gros parasite encombrant dont on ne savait pas encore, dans l'éperdument des esprits et des cœurs d'une société française prise de court par l'ampleur d'une défaite à lui couper le souffle, comment on allait s'y prendre sinon pour s'en débarrasser mais en limiter les dégâts. Situation incroyablement hybride en tout cas. D'un côté, tombée la République se sabordant elle-même en confiant les pleins pouvoirs à Philippe Pétain, un gouvernement relégué à Vichy avec promesse allemande fallacieuse de le laisser un jour retrouver Paris. Empêtré dans un jeu ambigu terriblement inégal avec le vainqueur du moment. Consistant à faire croire à travers les préfets, directement nommés par l'État français, à un simulacre d'indépendance intérieure administrative et policière nationale avec latitude de continuer à régenter l'empire colonial d'Afrique. De l'autre, la présence dans chaque chef-lieu de la zone nord occupée, d'une Kommandantur, avec la mise en place d'un quadrillage militaire et gestapiste tenant le glaive au-dessus de nos têtes.

Apprendre à marcher sur des œufs et à se serrer la ceinture ! Commenceraient très vite les circulaires préfectorales à pleuvoir sur le chapitre dans les moindres mairies, désormais mobilisées par le classement et la distribution des cartes de rationnement en pain, épicerie, viande, laitages, textiles et charbon. Le début d'un casse-tête (entre autres) pour Auguste et tous les fonctionnaires municipaux de son espèce. Dans le même temps, pour avoir fui avec leur famille devant l'avancée allemande, failli aux termes de la loi de 1884, les mettant dans l'obligation d'assumer en toutes circonstances leurs responsabilités, des maires seraient révoqués. Donnant le ton à ce qu'on appelait, depuis l'armistice, la politique nouvelle cautionnée par Vichy, son rêve de mise sur rails d'une collaboration avec l'Allemagne et son allié soviétique, les journaux autorisés à paraître louaient le dévouement du centre d'accueil franco-allemand qui venait de s'ouvrir en gare du Mans en vue du rapatriement des réfugiés belges. Des bruits couraient qu'à Paris, touchés par la misère des petites gens, des familles de prisonniers sans ressources, nos généreux vainqueurs, donnant au monde entier des leçons de mansuétude, avaient créé des soupes populaires où l'on pouvait, pour deux francs soixante-quinze, tromper sa faim avec une assiettée de pommes de terre et de choux relevée d'un morceau de saucisse ou de bœuf bouilli.

Au milieu de ce discours édifiant sur les bontés du national-socialisme à l'égard des Français bernés par les anciens tenants d'une IIIe République irresponsable et dépravée, venant le 30 octobre, seulement vingt-quatre heures plus tard, conforter l'ordonnance allemande, celle du gouvernement de Vichy chargeant les préfets du rassemblement en camps d'internement des juifs d'origine étrangère vivant en France, parmi eux les six mille juifs allemands ayant fui le nazisme, allait tomber comme le couperet. Sous la houlette des ardents xénophobes d'extrême droite désormais bien en cour et soutenus par une intelligentsia du même tonneau, la persécution raciale prenait corps et ce n'était qu'un début !

Mais qu'était-ce donc qu'être juif au bout du compte pour nous autres simples gens de campagne enracinés dans leur terroir et qui n'avions que rarement l'occasion d'en coudoyer, d'entretenir avec eux de bons ou mauvais rapports de voisinage, encore moins d'affaires, ne fût-ce que parce que, interdits dès le XIIe siècle par Philippe le Bel après leur spoliation et celle des templiers, de posséder aucun bien foncier, et même de louer à bail une terre pour la cultiver, ils avaient pris le pli, entre deux pogroms, deux massacres, au cours des siècles, quand on les tolérait de nouveau sur le sol de France, d'y vivre dans les villes et souvent pour l'essentiel d'artisanat et de commerce ? Voire, d'y exercer le métier de prêteur sur gages, qui pouvait parfois certes confiner à l'usure interdite par la loi aux chrétiens, mais que ces derniers pratiquaient à l'occasion sous le manteau, à travers eux, qui en supportaient totalement le discrédit. Ainsi l'honneur de la société chrétienne était sauf et l'on pouvait, en période de crise économique ou politique, en rejeter le mal uniquement sur la présence des juifs au milieu d'elle, leur sournoiserie d'accapareurs de métier et d'assassins de Jésus-Christ.

Passablement maltraités par Louis XIV encouragé en cela par Bossuet, ç'avait finalement été Louis XVI dont on ne dira jamais assez que s'il ne fut pas un grand politique à la hauteur des revendications de son temps, il ne fut jamais mauvais homme pour autant, qui les avait reconnus comme faisant partie intégrante de ses sujets. Bien plus défendus par les esprits éclairés de la Convention que par Voltaire, homme d'affaires richissime de Ferney qui détestait en eux des rivaux de commerce et d'industrie, rangeait sa philosophie au placard pour les vouer aux gémonies, soutenus par l'abbé Grégoire, prêtre jureur qui réclamait pour eux, comme pour les Noirs, la citoyenneté à part entière, ils avaient fini par l'acquérir sous Napoléon Ier. Depuis, réputés qu'ils avaient toujours été en Occident, avec les Arabes, dans l'art de soigner, un assez bon nombre d'entre eux étaient devenus médecins. Outre encore le métier d'avocat, certains avaient peu à peu fait carrière dans la politique, professé dans les lycées, les universités. Souvent musiciens dans l'âme comme les Tziganes, eux aussi gens de diaspora, trimbalant leurs cithares, leurs violons, leurs tambourins, s'accrochant à la musique leur tenant lieu de racines, de port d'attache, de lieu privilégié et sonore de ralliement, ils avaient désormais leurs virtuoses, leurs grands exorciseurs mondiaux des esprits et des corps, se tenant, l'orchestre n'étant que leur faire-valoir, assis en tenue de gala devant un piano, ou debout leur instrument sur le cœur devant une salle pleine à craquer fascinée par l'étendue de leur pouvoir. Journalistes, hommes de radio, les plus brillants d'entre eux influençaient l'opinion. Calquée à peu de chose près sur les clivages de la communauté française de vieille souche, la leur, encore qu'évidemment moins bien dans sa peau parce que d'implantation plus récente et de surcroît secouée par l'affaire Dreyfus, avait sa classe grande-bourgeoise et moyenne, son petit peuple industrieux du Marais et des hauteurs de Belleville, ses forces, ses faiblesses, ses conformismes culturels et religieux. Ses égoïsmes comme ses générosités. Si les plus modestes d'entre eux par souci de lien tribal, d'identité, demeuraient souvent fidèles à la foi judaïque de leurs pères, le cosmopolitisme des plus aisés les avait souvent rendus agnostiques, leur faisant abandonner les strictes obligations du Talmud comme il arrive qu'on abandonne ceux de n'importe quelle religion par scepticisme. A telle enseigne que certains, par amour d'un homme ou d'une femme d'une autre confession, désir d'échapper aux limites contraignantes de leur milieu, avaient contracté des mariages mixtes.

Ils s'appelaient souvent Levy, Cohen, Aron ou bien encore Blumenstein, Kupfermann ou Lebowitz ou quelque chose d'approchant. Enfin, ils portaient des noms étranges et pour nous, dans les villages, qui nous appelions Colin, Marin ou Dufour, Foulon, Charpentier, Rossignol il fallait faire le voyage jusqu'au chef-lieu pour en rencontrer.

Depuis plus de dix ans, Marthe Roulette ma mère achetait ses chapeaux de dame institutrice et les miens d'enfant, carrefour de la Sirène, au Mans, à la chapellerie Wolf. J'adorais entrer une fois l'an dans cette belle boutique claire et spacieuse, très bien située, à un croisement de rues commerçantes et que les Wolf tenaient avec amabilité et distinction. M'hypnotisaient la robustesse du long comptoir de chêne verni, sa coulée luisante d'épaisse barre de cire occupant toute la largeur du magasin. Aussi, derrière et au-dessus d'elle, l'ordonnance des meubles de rangement à tiroirs, nécessitant, pour les plus élevés d'entre eux, qu'on grimpât sur un escabeau pour les atteindre et alors on s'apercevait que jusqu'à hauteur de plafond crémeux à corniche, ils recelaient des trésors de gaze, de tulle, de flots de ruban qu'on avait tout à coup à sa portée comme dans les contes de Perrault où un coup de baguette suffit pour avoir devant soi, un trésor !

Selon les saisons, on exposait derrière les vitrines, des toques d'hiver ou d'été, avec ou sans déferlement, sur le côté, de grappes de lilas, avec ou sans cabochon de velours tressé, avec rehaussement de plumes de faisan ou de queue ardoisée de coq, dont la faucille, rabattue sur l'oreille de celle qui la portait, en soulignant la courbe de chair claire, parfois ponctuée d'un anneau d'or ciselé, d'un diamant navette, lui conférait une beauté sauvage. Au printemps c'étaient des capelines de paille enjolivées de soie plissée, d'organza, appelées chapeaux de cortège et réservées surtout dans les mariages aux filles d'honneur ayant la charge du port de la traîne de l'épousée, et puis des turbans bicolores savamment drapés autour de la nuque et du front de têtes de mannequins aux joues fardées, aux lèvres retroussées par un sourire qui donnait à leur visage d'élégantes stéréotypées, ferventes des produits de beauté Tokalon et du bâton de rouge Baiser, l'expression charmante et niaise des coquettes impénitentes.

En pantalon rayé et veste noire, portant lunettes rondes et barbiche, Monsieur Wolf était un petit homme courtois et discret au teint laiteux de rouquin tout droit sorti du roman alsacien de *L'Ami Fritz*, aux attentifs yeux bleus, à voix contenue et dont je ne savais pas, bien sûr, qu'il avait hérité de ces façons policées, aussi de cette allure mystérieuse, introvertie qu'avaient, juifs ou non, dans les pays allemands, ceux de Pologne, de Russie, de l'Empire austro-hongrois, les intellectuels, les chercheurs, les hommes de lettres du siècle dernier et du début du nôtre. Des rats de bibliothèque, des poètes, hantés par d'impossibles amours ou des idées de suicide le long de grandes rues enneigées, bourrées de solitude à craquer. Qu'ils arpentaient en houppelande et chapeau noir, les conduisant, entre deux falaises d'immeubles crayeux, refermés sur la lourdeur de leurs portes cochères, de leurs balcons vitrés, sur le bouillonnement écumeux de leurs stores opaques derrière lesquels, entre gens du monde, on boit du thé en écoutant la jeune fille de la maison jouer une pièce de Chopin ou de Mendelssohn sur le Bösendorfer du salon, vers des fleuves ayant nom Moldau, Vistule ou bien encore Niémen et qui charrient leurs fantasmes autant que les blocs de glace.

Plus grande que lui, plus imposante, Madame Wolf, également rousse et claire de teint (oh cette blondeur inouïe de certaines juives des pays germains ou slaves, ayant acquis au cours des siècles, autant par mimétisme que par mélange forcé ou non des ethnies, par viol ou mariage, l'allure et les manières des dames polonaises ou allemandes, moscovites de bonne famille) se mouvait d'un tiroir à l'autre, d'une vitrine à l'autre avec cette dignité qu'ont les femmes corpulentes ayant appris, à force de pondération calculée pour se lever ou s'asseoir, se saisir d'un objet, avancer ou reculer, à donner à leurs mouvements des lenteurs moelleuses de cantatrices d'opéra. Quand on attend, souffle coupé, qu'il jaillisse de leur gorge d'albâtre en forme de colonne tronquée, enrobée de brillants ou de perles, un chant si aérien, si modulé qu'on a peine à croire qu'il puisse monter d'elles. Qu'on cherche malgré soi, derrière les plis d'un rideau, un décor de chaos de rochers, la présence d'un rossignol dont elles ne seraient que la doublure, auquel, mains jointes, poitrine palpitante, visage lunaire, elles font écran.

Et comme elle ressemblait à Marthe, cela aussi me charmait. Elle avait, pour ajuster un chapeau sur la tête de la cliente assise devant le miroir, des précautions infinies. Car il en allait à hauteur d'oreille, d'arcade sourcilière, de nuque, de chignon à un centimètre près pour que le déguisement, celui du chapeau, vous transformât un visage, l'arrachât à sa banalité. Pour qu'il vous « avantageât » comme elle disait. Je l'écoutais avec délices parler avec Marthe, calotte de crin, renfort de tarlatane, passementerie de soie tressée ton sur ton ou contrastée, terminée ou non par un gland, cabriolet breton, canotier ou marquis, turban de jersey ou d'étamine de laine.

A l'automne 38, Maman fit la folie d'acquérir un taupé de chez Wolf. Un merveilleux « chapelier » violet velouté au regard et souple comme un gant qui lui fit, les rares occasions de sortie pendant la guerre, au-dessus de la prison d'un corps allant, malgré les privations en nourriture, s'alourdissant, par fatigue, inquiétude pour l'avenir, une belle tête de Junon qui suffisait à elle seule, malgré l'usure d'un manteau, celle des bas reprisés, des souliers déformés par l'usage, à lui donner de la classe. Et puis enfin pour elle, qui souffrait depuis longtemps, déjà quand elle était jeune fille, d'un excès de corpulence bannissant de sa garde-robe les vêtements clairs, les tailleurs, ç'avait toujours été une telle prime de consolation de s'entendre dire : « Madame Roulette, vous qui êtes si bien chapeautée, où êtes-vous donc encore allée pour dénicher une toque qui ait un pareil chic ? » et de pouvoir répondre comme si cela coulait de source : « Mais chez Wolf, voyons. Je suis allée chez Wolf. »

Comme il se doit, j'eus droit, bien entendu dans la foulée, au port des chapeaux de chez Wolf. Un privilège, un enchantement ! Ainsi de cette capeline de feutre rose ornée d'un nœud d'organdi taillé dans le même tissu que la robe du jour de mon baptême qui eut lieu tardivement, l'année de mes huit ans, celle de mon entrée au catéchisme. Un baptême qui défraierait la chronique chez les croyants comme chez les incroyants du voisinage.

On vous a lavée de la tête aux pieds solennellement, puisqu'il n'y a pas d'eau courante, après avoir fait chauffer une grande marmitée d'eau ; habillée de sous-vêtements propres, de chaussettes blanches, de souliers vernis. Vous êtes là au port d'armes, un peu raidie, un peu intimidée par vous-même et maintenant, il y a le fond de robe qui déferle sur vos épaules, la surprise de ce glissement de soie nacrée, de sa caresse à hauteur d'épaules, de reins, de cuisses, de genoux. Ensuite c'est la robe d'organdi, ayant fait l'objet de mises au point minutieuses chez la couturière pour trouver le juste équilibre entre les plis serrés du corsage et l'évasement en corolle de la jupe. Car Marthe s'est mis en tête, pour que vous entriez dans le cercle de la communion des saints, que vous ayez l'air d'une rose, plus exactement d'une tulipe à la fois ouverte et refermée sur elle-même. Et puis, le clou, splendeur façonnée par l'habileté de mains juives à l'occasion de la cérémonie censée me délivrer de mon état originel de péché, me hausser à l'état de chrétienne, la capeline de feutre souple, enrubannée de soie de chez Wolf.

Bien sûr, pour en finir avec ces délicieuses coquetteries d'un autre âge qui consistaient, jusque dans les milieux modestes, pour aller faire des courses, s'offrir le luxe de boire en ville une menthe à l'eau, un Raphaël-quinquina, un chocolat, pour se tenir assis à la terrasse d'un café comme au théâtre, d'y assister au spectacle du monde, de ne pas sortir sans gants ni sac à main, ni chapeau, il y en eut d'autres que nous dûmes au savoir-faire des dames Wolf avant qu'elles ne disparaissent avec Monsieur Wolf dans l'enfer des camps de la mort.

J'ai dit les dames Wolf. Car il y avait là, aussi, à la boutique, réglant son pas sur celui de sa mère, une demoiselle du même style convenable et majestueux mais avec, en plus, dans le regard quelque chose de triste, de tourmenté qui lui restait, même pour vanter à la cliente qu'elle avait devant elle, l'élégance d'une épingle en forme de flèche à ficher dans la calotte d'un feutre sport, tenue délicatement par elle entre index et pouce, ou la joliesse d'un nœud de ruban aux pans déferlant sur la nuque et qu'elle appelait, avec le parfait sérieux de la modiste initiée au vocabulaire des gens de l'art : un « suivez-moi-jeune-homme », dont la hardiesse de l'allusion me faisait beaucoup rêver. Comme s'il eût véritablement suffi dans la vie du port de deux brillantes retombées de satin, de moire, jusqu'à mi-dos, pour qu'on drainât les cœurs dans son sillage. Que l'on comprît que le vôtre était à prendre. Comme si, Mademoiselle Wolf elle-même, malgré le halo de solitude, d'indéfinissable mélancolie qui l'entourait en eût su, au fond de soi, quelque chose.

Je dois encore aux dames Wolf qui, en la circonstance se surpassèrent, le port pour aller à la messe, à partir de Pâques, entre mes dix et douze ans, d'un extraordinaire paillasson vert bouteille assorti au ton exact de mon ensemble de lainage de printemps dont il leur fut fourni un échantillon.

Un paillasson pour la folie, pour le plaisir ! Pour faire une tête de femme à ma tête d'enfant. Car il arrivait que Marthe, pour rompre le traintrain de nos vies ordinaires, eût des accès d'originalité confondante. Des hardiesses de coquetterie à mon égard qu'Anne sa belle-mère déplorait. Les déclarant au-dessus de notre condition. Mais une fois de plus, n'en déplaise à Grand-Mère, j'avais été la reine du Printemps à la messe et à vêpres, avec mon paillasson.

Il avait été demandé pour sa confection, la mise au point du bain de teinture, pour procéder au séchage, à la mise en forme de cette création chapelière, un délai de quatre semaines.

Rigide comme un beau fruit cannelé, une calebasse d'un vert intense et luisant de laurier, orné sur son bord, à hauteur d'oreille droite, de trois cocardes de gros-grain plissé serré, je le portais sur mes cheveux bouclés à l'anglaise, comme on porte l'accessoire qui vous permet de changer de peau, de changer d'âge, de faire l'apprentissage d'une séduction dont vous pressentez d'instinct qu'elle ne va pas, sans mise en scène, sans mascarade, sans stratégie de l'ornement et par conséquent sans paillasson.

Les dames Wolf ! Leur sûreté de coup d'œil pour apprécier au plus juste ce qu'on pouvait faire avec vous. De vous. De votre tête. De sorte qu'elle devienne la parure de votre corps. Sa raison d'être. Son faire-valoir attitré. A condition bien sûr que le chapeau vous aille. Que bibi planté sur le promontoire d'un chignon, chapeau d'ecclésiastique ombrant voluptueusement le regard, toque de chasseresse en plumes de ventre de faisan, il soit à la hauteur de son rôle. Lequel consiste à vous transformer en hirondelle migrante, en duchesse séductrice, en bacchante des forêts. A révéler aux autres et à vous-même qui vous êtes, ou du moins souhaiteriez être, au-delà du masque de retenue, de banalité que les conventions vous imposent.

Les dames Wolf. Elles ! Leur talent ! Leurs doigts de fée immolés cinq ans plus tard avec Monsieur Wolf sur les autels du nazisme. Gazées sans doute, réduites en fumée avec des centaines de milliers d'autres. Comme si jamais elles n'avaient constitué avec lui une famille. Qu'elles n'étaient jamais nées, avec un corps, un esprit, un cœur pour être présentes au monde. Avec une voix pour parler, pour rire, des yeux pour s'émerveiller ou avoir peur, des mains pour transformer en rose des vents, un bout de ruban sur une capeline de noces, donner au drapé d'un voile de deuil sur l'ossature d'un feutre noir, incomparable et tragique dignité. Les dames Wolf. Monsieur Wolf. Leur dernier spasme. Leur dernier râle de gazés au zyklon B en Pologne. Était-ce au bloc 1 ou 2 ou 3 ou 4 ou 5 d'Auschwitz, de Birkenau ? Comment savoir ? Comment savoir ?

Et nous, pendant ce temps-là qui, cela va de soi, tout en les plaignant d'avoir été, avec une trentaine de leurs coreligionnaires arrêtés, conduits par camions à la prison d'Angers, par wagons vers l'Allemagne, « déportés » comme on disait pour une destination inconnue dont nous étions quand même, comme la plupart des gens, à des années-lumière de nous rendre compte en quoi cela consistait, allions continuer pour rehausser la piètre allure de nos vêtements rapetassés, à porter leurs chapeaux. De jolis chapeaux façonnés dans l'attente de l'enfer, carrefour de la Sirène au Mans. Des chapeaux qu'il eût fallu garder au contraire comme des reliques. Afin qu'il restât d'eux trois, témoignage de leur passage humain sur la terre.

Judische Geschäft : boutique juive.

Il me souvient encore, dès octobre 40, à mon retour au Mans pour y reprendre, bon an mal an, mes études secondaires, de ma stupeur quand, élevée par les miens dans des idées de laïcité c'est-à-dire de séparation des Églises d'avec l'État mais aussi d'absolue tolérance envers elles, en passant devant chez Wolf, ailleurs, devant la vitrine d'un excellent magasin de vêtements de confection et de sur-mesure pour messieurs où mon père s'habillait volontiers, à l'enseigne de Louis XIV, j'avais découvert, placardée, l'affiche infamante désignant leurs propriétaires à la vindicte du public. Et quelle stupeur encore d'apprendre par Maman qu'elle avait dû, comme tous les fonctionnaires de l'Instruction publique, rédiger une déclaration expédiée aux services de l'inspection académique de la Sarthe où elle jurait sur l'honneur n'être ni juive ni affiliée à la franc-maçonnerie. Autre tare pour l'occupant, pour Vichy, pour les ténors de la politique nouvelle, multipliant les slogans xénophobes, les accusations de malfaisance systématique et des juifs et des francs-maçons, saboteurs patentés d'une société minée par eux, dévirilisée au point d'avoir essuyé la plus cuisante défaite face à une Allemagne galvanisée par le patriotisme, l'esprit de sacrifice, la fidélité inconditionnée à un chef visionnaire, une manière de demi-dieu, la conduisant dans la victoire et dans l'honneur jusqu'au bout de sa tâche de rénovation de l'Europe. Une Europe rendue à l'antique noblesse de sa civilisation. A une pureté ethnique exempte une fois pour toutes, de miasme juif et métèque. Car il y avait les Tziganes à rayer de la carte aussi, bien entendu. Eux. Leurs roulottes. Leur nomadisme chapardeur et pouilleux.

Autre motif d'étonnement pour moi et non des moindres, à l'occasion de discussions entre adultes en ma présence que de constater que sur le chapitre de l'antisémitisme systématique, les gens étaient beaucoup plus divisés que ma naïveté de jeune lycéenne, élevée en milieu modéré, ne l'avait cru. Que si beaucoup s'en scandalisaient, il s'en trouvait pour applaudir à cette mise au pilori des commerçants juifs par ordonnance allemande ; leur interdisant, s'ils avaient fui en zone sud lors de la débâcle française, de regagner leur domicile et de reprendre leur négoce, au nord de la Loire. A cette obligation humiliante qui leur était imposée pour eux-mêmes, les membres de leur famille, parents, enfants, grands-parents, d'avoir, s'ils étaient de confession juive, à se présenter dans les quinze jours dans les préfectures de leur département pour y être recensés et fichés sur registre spécial. Tenus à l'œil.

Quelque chose de terrifiant s'amorçait que, pour la première fois de ma jeune existence assez farouchement refermée sur elle-même, sur ma capacité d'enfant unique à ne dialoguer qu'avec moi, à me construire un univers souterrain, un terrier, je pressentais. J'entendais, résolument insultants pour désigner des gens comme les Wolf, des termes comme youpins youpines, employés par des militants de l'Action française ou des membres actifs du parti de Doriot, communiste repenti qui deviendrait, l'année suivante, l'un des promoteurs les plus ardents de la Légion des volontaires français se battant à l'Est aux côtés de l'armée allemande contre le bolchevisme. A telle enseigne qu'il finirait sous l'uniforme de SS, après avoir juré fidélité à Hitler. Quant aux maurrassiens convaincus, partisans effrénés de la France aux Français, de la politique du coup de pied au cul à tous ceux qui n'étaient pas, selon eux, de vieille souche archi-gauloise, souvent des intellectuels ceux-là, parfois avec eux, des avocats, des médecins, des commerçants bien sûr, qui reprochaient à la communauté juive de nuire aux affaires chrétiennes, ils reprenaient du poil de la bête et, pour avoir, paraît-il, obtenu de Ponce Pilate, gouverneur romain de Palestine, la mise à mort de l'un des leurs en la personne de Jésus de Nazareth, fils de Dieu fait homme pour sauver le monde, ils les accusaient tous d'être déicides. En conséquence de quoi, depuis deux mille ans, naître juif c'était forcément naître avec du sang sur les mains. De quoi aggraver irrémédiablement leur cas.

Souvent assorti d'une anglophobie sans nuances, j'apprenais à mon corps défendant, le *b.a.-ba* de l'antisémitisme. Un mot nouveau pour moi, avec celui de racisme. Dans les conversations de ce genre les avis différaient. Il y avait ceux qui estimaient les juifs condamnables à cause de leur religion, qui la taxaient d'hérésie, de crime contre Dieu et l'humanité, ceux qui s'en prenaient, fussent-ils agnostiques ou même convertis au christianisme, à leurs origines sémitiques ; à leur filouterie orientale, empêchant, selon eux, qu'on pût, fussent-ils de nationalité française, jamais leur faire confiance en tant que citoyens, et puis encore ceux-là qui jugeaient bon de les vouer aux gémonies pour les deux raisons ensemble.

Comme mon institutrice de mère et mon ancien gendarme de père, gens d'extrême loyauté dans les rapports humains, d'intelligence aussi par-dessus le marché, s'étaient toujours refusés à juger qui que ce fût selon des critères de situation sociale, de réussite matérielle, pas davantage religieux ou raciaux, je n'en revenais pas et, bon Dieu, en cet hiver 1940, il arriva plus d'une fois à mes treize ans, encore peu au fait des laideurs du monde, à ses mouvements d'orgueil réciproque, à son besoin de boucs émissaires à la mesure de ses échecs du moment, de ne plus savoir à qui se fier.

En conséquence, pourquoi finalement cette année-là pour plus d'un, grand ou petit, jeune ou vieux, qu'on fût de droite ou même de gauche, qu'on fût Duclos s'efforçant au nom du pacte d'alliance germano-soviétique de négocier à Paris, auprès d'Abetz, ambassadeur d'Allemagne, le retour à la légalité du parti communiste qui lui avait été retirée à la veille du conflit ; à cause de son soutien inconditionnel à l'URSS justement, oui, pourquoi ne pas se fier au Maréchal ? A ce Philippe Pétain né sous les fastes du second Empire ? Grand soldat de la Première Guerre mondiale. Promu Maréchal de France le 19 novembre 1918, membre de l'Académie des sciences morales et politiques. Qu'au-delà de leurs clivages idéologiques ou sociaux, de leur tempérament, de leur degré d'information ou de désinformation sur ce qu'impliquait sa politique de renouveau français, à l'ombre du fascisme, aussi par besoin, comme dans toutes les périodes de crise, du retour au Père (ici, celui de la nation jouant le rôle et de bouclier et de garde-fou), tant de Françaises et de Français qui ne seraient pas tous pour autant des monstres, décideraient de considérer au-dessus de tout soupçon. Au vainqueur de Verdun. A cet auguste vieillard de quatre-vingt-quatre ans incarnant sur le moment, avec la dignité de l'âge, la fidélité au clan, à la tribu éprouvée, une image de la France à laquelle, à l'exception des résistants de la première heure optant pour le refus de la défaite du colonel de Gaulle, tant de gens dépassés par les événements s'identifieraient peu ou prou à travers : gravité, pondération mêlées, le paternalisme du discours rassurant. A son *« Au moins l'honneur est sauf »* de son message du 26 juin après la signature de l'armistice et puis encore à ce *« Je n'ai pas voulu placer hors du sol de France ni ma personne ni mon espoir »* qui venait désavouer et de Gaulle et la poignée de parlementaires ayant pris le parti de rejoindre l'Afrique du Nord pour y continuer la lutte. Plus encore, mieux encore, à cette affirmation, imprimée dans les journaux, en caractères gras : *« Le gouvernement reste libre. La France ne sera administrée que par des Français »* à vous tirer des larmes jusque dans les chaumières. A ce : *« Je hais les mensonges qui vous ont fait tant de mal. C'est vers l'avenir que désormais nous devons tourner nos efforts. »* A ce *Maréchal nous voilà* que nous autres enfants ou très jeunes gens, puisque nous étions, paraît-il, cet avenir, ce ferment d'ordre nouveau, cette belle terre laissée en jachère de par la négligence et le cynisme de ceux qui avaient conduit nos pères, nos frères, à la défaite, à la captivité, nous allions, sur ordre ministériel, entonner au lycée comme ailleurs dans toutes les écoles, sous la direction de notre professeur de chant, un petit bout de femme à lunettes, musicienne dans l'âme, pleine d'énergie et d'allant, se retrouvant tout à coup de corvée sur un podium pour nous faire coasser, en mesure, l'hymne à la gloire de notre nouveau guide, après lecture, à nous solennellement faite, le matin de la rentrée, par notre chef d'établissement, lui aussi en service commandé, de son discours incitant notre jeunesse, outre au travail, au goût de l'oubli de soi, en faveur de l'intérêt commun, à nous forger un esprit sain dans un corps sain – et allons-y gaiement mes enfants et pour faire bonne mesure, optons à l'occasion pour le port de la francisque !

LE lycée ! Pour y avoir particulièrement très mal vécu les premiers mois de ma vie de pension lors de mon admission sur examen en classe de sixième, sa transformation en hôpital militaire à la déclaration de la guerre, avait été pour moi, sur le moment, littéralement le pied. Car elle entraînait le placement des anciennes internes, en ville, dans des familles d'accueil et, faute de salles de classe, la dispersion de nos cours, pour moitié dans une aile du lycée de garçons mise à la disposition des lycéennes et de leurs professeurs, dans la périphérie nord du Mans et pour l'autre dans les anciens locaux de l'école de sténodactylo et de secrétariat Pigier, dans le centre-ville.

Vétusté, inconfort du vénérable lycée Montesquieu d'une part, exiguïté des lieux chez Pigier d'autre part. Qu'importe ! Enfin j'échappais à la captivité d'un internat. Au sommeil dans un dortoir, à la stridence de la sonnerie électrique du réveil collectif, au coup de sifflet pour la mise en rangs avant l'entrée au réfectoire, aux pesanteurs d'un règlement allant de l'interdiction de parler à la promenade, à celle de ne pouvoir, à part celles de nos parents, recevoir une lettre sans qu'elle ait été décachetée. A croire qu'à quelque chose malheur était bon. Du moins pour un phénomène de mon acabit. Une piaffante et sourcilleuse fille des champs. Une sacrée jeune bête rétive derrière les barreaux de la cage de dressage, prévue pour réussir à faire d'elle, à la longue, à l'inflexibilité, à l'usure, une demoiselle bachelière. Une initiation quasi insupportable pour moi à la solitude en milieu de groupe, à ses rythmes d'existence communautaire, contrariant de fond en comble les miens propres et qui avait eu lieu dans le désespoir et dans les larmes. Et cette révolte en moi d'y être acculée, dans soi-disant l'intérêt de mon avenir ! Or, Dieu sait, à l'époque, comme je m'en foutais de mon avenir ! Même si pour faire plaisir aux adultes qui m'entouraient, il m'arrivait de faire semblant de m'en soucier !

En même temps que l'usine des eaux construite sur les bords de l'Huisne non loin de l'ancienne abbaye cistercienne de l'Épau, fondée par Bérangère, veuve de Richard Cœur de Lion, que les nouveaux bureaux de l'annexe de la Caisse d'Épargne, le lycée national de jeunes filles du Mans avait été inauguré avec faste, trente-deux ans plus tôt, les 11 et 12 mai 1907 aux termes de la loi Camille Sée qui, mise en place dès 1880, avait officialisé l'enseignement secondaire laïque féminin. Non point dans le but, serait-il précisé à l'époque « de détourner les femmes de leur véritable vocation qui est d'élever leurs enfants et de tenir un ménage, ni de les transformer en bas-bleus, en ergoteuses mais de cultiver les dons heureux dont la nature les a gratifiées ».

Tout un programme donc.

La construction de cet établissement de prestige à visées éducatives d'un coût passablement élevé, 906 422 francs 22 centimes d'avant 1914, environ dix millions d'aujourd'hui, avait été l'aboutissement d'un projet de longue haleine concocté, dès 1900, par Paul Ligneul, maire du Mans, élu sur un programme républicain comportant, entre autres, la promesse de la mise sur pied d'un collège d'enseignement public de filles, venant concurrencer les institutions chrétiennes de demoiselles, qualifiées d'ex-congrégationnistes parce que ayant été tenues par les religieuses d'Évron et de Rouillé avant la séparation de l'Église et de l'État. Celles de Saint-Julien et de Notre-Dame étant particulièrement réputées pour le bon niveau d'instruction, aussi d'éducation artistique et mondaine (on y jouait du piano et au tennis) que les adolescentes de bonne maison étaient à même d'y recevoir.

Les six mille mètres carrés de terrain à trouver en pleine ville pour y accueillir à tout le moins deux cents élèves, à raison, selon les critères de pédagogie et d'hygiène de dix mètres carrés par externe libre, quinze par demi-pensionnaire et cinquante par pensionnaire, n'avaient pas été un mince problème. De fil en aiguille, abandonnée l'idée, après refus catégorique du préfet, de l'amputation de son parc, quitte à traîner le conseil municipal au conseil d'État, celle, à cause du voisinage d'un ruisseau nauséabond, après avis défavorable de la commission d'hygiène, de l'aménagement d'un hôtel particulier, légué à la ville par une dame Victorine Courdon éprise de laïcité et puis encore celle de l'utilisation d'une partie des terrains libérés par la démolition de l'ancien hôpital général (cette fois le pharmacien Legué évoquera la rivière, propice aux microbes, les émanations de gaz carbonique des locomotives de la gare des tramways, le marché couvert, ses pourritures, ses déchets, leurs facteurs de phtisie) on optera, à la lisière de la préfecture, de l'apport bénéfique en oxygène de son parc, des tranquillités bourgeoises de la rue Chanzy, pour l'achat à des particuliers de terrains mi-construits mi-horticoles se jouxtant, et finissant le long d'une rue en pente : la rue du Mouton par constituer l'emplacement presque idéal pour la formation intellectuelle, l'éducation civique, morale et l'hébergement surveillé d'élèves de sexe féminin. D'aspirantes à l'obtention du prestigieux baccalauréat, pouvant même leur ouvrir les portes de la faculté, voire de la médecine, du barreau.

Arrachée, après l'obtention de mon certificat d'études primaires, à la simplicité de mon village, à la course quotidiennement renouvelée d'est en ouest, du soleil au-dessus de ses logis de bûcherons, de valets de ferme, de laveuses, de repasseuses, de ses petits artisans dont il métamorphosait sur le coup de midi l'étirement au coude à coude des façades cendreuses en falaise d'or (mais c'était bien évidemment éphémère, même en été, et comme il fallait avoir des yeux aimants comme les miens pour s'en apercevoir !), j'aurais dû, comme tout le monde, enfin comme Marthe, qui s'était contentée, ce qui était déjà bien beau pour une fille de boulanger de campagne, de préparer un brevet élémentaire à l'école supérieure de jeunes filles de Mamers, comme Auguste, plus encore, affrontant à treize ans l'initiation au rude métier de cuisinier-pâtissier, rue Gougeard à quelques centaines de mètres à vol d'oiseau de la rue du Mouton, tenir le lycée d'État de jeunes filles du Mans, un établissement où le prix de pension, à cause de la qualité de la nourriture et celle du confort était plus cher qu'ailleurs, pour le fin du fin. Tenir pour un privilège (un peu comme le port d'un chapeau de chez Wolf) l'occasion qu'on me donnait, d'être admise dans les murs d'un établissement où je me frotterais, non seulement à la compagnie de filles d'instituteurs comme moi, de professeurs, mais d'officiers, d'ingénieurs, de gros commerçants et dont les bâtiments, récemment édifiés selon les plans de Joseph Durand, architecte rennais réputé, constituaient un assez bel ensemble lui ayant valu les palmes d'officier de l'Instruction publique le jour de son inauguration. Inauguration particulièrement brillante qui avait, bien sûr, fait grincer des dents à l'ensemble des tenants des collèges confessionnels, privés du soutien de l'État par la loi Combes.

Il faut dire que la municipalité avait mis le paquet. A la gare du Mans, en présence du maire Adrien Tironneau et de son conseil municipal au complet, de messieurs les préfets et sous-préfets, sénateurs, députés, conseillers généraux, autorités militaires en grande tenue, Louis Barthou, ministre des Travaux publics, et Joseph Caillaux, ministre des Finances et Manceau, dont l'appui avait été précieux pour obtenir du socialiste Aristide Briand, détenant alors le portefeuille de l'Instruction publique, une aide financière de cinquante pour cent du coût global des travaux, avaient été accueillis au son du canon et de la musique du régiment d'artillerie d'Auvours, jouant *La Marseillaise*. Deux hommes au demeurant marqués par le destin. Barthou qui mourrait tragiquement à Marseille, tué lors de l'attentat perpétré par un anarchiste contre Alexandre Ier de Yougoslavie. Caillaux, un des chefs de file du radical-socialisme, ardent partisan de l'impôt sur le revenu qui passerait trois ans en prison, de 1917 à 1920, dans l'attente d'un procès où, sous la pression de Clemenceau qui détestait en lui sa volonté de rechercher un *modus vivendi* avec le voisin allemand, il lui serait reproché lors de voyages à l'étranger en 1916 d'avoir déclaré être éventuellement partisan de conversations avec l'adversaire, qui permettraient, avec l'arrêt des hostilités, d'éviter de nouvelles effusions de sang. Et puis il y avait eu l'assassinat de Calmette, le patron du *Figaro*, par Henriette, sa seconde épouse, pour avoir divulgué leurs lettres d'amour et d'amants lors de la liaison que, détaché de sa première femme, il entretenait avec elle.

Tout ce beau monde en chemise à plastron empesé et jaquette, haut-de-forme, rosette à la boutonnière, montre au gousset et canne à la main avait défilé, en landau découvert, les régiments de ligne et d'artillerie lui faisant une haie d'honneur le long d'un parcours empruntant les grandes artères de la cité, pavoisées de drapeaux et de lanternes vénitiennes. Rien, pour fêter l'arrivée au Mans de l'eau courante, l'encouragement à l'épargne dans les ménages manceaux, avec, pour comble de modernité éclairée, l'ouverture à la prochaine rentrée d'octobre d'un établissement d'études secondaires laïque à l'usage de jeunes filles de tous bords, soucieuses d'affronter l'existence, sinon avec des têtes bien pleines, mais bien faites, n'avait été négligé. Le banquet avait également fait date, servi dans les vastes locaux de la Halle aux toiles (la Sarthe étant pays de tisserands autant que de ruraux), avec ses onze cents couverts et sa restauration assurée par l'hôtel du Maine à l'intention de tous ces messieurs du gratin départemental et de leurs épouses à part Monseigneur

Dubois, retranché ce jour-là derrière les murs de son beau logis épiscopal, fâché, comme on s'en doute, de tout ce fracas laïque et qu'on avait, on s'en doute aussi, pris soin de ne pas inviter.

Sur fond de rideaux de velours cramoisi frangés d'or, à demi écartés pour laisser apparaître un buste de la République, se détachant sur un faisceau de drapeaux tricolores, il avait été servi un menu composé comme suit : Saumon de la Loire Bellevue. Contrefilet Renaissance. Fricandeau glacé à la Billard. Dindonneau rôti au cresson. Salade. Petits pois à la française. Savarin au rhum. Petits-fours-fruits. Et puis encore, pour en terminer avec ces agapes d'un autre âge où les hommes se devaient de suer à grosses gouttes sous le carcan de leur chemise amidonnée, les épouses d'étouffer dans leur corset, les desserts : traduire, confiture et fromage. Le tout arrosé de pomerol Géraud, d'un bourgogne Corton, d'un champagne de la Veuve-Clicquot, de café et d'alcools. On notera qu'à la table des ministres, on avait trouvé bon de faire asseoir Mademoiselle Mehl agrégée de lettres, désignée par le recteur de l'Académie de Caen pour assumer la direction du nouveau lycée après qu'elle eut fait ses preuves, venue d'un collège laïque de l'Aisne, à partir de 1903, au Mans, dans celui qu'on avait ouvert à l'hôtel Couindon, dans l'attente de la fin des travaux de la rue du Mouton dont l'effectif en deux ans avait triplé sous sa houlette de dame gestionnaire et de pédagogue distinguée en état de disserter sur ce qui pouvait séparer les gauloiseries amoureuses chez Rabelais des afféteries du sentiment chez Madeleine de Scudéry, l'amour-passion chez Racine de l'amour-estime chez Corneille, aussi bien que ses collègues du lycée de garçons ! Ainsi eut-elle droit, prodigués à la table d'honneur, pour bien marquer la distance, fût-ce dans un banquet démocratique, entre ce qui sépare les autres, d'avec le haut du panier, aux délices du filet de bœuf et non point seulement du contre-filet Renaissance.

A l'heure des somnolences du pousse-café, quand les paupières s'alourdissent, que le menton s'affaisse sur la blancheur glacée d'une chemise, d'une guimpe de chantilly, et voilà le chapeau, le beau grand chapeau de femme, tout à l'heure encore si léger, si aérien avec son aile d'oiseau, qui se met à peser comme du plomb, à devenir étau, gigantesque aigle blanc aux serres enfoncées dans la chair du front et des tempes, il y eut les discours. Plus ou moins longs, plus ou moins brillants selon la personnalité des orateurs ou le talent de leur directeur de cabinet chargé par eux d'en rédiger les termes. Avec eux, l'opportunité de clôturer le banquet par une remise de médailles qui, elle aussi, ferait date avec ses soixante-quatorze récipiendaires dont l'architecte Joseph Durand ayant, outre les plans, établi les devis des travaux dans leurs moindres détails, maçonnerie, couverture, menuiserie, marbrerie, canalisations, lumière et chauffage en vue des appels d'offres. Un vrai champion, ce Durand.

Comment s'étonner après cela que l'inauguration du lycée prévue pour quinze heures, avec traversée des ministres en sens inverse jusqu'à la rue du Mouton, dans une ville noire de monde, au dire du *Petit Manceau*, journal radical, indifférente, sinon hostile, selon la gazette bonapartiste des nostalgiques de Napoléon III, et celle des partisans du retour des Bourbons, ait débuté avec une heure de retard ? Que, rouvert le robinet des discours, avec remise des palmes d'officier d'académie à Madame Thiebault chargée de cours d'allemand au collège Couindon et destinée à les prodiguer rue du Mouton, venant s'y ajouter la visite complète du lycée, de ses sous-sols équipés d'un chauffage à basse pression, d'une laverie, de bains-douches, de ses dortoirs établis sur deux étages, de ses salles de cours, de ses cuisines, de son réfectoire, personne n'ait été quitte avant six heures du soir ?

Et qu'on imagine l'émotion de Mademoiselle Mehl se retirant dans son appartement de fonction pourvu de cuisine, salle à manger-salon, trois chambres avec cabinet de toilette et chambre de bonne. De quoi pavoiser là-haut, au second étage, dans l'intimité de soi. D'envisager l'avenir avec le plus grand sérieux mais non sans délicieux mouvement d'orgueil, à l'idée de se trouver à la tête d'un très bel établissement d'enseignement secondaire féminin, formant une enclave retirée, mais vaste, mais aérée, entre l'ancienne abbatiale de la Couture du Mans devenue préfecture et un chevet roman d'église. Une manière de couvent laïque, à galerie couverte, côté ouest, voué à la religion de la République, à l'étude éclairante des sciences et des lettres au profit de jeunes personnes qu'on voudrait voir davantage portées sur les choses de l'esprit que celles des facilités de l'ignorance, voire celles de l'amour.

Oui vraiment, quand on a sacrifié sa vie de femme, les appétits qu'on pourrait avoir de caresses, de maternité, de quoi pavoiser ! De quoi s'endormir, après avoir accompli les devoirs de sa charge, d'un sommeil sûr de son bon droit de sommeil. Respectable, serein. Un sommeil directorial ! A hauteur de corniche et d'entablement à l'antique, de cimiers de tilleuls que le crépuscule enrobe d'une chape d'ombre. Où le clair de lune, quelque temps après, répandra, par poignées, des clous d'argent, et que l'aube à l'heure du premier cri d'oiseau que la lumière électrise, humectera de brume laiteuse. Un spectacle situé entre ciel et terre et qui vous est propre. Est votre privilège d'état. Une compensation à votre solitude du soir, meublée très évidemment de bonnes lectures, parfois même de vérification de registres d'intendance, de bilan trimestriel, de carnets de notes, de correspondance avec votre famille, quelques amies. A celle, aussi, de la solitude de votre petite bonne, chargée de tenir votre ménage et qui a soin, réglant en cela son pas sur le vôtre comme il se doit à une servante convenable, de maintenir entre la vie et elle (la vraie vie souriante, coléreuse, familière, irrationnelle) la distance qui sied comme vous la maintenez, vous, à travers votre fonction.

Trente ans plus tard, l'année de mon entrée en sixième, celle qui régnait à son tour sur le lycée de jeunes filles du Mans, sur ses quarante-huit mètres de façade aux quinze fenêtres donnant, exposées côté nord, sur la rue du Mouton, devenue entre-temps en l'honneur du fondateur de la thermochimie, rue Marcellin-Berthelot, sur la soixantaine de baies intérieures, captant le soleil côté cour, s'étirant le long de ses quatre-vingt-cinq mètres d'internat, sur les quatre-vingt-seize mètres de galeries et de terrasse couverte de son externat, s'appelait Marguerite Bolnat. Madame la Directrice, Marguerite, enfin Tante Guite, comme elle me demanderait de l'appeler plus tard, beaucoup plus tard même, quand, après nous être perdues de vue, qu'elle eut pris sa retraite dans sa Bourgogne natale, elle renouerait avec moi, pour avoir découvert à la rubrique littéraire de *L'Express*, celle du *Monde*, aussi du *Figaro*, de *La Croix* que l'adolescente plutôt difficile à cerner que j'avais été, tempéramentueuse, difficile plus encore à classer à la rubrique des valeurs sûres, parfaitement nulle en mathématiques, alors qu'elle était pour sa part mathématicienne dans l'âme, mais passablement douée en lettres, en allemand, en histoire, au point de réussir à décrocher, une fois à l'arraché en classe de première, malgré les handicaps, le prix d'excellence avant une année de philosophie aux résultats plus qu'honorables, enfin ce qu'on appelle un cas, « Annie, vous êtes un cas », venait de publier un premier roman, *Nous autres les Sanchez*, bien accueilli par la critique, Madame la Directrice, donc, était, comme on s'en doute, une sacrée régente, une personnalité.

Évidemment en cet automne 1938 où il m'avait fallu, avec la trentaine de gamines de mon acabit, de villageoises arrachées à leur milieu familial et agreste pour être catapultées en pension, au chef-lieu, me plier, sous sa férule aux exigences de ma nouvelle vie, nous n'en étions pas encore là, et de loin, elle et moi. Moi à l'appeler Tante Guite, à lui rendre plusieurs fois visite à Villeneuve-sur-Yonne. Nous n'en étions pas non plus à cette correspondance affectueuse qui prit corps entre nous jusqu'à peu de temps avant sa mort qui survint l'année où elle aurait eu cent ans. A ce cadeau de douceurs : caramels et pain d'épice de Villeneuve emballé à l'ancienne dans du fort papier gris et ficelé de sa main qu'elle m'expédia régulièrement au moment des étrennes. Moi lui offrant chacun de mes romans lors de leur parution. A cette vente-signature pour laquelle, à Villeneuve, toujours et à la Maison de la presse, ses soixante-quinze ans se mobilisèrent avec, à la clé, la vente d'une bonne centaine de livres.

Car cette imposante Bourguignonne aux cheveux d'un noir de jais, au teint mat, au nez abrupt et court, au menton impérieux, au profil sarrasin, ayant visiblement en elle quelque chose de maghrébin, hérité sans doute de quelque ancêtre mauresque venu d'Espagne au temps où Charles Quint possédait la Bourgogne et les Flandres, cette brillante agrégée en mathématiques, chevalier de la Légion d'honneur à titre militaire pour avoir contribué pendant la guerre 1914-1918 à améliorer la précision des calculs en balistique, lors des tirs d'artillerie, faisait tout, pénétrée qu'elle était de l'importance de ses fonctions, pour que nous la craignions comme le feu.

Car nom de Dieu, quand elle ouvrait avec fracas la porte de son bureau directorial situé au rez-de-chaussée près de la conciergerie et donnant sur la cour de récréation, il fallait la voir surgir, omnipotente, nous jaugeant de pied en cap, sourcils froncés. Nous, notre allure, la bonne ou mauvaise ordonnance de nos coiffures, de nos vêtements, la nature de nos jeux, marelle ou chat perché, balle au mur ou corde à sauter, ou babillage en retrait à trois ou quatre où elle semblait flairer quelque complot, visant à cacher dans nos poches de tablier, dans nos souliers, sous les revers de nos chaussettes de laine tenues en place à hauteur de genoux par des élastiques, quelque pince-monseigneur, lime ou scie à métaux susceptible, à nous les internes, de nous ouvrir, hors de son établissement, les portes de la liberté.

Divinité trapue et sombre des îles de Pâques, remaniée par

le ciseau d'un Maillol, statue du Commandeur en jupons, aux yeux étincelants sous les sourcils touffus, nos gestes, à son approche, demeuraient en suspens, nos voix s'enrouaient ; animée qu'elle était sur place et sur ses chevilles gainées de gris, sous la jupe noire, d'un mouvement fascinant de pendule qui, la faisant se hausser régulièrement sur la pointe de ses extraordinaires escarpins moirés en peau de serpent, pour retomber sur le socle de leurs talons, ne cessait que lorsqu'elle semblait avoir trouvé une manière d'équilibre entre elle et nous, c'est-à-dire entre le poids du pouvoir qu'elle détenait sur notre destinée et la crainte que ce pouvoir nous inspirait.

Alors le balancement cessait et il pouvait jaillir d'elle des phrases surprenantes, presque débonnaires, voire maternelles où elle nous faisait observer que nous allions prendre froid sans cache-nez, nous empêtrer dans un lacet de chaussure défait ou que nous avions laissé tomber notre mouchoir.

Ses entrées spectaculaires au réfectoire à midi pour nous apporter notre courrier qu'elle nous remettait décacheté s'il n'était pas contresigné sur l'enveloppe par nos parents, étaient l'occasion d'un rituel qui consistait à nous lever précipitamment de nos sièges, les surveillantes de même, déjeunant à part dans une manière de hall d'où, toutes portes ouvertes, elles pouvaient nous avoir à l'œil (et quel malin plaisir nous prenions à les voir se tenir au port d'armes, être réduites à la même enseigne que nous) jusqu'à ce qu'elle eût, geste olympien, voix de même, d'un « asseyez-vous, mesdemoiselles » péremptoire, indiqué que nous étions autorisées à reprendre couteau et fourchette, à nous battre avec notre morceau de râble de lapin, notre os de côtelette, notre cuisse de poulet du dimanche. Car, si elle mettait son point d'honneur à nous régenter, elle le mettait aussi (et c'était là sans doute son côté bonne vivante de Bourguignonne) à ce que, par l'intermédiaire de l'intendante nous fussions bien nourries. Bref, à part l'âpre morue du vendredi insuffisamment dessalée pour mon goût dans sa sauce farineuse aux câpres et qui était laïquement de rigueur pour ménager les consciences de celles d'entre nous qui étaient pratiquantes et fréquentaient la messe le dimanche, le contraire d'une gargote et même la meilleure table de pension et demi-pension pour jeunes gens et jeunes filles du département !

L'ennui avec moi avait été que non seulement m'indifféraient les majestés de l'établissement, celles du portail d'entrée aux vantaux de chêne sculptés dans la masse, de son vestibule grand comme une salle de bal, carrelé de noir et blanc, à parois contre-fortées par des colonnes à chapiteaux ioniques, celles de son parloir-bibliothèque, meublé de fauteuils de cuir à dossiers rigides où je m'étais sentie aussi démunie, dans l'attente d'être présentée à la directrice par mes parents, que dans celle de l'être, l'année d'avant, à la mère supérieure de l'ordre des sœurs d'Évron en Mayenne, le jour de la prise d'habit de religieuse de ma cousine Thérèse, nièce de mon père, mais que je les avais eues positivement en horreur, et plus que tout le reste, l'internat. Un bel internat pourtant, avec, pour y accéder, du rez-de-chaussée à ses trois étages de dortoirs et de chambres de service, des escaliers à rampe de bois verni lui donnant des allures d'escalier de maison de maître. Presque de château. Avec, de ses fenêtres, vue sur le parc de la préfecture et sur, taillés en boule, la répartition en demi-cercle d'un chapelet de lauriers-roses, le long d'un gazon en pente planté de rosiers, constituant une sorte d'embryon de jardin d'agrément.

A la vérité, presque tout de cette nouvelle vie qui m'avait été imposée pour mon bien, comme ma famille me l'avait rabâché, pour qu'un jour, si je devenais bachelière, je puisse prétendre à une situation honorable et stable, dans l'enseignement, dans les PTT, aux services des impôts par exemple, pour que je devienne, en un mot, une jeune femme respectable, intéressante, sortant (c'était la formule de Marthe dont elle se gargarisait) de ce qu'elle appelait « l'ordinaire » et Auguste d'ajouter qui s'y connaissait, lui, en pauvreté, qui serait du moins assurée, qu'elle se mariât ou non, de ne pas tomber dans le ruisseau, pratiquement m'insupportait.

M'avait déjà insupporté, juin, juillet d'avant, l'état de fièvre dans lequel j'avais dû vivre à cause de la préparation de l'examen d'admission en classe de sixième. J'avais été reçue à mon certificat d'études primaires mais sans mention à cause de ma faiblesse en calcul mental, en couture et en gymnastique alors que la plupart des enfants d'instituteurs des environs avaient obtenu la mention bien ou très bien. Marthe en avait été vexée. Revenant à pied de Bonnétable où avaient eu lieu les épreuves vers Aulaines, elle m'avait tout à coup jeté, assez sèchement, alors que je me réjouissais d'être reçue : « En tout cas les fils et les filles de mes collègues l'ont été, eux, avec mention, sauf toi, Annie Roulette. » Elle marchait nez levé, lèvres pincées sous sa toque de paille tressée de chez Wolf avec son air d'institutrice et de mère offensée des grands jours et j'en avais été saisie.

Alors que j'avais tant travaillé en grammaire, en orthographe, en calcul, ingurgité tant de dates d'histoire, de la décapitation de Vercingétorix à celle de Louis XVI et même au-delà, dessiné, redessiné jusqu'à pouvoir les reproduire de mémoire tant de tubes digestifs, leur nichée d'intestins de grosses couleuvres aveugles lovées, dans l'excavation du ventre, de cœurs déployant leur système de tuyauterie de pompe aspirante et foulante, sans compter le tracé en géographie des cinq grands fleuves nationaux flanqués de leurs affluents, était-il possible qu'elle m'en voulût de n'avoir pas réussi, en raflant de surcroît de bonnes notes en calcul mental, couture et gymnastique, à sortir du rang ? À être sortie de l'ordinaire, justement. J'aimais coudre mais ce n'était pas de ma faute si je n'arrivais pas à fignoler une boutonnière impeccable, si je n'avais ni dans les bras, ni les reins la force, la musculature qu'il aurait fallu pour m'élever le long d'une corde lisse sans m'écorcher les paumes, ne fût-ce que pour gagner la cinquantaine de centimètres au-dessus du sol. Si mon cerveau manquait d'agilité pour enregistrer dans un éclair, sur la plaque sensible de ma mémoire, les chiffres et les nombres, les additionner, les soustraire mentalement comme si je les voyais. Si je n'étais ni acrobate ni fine aiguille, non plus machine à calculer. Est-ce qu'en revanche je n'avais pas un gentil brin de plume pour mes onze ans ? Du goût pour la lecture, la poésie même, une belle voix ? Pour me produire en classe à la fête de Noël, de la distribution des prix, au dessert des repas de gala dans *Mon père, ce héros au sourire si doux, Midi roi des étés étendu dans la plaine*. Pour entonner *Trois anges sont venus ce soir* ou *Toulouse, rouge fleur d'été* ?

Parce que je venais de la prendre en flagrant délit de manque d'amour à mon égard, je m'étais mise à pleurer. Car, qu'était-ce d'autre que ce mouvement de vanité parentale que je n'avais pu tout à fait, ce jour-là, satisfaire ? Qui lui aurait permis, à l'instar de ses collègues, si farauds de leur progéniture, de pouvoir pavoiser ?

Mais comme elle était excellente femme au fond, ç'avait été, m'endeuillant sous mon béret rouge, les larmes qui coulaient sur mon visage déconfit qui l'avaient dégrisée. Arrachée à cet accès d'orgueil en train d'empoisonner depuis un bon quart d'heure les rapports entre elle et moi.

Elle s'était arrêtée de marcher pour me prendre contre elle. Contre cette lourde poitrine que je lui avais toujours connue et dont la chaleur, le moelleux d'opulente déesse mère avait été, avec celui de pouvoir me tenir debout entre les jambes habillées de drap bleu de militaire de la maréchaussée de mon père, d'y prendre appui, mon crâne bouclé à hauteur de guêtres, l'un de mes deux grands bonheurs de petit enfant.

« Allons, avait-elle dit précipitamment, n'aie pas de chagrin, Annie. Je suis contente, très contente que tu sois reçue et Papa va l'être aussi. Embrasse-moi. Après tout, on peut se passer d'une mention et je sais bien que les enfants qui en ont décroché une ne sont pas forcément plus intelligents ni plus appliqués que tu ne l'es. »

Et elle m'avait tendu le beau mouchoir blanc qu'elle tenait plié dans son sac à main pour que je m'essuie les yeux et me mouche avec et nous étions rentrées à la maison d'école comme si de rien n'était. Il faisait beau et chaud, il m'en souvient. Devant moi, à l'entrée de mon cher village de naissance, de ma patrie, la route avait toujours, à partir de l'église, ce beau déhanchement de fille couchée à même le sol et qui dort, nourrie de soleil, de la tête aux pieds. Dans l'ombre fraîche de la petite salle de mairie, derrière ses registres noirs, sa collection d'encriers de verre à capuchon d'acier, sa réserve de porte-plume, de papier buvard, Auguste nous attendait. Il savait que la journée avait été rude pour moi, pleine d'embûches et que Marthe avait vécu de son côté sur des charbons ardents.

« Annie est reçue, Père », avait-elle claironné sur un ton parfaitement satisfait, parfaitement triomphant.

Car elle l'appelait souvent Père, au lieu d'Auguste, lui Mère au lieu de Marthe quand nous étions entre nous, comme si, depuis que je leur étais née, ils eussent, non pas changé de nature mais à coup sûr d'état. Renoncé en partie à leur identité propre, d'homme et de femme. A leur individualité. De sorte que leur prénom lui-même avait pris du recul par rapport à la fonction parentale, qu'ils assumaient de concert. Obéissant d'instinct en cela, forgée dans la nuit des temps, à la vieille loi tribale qui exige l'effacement de l'individu au profit des intérêts généraux du clan. On renonce à soi. On devient instrument de contribution à la survie. On est désormais « celui qui chasse », « taille le silex », celle qui « carde et file la laine », « collecte et broie les grains ». Celui qui engendre. Celle qui enfante.

« Père, avait-elle répété, te voilà obligé de te mettre dans les frais. De tenir parole à ta fille pour une bicyclette neuve. »

Il avait ri. Or je n'aimais rien tant que le voir rire. Que d'accomplir avec lui, à travers lui, cette merveilleuse remontée du cours du temps qui rendait à ses traits, porteurs des stigmates d'un dur passé d'adolescent et de jeune homme, de poilu de la

Grande Guerre, les contours fruités et insouciants de l'enfance. La sienne, la mienne enfin confondues et qui faisait qu'à cet instant je l'avais pour complice d'allégresse, d'aventure. Que nous devenions frère et sœur jumeaux. Que c'était le miracle.

Succédant à mon vélo d'enfant, j'eus ma bicyclette neuve bien sûr. Une solide Dion-Bouton d'adulte d'un vert olive de la couleur des végétations, achetée chez Buclez, le mari de la couturière d'Aulaines, notre marchand de cycles. Habile artisan ferronnier de surcroît, il forgea pour elle, deux porte-bagages, pour les courses ou les déplacements avec valise. Ma Dion-Bouton, l'évasion, la gloire ! De nouvelles portes ouvertes sur le monde, bourgades après bourgades découvertes à coups de pédale.

Il n'empêche qu'il avait bel et bien fallu s'attaquer à la préparation de l'examen d'entrée en sixième. Ne pas, autre formule de Marthe, aussi percutante qu'ambiguë, quand on savait qu'entre quatre z'yeux elle m'avait reproché de ne pas en avoir récolté assez, m'endormir sur mes lauriers ! Au demeurant, si en apparence nous faisions semblant, elle et moi, que l'incident fût clos, la tension perdurerait bel et bien entre nous jusqu'à ce que je fusse admise à entrer au lycée en sixième. Car enfin, que je fisse dans l'une de ces dictées qu'elle choisissait, exprès, difficiles, et dont elle me régalait le soir en guise de goûter (il est vrai que je n'aimais pas goûter) une faute d'usage, alors qu'en revanche je me débrouillais bien dans l'application des règles de grammaire, c'était de sa part des éclats de voix faisant présager que nous courions immanquablement au plus cuisant des échecs.

Époque difficile entre Marthe et moi qui, bien qu'elle fût, au meilleur sens du terme, l'anticonformisme même, qu'elle l'eût prouvé en épousant en premières noces, ce qui était rare chez les maîtresses d'école, d'autant souvent plus fiérotes d'elles-mêmes qu'elles sortaient de milieux modestes, un paysan, mort à la guerre en juillet 18 et qu'elle avait beaucoup pleuré, en secondes noces un modeste gendarme, l'un et l'autre l'ayant attirée, outre qu'ils étaient plutôt beaux garçons, par l'authenticité de leurs qualités humaines, qu'elle avait jugées plus décisives que la culture qu'ils n'avaient pu acquérir, qui les eût rendus, certes, plus brillants dans les conversations mais pas nécessairement ni plus intelligents, ni plus aimants, ne pouvait s'empêcher d'espérer faire de moi une intellectuelle distinguée qui lui donnerait des satisfactions d'amour-propre.

Chargée d'une classe unique d'une quarantaine de garçons et filles allant du cours préparatoire à celui du certificat, elle n'avait pas tout le temps nécessaire pour me « chauffer », autre expression qu'elle tenait d'un couple d'instituteurs s'étant vantés que leurs enfants, à eux, l'avaient si bien été que l'examen d'entrée au lycée serait pour eux simple formalité, elle m'expédiait deux fois la semaine à Bonnétable, sur ma Dion-Bouton, chez une collègue, Madame Oria, directrice d'école maternelle qui m'enseignait pour l'ordinaire, étant un peu musicienne, des rudiments de solfège et de piano, pour y parfaire mes connaissances en analyse logique, car dans le cadre de l'épreuve de dictée, il y en avait forcément une qui, si je la réussissais, augmenterait ma note en grammaire. Ce n'était plus de déchiffrage en clef de *sol* ou de *fa*, de lignes mélodiques, non plus que de recherche du nombre de dièses ou de bémols à prévoir selon qu'on fût en majeur ou en mineur sous peine de jouer faux ma sonatine de Clementi qu'il était question depuis un mois, mais de la nature et de la fonction qu'occupaient dans la phrase, ses propositions les unes par rapport aux autres.

Par chance, j'aimais assez ce charcutage méthodique du corps de la phrase, l'autopsie minutieuse de son cœur, de son noyau, de ce qui en était les viscères, les organes satellites gravitant dans son espace orbital. Que tout le système s'agençât autour d'une idée principale, une idée « *caput* », une idée chef, à laquelle une poignée d'autres se trouvaient liées par un rapport de subordination me passionnait assez, me le rendait parlant, presque humain, comme s'il se fût agi, à travers lui, d'une initiation au fonctionnement d'une société, à sa hiérarchie de valeurs. Amoureuse viscérale des mots, de leurs rapports entre eux de connivence ou de rejet, de leurs volume, couleur et tempo, l'analyse logique me bottait parce qu'elle était pour moi, vivante.

Car au-delà des études dont on me célébrait les bienfaits, du sens qu'elles pourraient donner à mon existence, je n'aimais pour de bon (je n'aime encore) que la vie. Celle qui coulait dans mes veines. Qui pour un rien : une lampée de soleil couchant faisant tache d'huile sur une vitre, la lune, son fin croissant phosphorescent agrafé de biais dans l'épaisseur de burel de la nuit d'hiver, m'enivrait de l'ardent plaisir d'être de ce monde. La vie ! Avec le manège au grand complet de ses cinq sens qui permettent de jouir d'elle. A s'en gaver le regard, les oreilles aussi bien que la panse. A s'en brûler le cœur et les doigts.

Pour cause d'identification avec le cosmos, de sensualité coulant de source, je rêvais secrètement d'être fermière. A cause de vacances paysannes passées chez le neveu de Georges Brossier, le premier époux de Marthe, j'avais gardé en moi le goût de la vastitude des granges, de l'élancement rectiligne et pentu, au-dessus des têtes, de leurs solives à l'état brut, chevillées à la poutre de faîtage, allant donner du museau contre, comme une armée de bêtes longilignes, rats ou putois, fouines ou furets, pris, en grimpant là-haut, au piège de l'altitude et réduits, après mort lente, à leur seule ossature, dans une gaine de peau momifiée par le temps. Et puis il y avait les odeurs, paille et foin, portées à leur paroxysme aphrodisiaque quand ils sont secs et que les soulevant par brassées, ils vous mettent l'esprit et le corps en feu, même si on n'est encore qu'un enfant. J'avais, qui me faisait envier les valets qui y dormaient sur des châlits à paillasse et à couvertures rugueuses, le goût des écuries pleines à craquer du gros bétail. Des chevaux de trait. Des bovins parqués, par les nuits d'hiver, dans la tiédeur fétide des stalles où le sabot de la trayeuse, celui du domestique qui l'aide à soulever les seaux de lait, glisse sur les litières gluantes de l'éclaboussure des bouses fraîches, fumantes comme du sang chaud, sur le tas de crottes blondes et friables sous le pied, celui des percherons nourris à l'avoine, avec, parfois, au milieu d'eux, ou dans un angle obscur réservé à leur usage, l'efflanquement nerveux d'une famille de chèvres. Des rousses maigres à poils longs frangés de noir, à petites cornes méchantes enchâssées dans le vif du crâne étroit et pierreux ; des fourches à deux dents qu'il faut savoir maîtriser d'une poigne de fer pour en venir à bout, si on veut les approcher.

Quand le jour tourne court sur le coup de six heures en septembre, qu'il néglige, là-bas du côté de l'ouest, d'étirer dans son sillage, sa filasse dorée, à la lueur d'un falot, qu'à bout de bras, pour se faire un chemin sans tomber entre deux rigoles de purin, on soulève à hauteur de mangeoire, là, où le dernier bouchon de luzerne s'effiloche, mêlé à la pulpe écrasée d'un reste de citrouille, de betterave, arrachée à son anonymat nocturne par la clarté de la lampe-tempête, on découvre la tête de la vache, de la jument. La tête, c'est-à-dire un visage, un vrai !

Avec de la résignation ou de l'impatience, du désir inassouvi, de l'anxiété, de la révolte qui ne demanderait qu'à exploser, de la miraculeuse douceur au contraire, un besoin d'amour, d'amitié, inscrite dans le regard et qui rend impossible à qui a le courage de l'affronter, de ne pas s'y reconnaître. De ne pas y découvrir, inextricablement mêlée, en une seule tragique lueur, comme dans le sien, la présence de la vie et de la mort.

Impossible alors sachant à quoi on la destine, à fournir un travail d'esclave, à finir à l'abattoir, pour peu qu'on se refuse la commodité de se réfugier dans le cocon des idées toutes faites, sur la différence radicale de nature qui vous sépare, de ne pas en avoir des remords pour jusqu'à la fin de ses jours.

Enfant, pour avoir tenu le falot au-dessus du front des vaches, des génisses, les avoir piégées, à la surprise, dans le rond de clarté qui les faisait frémir de la croupe aux jarrets, à l'encolure, faisait se cabrer les maigres chèvres dans un bruit irritant de crécelle, de bêlement hystérique et râpeux, renâcler, ruer sur place les chevaux, comme si tout à coup le sol menaçait de s'ouvrir sous leurs sabots et que cette lumière qui les arrachait à leurs limbes rassurantes était le signe violent de ce que les mystiques appellent l'illumination, le prélude à l'apocalypse, je me suis d'emblée et sans qu'on eût eu besoin de m'ouvrir les yeux, là-dessus, sentie solidaire du monde des bêtes, du drame de leur condition. Qui devait bien avoir quelque chose en commun avec la mienne. Quelque chose qui m'apprit à me défier des mouvements d'orgueil de mon état humain et m'enseigna par ricochet, non seulement la pitié, mais une forme d'amour, de connivence avec elles. Me donna l'horreur de leur martyre de bêtes de somme condamnées au portage sous les coups et jusqu'à écroulement : le Mauthausen de l'âne, du mulet des pays d'Asie et d'Orient, celui de l'élevage en batterie des pays nantis. Autre horreur officialisée, banalisée, désormais passée dans les mœurs pour cause de rentabilité.

On dit que l'Indien d'Amérique, le guerrier à face plate, aux yeux de faucon, le rude chasseur de bisons d'avant l'arrivée de l'aventurier blanc d'Europe qui finirait par avoir sa peau et, bien sûr, toutes ses terres, avait coutume du temps qu'il était libre, qu'il se sentait encore chez lui, de prier en l'honneur de la bête qu'il venait de tuer. Afin qu'au-delà de cette chair, de ces entrailles fumantes, de ce sang dont il allait se repaître, de cette peau dont il allait se vêtir, fabriquer des outres, des sacs, réchauffer sa couche dans le tipi, quelque chose d'elle lui échappât. Échappât à son pouvoir d'homme de poursuite, de tuerie. Quelque chose qui fût encore la vie pour elle au-delà de celle qu'il venait de lui ôter et qui s'appelle une âme. Pareille à la sienne. Reçue de Dieu. Retournant à Dieu.

Merveilleuse vision que celle-là. Dont les religions judéo-chrétiennes, islamiques, souvent pétries d'orgueil se sont gardées de prendre de la graine !

Pour ma part, enfant de couple humain c'est-à-dire appartenant au groupe des grands prédateurs carnivores entachés de cannibalisme atavique, d'anthropophagie déguisée en vigoureux appétit de gigot, de saucisson, de bifteck, de convivialité carnassière dans les honnêtes repas de famille, l'univers des écuries qui m'aura fait franchir le seuil d'un de ces lieux sinon du sacrifice mais de son antichambre, débouchant, un jour ou l'autre, sur le rituel terrifiant de l'immolation, m'aura, toute jeune que j'étais, dessillé déjà les yeux sur mon compte et celui des autres, donné à voir, à sentir, installée au carrefour de contradictions que je savais d'avance ne pouvoir jamais résoudre, sinon, comme je le comprendrais plus tard, par l'acceptation, en guise de réponse, du bien-fondé de ma propre mort.

Et puis enfin à l'époque, comment m'exprimer là-dessus ? Comment donc s'ouvrir à un entourage médusé de l'apprendre, autant que si l'on osait lui avouer vouloir entrer en religion, que j'eusse aimé, non seulement par goût, mais pour raisons de charité, embrasser la carrière paysanne afin qu'elle me donnât l'occasion de témoigner à travers les bêtes, avant leur mise à mort, des scrupules qui me hantaient ? Et puis enfin, et puisque j'aimais Auguste et puisque j'aimais Marthe, comment ne pas remplir auprès d'eux mon devoir familial ? Comment ne pas souscrire à cette ambition qu'ils nourrissaient que je fusse initiée à des rudiments de culture dont ils semblaient attendre qu'elle m'apportât le bonheur ?

Je décidai donc de tout mettre en œuvre pour être admise en classe de sixième.

Reste que ce dimanche après-midi d'octobre 1938 où j'atterris au lycée de filles avec une semaine de retard sur la date de la rentrée, parce que Auguste, mobilisé depuis l'affaire des Sudètes, et seulement rendu à ses foyers après les accords de Munich, n'avait pu assurer, avec sa Mona quatre, le transport de mon trousseau de pensionnaire jusqu'au Mans, j'avais le cœur brisé !

Affublée de ma robe neuve d'uniforme taillée dans un austère lainage marine foncé et qu'il avait fallu, comme pour le tissu du manteau, acheter au Mans dans un magasin désigné par l'établissement, chaussée de solides souliers de marche à lacets qui me déplaisaient, serrant contre moi mon petit sac à main en moleskine dans lequel Marthe avait placé un mouchoir parfumé à l'eau de Cologne du Mont-Saint-Michel, un paquet de pastilles Vichy à sucer le soir pour m'endormir, un peu d'argent dans un porte-monnaie pour donner à la quête à la messe à l'église de la Couture, puisque j'avais finalement demandé d'y être conduite avec les autres, je voyais, avec le plafond du hall, ses colonnes, ses portes massives, l'une de l'intérieur me faisant face et qui s'ouvrirait tout à l'heure sur le no man's land d'une cour que j'allais devoir franchir, pour m'engouffrer dans le désert de l'internat, y devenir un grain de sable, un numéro (le mien qu'il avait fallu apposer à l'angle de mon linge, de mes sous-vêtements était le 27), tout tourner autour de moi. Quant au pavage que j'avais sous les pieds, il s'était mis à changer de nature ; à devenir liquide. Bon Dieu, qu'est-ce qui leur avait pris ? Qu'est-ce qui avait pris à cet homme et cette femme endimanchés, m'entourant encore quelques secondes de leur présence, de leur protection sans faille jusque-là, de m'obliger à gagner sans eux la haute mer ? Et moi, que m'avait-il donc pris, depuis trois mois, de faire semblant d'y consentir ? D'entrer avec eux dans le jeu fiévreux des préparatifs de mon trousseau de lycéenne établi selon une liste réglementaire qui nous avait été remise en juillet par l'intendance, après ma réussite à l'examen et les ayant entraînés à effectuer, outre de nombreuses allées et venues au chef-lieu, des courses fatigantes dans les magasins de tissu, de bonneterie, de linge de maison, de chaussures, chez les libraires, dans des frais considérables pour leur budget habituel ?

Quelle comédie, avec ces quatre paires de drap en toile de Gérardmer, cette douzaine de mouchoirs de Cholet en métis, cette couverture de lit garantie pur mérinos achetée par correspondance à la Samaritaine, ce couvre-pieds en satinette or et grenat, capitonné en laine de mouton du pays, après cardage minutieux, effectué par Madame Bois, notre amie et matelassière attitrée, avec ces six serviettes de toilette de teintes dites assorties, la provision de culottes Petit Bateau, de chemises de jour et de nuit, de combinaisons, de chaussettes d'hiver et d'été, sans oublier le peignoir, le premier peignoir de ma vie, une merveille en pilou bleu rayé de jaune se boutonnant du haut en bas avec passants pour ceinture à nouer, la boîte à provisions contenant le beurre et les confitures de mes futurs petits déjeuners et goûters qui à part le pain et le café au lait du matin n'étaient pas fournis par l'établissement, nous étions-nous mutuellement jouée ?

Avec encore et surtout, puisque c'était là le but de l'entreprise : m'ouvrir l'esprit, acquérir outre des manières nettement plus policées que celles que j'avais contractées à travers bois et champs, des connaissances qui me permettraient de me faire sur le monde des idées particulièrement élevées, ce lot de livres cartonnés, achetés neufs, correspondant aux matières qui me seraient enseignées, celui des cahiers de cours et de brouillon, la boîte de peintures à la gouache destinée à m'apprendre à nuancer, en classe de dessin, les reflets ocre ou verdâtres jouant sur la terre cuite d'une cruche, d'un pot à lait, avec, encore, l'inévitable armada du petit matériel en fournitures scolaires allant du style Waterman (mon premier stylo comme mon premier peignoir) à la colle de bureau, au papier Canson, à décalquer, à la coûteuse boîte de compas d'acier disposés tête-bêche dans leur étui sur fond de peluche bleue et tutti quanti.

Tout cela soigneusement classé, rangé dans la malle d'osier qui avait été celle d'Auguste ! Avec laquelle de 1909 à 1913 jusqu'à son enrôlement pour le service militaire au 115e de ligne de Mamers, à vingt ans, suivi, l'année suivante, de son départ pour la Grande Guerre, après avoir terminé un apprentissage de cuisinier-pâtissier au Mans, il avait bourlingué de place en place dans le Sud-Ouest et en Lorraine, comme jeune compagnon sur le tour de France, passant contrat pour un hiver, pour un été, à Angoulême, à Poitiers, à Limoges, à Longuyon en Meurthe-et-Moselle. A la fois pour gagner sa croûte d'adolescent ne pouvant compter sur le secours d'une mère qui l'aimait et qu'il aimait, mais seulement en état, depuis un veuvage prématuré, d'assurer sa propre survivance comme servante de curé et pas la sienne, et pour élargir la connaissance du métier en matière de gastronomie régionale.

Levé avant six heures pour l'allumage des fourneaux, la réception des denrées, la mise au point avec le patron et le gâte-sauce quand il y en avait un, du menu du jour, la préparation des desserts, les épluchages, le mitonnage d'une daube, d'un lapin chasseur. Jamais couché avant onze heures du soir, avant la mise en ordre du matériel, casseroles récurées, et vaisselle de cuisine faite. Tenir ! Tenir ! La mère est pauvre. Le père est mort en crachant ses poumons. Tenir d'un bout de l'année à l'autre, de ville en ville, d'hôtel des Voyageurs en hôtel du Lion d'Or, en café-restaurant de la Belle Meunière, des Trois Mousquetaires, où tout vous est à chaque fois, solitude, étrangeté. Tenir ! Où la cuisine étouffante, la souillarde glaciale qui la prolonge, l'arrière-cour avec ses fils d'étendage pour les serpillières, les torchons, les poubelles débordantes de détritus gluants, d'arêtes, d'os de gigot, de cuisses de bœuf à têtes rondes, chauves et luisantes comme des crânes de nouveau-nés, avec ses braseros de plein air à griller les viandes, les sardines fraîches, sont votre seul domaine comme naguère dans les thermes, l'hypocauste pour l'esclave romain. En haut, sous les toits, il y a le lit-cage avec la table, la chaise, l'armoire en bois blanc, le broc d'eau froide et le miroir à vingt sous pour se raser, du travailleur de passage. Du saisonnier.

La malle d'Auguste. Sa malle de pauvre jeune homme besogneux devant, par la force des choses, répondre de lui-même et par conséquent très angoissé. Très digne en même temps. Très capable. Au point, et ce serait sa dernière place avant la guerre, d'entrer à Paris chez Prunier, rue Duphot où il deviendrait spécialiste des sauces, des soufflés et des feuilletés chauds.

Et moi, à mon tour, est-ce que j'allais tenir ?

Séparé de moi qu'il était par cette malle dans laquelle il avait serré autrefois ses nippes et hardes, ses croquenots, ses vestes, ses bonnets blancs de cuistot, la petite réserve de papier et enveloppes à lettres destinée à la correspondance avec sa mère et, qui lui avait été offert par son dernier instituteur qui l'avait préparé au certificat où il avait été reçu premier du canton, un précieux dictionnaire encyclopédique à couverture grenat paru aux éditions Armand Colin : un livre qu'il emportait avec lui comme le Juif errant le Talmud, tellement mieux garnie cette malle à mon intention, en vêtements, en lingerie, en accessoires pour fillette délicate et proprette, tant, de la savonnette à la glycérine, à la brosse à dents à poils de soie, de la valenciennes à l'échancrure de mes combinaisons, à l'enveloppe de linon brodée à mes initiales pour le rangement de ma chemise de nuit, Marthe, pour adoucir l'épreuve de l'entrée en pension, avait soigné les détails, tourmenté brusquement par cette petite toux de gazé par ypérite qui le reprenait à chaque fois que quelque chose n'allait pas, celle du matin où il nous avait quittées pour rejoindre son poste de gendarme réserviste, ces derniers temps à l'église de Vallon-sur-Gée lors de l'enterrement de sa mère, sans rien dire, il me regardait. Bras noués autour de ses larges reins, à Marthe accrochée, qui, dépassée elle aussi par les événements avait pris le parti, pour tenter de noyer le poisson, d'entonner pour la énième fois, avec une volubilité extrême, la louange du lycée de jeunes filles du Mans, son confort, sa nourriture excellente, la qualité de son enseignement, l'opportunité de m'y faire des amitiés nouvelles et intéressantes (et puis enfin elle m'écrirait deux fois la semaine, il y aurait les sorties, les retours chez nous, les vacances), je pleurais !

Que je devais faire honneur à cette malle qu'Auguste, tout à l'heure, avec l'aide du mari de la concierge monterait jusqu'à la salle des vestiaires, je le savais. Je savais qu'il eût été honteux de demander grâce, d'obtenir, en jouant sur la corde sensible, qu'on me ramenât à la maison. Mais je pleurais. Je pleurais comme on pleure parce que justement on connaît son devoir et que ce devoir à accomplir est cause de renoncement à soi. De mutilation.

Car enfin, puisqu'il me fallait pour bénéficier de tant de privilèges d'exception, me séparer des miens, de ce couple me tenant lieu d'univers, cesser de vivre dans leur orbite, je me foutais pas mal de l'eau courante et du chauffage central qui m'attendaient, de mes futures nouvelles connaissances. Je me foutais d'ailleurs aussi de l'apprentissage de la langue allemande pour laquelle j'avais désiré opter plutôt que pour l'anglais, cher à Marthe, à laquelle, histoire quand même de la contrer, dans un de mes accès de bravade tranchant avec ma soumission ordinaire à son autorité de pédagogue et de mère, j'avais déclaré, ce qui l'avait laissée pantoise, qu'au moins je saurais pour de bon ce qu'Hitler dégoise et que je pourrais le lui traduire. Dans la foulée, je me foutais aussi du latin. Considérant pour ma gouverne, qu'en avoir bramé quelques mots à la messe, à l'heure du credo, dans leur sublimité mystérieuse, leur appel du pied renouvelé à la bénignité du Père visible en même temps qu'invisible, pouvait suffire. Quant à l'histoire des civilisations antiques, du Ve millénaire avant Jésus-Christ, à la chute de l'Empire romain de Messieurs Jules Isaac et Henri Bejean, avec elle, celle des péripéties géologiques et climatiques ayant présidé à l'actuelle physionomie de la planète, en passant par la formation des volcans dont j'avais découvert, en feuilletant au débotté, mon manuel de géographie générale, que leur éruption avait eu lieu au miocène, période favorable à la prolifération des dinosaures et des mastodontes, c'était aussi, pour l'heure, le cadet de mes soucis.

Comment j'allais endurer ce premier automne de captivité

au Mans entre les murs de ma prison paraît-il dorée, voilà ce qui me torturait.

Je n'aimais que mon village. Sa merveilleuse banalité familière, fruit d'une très vieille culture mi-païenne mi-chrétienne ayant peu ou prou réussi à faire, sinon bon ménage, mais à s'accommoder des idéaux républicains. Une école, une église, des ateliers d'artisans dont le savoir-faire prenait encore racine dans celui du bûcheron, du potier, du batteur de fer celtiques. Je n'aimais que ma maison. L'école où j'étais née dans les grands tourments de l'enfantement de Marthe, un 4 août au lever du jour. Ses courants d'air, ses murs chaulés, boursouflés par l'éclatement de fleurs venimeuses du salpêtre, le vide sonore et froid de son escalier conduisant à des chambres sans feu qui font trouver si douce, si pleine d'agrément, la vie à la cuisine où le fourneau est allumé avec, dessus, la soupe qui mitonne et le ragoût, à deux pas de la table recouverte d'une toile cirée où l'on s'installe pour dîner, faire ses devoirs, repasser ses leçons au chaud, se plonger dans un roman de la Bibliothèque rose, s'émouvoir de la destinée du pauvre Gribouille, rêver comme dans *Papa Faucheux*, d'entretenir une correspondance d'orpheline avec un protecteur inconnu. Un bienfaiteur vénérable dont on découvrira à dix-huit ans qu'il est jeune et beau, qu'il ne demande qu'à vous aimer comme vous ne demandez qu'à en faire autant. Et puis, pour s'en payer résolument une bonne tranche, il y avait *Les Aventures du professeur Nimbus*.

En face de moi sous l'abat-jour en porcelaine figurant une caravane dans le désert, ce qui fait qu'il n'y a nul besoin d'entreprendre le voyage pour goûter les charmes de l'exotisme, il y a Marthe. Ses quatre-vingt-quinze kilos de dame trop bien plantée, installée devant une pile de cahiers à corriger. Il y a Auguste en blouse grise, casquette ou béret, selon l'humeur, en train de consulter son journal financier, car il boursicote un peu avec ses économies, pour arrondir si faire se peut notre patrimoine. Alors pourquoi donc les quitter ? Nous étions si bien tous trois dans la grotte, le terrier. Pourquoi cette décision de m'en chasser dans l'intérêt de mon avenir ? Pourquoi cette trahison ?

J'avais toujours été parfaitement heureuse d'être leur enfant, d'être née d'eux. D'être l'enfant de cette maîtresse d'école affligée d'embonpoint mais si belle de visage, si fine d'attaches aux poignets, aux chevilles et d'esprit. Si imaginative. Si impérieuse à ses heures mais si enjouée en compagnie. De cet ancien compagnon cuisinier de talent, qui en avait tant bavé dans les tranchées, de ce gendarme à la retraite anticipée pour raisons de santé dont je n'avais reçu que des leçons d'humanisme naturel, de pondération de caractère, de jugement et qui témoignait dans les conversations, quand il oubliait sa réserve, de dons d'orateur, d'une largeur d'idées et de vues aussi, tranchant sur le conformisme de la plupart des gens qui nous entouraient, de sorte que si j'avais pu choisir de quelle union de la chair et du cœur entre un homme et une femme, parmi tous les couples de la terre, j'aurais voulu être le fruit, ç'aurait été de la leur et de celle de personne d'autre.

Alors qu'allais-je devenir sans ce père, cette mère dont j'avais fait, au-delà des liens du sang, mon parentage d'élection ? Et puis encore sans mon bocage d'arrière-saison ? Sans la glu de ses boues argileuses dont il fallait s'extraire presque à chaque pas comme d'un magma visqueux ?

Sous un ciel de chanvre en train de rouir avec, dessiné à l'encre de Chine, le fouillis grouillant d'épines des taillis, l'ossature noire des arbres à feuilles caduques, une lutte à mener entre la terre et soi, faisant de la marche, un combat, de la progression, une aventure qui allait formidablement me manquer ! Avec elle, ce plaisir morbide que peut donner la promenade sous l'averse. Cette impression d'errance, de vagabondage solitaire à la limite de la noyade, de l'immersion insidieuse et qui fait qu'on se sent triste, menacé. Et puis voici que tout à coup, ça redémarre. La course, la folie du sang au passage de deux ou trois chevreuils enfiévrés par la tombée du jour, ses promesses d'évasion nocturne à l'abri du regard des hommes. Ils sont comme vous, ils sont comme vous. A cause d'eux le sol vibre. Leur chapelet d'éclairs roux a déclenché la danse, celle du feu. Elle incendie les broussailles, porte au rouge un soleil éreinté, pâle de fatigue. Et il en va de même pour moi.

Enfant sauvage, portée sur les surprises de la volupté et qui ne pourrait plus entrer dans la forêt, sans compagnie, pour le plaisir d'y avoir peur et froid, pour qu'ensuite ce soit le contraire, que j'aie tellement chaud, que je m'y sente tellement bien que je m'y endorme, j'allais devoir végéter ici.

FINALEMENT tout le monde s'y sera trompé et même, six ans plus tard, Helmut Steiner lieutenant dans la Waffen SS occupant ma chambre et me courtisant en attendant d'aller porter la mort ailleurs ou d'être tué lui-même. Je ne suis pas devenue avec le temps une jeune fille avenante, pour de bon policée, capable non seulement d'obtenir un premier prix de français mais de latin, un second d'allemand et d'histoire, un premier accessit de géographie, de musique, aussi, d'ourler gravement des torchons en répondant avec retenue, mais non sans clarté ni à-propos, aux questions qu'on lui pose. Je suis une laie, une renarde, un blaireau. Une créature qui a besoin d'aller de l'avant sans rendre de comptes à personne ou presque, sinon à elle-même, c'est-à-dire à ceux qu'elle aime et qui l'aiment et puis encore aux saisons, aux arbres, aux autres bêtes, s'orientant comme elle, au flair, à l'horlogerie des astres, à la vie, à la mort, à la dangereuse liberté, et ce sera tant pis pour moi.

Ainsi me faudrait-il m'accommoder quand même à partir de ce fameux automne 1938-là, invariablement fixée à douze heures quarante-cinq avec retour à treize heures trente avant la reprise des cours, de la promenade quotidienne, à prétention hygiénique pour lycéennes studieuses ayant besoin de s'oxygéner, à son parcours réglé d'avance et en rangs, de la rue Berthelot à la place des Jacobins. Par ordre d'âge, de classe, de gabarit (un calibrage par caissettes de pommes, de tomates, d'oignons), nous avançons par trois et en silence sous l'incroyable galurin qui nous différencie du bataillon des demoiselles des institutions privées ; de leur petit chapeau breton. Le nôtre, un chapelier de feutre bleu roi, à haute calotte rigide, à large ruban blanc de solide gros-grain, une initiative de Madame la Directrice décidée, semble-t-il, à nous sortir des sentiers battus, nous fait repérer par toute la ville. Avis à ceux qui nous croisent. Nous sommes les élèves internes du lycée de jeunes filles du Mans qui prenons l'air sous haute surveillance, selon un itinéraire immuable démarrant de l'ancienne rue du Mouton à celle de Chanzy, avec, sous l'œil de belles grosses maisons bourgeoises à balcons d'étage bedonnants, damant le pion aux grilles somptueuses de la Banque de France, après traversée du carrefour de l'Étoile et de la rue qui la prolonge comme la queue de la comète, pour point de chute obligé, face au chevet de la cathédrale en surplomb, la place dite des Jacobins.

Une très belle place à cette époque, la place des Jacobins.

Surtout cette partie d'elle, derrière le théâtre municipal, qui constituait une esplanade ombragée d'arbres, limitée côté nord par un jardin pentu à l'anglaise, avec pelouses, massifs, rocailles et ruisseaux, de l'autre, par des allées s'élevant en gradins, le plus élevé formant terrasse au niveau de la rue passante. C'est là que nous avions licence, pendant un quart d'heure, de rompre le silence et les rangs, de papoter et ricaner à notre aise en nous moquant sournoisement des pionnes, de leur maussaderie. Car leur pesait visiblement autant qu'à nous cette obligation qui leur était faite de se traîner avec nous dans les rues en tenant la bride courte à notre équipe de jeunes pouliches plus ou moins résignées à la situation, plus ou moins rétives, notre bataillon de nonnettes laïques censées être l'un des fleurons des institutions républicaines d'éducation à la française.

Plus tard, beaucoup plus tard, quand la vie m'aura pour de bon ouvert ses portes c'est-à-dire administré quelques-unes de ces volées de bois vert qui vous obligent, à la fois pour y survivre et y comprendre quelque chose, à prendre de la distance autant avec soi qu'avec la rudesse, voire la cruauté de l'événement, ou tout simplement, sa stupidité dévastatrice, je m'aviserai que l'endroit, la place des Jacobins, qui, comme tout le reste, m'avait ennuyée, était un assez bel endroit. A cause de ce qu'il offrait d'espace, de respiration, entre la vieille ville, son resserrement médiéval entre des murs d'enceinte d'origine gallo-romaine, et la ville récente, son agitation commerçante, ses boutiques, ses brasseries du centre, ses cinémas et qu'aussi, ces allées plantées d'arbres que nous arpentions, palier par palier, sans que nous en ayons la plupart d'entre nous, la moindre idée, étaient les témoins d'un site remarquable dont nous ne foulions qu'en surface, très profondément enfoncées, juxtaposées, remaniées, les structures y ayant pris racine et forme dans l'épaisseur du temps. Celui de l'histoire tribale des premiers hommes d'Occident. Ici dans le Maine, des Celtes Aulerces, Diablinthes et Cénomans. De leur nomadisme originel d'Asiates venus se fixer jusqu'aux bords des rives de Mayenne et de Sarthe, pour la pêche ; dans leur forêt d'alentour, pour la chasse.

Sur la colline dominante où se dresse désormais une cathédrale, tout avait commencé, dès l'âge de pierre, avec des huttes de torchis, des palissades hérissées de ronciers.

A quelques pas d'où nous étions, impatientes d'en finir avec ce périple quotidien nous ramenant sous bonne escorte vers nos cours d'algèbre, de sciences d'observation, de grammaire latine ou grecque, après la conquête définitive des Gaules par César, sous le gouvernement des proconsuls dirigeant le Maine, pendant que s'édifiaient, sur la grosse butte celtique d'en face, des villas à portiques, des temples dédiés à Jupiter, à Mars, à Hermès, il y avait eu des arènes et le centre même de ce grand espace libre maintenant réservé à nos promenades et aux fêtes foraines, limité au sud le long d'une avenue passagère par un théâtre, édifié sous le second Empire, où l'on donnait *Le Cid, Athalie,*

Les Caprices de Marianne, Guitry, Pagnol, Achard et Bourdet, avait été le cœur d'un amphithéâtre antique.

Parquée à l'écart de la soldatesque romaine, de ses centurions, du gouverneur de la place, de sa famille, de ses clients, de son contingent de sous-verges, de collecteurs de l'impôt impérial, de prêtres flamines, d'augures préposés à la lecture de l'avenir dans les entrailles des bêtes sacrifiées, massée sur les gradins d'un hémicycle devenu vingt siècles plus tard, simples tertres herbeux, avec, ici ou là, un banc pour s'y asseoir et un kiosque à musique où l'on donnait les dimanches d'été des extraits de *Lakmé*, de *Rigoletto*, la plèbe cénomane était venue assister au spectacle des jeux du cirque, à leurs joutes sanglantes, tant prisées par l'occupant. Auxquelles, comme on prend goût à tout ce qui est démonstration de puissance, barbarie des règles d'un jeu condamnant à mort l'homme ou la bête le moins fort, le moins avisé, elle avait pris goût.

Des athlètes mercenaires, des prisonniers de guerre esclaves, saxons, ripuaires, westphaliens ou de plus loin encore, des rives du Dniepr, de la Vistule, des colosses au teint de lait, à visage maussade et rond bouffi d'angoisse rentrée, nez porcin retroussé, regard trouble, fuyant, de nourrissons orphelins arrachés dès le berceau aux mains maternelles, de longs et agiles Nubiens, lanceurs de javelots, de sagaies, des hommes-gazelles ou panthères taillés dans la luisance nocturne de l'ébénier, avec, dans le regard, un magnétisme lunaire sous le casque crépu des cheveux leur collant à la peau du crâne, au cours des combats livrés contre leurs frères de misère, contre les sangliers des forêts du Maine, les ours, les guépards ramenés à grands frais de Pologne, d'Afrique, étaient venus s'abattre ici dans la poussière aux pieds d'un public, souvent d'autant plus avide de tuerie, d'autant plus implacable que, réduit lui-même à l'impuissance, à l'acceptation de la loi étrangère jusque dans la façon de vénérer les dieux, il les punissait à mort de lui renvoyer l'image de sa propre défaite.

Et puis, comme la roue tourne, que si c'est toujours la même violence qui fait qu'elle continue à tourner, il arrive qu'elle change de visage, aussi de camp, après quelques siècles d'apaisement dans une Cénomanie fraîchement christianisée par un premier évêque, Julius, venu d'Italie, à cause de la pression germanique aux frontières de l'Empire, il avait aussi fallu changer de cap. Renoncer à ces grandes aires de récréation dans la plaine, à ces habitudes méditerranéennes de convivialité en plein vent où l'on discutait affaires sous les portiques, passait marché. A ces estaminets entourés de jardins des bords de la rivière, ces guinguettes gallo-romaines où l'on buvait l'hydromel du pays et le vin de Chypre, où l'on mangeait la bouillie de mil ou d'épeautre, la friture d'anguilles à l'huile de noix dans le voisinage des thermes, pour ériger autour de la colline, des murs d'enceinte avec la pierre de réemploi arrachée au forum, aux atriums des petits palais d'été où les épouses des gouverneurs, des chefs des centurions, des gros marchands d'épices, de parfums, de produits rares venus d'Orient, celles des collecteurs d'impôts avaient appris à jouir sous un climat moins chaud, plus nuancé que celui de Toscane ou d'Ombrie, des douceurs humides et changeantes océaniques. Avec la pierre des arènes. Alors le monde, à part celui des bûcherons, des paysans, des bergers, terrés comme ils pouvaient dans les forêts, les campagnes, avait dû entrer dans le carcan des cités-bastions. Se résigner à y vivre sur l'imbrication de ses maisons de bois, de ses églises où l'on s'était mis à prier le Dieu unique, à lui faire l'offrande du pain et du vin en lieu et place des bêtes égorgées.

Incendie après incendie (car dans ces nouvelles villes-refuges, ici, celle du Mans, édifiée sur les lieux mêmes de l'ancienne communauté celtique, tout prenait si facilement feu, ces charpenteries, ces nefs de chêne rouvre au milieu de ce qui restait encore de pierres druidiques, ces misérables immeubles de rapport aux étages desquels la plèbe accédait par des échelles de meunier, pour y manger et dormir par nichées harassées d'oiseaux souffreteux, accolés flanc à flanc sur des paillasses et même, ces logis patriciens, désormais réduits à se contenter, en guise d'atrium, de cours étroites autour d'un puits), un jour, dans le sang et les larmes, il avait bien fallu ouvrir la porte aux Germains. Céder à la vitalité irrépressible de leurs hordes fransaliennes poussées en avant par la faim, l'attrait d'un sol plus riche, d'un climat plus clément.

Vindinum, Le Mans, et avec lui la Cénomanie tout entière, dans une Gaule, finalement si germanisée, qu'elle y perdrait son nom pour devenir la Francie, allait devoir se plier aux exigences de Clovis le nouvel envahisseur, celles de sa dynastie légitimée par l'Église chrétienne lors de son baptême à Reims par l'évêque Remi. A nouveaux maîtres, si différents des Latins, de leur élégance méditerranéenne, de leur goût pour l'architecture, pour les arts, nouvelles façons de régler son pas sur eux. De se soumettre à leurs marottes, leurs passions. Nouvelles précautions à prendre à cause de leur amour de la bataille, du massacre, de la beuverie, de leur luxure d'hommes des montagnes, des forêts sombres, abyssales, éblouis comme des enfants par tout ce qui brille, et longtemps privés de tout, appâtés par le désir des nourritures variées et riches, des femmes et du vin. A cause encore de leurs haines fratricides les poussant à se détruire entre eux autant qu'à redoubler, du même coup, le malheur des peuples condamnés à les subir.

Invasion après invasion, car il y en avait eu d'autres que la leur, celle des Vikings qui n'avait pas été moins pire, sans compter la peste, venant aggraver les tourments d'une géhenne devenue par périodes, renouvelable à l'infini, passé le cap de l'an 1000 dont il avait été prédit qu'il serait la date de la fin du monde et tout au long de cette guerre encore qui avait duré cent ans entre les rois anglo-normands, angevins et manceaux de souche, l'herbe, les ronces, la viorne, l'alisier, le chêne, le pommier sauvage de la forêt antique avaient repoussé là où il y avait eu les arènes.

Et c'est alors que l'endroit, l'espèce d'enclave, aussi de baie agreste, celle qui séparait la ville fortifiée dominant la Sarthe et celle qui lui faisait face, sur une butte moins élevée et qui commençait à s'urbaniser, avait été jugé propice, avec l'assentiment de Louis IX, l'un des rois les plus dévots de la dynastie capétienne, à l'établissement d'une communauté de moines jacobins qui l'avaient défriché, y avaient édifié leur maison, leur hôpital, leur église, leurs jardins vergers jusqu'à ce que la révolution de 1789 les en chassât. Que, rasé leur logis conventuel, leur chapelle, on trouvât bon de faire de l'emplacement un lieu de promenade et aussi une place à laquelle on laisserait tout de même leur nom. L'histoire, l'histoire ! Ses terribles raz de marée. Ses coups de lune. De grisou. Son incroyable capacité d'oubli aussi. D'escamotage.

Car, à une portée de fusil de notre compagnie de lycéennes, d'apprentis bas-bleus qui auraient tant voulu pouvoir circuler librement, aller au cinéma pour voir Charles Boyer embrasser Irene Dunne ou Claudette Colbert, il y avait, sur notre flanc gauche, un charnier.

Décembre 1793, dans le feu de l'insurrection suscitée en France de l'Ouest contre la Convention par l'exécution de Louis XVI et de Marie-Antoinette, par les noyades des prisonniers politiques ordonnées à Nantes par Carrier, les corps de deux mille Vendéens de l'armée royaliste de La Rochejaquelein, avec eux, ceux des enfants et des femmes qui les suivaient dans la remontée du cours de la Loire, en direction de la Seine, y avaient été entassés sous des épaisseurs de chaux vive comme bestiaux frappés du choléra après que, cernés par les troupes de Kléber, Westermann et Marceau, ils eurent succombé sous les coups républicains. Une boucherie dont Marceau lui-même confesserait à sa sœur dans une lettre, avoir gardé un souvenir de honte. Et comme nous ignorions également tout de cette fosse creusée puis refermée sur tant de cadavres accumulés, le long d'une voie montante à la lisière des murailles du nord de la cité, devenue par la suite, avec ses robustes maisons bourgeoises édifiées sous le second Empire et la République de Thiers, la paisible et respectable rue Robert-Triget, nous avions l'impression qu'ici, depuis toujours, à l'ombre de la cathédrale du Mans, une cathédrale romane pour la nef, gothique pour le chevet, une cathédrale-navire, comme aimantée par le soleil levant, perpétuant depuis des siècles l'élancement de sa proue de pierre en direction de l'est, il ne s'était jamais rien passé qui fût marquant. Rien d'explosif en tout cas ! Rien qui eût pu atteindre les dimensions tragiques dont nous n'avions, au demeurant, que d'assez vagues notions livresques à travers les pièces de Corneille, de Racine, leur étude, qu'alexandrin après alexandrin laborieusement décortiqué, on nous imposait au cours de lettres. De sorte que, vidées, à force de grands et beaux mots, de leur véritable contenu sanglant, de la sauvagerie des âmes et des corps dévorés par la haine, la cupidité, l'ambition, la folie amoureuse, nous les jugions, non seulement fastidieuses mais les réduisions, scène après scène, aux dimensions assez ridicules et feuilletonesques d'un théâtre mythique passablement éculé, dont les effets de mouvements oratoires faisaient écran à l'inhumanité des caractères. A leur férocité. A l'horreur des situations, des actes qui en découlaient. Dont nous n'avions pas davantage conscience que des drames qui s'étaient joués sur cette promenade des Jacobins dont nous faisions quotidiennement le tour, en la trouvant d'une banalité de moins en moins supportable. Non plus que de la véritable marche de l'histoire. De ses éternelles promesses d'âge d'or, de justice, de civilisation, sur fond de filouterie, de goût pour le massacre. Le prochain épisode étant pour bientôt. Dans moins de deux ans, quand, sur cette place toujours, au pied de cette même cathédrale, de son profil aérien d'oiseau de pierre, d'ange sans tête aux ailes multiples, statufié face à l'orient, un premier cortège de Sturmabteilung, de miliciens SA, le brassard rouge à croix svastika sur la manche de la chemise brune, y prendrait la pose pour un premier salut nazi, un premier « Heil Hitler » adressé à un officier de la Wehrmacht la traversant en sens inverse.

De quoi avoir froid dans le dos, si nous avions su. Si j'avais su. Si la poignée de très jeunes filles que nous étions, dont j'étais, n'avaient pas été la naïveté même, c'est-à-dire persuadées qu'elles vivaient dans un temps où, même en cas de guerre, la torture, ses rites hideux, la déportation, l'esclavage, étaient là pratiques ignobles à ranger au musée des horreurs et dont la civilisation était venue à bout. Barbarie périmée dans laquelle, pas même l'inquiétante Allemagne accrochée aux basques d'un dictateur cynique et grandiloquent, ne pouvait se reconnaître. Si je n'avais pas été si ébranlée surtout par mon entrée à l'internat qui m'avait totalement démantelée.

La première soirée, la première nuit, avaient été dramatiques au pied de la lettre !

Monter, descendre les escaliers, chargée des draps, de la couverture, du couvre-pieds neuf extirpés de la malle d'Auguste, alors que j'en avais les jambes coupées de me trouver là, faire le lit qu'on m'avait désigné pour être le mien au milieu des autres m'avaient été un chemin de croix et j'avais éclaté en sanglots devant ce double alignement au cordeau de couches de fer laquées en blanc comme ceux des hôpitaux. Des lits-cercucils. Commc si un dortoir, une chambrée, se devaient de ressembler forcément à une exposition de gisants avec une allée centrale pour la visite des catafalques, séparés les uns des autres par un espace calculé au plus juste : la largeur d'une chaise, d'une table de chevet, également rigide et sans style. Du matériel fonctionnel, hospitalier toujours ! Qu'il fît impérativement partie de l'éducation des garçons, des filles, demoiselles pensionnaires ou jeunes recrues, d'apprendre à se soumettre par avance dans le sommeil, à l'anonymat de la fosse commune, à faire l'apprentissage de la mort.

Aujourd'hui encore, je me demande si j'ai jamais éprouvé un tel sentiment de solitude qu'en cette soirée, cette nuit-là. Si l'univers me sera jamais apparu aussi carcéral, en même temps aussi flou !

L'assiette posée devant moi à table au réfectoire n'était plus une assiette mais un objet incongru, sans utilité dont, tout comme de son contenu, j'avais perdu le mode d'emploi. De même pour l'ensemble des filles qui m'entouraient. Dont la présence à mes côtés, en face et derrière moi, de part et d'autre des tables, m'apparaissait aussi oppressante qu'inexplicable. Une assemblée de fantômes de sexe féminin, doués de parole et d'appétit ; affublés de tabliers roses, puisque par-dessus la robe d'uniforme, le tablier rose était de rigueur pour faire gai à l'intérieur de l'établissement (le mien que j'avais enfilé machinalement pour avoir l'air de tout le monde avait la raideur du coton neuf), tenant entre eux, enfin entre elles, des conversations absolument à l'opposé de mes préoccupations de l'heure. De mon drame.

D'autant que parce que j'étais grande et costaude pour mes onze ans, avec ce visage clair, aux traits mûrs sous la crinière luxuriante qui pouvait donner l'impression que j'en avais bien quinze, une surveillante qui me voyait pour la première fois, ignorait tout de moi, m'avait, le premier soir, casée à une tablée d'élèves de classe de seconde pour lesquelles la rentrée, c'était la routine et l'occasion d'échanger des souvenirs de vacances. Certaines de ces demoiselles parlaient pointu. Elles avaient nagé paraît-il sur les côtes normandes, joué au tennis, au bridge et même parfois pris le thé et dansé avec leur frère, les amis de leur frère qui préparait X. Et je m'étais demandé dans mon éperdument, pourquoi pas Y ? Avec leur cousin qui venait d'être admis à HEC et même, l'une d'elles avait eu l'occasion, par sa tante qui était l'épouse d'un lieutenant de vaisseau, de faire la connaissance d'un étudiant anglais de Cambridge qui lui avait appris à danser la rumba au casino de Deauville et demandé l'autorisation de parfois lui écrire. Alors les autres avaient gloussé et roulé des yeux blancs. Tous ces détails mondains ou se voulant croustillants entre un « passe-moi le sel » et « je reprendrais bien un peu de purée » donnant à leurs propos un tour brillant, encore que familier dont, reléguée en bas bout de table, j'étais exclue. Incapable aussi d'avaler quoi que ce soit. Non plus, ne fût-ce que par amour-propre, de retenir pour de bon mes larmes. Il y en eut une pour s'aviser que j'existais, ne mangeais rien et que j'étais malheureuse. Pour me demander aussi de quel autre établissement je venais, dans quelle section j'allais entrer en seconde. Et, comme faute de pouvoir expliquer sans éclater de nouveau en sanglots que je n'avais que onze ans, je n'avais réussi, d'une voix étranglée, qu'à balbutier que j'entrais seulement en sixième, elle m'avait immédiatement laissée choir et le regard qu'elle avait échangé avec les autres avait été clair. Qu'il se trouvait là, catapultée par la maîtresse d'internat et jouant le rôle de bouche-trou une fille un peu demeurée sans doute, qui allait devoir affronter le ridicule de s'essayer à entreprendre des études secondaires avec quatre ans de retard. Une heure après, lors de la montée à l'étage en chaussons précédée du cérémonial fastidieux du cirage de nos souliers, de leur dépôt dans une case numérotée, ç'avait été la tragédie inverse. Les miroirs surplombant les lavabos des sixièmes, suspendus bien trop bas pour moi, ne me renvoyaient que l'image à un peu de chose près de mon beau peignoir de pilou à hauteur de ceinture, bref de mon nombril et à la grande rigolade des gamines qui m'entouraient et que je dépassais d'une tête, j'avais dû presque m'accroupir pour y voir clair à me laver les dents et la figure avant d'aller rejoindre mon lit.

Était-ce le dixième ou le douzième à partir de la porte palière, côté gauche ou droit, je ne sais plus mais j'avais eu bien du mal à le retrouver tant il se confondait avec les autres. Et finalement (oh ces précieux points de repère me parlant au cœur, me rappelant qu'il y avait quelque part un village, le mien, un père, une mère, les miens, que par conséquent j'existais encore), ç'avait été à la grosse marguerite grenat du couvre-pieds confectionné à Aulaines par Madame Bois, à l'enveloppe de mon pyjama brodé à mes initiales par Marthe, aussi à mon paquet de pastilles Vichy que j'avais placé sur ma table de chevet que j'avais su que ce serait là ma place pour les nuits à venir au lycée de jeunes filles du Mans. C'est-à-dire, calculés au plus juste de par la diligence de l'architecte Joseph Durand, trois mètres carrés et demi d'espace pour s'habiller, se déshabiller, pour trouver le sommeil, se mesurer avec les cauchemars, l'insomnie. Pour se fabriquer du rêve aussi. Du rêve-évasion où il est question de grands espaces verts, d'ondoiements de hautes herbes houleuses pareilles à des vagues aux cimes brillantes, ratissées par les vents de mer et qui viennent à vous, charriant avec le reflux, ce qu'il faut de varech pour que vous en ayez jusqu'aux chevilles. Alors il suffit de frapper le sol visqueux du pied, de faire confiance à l'élasticité de son velours humide et le corps tout entier s'élève, prend légèreté, hauteur, atteint au-dessus des prairies sans fin qui prolongent la mer, où, yeux grands ouverts et debout, dorment des taureaux blancs, des chevaux ailés, des altitudes permettant de survoler des forêts et des fleuves. On peut aussi visiter, en se posant comme les chouettes, comme les chauves-souris, comme les chats sur le chambranle d'une de leurs fenêtres sans volets et largement ouvertes, de grandes et belles maisons vides, érigées à même l'épaisseur de la nuit et qui font corps avec la terre et les arbres. Des maisons sonores de silence parce que habitées par la mémoire de vos songes et qui n'attendaient justement que vous pour être réveillées, sceller entre elles et vous, le pacte de liberté, d'amour. Des maisons où vous pouvez, si vous êtes croyant, vous mettre à chanter : « Seigneur, je suis dans ton royaume. Tu m'as donné accès à ton asile, mis à l'abri de tout mal, de toute entreprise de destruction contre mes forces vives. Celles qui sont le *levain* de mon âme. Car Ta maison, Seigneur, Te ressemble. Il y règne au plus sombre de la nuit une telle clarté que je m'y reconnais. » Des maisons riches de pouvoirs. De magie. Des maison-fées qui font qu'on échappe à tous les systèmes, toutes les coercitions.

On peut être là, obéissant au coup de sifflet, à la stridence d'une sonnerie électrique qui vrille les nerfs, transforme le réveil du matin en crise de rage de dents alors qu'on est ailleurs. Quelque part dans un logis à soi, avec, au-dedans, à proximité de celui d'Auguste et Marthe dont il est seulement séparé depuis des années par un paravent de lin écru, orné, par elle, de paniers de pivoines peintes au pochoir, un lit à soi. Bien calée, dans l'encoignure de la pièce comme un nid, à la fourche d'une branche et qui permet d'y accueillir la nuit et le jour presque sans heurt. Rien à voir avec celui qui vient de vous échoir. Derrière il y a une fenêtre à crémone de cuivre. Sans voilages ni rideaux elle monte jusqu'au plafond. La lune plaque contre la vitre son faciès jaune de félin à regard chinois pour mieux y voir à l'intérieur. Une surveillance quasi constante, une menace qu'on aura désormais dans le dos et qu'il faudra apprendre à supporter comme l'interné, la sentinelle en haut du mirador.

Nuit pleine d'embûches. Initiatique. Décisive.

Car si le lendemain les yeux s'ouvrent, s'accrochent comme à une bouée à ce qui reste du petit paquet de pastilles de Vichy et puis aussi à ce bout de nuage pétri de soleil qu'on a là, devant soi, pour vous rappeler que même au-dessus des toits d'un internat, la beauté existe, c'est qu'on a bel et bien, malgré la crise d'étouffement, d'angoisse sous les draps, décidé de survivre. De faire comme tout le monde. De s'habiller avec ce sentiment d'étrangeté que peut donner le port d'une robe d'uniforme dont ni l'étoffe, ni la couleur, ni la forme, d'un classicisme austère, n'ont été choisies en fonction de la vraie nature de votre corps, de son tempérament, de ce qu'à travers ses atouts et ses imperfections, il voudrait exprimer à la fois de joyeux, de hardi, de fragile aussi, de pathétique. Et puis manger. Comme tout le monde aussi. Dans un décor parfaitement inesthétique de boîtes à provisions alignées devant vous sur le glacis des toiles cirées.

Y puiser ce qu'il faut de beurre, de confiture, pour garnir deux tranches de pain. Décider encore de s'accommoder de ce rituel déprimant et mouvementé du petit déjeuner, prévu à sept heures quinze sous le contrôle de la pionne, une grande blonde, à visage bouffi par manque de sommeil. Comme les boîtes ferment à clef, apprendre à se battre avec la serrure, à les remettre en place dans la bonne case : 27 pour moi toujours. Numéro 27 ! S'habituer aux odeurs qui vous cernent. Qui vont du parfum excitant de girofle, de gingembre, du pain d'épice, à la suavité de la gelée de coings ; du fumet du saucisson sec à celui des rillettes sarthoises. A leur proximité moitié attirante moitié répugnante.

Il m'aura fallu plus de trois mois, tout un trimestre pour faire mon trou au lycée de jeunes filles du Mans. Pour réussir à moins défrayer la chronique par mes larmes en pleine table à midi quand je dévorais les lettres de Marthe, me promettant sa visite avec Auguste le jeudi suivant et me brossant, comme elle le fera désormais ponctuellement deux fois la semaine, le tableau de la vie quotidienne à Aulaines. Car elle aura continué cette vie. Et sans moi. Et que la forge qui sent si puissamment, dans le noir de son antre où l'on se heurte à l'enclume, le musc et la corne roussie des juments qu'on y ferre et l'épicerie-estaminet le café fraîchement grillé, l'anisette et le poivre n'aient changé ni de place ni de destination, non plus que, prolongeant la cuisine-salle commune où sa femme la couturière pique à la machine, une épingle entre les dents, la boutique du marchand de cycles, sa vitrine d'exposition de vélos Dion-Bouton à roues d'argent, guidons brillants en forme de cornes de taureau lunaire et puis l'école, mon école, sa cargaison d'enfants, avec lesquels, hier encore, je jouais à celui ou celle qui naît, qu'on baptise, qui tombe malade, qui en meurt, ressuscite à la récréation d'après, voilà qui à la fois, me bouleverse et me rassure. En deuil de mon pays, je voudrais qu'il me pleure. Encore que je lui sache gré de pouvoir se passer de moi. De continuer à tenir le cap, alors que je n'y suis plus. De m'obliger, d'autant, à le tenir sans lui.

Car c'est bien de cela qu'il s'agira au premier chef pour moi, tenir le cap, malgré abattement physique et chagrin, jusqu'à ce que je puisse rejoindre Aulaines par le train pour vingt-quatre heures dans le cadre de la grande sortie mensuelle des internes dans leur famille. Entre-temps, il y a eu, les jeudis après-midi, deux visites d'Auguste et de Marthe pour de bon effrayés par le ton désespéré de mes lettres, par cette pâleur inhabituelle, cette difficulté à articuler un son quand, après la promenade en ville avec eux, ils doivent me quitter dans le hall du lycée à l'heure de l'étude du soir. A telle enseigne qu'ils ont décidé, lors de leur seconde visite, de s'en remettre finalement à moi pour décider de mon propre sort.

Comment oublier cela ?

Après deux heures de lèche-vitrines, une visite chez mon oncle et ma tante qui sont mes correspondants, nous voici de retour au lycée. Je suis assise encore pour quelques minutes entre eux deux sur les belles chaises sombres et rigides du parloir avec, sur mes genoux, les trois jolis couvre-cahiers de couleur qui ne m'étaient pas indispensables, mais que Marthe qui a toujours horreur que je réclame jouets et bonbons à tort et à travers, ce qu'elle appelle « se conduire en enfant mal élevée, insatiable », vient pourtant de m'offrir. Dans mon petit sac à main de moleskine, et là aussi elle s'est laissé circonvenir, il y a la grenouille en Celluloïd d'un vert époustouflant, effroyable, tacheté de noir, qu'elle a aussi consenti à m'acheter au rayon des jouets des grands magasins des Dames de France. Une grenouille grandeur nature et tellement ressemblante à une vraie, avec son ventre lisse, bombé et blanc, sa gorge gonflée de goitreuse aux yeux fous, et qui couine affreusement quand on appuie dessus. Une merveille de hideur qui me rappelle les parties de pêche aux grenouilles dans les mares avec Auguste, quand, après qu'il les eut appâtées au bout du fil avec la peau d'une autre, car elles sont anthropophages, il les expédiait d'un coup sec de canne par-dessus sa tête dans l'herbe où je me précipitais à quatre pattes pour les récupérer vivantes et les jeter dans le filet. Parfois, elles me glissaient d'entre les doigts, visqueuses, spermatiques, batraciennes, en y laissant des traces comme de salive, pour retomber dans l'eau, alors Auguste tonnait pour la forme et nous recommencions. Quel bon souvenir, quel bon souvenir que, vaincues mes répulsions du début, cette empoignade à pleines mains de ces bêtes mystérieuses, fœtales comme des plantes marines ! Oui mais voilà c'est du passé.

Bientôt, à la sonnerie impérieuse déclenchée à seize heures quarante-cinq, du bureau de la surveillante générale, un quart d'heure avant les deux heures d'étude du soir, je vais devoir m'arracher à mon parentage. A ce système d'échange d'énergie, de chaleur à trois, par rotation, en circuit fermé, père-mère-enfant, et quand l'un et l'autre m'auront quittée, j'aurai de nouveau froid. Et rien n'y fera. Pas même la grenouille en Celluloïd retirée de mon sac pour la mettre dans la poche de mon tablier et la faire couiner pour le plaisir au petit coin ou au dortoir quand la pionne a le dos tourné, pas même le billet de dix francs qu'Auguste m'a remis pour régler mon voyage par le tramway me ramenant la semaine suivante du samedi au dimanche soir à Aulaines. Je vais comme d'habitude au moment d'ouvrir la porte donnant sur la cour et l'internat devenir anormalement pâle, avec des doigts anormalement raidis sur mon paquet de fournitures, sur mon sac, et pendant l'étude, au lieu d'apprendre sérieusement ma leçon sur l'origine géologique des volcans et leur fonctionnement, de me mettre en état de pouvoir débiter par cœur, si on m'interrogeait le lendemain là-dessus, au cours d'histoire, le nom, par ordre chronologique, des principaux rois d'Assyrie et de Chaldée ayant régné avant Jésus-Christ, je passerai une partie de mon temps à écrire mon nom sur mon cahier de brouillon et cela d'une plume obstinée, maniaque, répétitive qui ne ménage aucune respiration ou presque entre ces « Annie Roulette » qui se succèdent, se juxtaposent, finissent sur la feuille par constituer un agglomérat serré, quasi inextricable, à la façon d'un mur minutieusement appareillé, pierre à pierre pour résister à l'ennemi. Celui qui, depuis trois semaines menace mon identité !

Déjà le cœur me serre. J'ai le ventre noué. Déjà, j'ai du mal à trouver ce qu'il faut de salive pour articuler les mots qui précèdent les adieux.

Et c'est alors que Marthe m'aura prise par les poignets pour me parler en présence d'Auguste comme jamais elle ne m'a parlé jusqu'ici. D'une voix mesurée, maîtrisée, elle m'annonce que mon père et elle ont décidé, puisque je suis si malheureuse en pension, de ne plus me contraindre davantage à y rester. De me laisser le choix, puisque la semaine suivante je reviendrai à la maison pour quarante-huit heures, d'y rester avec eux ou de retourner au Mans dimanche soir. Ma décision sera la leur et tant pis pour les frais occasionnés par mon entrée au lycée, aussi pour le qu'en-dira-t-on. Cependant, il faut aussi que je sache que si je renonce à tenter de devenir bachelière pour reprendre ma vie auprès d'eux, comme il n'est pas certain que je me marie, ou que ce soit avec quelqu'un en état de subvenir entièrement à mes besoins, il me faudra apprendre un métier quelconque. Devenir couturière ou coiffeuse. Me retrouver dans un ou deux ans en apprentissage à Bonnétable. A moins que je ne prenne des cours de sténodactylo par correspondance, de comptabilité, que je réussisse à devenir secrétaire chez un notaire, dans une épicerie en gros, chez le marchand de vin ou de grain. Un apprentissage, c'est long et difficile. Je dois m'attendre à des heures de travail très astreignantes ; à essuyer des observations parfois humiliantes. Je devrai aussi me plier aux exigences de la clientèle. Neuf jours encore devant moi pour peser le pour et le contre. Mon chagrin d'aujourd'hui si lourd, si paralysant et ce que pourrait être, si j'arrive à le surmonter, à me persuader que la vie d'internat ce n'est pas l'enfer, à choisir entre mon avenir de jeune fille diplômée plutôt que celui de couturière en chambre.

Oui comment oublier cela ? D'aussi extraordinaires moments !

La nuit d'octobre tombe. Dans un parloir-bibliothèque garni, de haut en bas, de gros livres savants reliés en cuir noir, à lettrines dorées, allant de la botanique aux sciences expérimentales, à la philosophie ; où, sur la paille des sièges restés libres le long d'une cloison, les premières coulées de nuit étalent leur magma, escamotent les angles de la pièce, m'enfoncent moi-même, par strates, dans des épaisseurs de ténèbres, on est en train de me remettre entre les mains ce qu'on appelle la liberté. La mienne. Celle de personne d'autre. Et qui va consister, au lieu d'obéir comme je l'ai fait jusqu'ici, fût-ce en ronchonnant intérieurement, à la volonté de deux adultes, doués d'expérience, de jugement, excellents parents mais capables, elle enseignante, lui ancien militaire, d'adopter pour me régenter, le ton abrupt du commandement, à répondre désormais de moi, d'influer, à ma guise, sur le cours de ma destinée mais à mes risques et périls. De quoi en éprouver un sacré vertige !

Neuf jours plus tard, après avoir endossé ma redingote d'uniforme bleu marine, enfoncé sur le désordre de mes cheveux desséchés par une indéfrisable récente (une initiative malheureuse de Marthe pour remplacer le rituel quotidien des papillotes à la maison qui réussissaient si bien à mes cheveux naturellement épais et souples) l'incroyable chapeau, moitié galure de cow-boy, moitié couvre-chef à la Aristide Briand couleur de culotte de gendarme (Auguste dixit), me marquant au front du sceau de l'appartenance au lycée du Mans, haletante et en sueur malgré la fraîcheur de l'automne, à cause de ma valise en similicuir bourrée de mon linge sale à traîner d'un bras, de ma serviette d'élève avec son fourniment de livres, de cahiers de cours à traîner de l'autre à pied sur un kilomètre à travers la ville, j'atterris à la gare des tramways dont les petits trains omnibus desservent, entre Saint-Calais et Mamers, les bourgades du département. Dans moins de deux heures, après un grand mois d'éloignement, j'aurai franchi les trente kilomètres qui me séparent d'Aulaines et même, je pourrai y rester deux jours à cause de la Toussaint. Auguste, comme convenu, m'attendra à la petite station, un simple abri de briques perdu dans les feuillages, derrière le parc du château de Bonnétable. Il sera venu à vélo pour ramener ma valise et ma serviette sur son porte-bagages et nous rentrerons ensemble à pied. Il fera nuit et ce sera si doux de marcher avec lui vers la maison d'école. Il dira : « Je t'ai fait des chaussons aux pommes », et comme il a l'art des pâtes feuilletées, acquis chez Prunier rue Duphot, j'en serai transportée. D'avance, le cœur me bat à me faire éclater la cage thoracique et comme il m'arrive si souvent depuis mon entrée au lycée, je vois trouble. C'est-à-dire que le hall de la gare des tramways, les dalles de ciment terne de son pavage, ses verrières encrassées par les fumées des locomotives, l'étroit guichet vitré du bureau de vente des billets, le long du comptoir de bois brut qui délimite l'aire d'enregistrement des bagages, la balance romaine, les caisses de marchandises en transit, les sacs de grains, de potasse d'Alsace, l'écriteau, désignant au-dessus d'un portail entrebâillé, l'accès aux quais, les quais eux-mêmes, les pierres concassées du ballast entre les traverses du rail m'apparaissent comme les grisailles calculées d'un décor de théâtre, tenu en suspens entre ciel et terre, derrière un rideau de brouillard qui m'enveloppe moi-même, puisque, bizarrement, je fais partie de la pièce, que j'y tiens un rôle qui consiste à être le voyageur parmi d'autres qui sur le coup de dix-sept heures, après avoir gravi les hautes marches raides d'un wagon de bois de troisième classe, quitte la scène sans qu'on sache s'il y reviendra jamais.

Or justement j'ai décidé d'y revenir. D'y refaire surface.

Donc il y a le voyage. D'abord, le long de la Sarthe, au pied de la vieille ville, à la lisière des miroitements couleur d'étain du reflet des maisons à étages dans l'eau de la rivière.

Ensuite, c'est l'enfoncement à l'intérieur des terres et dans la pénombre, du tramway. De son cheminement reptilien de grosse salamandre noire, s'ouvrant une voie dans les ténèbres comme dans un bain d'encre en crachant la suie et le feu par tous ses pores.

Parfois le convoi s'arrête. A cause de l'apparition d'un falot, d'une lampe-tempête qu'un homme en casquette plate à visière rigide, veste de burel boutonnée jusqu'au col, brodequins cloutés, balance à bout de bras comme une étoile fumeuse. Un bilboquet astral tombé du ciel au creux de sa paume. Alors on aperçoit un quai de terre, une façade de gare vaguement éclairée au-dedans par une ampoule et qui révèle la présence, sur un mur de la salle d'attente, d'une affiche de couleur dont le texte, imprimé serré, impossible à déchiffrer de loin, laisse tous ceux qui ont à continuer le voyage, sur leur faim. Appliquée, enrouée, avec l'accent rocailleux du terroir, une voix crie le nom des pays, des lieux-dits, des arrêts facultatifs. Sargé-Savigné-l'Evêque-Sillé-le-Philippe-Torcé-en-Vallée-Beaufay-Briosne-Bonnétable enfin.

J'y suis. Je suis chez moi, enfin presque ! Autour de moi il y a les odeurs. Ce fumet de feuilles en décomposition mêlé à celui des branches mortes, des herbes saturées de l'eau des averses, à nouveau respiré à pleins poumons depuis des semaines de privation. Avec lui, cette réorientation de tout l'être qui avait perdu ses points de repère, au flair, à l'ouïe. Car il y a aussi les bruits. Sur fond de musique de silence, les coups d'archet du vent en rase-mottes ou à hauteur de cimier des arbres dégoulinants de pluie. Et puis il y a Auguste qui est là. Tel qu'en lui-même. Tel qu'il me va. Tel que je l'aime. En vieux pardessus court, souliers montants et guêtres pour pouvoir pédaler commodément. Prévoyant. Pondéré. Avec une lampe de poche qu'il me fait tenir allumée au-dessus du porte-bagages de son vélo pour arrimer ma valise et ma serviette. Et cet embrassement muet que je lui donne en me serrant contre lui, qu'il me rend et qui se passe de commentaire quand on est un père, quand on est son enfant.

Quittée la station, son abri de briques brunâtres meublé d'un lourd siège de bois brun d'un seul tenant, solidement fixé au mur, à sol en terre battue où, l'été, les coccinelles, les punaises rouges des bois déroulent par chapelets les figures d'un ballet tribal couleur de latérite, comme nous l'avons tant fait lui et moi depuis toujours dans la forêt, nous aurons trois cents mètres de voie agreste pour profiter en silence de ce cheminement à deux en dehors du monde et du temps, avant de rejoindre la ville. D'en affronter à cette heure où chacun est déjà rentré chez soi, le vide d'une première place, corsetée de maisons à face lisse, volets clos, pignons aveugles, chaulés de clair de lune.

J'ai décidé, passé le congé de Toussaint de retourner au lycée du Mans et sans doute, Auguste, sans que j'en aie encore rien dit, l'a compris à ma façon de l'aider à tirer avec une attention concentrée sur les tendeurs, à les croiser convenablement pour arrimer ma serviette de lycéenne, éviter qu'elle et son contenu, si elle venait à tomber, ne s'égaillent dans la boue. J'ai aussi décidé de profiter à fond des quarante-huit heures à venir. De jouir d'elles. Enfin de tout. De Marthe. De sa voix nuancée de conteuse, presque de cantatrice quand elle parle, et qui lui confère une légèreté. Une voix libre, miraculeuse, instrumentale qui, dès les premières secondes ou presque, celles où Auguste aura ancré un peu de lui-même dans la grotte de son ventre pour y mûrir dans le noir comme au cœur d'une mer, m'aura d'ores et déjà reliée à la terre, à la lumière, mise en communication avec le mouvement des astres. Car enfin, resté si désirable, si fascinant pour moi de volume, de tiédeur, j'ai bel et bien habité ce corps affligé de lourdeur, mais qui, pendant neuf mois autant que de prison, m'aura servi de filet aérien, de tremplin d'évasion. A cause de cette voix toujours. Moins celle de l'enseignante, appliquée, mesurée, que celle de la comédienne, de l'exorciseuse par le pouvoir de la parole. Celui du discours arrachant celui qui l'écoute autant que celui qui le prononce, en assure la cohésion, la forme, la couleur, le tempo, aux lois paralysantes de la pesanteur. Une voix qui m'aura sans doute rendue amoureuse des mots pour jusqu'au restant de mes jours. Une voix magique.

Magique encore une fois, ouverte la porte de la maison pour que nous entrions, l'écoulement devant Auguste et moi de l'ombre entre les rives étroites d'un couloir débouchant sur une salle de classe aux lampes allumées. Si connue de moi, si familière, mais, où, après un mois d'absence, la présence au long d'un mur de l'étirement d'un tableau noir dominant une chaire, elle-même hissée sur une estrade où il est écrit à la craie blanche le résumé de la leçon de morale du jour : « Respectons, aimons nos parents. Soyons-leur reconnaissants de la peine qu'ils se donnent pour subvenir à nos besoins, préparer notre avenir », prend les proportions solennelles d'une lecture des tables de la Loi. Magique, une fois dans la cour, face aux champs pentus, de leur montée silencieuse, grouillante de végétaux et de bêtes, à l'assaut de la colline, de pouvoir, à son gré, à la demande, après avoir survécu quatre semaines à la limite de l'étouffement, respirer de grands pans de nuit. Un bien-être à savourer par morceaux, au gré du rêve qui vous porte, sans qu'il soit besoin de bouger, à la rencontre d'un peuplement d'arbres vigies invisibles à cette heure mais agissants. Des arbres capteurs de vent et de pluie, d'énergie solaire méridienne, de rayonnement lunaire. Des arbres sorciers, dispensateurs d'ondes bénéfiques au carrefour des points cardinaux avec, parfois qui jaillit d'eux, le ululement de la chouette, le cri de chasse de la buse, précipitant d'effroi dans leurs trous la colonie des longues bêtes furtives, putois ou fouines, ragondins ou mulots, vivant, égorgeant, elles, à ras de terre.

Magique, la moindre promenade de Toussaint dans la sauvagerie d'un chemin creux. Son dallage rutilant de feuilles mortes. Leur incrustation en étoile à même le ciment des boues, et cette musique déchirante qui monte d'elles quand le pied les froisse.

Magiques, les nourritures préparées par Auguste. Le bouillon, de poule fraîchement tuée en mon honneur, le flottement à la surface de l'assiette de ses fines perles de graisse. Magique, l'œuf au plat sur la mince tranche de jambon fumé. Le menu traditionnel du soir chez les Roulette et par conséquent le mien. Cette beauté parfaite de l'œuf. Principe et fondement de toute chose. Sa rotondité stellaire, couleur de safran, prise dans l'épaisseur figée de son blanc lactaire et qui fait qu'on a l'impression qu'on est maître du monde puisqu'on est en train de se nourrir d'une planète. Magique, la pâte feuilletée, son fondant et celui de la pomme miellée qui a cuit dedans à l'étouffée. Un bonheur de palais plus jamais retrouvé nulle part quand deux ans après Marthe, l'année de mes trente-six ans, ce sera le tour d'Auguste de me quitter, de partir pour cette destination inconnue d'où il arrive, quand je me frappe par trop la tête contre les murs, que je suis perdue, qu'ils me délivrent encore des messages qui me tiennent lieu de garde-fou, aussi de passerelle.

Magique, le retour à l'antre familial. Avec les deux nuits passées à portée de bras, de conversation du lit parental dans la chambre d'en haut. Avec la lune venue vous voir de face, en amie, en voisine et non point en ennemie qu'on a derrière son dos comme au dortoir.

Sommeil tribal, guérisseur. Quelque part en moi, à cause de lui, l'émergence d'une reprise en main, d'une volonté de m'inventer un second souffle. Hors fièvre, hors chagrin.

Plantée devant père et mère, j'annonce solennellement, le lendemain matin, mon intention de continuer mes études. Verdict d'Auguste : « Tu as pris la bonne décision. C'est un sacrifice qui sans doute paiera... »

Le 2 novembre au soir, appris par cœur le résumé de ma leçon d'histoire qui est celle des pharaons et ma page d'allemand : « Vois-tu la chaise ? Oui, je vois la chaise. Que vois-tu dans la chambre ? Je vois un lit, une table de nuit, une armoire, un fauteuil. La fenêtre est-elle ouverte ? Non, elle est fermée, etc. » avec, dans ma valise une provision de vêtements propres, un joli cache-nez bicolore à franges et des gants assortis tricotés par Marthe pour affronter la promenade aux Jacobins, avec une demi-livre de beurre frais, des confitures, un pot de rillettes et un gros morceau de quatre-quarts fait maison, tous ces trésors de bouche enveloppés dans du papier d'aluminium et calés entre les pièces de linge, sans plaisir et dents serrées, je retourne par le tramway au lycée de jeunes filles du Mans mais avec la volonté d'y faire mon trou, de m'obliger à réviser le système de fonctionnement de mes propres rouages. Je cesse d'être naïvement une, indivisible, monolithique et par conséquent sujette, pour cause d'extrême fragilité, au démantèlement. Je décide de me sauver la mise en me coupant en deux. J'entre en état de quasi-schizophrénie calculée pour jusqu'au restant de mes jours et même, je décide d'en faire un sport. D'être celle qui conduit crânement un char attelé de deux chevaux de front qui ne foncent de concert qu'en apparence. De devenir l'élève parmi d'autres, travaillant de son mieux pour éviter le redoublement, tenir dans sa classe un rang honorable et l'autre qui au fond s'en balance. Aurait voulu vivre autrement. Avec Auguste et Marthe. Avec le temps qu'il fait, bon ou mauvais. Avec les bêtes qui ont au fond des yeux, le regard de Dieu posé sur vous et qui vous juge et pour le reste de tomber amoureuse à l'occasion d'un homme qui lui botterait parce qu'il ressemblerait à un arbre. En bref, pour ne pas vieillir, je décide de demeurer païenne, éternellement jeune comme le monde et pour le reste de faire la part du feu aux diplômes, aux convenances...

Dès la semaine qui suit je commence à ferrailler sur les deux tableaux.

FINI pour moi d'écraser quand on ricane parce que je m'appelle Roulette, qu'on fait exprès, ce Roulette, de me le jeter au nez en imitant ma façon de rouler les *r* comme les gens de campagne. J'y vais désormais dans ces cas-là, si c'est en promenade, du coup de pépin administré en plein dos, en plein jarret, du coup de pied dans les mollets si c'est au réfectoire ou dans les escaliers et du « Dupont, Durant toi-même » avec pied-de-nez et « si tu cherches la bagarre ma petite tu l'auras » qui commencent à me donner une réputation de fonceuse. Ne plus s'attaquer non plus à Marthe, repérée au parloir par quelques bonnes âmes parce qu'elle est le contraire d'un poids plume, non plus qu'à Auguste pour avoir appartenu à la corporation des pandores, tous plus ou moins redoutables, tous plus ou moins imbéciles comme chacun sait. Et puisqu'on s'est finalement avisé de m'assigner une place à l'une des tables des filles de mon âge, je vous fais un de ces coups d'éclat, la fois où, entre la poire et le fromage, je déclare en la menaçant de ma fourchette, de mon trident à hauteur d'yeux, une snobinette qui voudrait persister à me mettre en boîte, que je n'en ai rien à faire (de nos jours, rien à cirer) d'un père qui serait officier d'artillerie ou de cavalerie puisque le mien, et c'est bien plus intéressant, a fait en 1920 campagne au Moyen-Orient quand la Turquie, refusant d'accepter les clauses du traité de Sèvres, se battait pour récupérer ses territoires au Liban. Qu'il y assurait comme gendarme, ce qui n'était, entre autres, pas à la portée de tout le monde, en particulier ni d'un général de corps d'armée, ni d'un gros commerçant de la place du Mans, ni d'un procureur de la République ou d'un riche médecin de la place de l'Étoile, le service d'ordre dans les bordels d'Adana en Cilicie parce que les Arméniens et les Turcs qui se détestaient y jouaient du couteau jusque dans les couloirs les conduisant au seuil des cellules des prostituées. Qu'il fallait aussi prévenir les rixes entre les musulmans faisant la queue en égrenant leur chapelet de prière pour prendre leur tour et les Druzes et puis il y avait aussi les chrétiens maronites. Oui parfaitement ma vieille. J'ai bien dit : bordel. Synonymes : lupanar, maison de passe, de tolérance. Inutile de me rouler des yeux de poisson frit. Druzes. Maronites. Arméniens. Turcs partisans de Mustafa Kemal, Adana, Cilicie. Ça ne te dit rien ça, ma vieille, non plus ? Alors tu ne sais rien. Potasse donc au moins ton dictionnaire et ton atlas. Chez nous, chez les Roulette, au moins on est au courant. D'ailleurs, à l'école d'Aulaines, dans mon trou comme tu l'appelles, nous nageons littéralement dans l'exotisme. Le chat s'appelle Effendi qui signifie Seigneur en turc et nous possédons, ramenés par le gendarme Roulette toujours, roulés sur son dos, maintenus par des courroies, d'Adana au port de Beyrouth, puis à Marseille, etc., lors de son rapatriement en France, deux tapis anciens d'Anatolie. Ce sont des tapis de prière sur lesquels on peut, quand on est musulman, se jeter à genoux, tête en avant et souliers ôtés, en criant qu'Allah est grand. Chez nous c'est pour l'ornement, au pied du canapé acquis avec chaises et bergère, à la vente aux enchères du mobilier du château du village de la Bosse, après la ruine de sa comtesse. Car nous avons aussi du mobilier de château. Pour ce qui est de ma mère, elle est grosse, ça c'est vrai et elle le sait. Elle le sait, je le sais, mon père aussi le sait et même c'est parce qu'elle l'est, qu'il l'a épousée. A cause de son charme oriental. Il n'y a que les grosses qui ont le charme oriental, surtout quand elles chantent admirablement *Le Temps des cerises* et qu'elles ont de la conversation. Avis à la sinistre équipe des mères planches à pain qui se donnent de l'importance au parloir quand elles viennent y chercher leur maigrillonne de fifille pour l'emmener gober des pâtisseries en ville qui la fassent engraisser un peu !

L'histoire fait jaser à l'internat. Toutes classes et sections confondues. J'étais une pleureuse, une désarmée, je suis devenue un élément de choc et même une scandaleuse. Car dans la foulée, à je ne sais plus laquelle de mes condisciples qui se gargarise des dons oratoires de son frère qui se destine au barreau, histoire d'en remettre, d'exister, j'insinue que, pour ce qui est d'un frère, étant donné que le gendarme Roulette a toujours eu du succès auprès des femmes, en particulier celles d'au-delà du détroit du Bosphore (ne s'est-il pas trouvé seul, une fois, de service, en plein quartier réservé lors de bombardements ayant mis la clientèle en fuite, avec un groupe de filles vénales fleurant le musc, accrochées de peur à sa veste de jeune militaire français égaré de Vallon-sur-Gée, Sarthe, jusqu'aux frontières d'Asie Mineure ?) il y a fort à parier que j'en ai un, là-bas du côté de Mersin, de Tarsus, enfin d'Adana. Un frère digne des romans de Pierre Loti, de Myriam Harry, dont j'ai dévoré subrepticement dans la bibliothèque de Marthe quelques pages voluptueuses. Un frère avec turban, yeux de braise et, ce qui ne gâte rien, fumeur de narguilé et favori du sultan. Quel sultan ? Eh bien le sultan, ma vieille ! Fais-toi donc conduire plus souvent au cinéma par tes parents et tu verras des sultans. Des empereurs aussi du reste. Invariablement sanglés dans leur uniforme blanc. Ils ressemblent tous à Henri Garat, Pierre Richard Wilm, à Victor Francen et ils ont cette merveilleuse manie de se balader en calèche découverte sur les bords du Danube avec la dame de leur cœur en crinoline, ombrelle et châle de dentelle et qui leur montre gracieusement ses dessous en montant et descendant le marchepied de leur tilbury de parade et qui leur abandonne une main dégantée quand ils la supplient de consentir à régner avec eux, de devenir impératrice.

L'affaire du possible demi-frère naturel ottoman de la fille de l'institutrice d'Aulaines et de l'ancien gendarme de Bonnétable ayant effectué ses premières armes au Liban et brisé le cœur, par la même occasion, d'une jeune mahométane de mauvaise vie, certes, mais qui l'avait sensible, se répand jusque chez les externes de sixième. Sections classique A et mathématiques B. D'autant que pour pimenter le feuilleton, j'annonce mon intention, quand je serai majeure, de partir à la recherche de Mohamed (je l'ai appelé Mohamed pour la commodité) par la voie des mers.

Quoi qu'il en soit, des clans se forment. On y est pour ou contre Annie Roulette, ses divagations de couloir, de salle de préau, de réfectoire. Car il y a celles qui sont outrées par mes allusions inconvenantes à la possibilité d'existence d'un frère naturel vivant pour l'heure à Constantinople dans le sérail et dans l'ignorance de l'identité de son vrai père et celles que, mince, élégant comme la flèche d'un minaret, beau comme le péché, ce héros de roman fait rêver. Les friandes de contes à dormir debout avant de s'aller coucher et qui en redemandent.

Bref, quitte à être celle par qui le scandale arrive, à ce que mes propos finissent par revenir aux oreilles des surveillantes, de la directrice, de mes parents eux-mêmes, quitte à recevoir d'Auguste, ce qui serait la première paire de gifles de ma vie, à coups de bagout, à coups de culot, enfin j'existe.

Enfin, je suis en train de réussir à faire oublier aux unes et aux autres que j'ai été celle qui a tant pleuré, tant espéré trouver parmi elles un chagrin qui aurait été aussi grand que le mien, sur lequel j'aurais pu m'appuyer. Enfin et surtout je défends à ma façon l'honneur des Roulette. L'honneur ! A savoir qu'il est désormais, de toute manière, impossible de les reléguer à la rubrique des gens ordinaires. Qu'ils sont devenus, grâce à moi, le couple le plus insolite, le plus controversé de l'année. Dont l'arrivée, chaque quinzaine, le jeudi après-midi quand ils viennent en Mona quatre au Mans pour me sortir en ville, fait littéralement événement. A telle enseigne que, plus d'une, sous des prétextes divers, cherche à s'introduire au parloir non plus par malignité larvée mais pour prendre la mesure de leur singularité. Elle, telle que je l'ai toujours vue, très sobrement mise, comme l'exige son excès d'opulence, si belle de tête sous son taupé de chez Wolf, la voix convaincante, assurée et si pétrie, dès qu'elle s'anime, de merveilleuse alacrité. Lui qui l'aime comme elle est. Fascinante fausse gaie, encombrée d'elle-même, aspirant sans cesse à l'évasion par la parole, le chant, par le rêve. Lui. Que j'ai de même toujours connu, toujours aimé. Partageant dans le mystère des nuits d'une prévôté campagnarde ou d'une école, son sommeil d'imposante abeille reine. Aidant le médecin quand je naîtrais à l'accouchement aux fers. Une terrible bataille en compagnonnage avec Marthe, au milieu de ses hurlements d'éventrée, de ses sanies. De terribles heures à passer sous menace de mort. Pour elle et moi. Pour lui, Auguste ! Un homme que j'ai toujours trouvé à mon goût. Ton de commandement et sourire solaire. Qui pour me rendre visite au Mans avec sa femme, brique sa Mona quatre Renault, se brique lui-même : veste sport, culotte de cavalier, leggings de cuir fauve, chemise et cravate claires. Chapeau de tweed marron, moucheté de gris, qui lui va si bien et qu'il ôte, dès son entrée au parloir, par respect pour les dames qui s'y trouvent, pour les surveillantes, pour Madame Marguerite Bolnat elle-même quand il la croise. Elle, ses souliers en peau de serpent comme toujours. En noir et blanc comme toujours. Directoriale comme toujours mais qui, sensible à ce qu'il est de l'usage avec, quelque chose en plus, d'important, de très important (qui ferait me dire, dix ans plus tard, étudiante à Spire en Allemagne, par ma logeuse, quand je tomberais malade et qu'il ferait le voyage jusque dans le Palatinat pour voler à mon secours : « Fräulein Roulette, votre père est, je crois, un homme solide »), l'invite avec un geste rond, affable à remettre son chapeau : « Couvrez-vous, Monsieur Roulette. Je vous prie ! »

Une scène époustouflante entre Marguerite et lui. A en boire du petit-lait.

Oui, c'était bien cela en effet. Malgré un passé douloureux, un homme solide que j'aurai en ces temps tumultueux de mes débuts d'élève au lycée du Mans, affublé, pour les besoins de la cause, d'une réputation de séducteur de sérail ou de lupanar au goût de la cliente, de Don Juan de raccroc déguisé en honnête soldat de la maréchaussée. La seule fois de mon existence sans doute où j'aurai trahi un homme par amour !

Quoi qu'il en soit j'ai désormais amies et ennemies dans la place. Celles qui me rangent dans la catégorie des exaltées dont il convient de se tenir à distance en lorgnant de loin leurs clowneries, les autres qui m'ont à la bonne, m'offrent des friandises au goûter, me refilent des images de la collection « Blanche-Neige et les sept nains » que je thésaurise dans un fond de boîte à sucre, reconverti en portefeuille après l'avoir plié en quatre ; s'attroupent pour m'écouter pérorer à l'abri des galeries de la cour quand il pleut, le soir après dîner dans le préau, tout en faisant couiner, quand je juge opportun de fournir à l'effronterie de mon discours, à l'audace de sa fabulation au sujet de Mohamed, en guise de fond sonore, le ventre cabossé de ma grenouille en Celluloïd qui sous mon mouchoir ne quitte jamais la poche de mon sarrau rose, maculé de taches d'encre Waterman. Car, redevenue entre les cours, ce que j'ai toujours été aux récréations à l'école d'Aulaines, un griot de village, une meneuse de jeu, une pourvoyeuse de rêves à gogo où les changements à vue se multiplient, où l'on incarne la victime autant que le bourreau, la reine et l'esclave-servante, je n'hésite plus à en remettre davantage, à mitonner des histoires de sangliers volants qui convoitent des bergères à l'ombre des futaies et se transforment, quand elles leur caressent la hure, en princes charmants, pour mieux emballer mon auditoire. Et puis il y a les comptes rendus des films que depuis mes huit ans, j'ai eu l'occasion de voir quand nous venons déjeuner une fois l'an chez mon oncle et ma tante et que nous finissons l'après-midi au cinéma. Il y a *L'Impératrice et moi. Hôtel du Nord. La Femme du puisatier* et le clou, le premier film en couleurs paru sur les écrans d'avant-guerre, *Ramona*. J'y remporte un franc succès dans le cercle de mes supporters.

Le drame a lieu au Mexique dans un décor d'hacienda, de cactus géants, d'alternance de végétation luxuriante et de désert. Ramona est aimée de deux demi-frères (encore des demi-frères !). Alexandro un jeune et riche Espagnol et Philippi né du même père mais d'une mère indienne. Éprise de Philippi (moi aussi je suis comme elle, je le préfère à Alexandro parce qu'il chevauche sa jument à cru, que la bonne société le méprise et qu'il a un profil d'aigle), Ramona, jolie orpheline de bonne famille recueillie par les gens de la riche hacienda s'enfuit avec lui, d'où scandale et poursuite, danger de mort pour nos deux héros, avec un de ces happy ends à vous tirer des larmes quand Alexandro, le cœur brisé, mais follement généreux, pardonne à son frère indien d'avoir osé enlever l'ineffable Ramona. Et le couple de s'éloigner pour aller vivre librement, sauvagement son amour hors chemin tracé dans un décor de lac de montagne sur fond de hérissement fauve en dents de scie, d'imposante Sierra Madre. Et c'est alors que dans la fièvre de l'enthousiasme, je m'avise d'incarner le « spectacle total ». Que je désigne moi-même à la vindicte des bien-pensants d'un index furieux Philippi le bâtard, le sang-mêlé. Que je deviens Ramona, visage caché derrière les mains, épaules soulevées par les sanglots. Alexandro pâle et muet de passion contrariée. En même temps, pour mieux recréer l'ambiance d'une salle de cinéma, quand on est là assis dans le noir, fasciné par les sortilèges du spectacle, de leur accumulation de merveilleux mensonges qui sont le contraire de la vie, je mets le paquet, c'est-à-dire que je chante. Je chante la chanson de Ramona. L'un des gros succès d'avant-guerre à la TSF et dans les rues, où les musiciens ambulants la reprennent à l'accordéon et la vendent, paroles et musique, imprimée sur double feuille pour un franc. Quand j'en arrive à : « *Ramona, je pouvais alors me griser de tes yeux, de ton parfum, de tes baisers* », comme j'ai la voix juste et le timbre de Marthe, je prends soin d'étoffer le propos de sous-entendus vocaux propres à troubler les imaginations les plus tièdes, de sorte que mon public et moi, juste avant le cérémonial réfrigérant de la mise en rangs pour aller cirer nos souliers, suivi de la morne grimpette pour le dortoir, ayons quasiment atteint le seuil de l'érotisme absolu !

Au beau milieu de tout ce train, un jour à midi, dans le vestibule donnant sur le réfectoire où nous piaffons agglomérées les unes aux autres, impatientes du coup de sifflet préfaçant l'ouverture des portes et le silence jusqu'à ce que nous ayons rejoint nos places, pour y dévorer tout ce qui nous tombe dans l'assiette, de la sardine à l'huile portugaise au navarin de mouton, au ramequin de crème renversée, je me fais mordre à la main, et ma foi, jusqu'au sang par une de mes voisines de lit : Antoinette Cottin.

Pas loin d'un demi-siècle plus tard, elle et moi, devenues par la suite d'excellentes amies, continuons à nous interroger sur les raisons qui nous auront, à l'époque, si violemment dressées l'une contre l'autre. Auront fait que cette fille intelligente, très croyante aussi, ayant dû affronter le difficile concours des bourses parce que l'aînée de trois enfants dans une famille où la mère était postière, mais le père modeste ouvrier, qui se révélerait par la suite d'une qualité humaine remarquable, prendrait à trente ans la décision de tout quitter pour entrer en religion chez les sœurs de l'ordre de Charles de Foucauld, qui soignerait les lépreux à Damas, vivrait un temps sous la tente et dans la pauvreté en Syrie jusqu'à ce qu'on crût bon de lui refuser l'autorisation de prononcer ses vœux perpétuels pour n'avoir, paraît-il, pas su se résoudre à renoncer totalement à sa personnalité, que nous reverrions, que je reverrais, revenir à la vie laïque minée physiquement par les fatigues de l'existence missionnaire et dans un désarroi moral indescriptible, et moi, un sacré numéro déjà, mais sans réelle méchanceté, sans fourberie, avions pu en arriver à pareille extrémité !

Quelle incompatibilité d'humeur viscérale qu'à peine sorties des sauvageries de l'enfance et des ébranlements suscités par notre nouvelle vie, nous avions alors été incapables de contrôler. Les façons d'Antoinette m'énervaient. Les miennes l'énervaient aussi, bien sûr.

Dès le jour de l'examen d'entrée en sixième je l'avais repérée. Grande fillette de onze ans, brune de cheveux, le nez comme le mien chaussé de lunettes et qui s'était tout à coup détachée de l'alignement des dos courbés sur les feuilles d'examen où nous devions commenter la leçon à tirer de « L'absence de chemise qui fait l'homme, paraît-il, heureux », pour venir à la chaire de la surveillante, réclamer, comme s'il s'agissait d'une affaire d'État, un supplément de papier brouillon et des précisions minutieuses sur la façon de rabattre et coller convenablement à l'angle des copies, la partie réservée à notre nom, préservant notre anonymat jusqu'après notation.

M'avait hérissée cet air sérieux, concentré, cet air d'exigence qu'elle avait déjà avec autrui autant qu'avec elle-même et qui n'était sans doute, ce jour-là, que l'expression de son angoisse. De la peur de ne pas être reçue. Hérissée aussi sa jupe d'été, bordée à hauteur d'ourlet, d'une large bande de couleur, ce qui n'était nullement laid mais que j'avais jugé trop terne, comme elle m'avouerait plus tard m'avoir, de son côté, trouvée habillée trop long pour mon âge (la pudeur de Marthe...) et passablement inclassable, voire ridicule dans mon rôle d'empiffreuse d'huile de foie de morue à l'internat avant les repas, pour prévenir les bronchites et les engelures de l'éternelle enrhumée fragile des poumons et de peau que j'étais, entre deux séances de délire verbal, de récital a cappella de chansons d'amour avec un aplomb de fille de rue, de bateleuse-née, réglant ses comptes d'angoisse à elle, à coups de goualantes et d'histoires à dormir debout.

Hérissée encore, qui la rendait quasi absente à tout le reste, sa capacité de prier, yeux fermés, comme pour ne rien perdre de la vision de lumière qui l'éblouissait à l'office du dimanche auquel j'assistais de mon côté en l'église de la Couture voisine du lycée. Très belle église au demeurant. Ayant fait partie d'une abbaye devenue palais de la préfecture après les grands chamboulements de la Révolution et de l'Empire. Où l'on nous faisait entrer par une porte des bas-côtés. Où, groupées en retrait devant l'autel de la Vierge, cohorte de jeunes personnes plus ou moins pénétrées du sentiment de la présence de Dieu en elles, autour d'elles, nous étions venues dans sa maison pour nous en rapprocher davantage, du moins en principe. Où nous faisions silence et bloc à part sous le même chapeau d'un bleu cru insolite, désignant notre contingent de lycéennes non agnostiques à l'attention des fidèles généralement peu enthousiastes de laïcité pendant que les autres, les incrédules, s'adonnaient en salle d'étude à la révision de leurs leçons, au fignolage d'une belle phrase de dissertation ou d'un tracé de figure géométrique, avant l'heure de la sortie avec leurs correspondants, leurs parents.

La concentration d'Antoinette, son dialogue muet avec l'invisible, son instinct de contemplation, ce qui était déjà chez elle une propension au mysticisme, exaspérait chez moi, non point l'incrédulité, mais ce goût sensuel de la vie, pour le temporel de la vie, qui donnait, donnerait toujours à ce que je pouvais, ce que je puis encore éprouver de foi en un déterminisme divin, susceptible d'apporter un sens à la naissance et la mort de chacun, un parfum puissant, une couleur rutilante de paganisme. J'ajoute qu'après trois années de fréquentation assidue au cours de catéchisme où j'avais pourtant donné toute satisfaction à mon curé, le père Buglot, ma première admission à la sainte table, le jour de ma communion avait été une déception.

J'attendais de l'hostie l'illumination, le miracle. Ce fameux miracle de la transsubstantiation qui, si j'avais bien compris ce qu'en avait dit le dominicain venu diriger la retraite des galopins de mon espèce, devait opérer en moi une métamorphose décisive, changer ma nature, m'arracher à mes onze ans d'existence polissonne à ras de terre, me désincarner, pour me réincarner dans un autre substrat, me donner cette légèreté de l'âme et du corps qui permet de s'éloigner des contingences d'un coup d'ailes comme un ange.

Rien n'avait eu lieu de semblable.

J'avais eu beau clamer avec les autres à vêpres que je renonçais à Satan pour m'engager à Jésus-Christ pour toujours, le Seigneur n'avait pas étendu la chaude caresse de sa main sur moi. Amoureuse déçue, en froid avec l'amant qui se dérobe, lui fait sentir qu'elle s'est trop maladroitement offerte, j'avais pris avec lui mes distances. D'autant que je lui avais sacrifié trois années durant mes jeux, mes grasses matinées du jeudi et du dimanche pour être à l'heure aux offices. Qu'entre lui et moi, à l'inverse de ce qui arrive dans les contes (et j'aimais tant les contes et leurs enchanteurs et leurs fées) le courant n'était pas passé. Visiblement ce jour-là je n'avais pas été adoubée. Mon suzerain avait remis cela à plus tard à moins qu'il n'ait décidé de me maintenir définitivement sur la touche. De cette déception, je m'étais gardée de m'ouvrir à mon curé qui faisait cas de moi. Et puis j'étais bien assez grande pour me venger toute seule du Seigneur, en doutant et de sa perfection et même du bien-fondé de son existence. D'ailleurs, si j'avais pu, j'aurais aimé lui faire savoir (à bon entendeur salut) que depuis cette rencontre ratée entre nous deux, j'avais d'autres chats à fouetter : le dialogue à reprendre avec les arbres, avec les bêtes, que j'avais négligé en son honneur, le retour au beau panthéisme chaleureux, coloré dont je n'avais pas encore compris qu'il était, resterait pour moi, quand on est fait comme je le suis, le meilleur chemin à emprunter pour que nous ne nous perdions jamais tout à fait mutuellement de vue. Continuer à fréquenter l'église peu ou prou n'avait de ma part, à cette époque, pas été pour lui complaire mais pour le défier. Qu'il vît que jusque dans sa maison j'avais la tête et le cœur ailleurs. Les yeux de même. Bien plus attentifs à la qualité, le bon ou le mauvais goût des vêtements des fidèles, au spectacle de leurs agenouillements réglés par le claquoir du bedeau ou de la sonnette d'élévation, qu'à Lui-même. A la luisance des tuyaux d'orgue, à hauteur de balcon des tribunes d'où jaillissaient, en prélude à l'Introït, à l'Ite missa est, littéralement des coups de canon. Et puis il y avait les statues, les arcs d'ogive à compter et recompter. Le parcours d'une coulée de soleil à suivre jusqu'à ce qu'elle donnât un semblant de gaieté, à l'ourlet de la chaste robe d'une sainte. Qu'Il n'eût plus d'illusions sur moi, découvrît que pour cause d'inertie mystique c'était moins à la messe que j'allais le dimanche matin qu'au théâtre. Et cette sacrée Antoinette Cottin, son recueillement, son intimité avec Dieu en apparence sans problème qui me tapait sur les nerfs ! Que je taxais en mon for intérieur et d'ostentation et de bigoterie ! Et moi de mon côté qui la choquais avec mes goualantes à la Damia, à la Lys Gauty où il était question d'embarquement sur des chalands où l'on pouvait murmurer chair contre chair *« Aimons-nous ce soir sans songer à ce que demain peut changer »* et mes bouffonneries au dortoir quand je dansais la java en chemise de nuit, un de mes chaussons sur la tête (c'étaient des charentaises) en guise de casquette de julot, mon oreiller dans les bras quand la pionne, qui nous tenait sec, était obligée d'aller au petit coin ou de s'éloigner un instant pour une raison ou pour une autre.

La vie en commun, ses promiscuités, a le don d'exaspérer les tensions, de provoquer le choc des caractères, surtout quand on en a. C'était le cas d'Antoinette et le mien.

Autour de nous, de notre incompatibilité d'humeur plus ou

moins larvée, plus ou moins ouverte selon les jours, gravitait, comme il se doit, le club des sournoises. Celles qui font commerce d'attiser les querelles entre belligérants, tirent volupté de faire battre les montagnes pour le plaisir de compter les points. Les amateurs de combats de coqs, de taureaux. Satisfaits que le sang coule et d'y être pour le voir couler.

Il faut savoir qu'Antoinette, si imprégnée déjà qu'elle fût à onze ans de vraie piété, n'en était, heureusement d'ailleurs, pas pour autant détachée de tout.

C'était la mode vers 1938 des parapluies en tissu huilé de couleur. Il y en avait des bleu paon, presque indigo, des jaune vif, lumineux comme des renoncules, des jonquilles. Les plus coûteux, imprimés de fleurettes roses sur fond d'azur ou de gris perle genre Liberty étaient le fin du fin pour se balader sous la pluie. Qu'on les ouvrît à la hâte d'un coup sec, on provoquait au-dessus de soi, un jaillissement de baleines d'acier courbes, leur rayonnement d'arcatures divergentes autour de leur système en clef de voûte. Une manière de flamboiement architectural, gothique, coloré, polychrome et qui transfigurait tout. Faisait, de l'uniforme étriqué de la jeune pensionnaire, du tailleur démodé de la pauvre demoiselle de magasin, du manteau rapetassé avec de la fausse fourrure de la ménagère des faubourgs où l'on élève, par économie, des lapins au fond de son jardin, fait aigrir le cidre en bonbonne de grès pour la fabrication du vinaigre, une toilette de rêve. De celle qui le tenait grand ouvert sous l'averse, une fée. Si jolis, si transparents, si follement gais un peu comme les chapeaux de chez Wolf, ces parapluies en tissu huilé d'avant-guerre, d'avant les barbaries de la guerre, qu'il arrivait qu'on souhaitât qu'il pleuve, pour le plaisir de se sentir plus avenante, plus aérienne surtout, accrochée à l'un d'eux par le poignet comme à l'envol d'une montgolfière brillante et nacrée, sous un ciel couleur de cendre.

Celui d'Antoinette était rouge, d'un rouge franc, hypnotisant, ardent. Il lui avait été offert par ses parents dont le budget serré ne leur permettait pas souvent de la gâter. Aussi y tenait-elle comme à la prunelle de ses yeux.

Nous avons oublié, elle et moi, qui fut la menteuse, la petite garce de service, à moins qu'elles n'aient été plusieurs à se donner le mot, qui, lorsqu'elle découvrit en passant par le vestiaire avant le déjeuner au réfectoire, son joli pépin rouge tombé par terre, baleines brisées d'avoir été piétiné, suggéra que ce ne pouvait être que moi, la spécialiste de la provocation en classe de sixième, l'énergumène sans foi ni loi, l'auteur d'un pareil forfait.

Tout s'était passé très vite.

J'attendais en papotant avec d'autres dans un coin qu'on nous ouvre les portes du réfectoire. Elle avait surgi, pépin rouge en charpie brandi dans ma direction comme un 6.35, le regard fixe, incendiaire. La colère, une colère que je ne lui ai plus jamais revue depuis, qui la raidissait comme une jeune couleuvre passant à l'attaque, qui, en même temps, l'étranglait, la faisait glapir, m'accuser d'avoir cassé exprès son parapluie, d'être une menteuse de prétendre le contraire, une sale fille capable de tout, l'avait jetée contre moi.

Surprise par la violence de l'attaque, j'avais pointé le coude en avant pour la repousser, me protéger de la menace du parapluie en loques et c'est alors que me saisissant la main droite en plein vol, elle m'avait mordue au gras de la paume jusqu'au sang. Un sacré coup de crocs, comme si ma main avait été du bifteck, pour une future religieuse missionnaire qui se révélerait par la suite, la charité même ! L'électrochoc. Avec lui, à la fièvre, à la secousse, à l'intuition et le temps d'échanger entre nous quelques horions, de nous tirer les cheveux, la prise de conscience de la situation. L'illumination ! Car c'en avait pour moi bel et bien été une, que de m'aviser, que cet affrontement entre nous n'était pas uniquement de notre ressort. Que non seulement victimes de nous-mêmes, de nos impulsions, de nos incompatibilités de longueur d'onde, nous l'étions de l'équipe de diablesses venues compter les points en faisant cercle autour de nous pour n'en rien perdre. Qu'on nous avait manipulées, poussées hors de nos gonds. Que, traitées comme des pions, par le clan des fines politiques nous n'en finirions plus d'être leur jouet et leurs dupes si nous ne mettions pas un peu d'ordre dans nos esprits, dans nos cœurs. Et ce fut la raison qui fit, qu'au-delà de ma stupeur, incapable d'apporter à Antoinette la preuve de mon innocence, car si je lui tenais grief d'être trop bien avec le bon Dieu, j'aurais jugé honteux de ma part d'en faire une raison de m'attaquer à son précieux parapluie, cessant de lui rendre ses insultes, martelant les mots pour lui répéter une dernière fois en public que ce n'était pas moi la coupable, au lieu d'aller me plaindre à la surveillante d'avoir été mordue, j'avais tamponné le sang qui me souillait la main avec mon mouchoir et j'étais entrée au réfectoire comme si de rien n'était. Question et de dignité personnelle et d'esprit de corps aussi. Les comptes se devant d'être réglés entre soi.

Sans doute avait-elle, de son côté, une fois les nerfs tombés, découvert le piège qu'on nous tendait pour finir d'envenimer nos rapports et comme nous n'étions ni sottes, ni méchantes au fond, nous décidâmes, à part soi, dans les heures qui suivirent, d'observer un statu quo favorable à un retour respectif sur nous-mêmes. Il faut dire que nos mères nous y aidèrent. Que je ne résistai pas, lors de sa visite, la semaine suivante, à m'ouvrir à Marthe de l'incident. A lui confesser comme j'en avais gros sur le cœur d'être soupçonnée d'avoir commis un acte de méchanceté pure vis-à-vis d'Antoinette même si nous n'étions pas en très bons termes. Avec le ton solennel de l'institutrice, elle me fit jurer sur l'honneur et sur ma propre tête que je n'avais pas eu la vilenie d'écrabouiller sous mes souliers le beau parapluie afin de pouvoir se porter garante de mon innocence auprès de Madame Cottin. Ces dames convinrent de se rencontrer au parloir et tombèrent d'accord pour estimer qu'au-delà de nos malentendus (nous avions avoué en avoir) nous avions été manœuvrées par les chipies de métier. Qu'on ne connaîtrait jamais la vraie coupable, que nous nous devions d'enterrer la hache de guerre, d'apprendre : oh la belle formule de Marthe, « à oublier nos défauts pour mieux apprécier nos qualités » d'autant que nos deux familles avaient de la sympathie l'une pour l'autre, qu'elles estimaient indigne de grandes fillettes qu'on s'efforçait de bien élever, pour lesquelles on faisait des sacrifices en vue de leur avenir, un tel manque de maîtrise de soi. Sapristi d'avenir toujours, de lendemains qui chanteraient ! Fût-ce à la veille de l'irruption du nazisme dans nos vies.

Nous apprîmes donc à nous passer le sel à table, la corbeille à pain, mieux encore à nous refiler des frites d'une assiette à l'autre, de la crème au chocolat, et même à nous embrasser pour nous souhaiter le bonsoir avant de nous endormir, elle, après avoir dit sa prière sous les draps et moi, qui élevais secrètement par nostalgie de fille des champs, de faunesse, un couple d'escargots de Bourgogne ramenés de la campagne dans une boîte d'allumettes cachée la nuit dans ma table de chevet, après les avoir nourris avec des restes de salade du repas de midi. De jour, je leur faisais tenir quartier dans mon casier d'élève en salle d'étude où il arrivait qu'ils s'évadassent de leur prison à couvercle perforé pour se livrer à de doctes errances sur mes couvertures de cahiers et de livres, y laissant des traces glaireuses d'un passage qu'en crachant énergiquement dessus, je liquéfiais, avant de les faire disparaître à coups de chiffon ou même de mouchoir ! Nous apprîmes à faire bon ménage en somme. L'une continuant à s'abîmer dans le recueillement à la messe du dimanche, l'autre affichant des airs plus ou moins détachés des affaires d'en haut, comptant, recomptant le nombre des arcs d'ogive, des chapiteaux comme on compte les moutons, histoire de snober le Seigneur dont elle était mécontente.

Antoinette Cottin et moi, le jour et la nuit ! Du moins aussi longtemps que nous nous en tiendrions aux apparences. Que nous n'aurions pas découvert que nos premiers heurts n'avaient été que l'affrontement de deux caractères de la même trempe. Que nous nous ressemblions. Je veux dire que nous avions, que nous avons, maintenant encore, gardé la même nature. Que nous sommes des femmes à risques. A prendre des risques. Elle avec Dieu, car les rapports qu'elle aura cultivés avec lui auront été beaucoup moins étales, beaucoup moins de tout repos que mes douze ans ne l'avaient naïvement cru, moi, avec ce qu'on appelle l'amour, son pouvoir de fascination, son espoir d'en finir avec la solitude du cœur et de la chair, l'une l'autre restés pour moi indissolubles. L'amour ! Toujours inopiné dans mon existence, hors norme, hors programme (mon mari compris) avec ses départs en flèche, ses connivences échappant à tous les contrôles, ses impasses !

Quant à mes études, en ces premiers mois tumultueux au lycée de jeunes filles du Mans puisque finalement je me trouvais là pour en faire, où en étais-je donc, au beau milieu de cette affaire de parapluie, de soi-disant demi-frère naturel ottoman, d'élevage d'escargots et de récitals de goualantes ?

Disons que j'avais, sur ce terrain-là, décidé aussi de ferrailler. Pas seulement, par amour-propre, désir de donner satisfaction à mes proches mais aussi par goût. Du moins dans certaines matières. Quand par exemple j'avais découvert, à peu près toute seule d'ailleurs, à force de potasser mon manuel de grammaire latine signé Gaston Peyrou que si je m'y attelais, moi qui aimais tant les mots, et à cause d'eux la grammaire, ses rouages, ses agencements, j'allais pouvoir jongler avec ceux de la langue latine. Avec les noms surtout. Les noms-joyaux. Les noms-entités, à morphologie variable et qui changeaient de peau, de temps, de sonorité selon la qualité de leur fonction dans la phrase, le rôle qu'ils y tenaient, comme des comédiens au théâtre. Fini pour moi, pour avoir la moyenne à mes leçons, de me contenter d'égrener *rosa rosæ rosam* sans savoir de quoi il retournait. D'ignorer ce que je pouvais faire de ces énumérations absurdes, où *puer*, traduire enfant, pouvait passer à *puerum*, *pueri*, et puis encore à *puero*. A n'en faire cas, pas davantage que d'un catalogue de diminutifs désignant le même garçonnet prénommé Jean et qu'on appelle Jeannot, Jani, Nono, Jeanneret au gré des heures, de l'humeur. Une envie chez moi, d'essayer enfin, d'être dans le coup. D'affronter les arcanes d'une autre langue, fût-elle réputée morte, et vivante, elle, la langue allemande mais qui procédait, avec son système de déclinaisons, à peu de chose près, à la manière du latin. Ce qui en somme tombait bien, créait des liens inattendus entre deux univers d'expression par ailleurs si différents, quasi radicalement antinomiques.

Et puis je m'étais mise à aimer assez m'adonner à cette gymnastique de l'esprit, cet effort aussi de mémoire qui consistait à m'habituer, à nommer avec d'autres sons, d'autres rythmes d'expression, d'autres techniques grammaticales et vocales que ceux de ma langue maternelle, non seulement des objets, mais des pensées, des sentiments, des désirs, des répulsions qui étaient cependant les mêmes. Parler, écrire non seulement en français comme je l'avais toujours fait et aimé mais m'y essayer en latin, en allemand, c'était, si confusément que j'en eusse l'intuition, contribuer peut-être un jour, à me mieux connaître, à jeter des ponts entre mon propre moi originel familier, et mon moi étranger. Ne plus ignorer qu'en latin la rose qui a nom *rosa* quand elle est sujet, devient *rosam* quand elle est objet, *rosae* quand elle est complément d'un autre nom ou qu'on lui attribue quelque chose, c'était déjà franchir un seuil, entrer dans le cercle de la magie verbale d'un autre monde, apprendre à se reconnaître dans un autre miroir. Et puis encore, autant que de ce qu'il signifiait, on pouvait, après tout, réussir à faire un sort, à ce nouveau jargon syntaxique désignant sous un autre vocable, des rapports de nuances qui ne m'étaient pas inconnues, en débiter les termes comme du récitatif : nominatif, datif, vocatif, génitif pour le plaisir de l'ouïe. Faire de la récitation des verbes déponents (de fameux lascars, ces verbes-là, dissimulant sous une forme passive qui vous brouille les cartes, leur sens tout bonnement actif) un prétexte à psalmodie, à plain-chant monodique exorciseur, reconductible à l'infini. Ainsi de *blandior, blanditur, blandimur* qui signifie flatter ; de *vereor* craindre, de *patior* supporter, à faire alterner en récital avec *Ramona, J'ai deux amours, Le chaland qui passe*. Une occasion d'accrocher une seconde corde à son arc, d'élargir son répertoire, d'obtenir auprès des bas-bleus de l'entourage, le succès de bon aloi qu'on réserve d'ordinaire à l'incantation monachique.

Même approche au fond, moitié à la volonté d'acquisition de nouvelles connaissances, moitié au flair, pour l'initiation à la langue allemande. Et cette veine qu'Anne Lise Schmidt, une jeune Alsacienne agrégée d'allemand, parce que je lui avais déclaré que l'allemand, même quand je ne le comprenais pas était une belle langue, qu'elle m'entrait dans les oreilles comme de la musique, m'ait eue à la bonne. Qu'elle relevât mes erreurs de déclinaison, d'accent tonique, mes faiblesses de mémoire avec patience ; semblât croire à mes possibilités de progrès. Et puis, elle riait volontiers de mes pitreries entre deux cours, entre deux coups de collier, quand j'empoignais une copine pour danser la *Rose-Marie Polka* que j'aimais tant danser une fois l'an au 15 août à la fête patronale d'Aulaines, quand les joues en feu d'excitation, après avoir dégusté pour vingt sous au cabaret, une assiettée de millet cuit au four dans du lait sucré, nous tourbillonnions entre gamins, en nous faufilant comme des chats, des couleuvres enlacées, entre les couples d'adultes en sueur, aussi électrisés que nous par les accents de la clarinette, du saxo. Elle disait : « Tiens, voilà Annie qui se détend » avec un air de connivence qui me faisait chaud au cœur. Je l'aimais. Qu'est devenue Anne Lise Schmidt ? C'est avec elle toujours que je fis l'apprentissage de l'écriture gothique comme on l'exigeait encore en 1938 des élèves germanistes. Je m'y appliquai beaucoup.

Apprendre à écrire, à se servir d'un crayon d'ardoise, d'une craie, d'un porte-plume, enfin d'un stylo, dès que j'avais été en état de tracer mes premières lettres, avait été pour moi, dès le début, une activité libératrice, le moyen providentiel de canaliser mes énergies en friche, d'organiser le dialogue entre la main et le cerveau. Car s'il est vrai que le cerveau dicte à la main ses ordres, l'oblige à se laisser traiter en objet, en instrument à dessiner le mot, la main, à force d'être à son écoute, de lui être soumise, finit à son tour par avoir quelque chose à lui apprendre. Et même, il arrive qu'à un moment donné, à tel point le courant passe, que ce qu'on appelle la création démarre. Et c'est alors que la page vit ! Qu'elle révèle, qu'elle chante quelque chose, qui ne sera le chant de personne d'autre. Qu'elle prend des formes, des couleurs qui ne seront celles de personne d'autre. Qu'elle délivre son auteur de quelque chose. De cette angoisse, de ce désordre intérieur qui l'empêchaient d'avoir accès à lui-même, de se familiariser avec son propre mystère, avec celui d'autrui.

Retrouver, pour m'initier à l'écriture allemande archaïque, l'esprit d'application du simple copiste, de soumission au modèle de lettre imposé, de patience ingénue à le reproduire, m'avait été activité bénéfique. Espoir, puisque l'occasion m'était donnée de réapprendre à écrire une deuxième fois, d'une autre manière que la précédente, de voir s'ouvrir les portes d'une seconde chance de sentir, de vivre, de mourir, d'une seconde approche de l'homme (ici celui de Germanie) ayant tenté de son côté, dans la nuit des temps, de se survivre à soi-même en traçant des formes, des lignes empruntant leur modèle à la terre, à la mer, aux étoiles, à l'animal qu'on pourchasse et qui vous pourchasse.

Écriture ornementale, chantournée, presque asiatique dans son souci de raffinement du trait ; de faire de chaque lettre un dessin, de chaque mot une figure, un paysage à lui tout seul, des antiques auteurs allemands qu'on me demandait tant bien que mal d'imiter. Afin que je puisse entrer au fur et à mesure des années dans leur univers à eux. Dans leurs histoires de

Lumpengesindel, de compagnies de loubards médiévaux poussés au meurtre, à la folie, par la misère régnant sur les territoires pauvres d'Europe du Nord, y traînant la bâtardise de leur âme malmenée, revenue de tout, à travers bois et tourbières, comme ailleurs, un Rutebeuf, un Villon d'Ile-de-France, de Paris et tant d'autres voyous anonymes ou célèbres de la grande aventure millénaire d'Occident l'avaient traînée et dont mon esprit, encore en jachère, mais piqué au vif par l'attrait de la découverte, était censé devenir un de ces quatre matins, et la synthèse et le carrefour. Chemins fascinants de l'écriture gothique, ne fût-elle, maladroite, que celle du scribe enfant. S'initiant du même coup, aux sortilèges d'une musique nouvelle, d'une nouvelle langue. Langue de chevalerie des bords du Rhin avec ses épopées sanglantes, ses rivalités tribales exacerbées pour une couronne de roitelet germain, pour un bourg, pour une femme apportant avec elle, outre sa virginité de fille de bonne race, un tronçon de montagne, de mine de fer ou d'étain, de rivière poissonneuse, d'emblavure. Avec, dans la foulée, autant que de l'Allemagne, de sa véritable mémoire, les héros de sa fable imbriquée à son histoire. Qui se prénommaient Siegfried ou bien Günther ou bien Hagen et les princesses qui s'entre-déchiraient pour eux, Kriemhild, Brunehaut.

Car, quand on la parlait cette langue, il suffisait que la voix enfle, que l'enrouent l'irritation, l'impatience, pour que ces prénoms, leur sauvage et sonore douceur deviennent des clameurs de guerre, de jalousie criminelle, de férocité. Langue instrumentale par excellence, capable d'en passer par tous les registres, de la suavité à la violence. Langue du très fécond, très vibrant romantisme allemand. De ses musiciens, ses poètes de génie. De leur faculté d'exaltation amoureuse ou suicidaire. Langue du *Wanderer*, du fameux randonneur à pied des pays d'outre-Rhin épris de marche nocturne, de clair de lune dans l'odeur spermatique, excitante du tanin, des menthes froissées. Langue de Wolfgang Goethe surtout. Aussi de Schiller. Mais langue d'Hitler aussi, de ses sicaires. Langue d'Helmut Steiner, SS.

Portes qui s'ouvrent et se referment en même temps, que cette langue-là ! Car, à l'époque, ç'avait bel et bien été pour la petite lycéenne française anonyme, prise entre deux propositions, entre deux feux, celui de la capacité d'émerveillement devant la nature, d'extase d'amour d'un Eichendorff d'un Hölderlin et le langage des affiches placardées un peu partout annonçant les prises d'otages, leur exécution, la persécution raciale, l'expatriement des jeunes hommes tombant sous le coup du Service du travail obligatoire en Allemagne, une source de déséquilibre, d'incertitude intérieure, de tourment, plus ou moins larvé, et d'ailleurs, tenu en laisse par les adultes qui m'entouraient, parents, directrice, professeurs, prenant parfois pour eux, contre l'occupant, de grands risques mais s'efforçant de maintenir ma jeunesse, celle de mes semblables sur terrain culturel neutre. De la protéger des manipulations politiques de tous poils en la reléguant, si faire se pouvait, dans le seul univers des études mathématiques et classiques et des règles contraignantes, en vase clos, de la vie de pension.

Voici le poème de Goethe, un des plus admirables de simplicité et de concision du monde et que d'ailleurs je connaissais, qu'Helmut Steiner qui avait, à coup sûr, dans les débuts de sa carrière militaire fait partie des bataillons SS défilant à Nuremberg, au pied du podium du nouveau dieu de la Guerre, de l'effroyable petit Wotan moustachu qu'il fallait hisser sur un tabouret pour lui donner de la prestance, en chantant avec ses pareils « *Je plonge mon couteau dans le juif et je le retire rouge de son sang* », qui attendait pour l'heure, avec son capitaine, nous le comprendrions clairement plus tard, de Paul Hauser, le général SS, promu chef de toutes les armées allemandes de l'Ouest par Hitler, l'ordre de repli vers Paris ou au contraire de la défense de la place du Mans qui nous jetterait alors dans l'enfer, avait cru bon, et même opportun, assis paisiblement en apparence à mes côtés, de me réciter, en cas de malheur sans doute pour moi, ceux qui m'entouraient et qui sait, pour lui-même, tout en me regardant attentivement coudre bout à bout deux morceaux d'étoffe pour en reconstituer ce qu'on appelle un torchon, en vue de travaux domestiques, aussi sujet à l'incertitude que le sort qui nous attendait et cela en allemand.

« Sur toutes les cimes, règne le repos.
Sur tous les sommets, à peine peux-tu sentir un souffle
Attends seulement un peu
Bientôt, viendra ton tour de te reposer. »

Et puisque lui et moi en étions là, à cette perspective d'en finir, un jour ou l'autre, avec les tribulations, les sauvageries, de ce qu'on appelle la vie, surtout ne pas ciller.

Au demeurant, comme le commun des mortels, pendant toutes ces années, n'avais-je pas été rodée, étant donné les ambiguïtés d'une situation qui précipitait certains des Français dans la Résistance, d'autres dans la collaboration, s'ils ne se contentaient pas de faire le gros dos sous la tempête, à m'accommoder de quasiment toutes les promiscuités. Quitte même parfois en guise d'exorcisme, avec la formidable inconscience de la jeunesse à en rire. Aussi de l'énergumène en culotte de cheval et chaussettes de laine rouge de cycliste que les services académiques de Caen avaient catapulté au Mans en classe de première, l'hiver 43 pour remplacer au pied levé, la très austère, très cultivée demoiselle Ponchon, une des premières femmes agrégées d'allemand du début du siècle, victime d'une broncho-pneumonie contractée en professant dans des salles de cours sans chauffage par moins cinq en décembre. Un extravagant collabo, père d'une demi-douzaine de filles qu'il élevait (du moins à ce qu'il prétendait, car il était fort bavard là-dessus) nues, sous des tuniques en peau de mouton, au nom des lois de la nature, du côté d'Alençon. Qui puait le tabac d'Orient des armées occupantes, nous vantait les mérites des Jeunesses hitlériennes et pour le reste, parce que les cours de syntaxe et de littérature l'ennuyaient, nous apprenait des chansons à boire et de soldats que nous gueulions avec lui, au grand scandale général de l'établissement, mais sans que personne, pas même Marguerite Bolnat n'osât le reprendre là-dessus, de peur de s'attirer les foudres de la Gestapo ou de la Milice. Reste que le père Varès comme nous l'appelions, en nous moquant de lui, de son chapeau tyrolien ramené d'Autriche dans les années trente, du sac de voyage désuet qui l'accompagnait partout dans ses déplacements quand il venait chaque semaine par la ligne de Caen s'installer pour quarante-huit heures au Mans, à l'hôtel du Saumon, plus qu'un dangereux militant nazi, gouverné par la haine de tout ce qui n'était pas aryen était surtout un demi-fou. Un amateur de jupons de surcroît, auquel (et je n'étais pas la seule) j'avais tapé dans l'œil avec mes faux airs de Walkyrie que je tenais d'ailleurs peut-être de mes ancêtres burgondes implantés dans le Maine au VIIe siècle dans le sillage des grands prédateurs mérovingiens, et de ma voix timbrée et juste pour entonner des airs populaires d'outre-Rhin où il s'agissait du souvenir que les troupes en marche gardent d'aimables servantes se laissant caresser à l'heure du bivouac.

Il serait malhonnête de ma part de ne pas dire qu'avec cet illuminé du naturisme, du Renouveau français par la galette d'épeautre et le sommeil sur matelas de fougères, confondu avec le national-socialisme, mes pareilles et moi ne nous en sommes pas à l'occasion payé une bonne tranche. Par chance pour lui, à la Libération, comme il n'avait finalement dénoncé ni juifs ni résistants, envoyé personne à la torture, aux camps de la mort, on s'était contenté de le mettre d'office à la retraite, en lui conseillant, à lui et sa Marguerite au rouet, car il paraît aussi que sa femme filait la laine, et à leur tribu de filles ensauvagées, d'aller se faire pendre ailleurs. Le père Varès, un toqué ! Bien évidemment rien à voir avec le curriculum vitae d'un Helmut Steiner !

Tout était allé si vite depuis l'automne 1939. Tout avait été si imprévisible, si fou, si déstabilisant. Un jour des soldats, des officiers, du matériel de guerre français, le long des routes. La photo de Blum, de Daladier, de Reynaud dans les journaux. Les discours du général Weygand. Un autre jour des soldats, des officiers, du matériel de guerre allemand sur les mêmes routes. La photo de Pétain, de Laval. Leurs discours. L'instant qui passe. Qui vous dépasse. Chacun pris au collet par la brutalité de l'événement essayant de l'affronter avec les moyens du bord, en même temps de le fuir. De se bâtir, à l'intérieur de soi, un espace de liberté où l'on pourrait, surtout nous qui étions très jeunes, continuer à rêver de ces choses délicieusement stupides où il est question d'amour parfait, de voyages extraordinaires, de robes de bal. Et puis encore pour moi, et les fillettes qui étaient dans mon cas, dès la rentrée d'octobre, le coup de théâtre, le grand chambardement par excellence. La transformation pour raison d'État du coquet confortable lycée de jeunes filles du Mans en hôpital militaire où d'ailleurs mon propre père, mobilisé comme gendarme réserviste pour la troisième fois, était resté alité plus d'un mois, à cause d'ulcères variqueux aux jambes qui, l'ayant par conséquent rendu impropre, après quelques mois de service à continuer de l'assurer, avait motivé la décision du médecin militaire de le réformer.

En 40, les Allemands, ayant investi l'établissement pour leur compte, l'occuperaient jusqu'à leur départ, début août 44.

GRAND branle-bas donc pour les lycéennes, leurs familles, leurs professeurs, leur chef d'établissement, multipliant auprès des services d'inspection académique les démarches pour trouver des solutions de remplacement. Finalement, nous avions dû, pour nos cours, nous accommoder d'une aile passablement vétuste du lycée de garçons proche de la cathédrale et des anciens locaux de préparation au secrétariat et à la comptabilité de l'école Pigier située en centre-ville dans une petite rue sans grand prestige, la rue du Docteur-Leroy.

Restait le problème du sort des pensionnaires désormais privées de gîte. Il avait fallu s'efforcer de leur dénicher en ville des familles d'accueil, souvent celles d'élèves externes qui consentiraient, par solidarité, à les héberger contre un prix de pension raisonnable. Des listes d'appels et d'offres avaient été dressées qu'on pouvait consulter au secrétariat de Marguerite Bolnat, elle-même contrainte d'émigrer dans les bureaux exigus de chez Pigier. De s'y tenir à l'étroit dans deux petites pièces mesquinement meublées au premier étage d'un escalier tournicotant. Une relégation ombrageuse d'aigle royal auquel on a rogné les ailes. De là, et non sans mérite d'ailleurs, car la situation d'un directeur de lycée, de collège serait parfois quasi intenable sous l'Occupation, en face de préfets chargés de faire exécuter les ordres de discrimination raciale jusque dans nos rangs, aussi de nous inciter à collaborer, elle se tiendrait agrippée à ce qui pouvait lui rester de pouvoir de décision intérieure, lui permettant de nous régenter. De nous protéger en s'efforçant de nous maintenir à coups de règlements de plus en plus stricts, dans le cadre étroit de nos études à l'écart des conflits ouverts ou larvés occasionnés par les antagonismes des adultes et qui ne cesseraient de s'exacerber, les années passant. De faire qu'à un âge où l'on est particulièrement manipulable, selon l'entourage familial, selon telle ou telle fréquentation fortuite, nous nous contentions, en principe, de plancher sur nos compositions, pour les plus âgées de bachoter.

Car enfin c'était le temps où l'on pouvait se réveiller un beau matin, les ruses de la propagande aidant, militant au RNP de Déat, au PPF de Doriot, leader fervent du nouveau populisme fascisant, depuis sa rupture fracassante avec le communisme international. Où l'on pouvait, selon les influences, prendre le maquis ou s'engager dans la Légion des volontaires français contre le bolchevisme sous bannière allemande. Devenir un chasseur de sorcières, voire un tortionnaire ou un saint. Où l'on pouvait vous persuader que l'anéantissement par les Britanniques le 3 juillet 40 de la flotte française à Mers el-Kébir, la mort de ses mille sept cents marins après refus de l'amiral Gensoul de rejoindre leurs îles pour éviter qu'elle ne tombât dans les mains allemandes était une ignominie de leur part. Une reprise de la guerre de Cent Ans et par conséquent, de Gaulle qui avait gagné Londres, un déserteur, un vendu, un pourri. Hitler un champion de la civilisation et par ricochet la politique du gouvernement de Vichy, en tout point, respectable.

Toutes raisons confondues qui feraient que telle qu'en elle-même, dans la splendeur directoriale où elle nous était apparue, sur la scène du théâtre municipal, le jour de la distribution solennelle des prix du lycée de jeunes filles du Mans, en juillet 1939, nous ne reverrions plus jamais Marguerite Bolnat. Chapeautée, habillée de noir, de l'ourlet du fourreau à la pointe de l'aigrette, sur fond d'autorité préfectorale, académique et militaire en grande tenue et de corps professoral de même. Et cette majesté toute royale qu'elle avait eue pour, avant de procéder à la lecture du palmarès, rejeter de ses bras gantés jusqu'aux coudes, sa cape en velours en arrière des épaules.

A moins de trois mois de l'invasion de la Pologne par les nazis et leur allié bolchevique d'alors, à moins d'un an de l'écroulement d'une IIIe République qui n'avait ni su, ni osé exiger de l'homme de la rue, pris dans l'euphorie de la semaine de quarante-huit heures et des congés payés de regarder les choses en face, un spectacle (pour moi le premier et le dernier du genre) à ne pas rater. Non plus que, devant la brochette des notables prenant la pose sur leurs chaises dorées, l'ordonnance fascinante des livres de prix, répartis par classes, ordre d'importance dans le classement ; par lots, par élève, sur une longue table recouverte d'une draperie rouge. Une fabuleuse mise en scène ! Ses rites, ses discours, ses solennités. Qui vous donnait vos chances, si vous n'aviez pas trop démérité, de monter sur le podium pour recevoir vos ou votre prix, des mains d'un lieutenant-colonel, d'un substitut du procureur, d'un conservateur de musée, de l'épouse du directeur de la Caisse d'épargne, de l'ingénieur en chef du service des eaux, d'un député, en prenant garde, pour y accéder de l'hémicycle du parterre où nous étions rassemblées, à ne pas rater une marche d'émotion, ne pas se mettre à pleurer, laisser tomber à terre son sac à main, son mouchoir. Tout ce beau, cet antique cérémonial appelé à disparaître avec la défaite et que l'après-guerre, provoquant comme toutes les après-guerres, un changement radical des mentalités et des mœurs, jetterait gaillardement aux orties.

Avec un second prix de rédaction, un premier accessit de grammaire, un second en latin et allemand, un troisième prix d'histoire, j'eus droit à monter sur les planches de la scène du théâtre du Mans. Auguste et Marthe étaient là. Lui rasé de frais, chemise blanche et costume sombre croisé. Elle en robe de grain de poudre marine, agrémentée au col d'un bavolet et bien sûr coiffée d'une capeline de paille de chez Wolf. Le soulagement, l'enchantement pour eux.

Ainsi donc, j'étais arrivée à venir à bout d'un chagrin qui avait failli me détruire, me rendre aveugle et sourde à tout ce qui n'était pas lui. A preuve, ces résultats finalement honorables me valant de recevoir des mains de mon professeur de français d'alors, Madame Laroche, très imposante dame au teint bistré de Sarrasine, au lourd chignon gris sous la rectitude du canotier, mon petit viatique de livres et d'albums témoignant de mes progrès et de mon adaptation, fût-elle sans enthousiasme, aux disciplines de l'internat et, comme le jour de la distribution des prix, même les internes avaient le droit de porter une toilette de ville à leur convenance, Marthe pour me récompenser de mes efforts m'avait conduite dans un des meilleurs magasins de confection du centre du Mans pour y choisir (c'était la première fois que sur le chapitre elle me donnait carte blanche), une robe et un manteau.

Grande fille encore impubère mais consciente de ma féminité (j'avais toujours été amoureuse dans la vie, d'Auguste, cela va de soi, ensuite de Paulo mon frère nourricier, puis d'Alexis mon grand copain de l'école d'Aulaines) espérant beaucoup dans mes rêveries, de ce que pourrait m'apporter un jour d'attrait et de mystère, à travers les rapports avec le monde masculin, mon état de femme, j'avais naturellement jeté mon dévolu sur une vraie robe pour dame en surah noire rayée de rose, charmante d'ailleurs avec son large col rond et plat, à jupe virevoltante taillée dans le biais se mariant avec un manteau de lainage léger assorti au ton pastel des rayures. Ce que le vendeur qui s'extasiait avait déclaré « parfait ». Quant à Marthe, décidée à tenir parole, elle s'était laissé faire. Ç'avait été un superbe ensemble au-dessus de mon âge mais qui m'allait pourtant, convenait à cette vigueur vénusienne me faisant dépasser d'une tête la plupart des filles de ma classe, à ces hanches rondes m'ayant parfois, autant que mon nom, attiré les quolibets de quelques-unes. Maintenant j'étais au-dessus de tout cela. De ces coups de griffe qui m'avaient blessée et que j'avais appris à rendre, et puis l'affaire du parapluie rouge d'Antoinette m'avait fait sentir combien l'exercice de la vengeance risque de vous ravaler au degré de bassesse de l'agresseur.

De toute manière, en cette veille de vacances d'été me ramenant à mes sources, à tout ce que j'aimais d'amour, de l'arbre à la bête, de la maison à l'homme et la femme qui en étaient les dieux lares, la terre ne me portait plus. Pas seulement parce que j'avais devant moi la succession de ces beaux grands jours de juillet et d'août, de lumière étale, dorée et chaude comme du miel fondu, où l'esprit autant que la chair délicieusement s'engluent dans un bain d'animal bonheur, mais parce que j'avais franchi un cap qui faisait qu'Auguste, Marthe et moi avions de nouveau la vie devant nous. A la fois comme avant et de facon différente depuis que j'avais dû apprendre à exister sans eux. Hors protection, cercle magique. A les faire entrer, faute de pouvoir désormais à tout moment les avoir à ma portée, plus profondément dans mon cœur. A les aimer d'un amour moins sensuel, plus désincarné.

La robe et le manteau de femme donc. Les souliers à l'avenant. Des trotteurs de daim. La dernière toilette de gala, la dernière folie vestimentaire d'avant une guerre dans laquelle mes douze ans entreraient à pieds joints, pour affronter avec elle, toujours, la défaite et l'Occupation. Pour s'y enfoncer dans une situation en apparence sans issue où tout irait en s'aggravant. La pénurie, les déportations, la transplantation des jeunes hommes en Allemagne. Y perdurer dans un état bizarre, incontrôlable, moitié révolte, inconfort physique et moral confus, moitié résignation, état de stagnation à la limite de l'enlisement. Quant à la robe, se révélant trop étroite du buste quand il me pousserait des seins, devenant alors une jupe, le manteau râpé aux poignets et au col, une veste longue, nous vieillirions ensemble eux et moi, au long d'une adolescence finalement passablement studieuse, s'accrochant, entre deux rapetassages de chemise, de bas, de jupon, deux ragoûts de pommes de terre à la graisse de bœuf, à des valeurs qui n'avaient plus cours, où il était question de paix, de tolérance, de démocratie et de charité chrétienne sur fond de barbarie gestapiste et milicienne plus ou moins virulente. Une adolescence par chance, exorbitant privilège, grâce miraculeuse, n'ayant pas été directement menacée, aux frontières de la bataille de Normandie, par les affrontements à mort entre les troupes alliées et celle de la VIIe armée allemande après la réussite du Débarquement. Avec, conduits d'une main de fer au combat par son Standartführer Kurt Meyer, les blindés de la Jeunesse hitlérienne. De ses jeunes hommes fanatisés, prêts, comme à mourir pour Caen, pour Falaise, à tous les carnages.

Avec, avant l'arrivée du premier char américain au carrefour de la route de Mamers et du Mans, en face de l'église de Bonnétable, absolument hors programme, hors prévisions, l'épisode Helmut Steiner.

Car il avait bel et bien décidé, le surlendemain de son installation à la maison, alors que pour le décourager de venir s'installer à mes côtés sous le tilleul, nous nous étions retranchées, Marthe et moi dans la cuisine, Auguste faisant mine de s'absorber dans sa paperasserie côté mairie, que nous ne sortions pratiquement plus que pour aller chercher de l'eau à la pompe du jardin, y déterrer des pommes de terre, des poireaux pour la soupe, étendre du linge, de nous imposer quand même, sa visite après son service dans la forêt pour bavarder en allemand avec moi. Une manière de récréation, de pause d'une petite heure qu'il s'accordait dans l'attente du repli ou du branle-bas de combat en vue de garder la place du Mans selon les consignes de Hauser tenant son QG dans un bunker, rue Chanzy.

Terrible homme de tuerie sans doute que cet homme qui ne m'aurait pas fait quartier, s'il s'était avisé que j'étais résistante ou juive mais que, visiblement, au-delà de sa capacité de cruauté froide, non seulement l'épanouissement physique de mes dix-sept ans qui en portaient vingt aimantait, mais aussi mes manières d'être et jusqu'à cet embryon de culture dans laquelle il se retrouvait. A croire que j'avais réussi à l'intriguer sérieusement, à l'intéresser. Le déconcerter même. A cause de ce grand calme apparent que j'affectais chaque fois qu'en fin d'après-midi, il m'imposait sa compagnie et qui n'avait d'égal que le sien, pareillement calculé, pareillement indescriptible.

Il prenait place sur une chaise comme s'il eût été un vieil ami de la maison, entamait avec moi sur un ton paisible, familier, la conversation. C'était le ton qu'on prend avec un enfant pour le mettre à l'aise, obtenir sa confiance en lui tenant des propos à sa portée, en s'inquiétant de savoir quel est son gâteau préféré, comment s'appelle sa poupée. Il me demandait si j'allais bien, ce que j'avais fait de ma journée. Je répondais par exemple que je m'étais remise à réviser mes mathématiques, une matière dans laquelle j'étais faible, parce que les copies d'épreuve de bachot, qui avait eu lieu fin juin, au Mans, expédiées pour correction à l'académie de Caen y avaient été détruites lors des combats et des bombardements récents. Il le déplorait pour moi, disant que c'était dommage. Que j'aurais sûrement préféré me promener un peu dans la campagne, sinon dans cette belle forêt où chaque jour il se rendait, pour l'heure interdite aux civils pour raisons stratégiques mais que je devais sûrement bien connaître.

Soucieux qu'il était de me tendre la perche en m'installant sur un terrain neutre, je me devais alors d'échanger avec lui des considérations sur les beautés de la nature sylvestre, le charme de l'étang aux rives plantées d'arbres séculaires où il avait repéré dans l'île une colonie de poules d'eau, vu passer une fois le long des rives une couple de chevreuils. Et ainsi de suite. A croire encore qu'il trouvait du charme à cette façon hésitante, appliquée d'écolière avec laquelle, dans sa langue à lui, à l'aide d'un vocabulaire policé, emprunté aux extraits de textes littéraires, en m'empêtrant parfois dans une tournure grammaticale, en utilisant un mot pour un autre, ce qu'il rectifiait en souriant, j'entrais dans un jeu qui consistait à faire semblant d'avoir confiance en lui. A tenir pour naturelle, presque agréable même, cette visite quotidienne de jeune militaire, discrètement épris d'une jeune fille qui, nonobstant la brusquerie d'un premier geste amoureux quelque peu intempestif, quelque peu hâtif vis-à-vis d'elle, et que, d'un accord tacite ils n'évoquent ni l'un ni l'autre, aurait décidé, parce qu'il serait, au fond, loin de lui déplaire, de ne pas rompre les ponts mais de lui faire sentir qu'avant de courir une seconde fois sa chance avec elle, il doit d'abord observer certaines formes. S'y prendre autrement.

De cette présence inconcevable, scandaleuse, ahurissante d'Helmut Steiner à mes côtés, me regardant coudre, éplucher des légumes, m'activer autour du fourneau, en familier, en soupirant, de cette conversation au bord du gouffre de la jeune fille sans défense et du tueur chevronné, s'accordant, hors rituel de violence, le plaisir momentané de la regarder vivre, quel serait le dénouement ?

Et bon Dieu comme j'étais calme ; bon Dieu comme j'avais peur !

Jusqu'ici pourtant, depuis l'entrée en guerre avec l'Allemagne, j'avais plutôt eu la baraka.

D'abord à la rentrée d'octobre 39, l'internat fermé, l'aubaine, pour me prendre en charge au Mans, des parents de Geneviève, une de mes compagnes d'externat de l'année précédente.

Geneviève, Ginette, comme nous l'appelions, obéissait déjà à l'époque à de ces grands élans du cœur qui donneraient à sa vie de femme plus tard, d'épouse très aimante d'un mari malade, également très aimant, à ses soucis de mère de nombreux enfants, une qualité d'élévation, d'acceptation des épreuves, assez rarissime. Elle n'avait jamais apprécié qu'on brocardât à l'occasion et mon accent de terroir, et mon nom. Deviné aussi sans doute quelle timidité fiévreuse, quelle fragilité affective je cachais sous le masque d'une force de la nature, fabulant à gogo, jouant les histrions de couloir à l'aide d'un répertoire toujours payant, allant de l'imitation des aboiements du chancelier du Reich avec effets de moulinets des bras au nom des exigences allemandes d'espace vital, à celle de Tino Rossi dans *Marinella*, ou du ton souverain, avec lequel, en détachant les syllabes pour bien ménager ses effets, Marguerite Bolnat commentait les résultats satisfaisants ou médiocres de nos bulletins trimestriels. Fille discrète et régulière dans le travail, au point d'en paraître relativement effacée si l'on s'en tenait, pour elle aussi, aux apparences, enthousiaste et passionnée en réalité, elle tomberait amoureuse en 1947 d'un charmant et beau garçon de son quartier, grand jeune homme blond, idéaliste et mystique, entrerait par amour pour lui dans le mariage comme Antoinette en religion, de sorte que rien, ni les maladies graves et répétées s'abattant sur lui qui provoqueraient sa mort prématurée, non plus que les fatigues des maternités successives, les soucis matériels, ne réussirait jamais à la désenchanter de leur union, comme si leur couple avait réussi à prendre son élan ailleurs, sur une autre planète.

Ç'avait été pour moi une très agréable surprise quand elle était sortie de la réserve d'ailleurs toujours souriante qu'elle observait à mon endroit, pour me proposer, bien sûr avec l'accord de sa famille, de venir vivre chez elle.

Donc avec cette guerre qui, en quelques mois, provoquerait la mort d'une centaine de milliers de jeunes Français, avant la débandade devant les blindés de Guderian, je commençais moi, ma vie chez les Mayrand.

Au 19 de la rue Abraham, en retrait du centre-ville, à proximité de la route départementale de Bonnétable, celle qui me ramenait à mon village, à la lisière de ce qui était, il y a un demi-siècle déjà, la pleine campagne, son beau déferlement sauvage de pâturages et d'arbres en direction de la vallée creusée par la rivière Huisne, ils habitaient alors une assez belle maison à étage, aux allures quasi bourgeoises, aux chambranles, entablements, corniches de fenêtre moulurées ; à porte d'entrée en façade surmontée d'une tête de lion mâle, exerçant le rôle de vigie, de dieu lare. Dans cet endroit tranquille, mi-résidentiel, mi-quartier de petits rentiers, chacun ou presque, disposait, à l'arrière de chez soi, d'une courette prolongée par deux ou trois ares de terre arable et ce n'était pas pour Ginette et moi l'un des moindres charmes de cette rue Abraham et de celles qui communiquaient avec elle, quand nous les parcourions, que ce mystère qui les baignait, à cause de ces jardins refermés sur eux-mêmes d'où ruisselaient, le long des clôtures, des flots de lierre, de chèvrefeuille jusque sur les trottoirs. Ceux, couleur d'encre bleue, des clématites en juin et, merveilleusement entêtante, la retombée, chargée d'odeur miellée, de l'essaim des glycines.

S'en évadaient encore au-dessus d'elles, de leur univers carcéral tout en feuillages luisants, aérés, en épines de résineux, en remugles de sol humide quand il avait plu, la cime de hauts buis centenaires, de lauriers-palmes, taillée en forme de coq prêt à l'envol ; la montée en flèche d'un épicéa, d'un if, d'un peuplier d'Italie, la voussure vernissée d'un magnolia, sa coupole orientale d'un vert vif, ponctuée, à la saison, de grosses fleurs nacrées. Ailleurs, un érable, coiffé de son chaperon d'étoiles végétales d'un rouge vineux, un bouleau aux rameaux vibratiles et grêles comme des cordes de violon, faisaient la belle, prenaient leur élan, à l'arraché, à la sève, réussissaient à se hausser de la tête et des épaules, hors prison. A échapper à l'enlisement, l'épaisseur de magma invisible qui les cernait entre quatre murs de moellons ou de briques. A la domestication minutieuse de ce qu'on appelle la nature dans une ville. A la raideur d'une allée tracée au cordeau trop proprement tapissée de cailloux blancs, celle d'un alignement de rosiers nains à petites fleurs rondes inodores, au cercle parfait d'un parterre de gazon régulièrement étrillé et tondu comme un caniche vert d'appartement, dans lequel, au milieu, on leur avait fait prendre racine. Restait encore à cause d'eux, de leur apparition émouvante, saisissante même, comme celle d'un visage aux lèvres muettes, aux traits enfouis dans l'épaisseur des cheveux, entr'aperçu derrière les barreaux d'une cellule, ce qu'ils cachaient et révélaient ensemble, de ces petits jardins, dont ils étaient les grands captifs privilégiés, les prisonniers de choix, les pièces maîtresses : une tonnelle, un banc de plein air pour prendre le frais le soir, par beau temps, un bassin de ciment crachotant le minuscule geyser d'un filet d'eau, la farandole de deux ou trois poissons rouges ou, sur fond de jardinière de géraniums rouges, une couple de chats en céramique blanche craquelée comme passée à la chaux et que même la nuit la plus sombre ne réussissait pas à noyer dans son épaisseur de ténèbres.

Secret et vivant lui aussi, hanté par les ébats de Larry, un fox anglais sympathique et cabochard aux bonds puissants de jouet mécanique, avec lequel, si on voulait copiner, il fallait jouer à la balle qu'il vous rapportait entre les crocs en grognant de contentement, les Mayrand avaient aussi le leur, donnant sur une impasse pourvue, pour y entrer, en sortir, d'une porte latérale facilitant les allées et venues, celles de leurs familiers. La grande porte, celle du lion ne s'ouvrant chez eux, comme chez beaucoup de gens, que pour les visiteurs de marque ou au coup de sonnette des livreurs ou des personnes ignorantes des habitudes de la maison. Elle remplissait par conséquent parfaitement son rôle de porte de façade qui était de se trouver plutôt là pour le décor, l'ornement.

C'est donc par le jardin que Ginette et moi sortions sur le coup de huit heures du matin pour nous rendre à nos cours de classe de cinquième. J'étais contente de pouvoir marcher librement sans être en rang de par les rues : de pouvoir arpenter avec elle l'avenue excentrée qui nous conduisait jusqu'au carrefour qui portait le nom de la Croix-de-Pierre, en souvenir d'une croix qui s'y trouvait naguère, dressée hors les murs de la cité, à la croisée de chemins conduisant le pèlerin, le voyageur, le colporteur, le pauvre hère vers l'Ile-de-France, ou l'Anjou, vers la Touraine ou les pays d'Armor. C'est en cet endroit que la ville prenait figure de ville pour de bon. Avec ses tramways, ses boutiques, ses agents de la circulation, ses boulevards descendant à pic vers ses parties basses où s'insérait, à mi-pente, à même l'enfilade de robustes maisons, un cloître de religieuses. Un peu plus loin c'était le musée avec son parc, son bassin et puis la cathédrale.

Pour nous rendre au lycée de garçons dans la partie qui nous avait été concédée, il fallait, après le carrefour, emprunter une vieille rue pavée, chargée d'histoire, la rue Germain-Pilon qui suivait, suit encore à l'heure qu'il est, le tracé de la voie antique en direction de l'est. En riant des miettes de nos poches, en nous rattrapant parfois l'une l'autre par le bras quand nous trébuchions sur ses moellons, leurs gros cabochons de grès, nous longions les hauts murs aveugles de l'ancienne abbaye des moines de Saint-Vincent, convertie en hospice. Derrière eux, à nuit tombée, des vieillards, s'agrippant, si leurs chevilles bouffies par l'œdème ou leur boiterie d'arthritiques le leur permettaient encore, à la somptueuse rampe de fer forgé d'un majestueux escalier de pierre, se hissaient, à l'étage, jusqu'à de grandes salles voûtées datant du siècle de Louis XIII qui, autrefois dortoirs de moines, étaient devenus les leurs, pour un sommeil douloureux et geignard de bêtes fourbues dans les odeurs d'urine de leurs voisins et les leurs, mêlées à celle de la soupe servie dans des gamelles de fer aux grabataires et les relents du formol. C'était là le calvaire des pauvres. Des abandonnés par des enfants ingrats, après avoir peiné toute une vie quelque part dans une ferme, une fabrique, pour la nourriture et le gîte, pour la paire de galoches qui permet de ne pas aller pieds nus. Pour ces enfants-là, mêmes, qu'on avait sauvés de la famine mais qui, vous en voulant de n'avoir été que ce que vous étiez, des malchanceux, avaient oublié de vous aimer. De leur malheur qui arrachait des larmes poisseuses et lourdes à leurs yeux rougis par la blépharite, par l'herpès ; de ces mouvements de l'âme et du corps allant parfois jusqu'à les faire se jeter les uns contre les autres, ou, dressés contre eux-mêmes, à se mordre jusqu'au sang, leur propre main, nous n'avions, tout en les plaignant, pas cure pour de bon.

L'enfer comme chacun sait, surtout quand l'état de jeunesse vous pétrit d'inconscience joyeuse, de vitalité irrépressible et barbare, d'insensibilité à toute épreuve à tout ce qui n'est pas l'ardeur de vivre l'instant, c'est toujours pour les autres.

De même, une fois rassurée sur la santé et le sort de mon père réformé à la mi-octobre, si loin, pour moi, finalement, cette guerre, ses rites sanglants, dont j'avais décidé, dans mon for intérieur, qu'elle ne parviendrait pas à me concerner ! Si loin d'Aulaines, mon village bien-aimé ! Si loin de la ville du Mans ! Même si des convois militaires la traversaient par moments avec leur cargaison de matériel et d'hommes engoncés dans des uniformes couleur de glaise, d'argile grasse. De celle qui colle aux paupières, à la bouche des soldats morts dont on enjambe les cadavres pour avancer ou qu'on soulève pour s'en débarrasser en les jetant dans une fosse. A cause de mes préoccupations quotidiennes, des nouvelles habitudes à prendre, si loin de moi ces combats menés là-bas du côté de l'est contre cette Allemagne hitlérienne dont on disait que grâce au bastion inexpugnable de la ligne Maginot, à la bravoure des troupes françaises et de leurs alliés, à la compétence de leurs chefs, elle en serait pour ses frais ! Cette guerre qui me donnait l'occasion d'échapper à l'internat, d'expérimenter, différente de celle que j'avais menée, entre Auguste et Marthe, une vie familiale où j'avais l'impression, à travers Ginette, de m'être gagné une sœur et même deux puisqu'elle en avait une, Suzanne, qui était notre aînée et aussi un frère.

S'il est bien vrai que chaque famille, parents, enfants, avec parfois, pour en élargir le microcosme, non seulement le cercle des grands-parents, des oncles, des cousins, mais encore la présence sous son toit d'un personnel de maison, qui a, lui aussi, ses manies, sa façon de se plier aux exigences de ses employeurs ou de les contourner, sans compter celle, chien, chat, canari, cobaye, d'une faune domestique réglant son pas, moitié par attachement, moitié par mimétisme, sur celui de ses maîtres, est presque toujours à elle seule, un monde à part, avec ses rites, ses complicités tribales mais aussi ses querelles intestines, ses passes d'armes débouchant sur des malentendus chroniques, des réconciliations exorcisantes, à l'élan du cœur, à la caresse de raccommodement, avec ses deuils et ses fêtes, un monde ouvert en apparence encore que difficile à cerner, y fût-on, ce qui était mon cas, très volontiers admis (mais on y entre forcément avec le sien, d'autres souvenirs, une autre histoire, une autre façon de se colleter avec l'existence), une fois surmontés, pour moi, les premiers jours de dépaysement, au 19 de la rue Abraham, de 1939 à début 41, j'ai été passablement heureuse chez les Mayrand.

Généreux de nature autant que par principe, Robert et Lucienne Mayrand étaient par-dessus le marché résolument épris l'un de l'autre. Passionnés même sans doute. De cette sorte de passion qui perdure et tient lieu à ceux qui l'éprouvent, de grâce d'état. Puisque les épreuves (et en cela Geneviève réussirait à maintenir à leur suite dans son propre mariage le même degré d'exaltation), une pauvreté frôlant la misère dans les débuts de leur ménage (alors que dix ans plus tard, ils allaient se trouver à la tête d'un important atelier de fabrication de boutons), la tuberculose s'abattant sur elle, la contraignant à quitter son emploi dans une banque, le handicap, sévère pour lui, engagé à dix-huit ans en 1914, de la perte de la main gauche au front qui, l'empêchant d'exercer désormais son métier d'horloger dans le civil, le contraindrait à une reconversion hasardeuse de représentant de commerce, d'autant qu'ils avaient deux enfants à nourrir, elle ayant un fils, Jacques, lui une petite fille, Suzanne, d'une première union, n'étaient parvenues à user chez eux l'enthousiasme d'être ensemble. A venir à bout non plus, dans la maturité de l'âge et dans la réussite, car il arrive aussi que la réussite sépare, de ce goût qu'ils avaient l'un de l'autre, de ce besoin de rapprochement amoureux demeuré intact au plus fort de la bataille qu'ils avaient menée, elle contre la mort, les premiers temps de leur installation précaire au Mans où, sur les conseils du médecin, abandonnant les miasmes de Paris, ils étaient venus vivre dans l'espoir que l'air y serait meilleur pour ses poumons à elle, lui pour sauver sa famille du dénuement, en faisant, pour le compte d'un négociant de la ville, du porte-à-porte dans les merceries.

Un attachement toujours vif, juvénile qui les faisait, à une époque où ce n'était pas dans les mœurs que les époux le fassent en public, s'embrasser naturellement sur la bouche pour se dire bonjour ou au revoir devant leurs enfants et moi, par la même occasion. Une première initiation tangible, sans fausse pudeur, à l'expression charnelle des sentiments qui m'épatait, me faisait rêver car Auguste et Marthe en ma présence s'étaient toujours gardés d'en faire autant.

Installée chez eux confortablement et à bonne table pour un prix de pension modique, consenti à mes parents par pure gentillesse et avec lesquels ils entretiendraient toujours par la suite d'excellents rapports, pas davantage que la guerre, que le malheur de la vieillesse confinée dans les hospices, non plus que de ce qui avait été leur drame personnel avant que Lucienne ne guérît, que la chance ne se mît de leur côté, je n'avais encore, faute d'expérience, une notion exacte. Celle qu'on acquiert brutalement, sur le tas quand le sort vous frappe de plein fouet. Car, prononcés par les adultes, les mots de guerre, de souffrance, d'isolement, de peur de mourir en crachant ses poumons, de privation du nécessaire étaient des mots effrayants, certes, mais dont je n'arrivais pas à me persuader qu'ils pouvaient recouvrir une réalité tangible, et qui pourrait, un de ces quatre matins, me concerner comme n'importe qui.

A croire qu'ils appartenaient à la légende. Même si la guerre était déclarée justement. A croire encore, que cette charmante salle à manger de style rustique où nous prenions place pour les repas autour d'une solide table marquetée, recouverte d'un nappage en toile des Vosges, sur laquelle Alberte, la bonne, qui tenait ses quartiers dans la cuisine, nous servait des mets excellents, savoureux, offerts en abondance à notre appétit, avait toujours été le cadre d'existence des Mayrand. Un modus vivendi organisé, épicurien, coulant de source. Que Lucienne, cette jolie femme brune douée d'une tête bien faite, bonne gestionnaire des affaires de son mari, qui aimait la toilette, les voyages à l'occasion, disposait et d'une cuisinière et d'un jardinier-factotum, ne pouvait être la même que celle qui s'accrochait des mains à la table, dix ans plus tôt, pour ne pas tomber de faiblesse, qui cousait aux chaussons usés de ses enfants des semelles taillées dans un peu de feutre, pour les faire durer. Que cet industriel, bien implanté dans le département et au-delà, ce patron fonceur, haut en couleur et qui parfois dans le feu de l'enthousiasme ou de l'indignation brandissait son moignon sous le nez de son interlocuteur (un moignon auquel je m'étais vite habituée, qu'il me passait parfois sur la joue comme à ses enfants, en guise de caresse affectueuse), qui se trouvait à la tête d'une trentaine d'ouvriers et d'employés, possédait sa propre usine sur un terrain situé derrière l'abbaye Saint-Vincent justement, fabriquait des boutons, en avait élargi le marché dans toute la France, se rendait désormais chaque année à Gabelous pour y négocier l'achat de boutons de strass qu'il importait des Sudètes où, comme pour le cristal en Bohême, on était imbattable pour la taille du verre à base de plomb, celle du diamant de synthèse, n'avait jamais été, lui non plus, ce pauvre garçon mutilé de guerre, équipé au poignet gauche d'un crochet fabriqué par les frères Lumière, qui lui permettait de tenir son guidon pour rouler à vélo, par tous les temps, au Mans et dans les environs avec sa valise de représentant en boutons sur le porte-bagages, et travaillant au pourcentage avec l'acharnement du pauvre colporteur chargé de famille.

Il aimait beaucoup ses enfants mais parfois il s'échauffait contre eux. Contre les deux aînés surtout qu'il avait avec lui dans son entreprise et sous ses ordres. Suzanne à la comptabilité, Jacques démarchant la clientèle et s'initiant à la gestion. Contre leur maladresse ou leur négligence dans le courrier, les rapports avec les acheteurs. A table devant nos assiettes pleines il tonnait. Leur rappelant qu'à ses débuts dans cette ville, il avait pourchassé le client la faim au ventre, se privant de repas à midi pour joindre les deux bouts, mettre de côté un pécule lui permettant de démarrer à son compte, de mettre en place un début de négoce qui avait consisté, après avoir acheté en vrac une quantité et une variété valables de boutons que Lucienne cousait par douzaine sur des cartons de présentation, à se tailler peu à peu une clientèle en les vendant à prix avantageux.

Bien sûr, dans ces cas-là, il fallait laisser passer la tempête d'autant que Lucienne, pour les mêmes raisons, parfois l'attisait. L'accalmie survenait généralement entre la poire et le fromage, l'indignation reléguée dans le tiroir aux souvenirs amers et puis aussi, à cause des larmes de Suzanne qui la faisaient pardonner ou de l'air désarmant de petit garçon, tête courbée sous l'orage, que retrouvait Jacques qui avait dix-huit ans. Un garçon brun et rieur avec de beaux yeux noisette et dont, parce qu'il rêvait d'aviation, dormait au rez-de-chaussée dans un lit cosy surmonté de la photo de Mermoz, qu'il disposait d'une chambre de jeune homme avec une grande armoire à glace en loupe d'orme et des romans policiers de la collection du Masque sur sa table de chevet, j'avais décidé de tomber vaguement amoureuse. Ce qui consistait, quand d'aventure en fin d'après-midi, je me trouvais seule en bas et qu'Alberte avait le dos tourné, à ouvrir subrepticement la porte de la pièce qui était son domaine pour y humer le parfum mystérieux et diffus de la virilité.

Autre univers, autre langage, autres formules clefs que celles de ma famille, où l'on parlait initiation à la lecture, au calcul, à l'orthographe d'une part, fiches d'état civil, actes de mariage, déclarations de décès d'autre part, répartition du mince budget communal en vue de l'agrandissement du cimetière, de l'entretien des chemins vicinaux, allocation de secours aux femmes en couches dans le besoin, fournitures gratuites aux enfants indigents, distribution de pain, etc.

Ici, rue Abraham, les mots de passe, ceux qui faisaient mouche entre membres d'une même tribu, c'était selon le planning de fabrication du moment « corozo », c'est-à-dire ivoire végétal tiré des graines du phytéléphas, arbre d'Amérique centrale, « bakélite », à savoir résine synthétique imitant l'ambre ou l'écaille, nacre des îles et bien entendu strass des Sudètes qui d'ailleurs n'arrivait plus depuis la déclaration de guerre. Les fameux Sudètes annexés par l'Allemagne en 1938 au nez et à la barbe des démocraties frappées d'impuissance, aussi de cécité, devant le phénomène nazi. C'était, problème de réception à temps de la matière brute, délais de fabrication à tenir, nombre de « grosses », traduire de douze douzaines de boutons à prévoir. Encartage par douzaine encore, par série, grosseur et couleur en les cousant bien en rang sur rectangle de carton fort. Parfois, quand à l'usine on avait pris du retard, Lucienne nous en faisait encarter à nos heures creuses, à Suzanne, Ginette et moi. Elle nous en donnait dix sous par douzaine de cartons cousus en croix. En y mettant un coup, on pouvait gagner jusqu'à cinq francs dans une soirée. De quoi s'offrir une broche en fixe en forme de rose, ou deux ou trois mouchoirs fins en batiste, une boîte de papier à lettres fantaisie, bleu ou rose à enveloppe doublée qui donnait tant de chic à la correspondance qu'on entretenait au moment des vœux du nouvel an, avec les gens.

En marge de tout ce rassemblement des énergies de la tribu Mayrand en vue de la production de boutons, Ginette et moi, en cette brève année de guerre qui déboucherait sur la victoire de l'Allemagne, menions une vie à part. Celle qu'on mène à l'arrière du front. Une vie active mais régulière, presque sans à-coups, sans tension majeure, de lycéennes presque jumelles, obéissant aux rythmes d'un plan de travail dressé avec une minutie d'abeilles ouvrières par les responsables administratifs de l'établissement. Occupées que nous étions par six heures de cours par jour, sans compter celles à consacrer le soir aux leçons, aux devoirs, à l'absorption régulière et par étapes, de tout un ensemble éclectique de notions d'arts et lettres, de langue vivante, de mathématiques et autres sciences exactes susceptibles non seulement de nous dégrossir l'esprit, mais de l'enrichir. D'en faire une jolie petite machine bien huilée, bien compartimentée, bien dressée à réagir à la demande. Un ordinateur avant la lettre. Une boîte à mémoire. A renseignements. Le nec plus ultra de l'activité nerveuse supérieure chez l'animal humain, au nom d'un postulat en faveur de la connaissance, facteur de progrès, de justice, de tolérance auquel, compte tenu de mes débuts chaotiques au lycée, j'avais commencé, cette même année à souscrire. Quitte à revenir là-dessus plus tard. Après la chute de Berlin. Quand mes yeux, dessillés pour de bon, sur les horreurs concentrationnaires, celles des génocides de tous bords, je me retrouverais à la case départ. Celle de mon enfance. De sa capacité d'intuition fulgurante aboutissant à la conviction que la culture, le génie même, ne servaient de rien quand ils n'étaient pas étayés par des scrupules moraux, le souci d'autrui. Du respect de sa différence au coude à coude avec la vôtre. Aussi que, tout fiérots que nous serions, après cette guerre, de nos pavillons en parpaings, de leurs sanitaires rutilants, de nos tronçonneuses, nos tondeuses à gazon, nos précieuses bagnoles bien criminelles, bien polluantes, nos télés zappeuses, nous n'en étions pas moins restés au stade initial du pithécanthrope affublé qui, d'un training, d'un complet-veston, d'un uniforme, d'un tailleur Chanel. Enfin au goût du client !

Or, c'était à l'époque du nazisme où, ce qu'on désigne dans les manuels d'histoire et de philosophie sous le nom de civilisation, allait en être la négation même, que je m'étais naïvement décidée au contraire à y croire. A m'efforcer de potasser consciencieusement toutes les matières pour m'aider à sortir de mes propres limbes. Me civiliser justement.

Je devins donc, cette année-là une élève sinon brillante mais franchement studieuse.

J'avais élu domicile pour apprendre mes leçons, faire mes devoirs au calme, dans un petit pavillon vitré au toit de zinc hexagonal visiblement édifié, en prenant sur le jardin, ultérieurement à la construction du corps de logis. Dont il se serait trouvé totalement indépendant si une véranda intérieure faisant office de carrefour ne l'avait pas relié, par la suite, à la maison. A la fois proche et retiré, il avait été le bureau de Robert Mayrand avant la construction des ateliers, rue de Bellevue. Je m'y plaisais et on m'avait laissée l'investir. Ginette travaillait ailleurs. Elle préférait la salle à manger.

J'aimais le pavillon. Sa pièce presque en rotonde. Ses piles de registres, de dossiers, rangés sur des étagères et sur une table derrière moi. Ses cloisons vitrées donnant sur le trésor végétal d'un jardin, son solide bureau à tambour, et par-dessus tout, sa chaise pivotante.

Pour se consoler de s'efforcer, sans succès, à la résolution de problèmes de mathématiques d'après des données pourtant bien précises qui devraient vous permettre, si vous étiez normalement douée, d'y parvenir, une chaise pivotante a cela d'extraordinaire, de ludique, de libérateur, qu'en psalmodiant des déclinaisons latines ou allemandes, en lisant, à haute voix, les morceaux choisis des auteurs français du XVIIe siècle à nos jours, on peut, les fesses collées contre son cannage, se métamorphoser en toupie ; opérer par simple pression des reins sur la courbure d'un dossier une giration qui vous permet de renouer avec l'ensemble du système planétaire. De vous y réinsérer comme du temps où vous n'étiez pas encore née. Où vous étiez une étoile. Capable, avant que de tomber dans la mer nourricière d'un ventre de femme désigné pour la recevoir, la métamorphoser en plante de chair plus ou moins terrestrement dure d'oreille, de contribuer à grossir le chant de la musique des astres. Celle qui vous ouvre la porte du mystère.

Car enfin, on n'a pas idée quand on tourne comme ça, régulièrement, systématiquement, autour de son propre noyau et qu'on se lit une page, comme au théâtre, que les mots en deviennent d'autant des notes de partition, combien tout cela s'éclaire. Le récit, par Rodrigue, de la bataille contre les Maures qui vous paraissait tout à l'heure lourd, interminable, abscons et le monologue où chez lui, l'amour le dispute à l'honneur et vice versa, et le poème du *Pélican* de Musset et ainsi de suite. Pas idée, puisque à un moment, à force de girations renouvelées, plus vite, toujours plus vite, vous retournez à votre état primitif de monolithe stellaire, comme le texte, vu d'en haut, vous apparaît à la fois ouvert et refermé sur lui-même, formant un tout à la façon d'une île enchantée, prise dans les rets de ses propres sortilèges ; parcourue de pistes lumineuses se croisant en des points de ralliement que votre œil d'étoile est seul à pouvoir découvrir ; votre voix d'étoile seule à pouvoir désigner par leur nom.

Merveilleuse combine de mon cru que cette mise sur orbite de satellite en jupon à partir d'un fauteuil tournant. Avec retour à la magie de l'écriture redevenue plain-chant.

Manque de chance, et ç'avait été un des points noirs de cette année de cinquième, ce genre d'exaltation que j'avais toujours éprouvé en face des mots, qui ne cesserait de grandir au point de me mettre dans les doigts des envies fourmillantes de m'essayer à écrire, était plutôt tombé à plat.

MADAME Garcelin, mon professeur de français, ne m'aimait pas. Distante, agrégée de grammaire, calée et sèche comme tout, sous son éternel petit feutre noir à calotte pointue d'insolite clown femelle, déguisée en assez sinistre docteur ès lettres, elle me trouvait remuante, hardie et vulgaire comme une fille de ferme jaillie d'une kermesse flamande à la Breughel, une rustaude trop pleine de sève pour être en état de comprendre quoi que ce soit à la portée culturelle qu'avait eue, sous François Ier et dans le sillage des guerres d'Italie, le choc des civilisations qui en était résulté, l'abandon en matière de création et d'esthétique littéraires par les humanistes de la Pléiade, hellénistes distingués pourtant, de l'élitisme du latin en faveur du français des gens du commun ; non plus qu'à la critique des caractères et des mœurs chez Molière, sinon pour rire à gorge déployée des préciosités inénarrables de Cathos et de Magdelon, des puérilités de Jourdain sans être davantage en état de hausser un peu le débat.

Peut-être qu'elle avait raison. Que j'étais bel et bien remuante, hardie et vulgaire comme une danseuse de bourrée, éméchée par les flonflons de la viole de basse et de la flûte à bec. Peut-être aussi qu'elle avait tort d'estimer que chez moi, l'excès de sève, le besoin d'être ailleurs que devant un mètre carré de pupitre, étaient forcément signes de grossièreté d'esprit. De bêtise hilare.

Et que même si j'étais bonne diseuse, récitais bien, avec nuance et feu : *Heureux qui comme Ulysse* ou *Mignonne, allons voir si la rose*, c'était de la stupidité encore ! Celle de l'histrion, entraîné par le vertige du langage, l'énergie qui s'en dégage, mais qui ne sait pas ce qu'il dit, ce qu'il récite, alors que pourtant, comme le footballeur avec le ballon, il dribble avec le texte en mouvement jusqu'à le conduire au but.

Bref, ma nature l'irritait. Elle l'irritait parce qu'elle était, ce que je comprendrais plus tard et qui me ferait cesser de lui en vouloir, une femme malheureuse. Éprouvée. Désemparée par la mort d'un mari qui lui était cher, disparu dans la grande hécatombe des combats de 1918 et dont la perte, qui l'avait laissée seule avec la responsabilité de deux enfants, avait été le signal du renoncement. Amertume, frustration, chagrin. Et cette dignité, alors que vous avez la douleur chevillée à l'âme, au cœur, au corps, qu'il convient d'afficher dans le veuvage quand l'époux, sacrifié sur l'autel de la patrie est, selon la formule consacrée, mort au champ d'honneur.

Et moi qu'elle avait là, devant elle, avec mes bonnes joues, mes yeux pétillants, mes gestes vivaces d'adolescente sauvage. Avec, parce que j'étais comme la feuille de l'arbre, comme l'animal des bois et des champs, cette vitalité qui suait de moi par tous les pores, dont je débordais sans que j'y puisse rien et qui faisait, ferait toujours dans la vie, qu'on s'enticherait de mes façons ou les prendrait en grippe. Que puisque j'avais une « nature » comme on dit, il me faudrait apprendre à l'assumer pour le meilleur et pour le pire. A cause aussi, en face du corps social, de ses disciplines communautaires que j'étais cependant loin de rejeter bêtement en bloc, de cet espace de liberté qu'elle sentait que je cultivais en moi pour rester vivante. Pour rester vraie. Et qui échappait à son contrôle.

Or, comme le chagrin l'avait rendue anormalement impérieuse en même temps qu'il lui avait ôté le sens de l'humour, ce noyau de résistance souvent un peu narquoise que j'opposais à sa volonté de me fondre dans un anonymat terne et studieux, le seul qui fût supportable aux âpretés de sa mélancolie, la mettait hors d'elle.

Ne pouvant, sans partialité trop criante, me sanctionner en orthographe, en syntaxe, pour des fautes d'usage ou de grammaire que je n'avais pas commises, elle s'en prenait à ce qui me tenait le plus à cœur. A mon travail de commentaire de texte. A mes idées. A ce en quoi consistait, en classe de cinquième, mes premiers essais de dissertations. Une occasion de m'étriller pour les mêmes raisons inavouables que le fait, dans certains journaux, la critique littéraire d'humeur. Que ce fût pour donner mon sentiment sur Madame Jourdain, sur Jourdain lui-même, sur le degré de stupidité de Belise, la plus folle à lier des Précieuses, j'étais, paraît-il, toujours à côté de la plaque. Incapable aussi de faire un plan, de mettre mes idées en ordre, et il n'y avait que moi pour être persuadée que je comprenais quelque chose à ce que je lisais, écrivais.

Pour souligner que je n'étais pas à ma place dans sa classe, un énergumène, au lieu de m'appeler par mon prénom, ce qu'elle daignait faire pour les autres, encore qu'elle n'ait été tendre avec personne, elle m'apostrophait rudement par ce fameux Annie Roulette si dur à porter depuis que j'étais au lycée, pour bien marquer que j'étais de trop, une étrangère à maintenir hors du cercle privilégié de la culture.

A chaque fois j'accusais le choc à en être malade. Mais désormais, dressée par moi-même à serrer les dents, donner le change, la fixant derrière mes lunettes de toute l'acuité de mes yeux étroits et bleus, ironiques et brillants d'Asiate, de Gauloise de la nuit des temps mâtinée de Germain, je la défiais. Elle, ses sourcils arqués par l'irritation, son air excédé de diplômée des belles-lettres, sous son petit galure de clownesse sinistre, engoncée jusqu'au cou dans les austérités monacales d'un corsage blanc, serrigotée dans une redingote à boutons de jais, assise, fesses serrées, sur la chaise paillée d'une estrade avec des airs de pie sur son arbre perché. En cette lutte du pot de terre contre le pot de fer où je jetais aussi, parfois, dans la balance, le poids de mon silence comme on jette celui du mépris, il arriva qu'elle perdît pied, dépassât avec moi les bornes du supportable. Ainsi me renvoya-t-elle, un jour, à mes cochons et couvées. A mes sabots. Mon rêve d'ailleurs en effet ! Mais il m'apparut cependant que la coupe était pleine.

Ce fut aussi l'avis de Ginette. Nous rentrâmes rue Abraham dans un état d'excitation indescriptible qui nous faisait pousser des cris, faire des moulinets dans la rue avec nos cartables. Au souper, que nous avalâmes de travers, nous explosâmes. Car enfin, c'en était assez des brimades dont j'étais victime, au cours de lettres, sous le règne terrifiant de Madame Garcelin.

Les Mayrand m'aimaient bien je crois, telle que j'étais, avec mes alternances de sérieux et de bouffonnerie impromptue. Ils appréciaient, que je sache, mon application au travail. Ma volonté de me tenir rivée de longues heures à mes cahiers et mes livres, dans une pièce retirée, devant un bureau, au lieu de chercher des prétextes pour aller musarder en ville, voltiger dans le jardin avec Larry ou de faire tourner en bourrique Auguste le jardinier, brave garçon un peu simplet qui me roulait à l'occasion des yeux blancs pour me déclarer qu'il m'aimait. Et comme ils me trouvaient aussi de la maturité pour une fille de mon âge, c'est à peine s'ils nous firent taire pour cause d'irrespect caractérisé quand nous déclarâmes « que cette garce de Garcelin n'était qu'une vieille toupie tout juste bonne à jeter aux orties ». En conclusion, ils me conseillèrent de m'ouvrir de l'affaire à mes parents. Ce que je fis le samedi suivant quand je me retrouvai à Aulaines pour vingt-quatre heures avec eux.

Si Marthe, enseignante elle-même, qui connaissait les enfants, leur capacité à manipuler les adultes quand ils découvrent en eux un terrain favorable à l'exercice de leur rouerie, de leur naïveté feinte qui est le contraire de l'innocence, n'était pas femme à s'en laisser conter, fût-ce par moi qu'elle aimait, mais d'un amour passablement exigeant, elle m'écouta cependant me plaindre d'être maltraitée au cours de lettres, sans m'interrompre. C'est que six années d'affilée, sous sa férule d'institutrice de campagne, allant, de mon alphabétisation à mon certificat d'études primaires, j'avais appris non seulement à lire mais à comprendre ce que je lisais. Non seulement à écrire mais à rédiger. A élargir mon vocabulaire. A l'utiliser au mieux de ce que je tentais d'exprimer dans le cadre des règles de la grammaire. Au-delà de ce modeste mais solide bagage d'expression par le langage, elle me savait du goût pour la lecture. Pour la nourriture qu'elle procure à la réflexion, à la sensibilité, à l'imaginaire. A telle enseigne qu'elle n'avait jamais ri de ce besoin, très maladroit certes, de créativité qui me faisait griffonner, en l'honneur des saisons, des petits poèmes de mon cru, moitié plagiats de Richepin, de Hugo, de Leconte de Lisle que j'avais offerts à Auguste et elle, en cadeau de Noël 1935. Depuis que j'étais au lycée, je lui faisais volontiers lire mes ébauches de dissertations où je m'évertuais à décortiquer les beautés de style d'un sonnet de Ronsard, ou les cocasseries du monologue de Petit Jean, sa lucidité insolente et fruste de valet de magistrat refusant à l'affairement des plaideurs enragés, le libre accès à la maison de son maître. Et, si elle se gardait, par complaisance parentale, de crier au génie, je voyais bien, puisqu'elle s'abstenait de me reprocher de n'obtenir jamais la moyenne en devoir de commentaire de texte, qu'elle me trouvait, au fond, trop sévèrement notée. Et puis il fallait en finir comme pour l'histoire du parapluie d'Antoinette avec celle de ce renvoi à mes cochons-couvées, à mes « sabots dondaine » qui me faisait taper du pied de fureur dans la cuisine en la racontant ; avait rangé Auguste de mon côté quand j'avais déclaré que les paysans valaient bien les agrégés, incapables, eux, de faire la différence entre un épi d'avoine ou d'orge, une citrouille et un potiron. Que les éleveurs de cochons n'avaient rien à envier aux ânes diplômés, mes sabots de Pierrette aux trotteurs, à bouts pointus, taillés en museau de rat de mon bourreau. D'ailleurs j'avais bien l'intention, si un jour j'écrivais pour de bon, d'abandonner le pseudonyme de Michèle Descygnes que j'avais adopté à huit ans pour signer mes poèmes et de prendre, pour faire bisquer le monde des imbéciles distingués en général et la mère Garcement en particulier, celui de Catherine Paysan.

Ma *Petite Fadette*, ma *Mare au diable*, je l'écrirais, et qu'on ne comptât pas sur moi pour me sentir honteuse d'être un chantre de la nature. Un cas champêtre !

Ses très imposants kilos de trop, sanglés pour la circonstance, dans un solide corset de coutil damassé rose, en robe et manteau de sortie réchauffés d'un col de renard, sa belle tête coiffée du fameux taupé de chez Wolf (rien à voir, absolument rien à voir, avec le couvre-chef de mon ennemie), ce fut cette fine mouche de Marthe qui renversa la vapeur, enterra la hache de guerre entre Yvonne Garcelin et moi.

Après, dans une de ces lettres extrêmement civiles et bien tournées dont elle avait le secret, lui avoir demandé audience, elle s'était rendue seule par le car, un jeudi après-midi, à l'heure convenue au lycée Montesquieu. Contrairement à ce à quoi, en pareil cas, on pouvait s'attendre, il n'y eut, pendant l'entrevue, aucun de ces échanges de paroles vives qui risquent de faire dévier la conversation au-delà des limites de la bienséance. Sachant pertinemment que son interlocutrice serait sur ses gardes, qu'elle s'attendait à ce qu'on lui fît grief et de ses rigueurs vis-à-vis de moi et de cette façon qu'elle avait eue dernièrement, de m'humilier davantage encore que d'habitude, de me traiter en Peau-d'Ane, en fille de basse-cour, Marthe avait décidé de feindre l'ignorance en la matière.

Si elle dérangeait Madame Garcelin dont elle appréciait la qualité de l'enseignement, c'était dans le but de faire, avec elle, le bilan de mon travail en français dont les résultats en fin de premier trimestre étaient plutôt médiocres. Elle en était avec son mari d'autant plus inquiète que le français à l'école primaire et même en sixième avait été ma partie forte. J'avais à six ans appris à lire et écrire avec la plus grande facilité, aimé la lecture et même griffonné, dès huit ans, de très naïfs vers de mirliton certes mais avec conviction et qui, du moins, prouvaient que je n'étais pas dénuée de sensibilité et de goût en la matière. Qu'allais-je devenir si je ne pouvais plus m'appuyer sur le français pour compenser mon manque de dons en mathématiques ? Mes résultats, honorables en langues, n'y suffiraient pas. Il est vrai que mon premier trimestre de l'année précédente avait, lui aussi, été décevant. Il l'avait été dans la mesure de mes difficultés de fille unique très attachée aux siens, à son village, d'adaptation à la vie d'internat. Cependant, après trois mois de larmes, de dépaysement, je m'étais reprise et j'avais terminé l'année avec une moyenne générale de douze sur vingt. Ce que mon père et elle avaient jugé encourageant. Or, voici que je régressais. Était-ce de nouveau le changement de cadre ? La liberté plus grande dont je jouissais en menant une vie de famille chez les Mayrand qu'à l'internat ? Des gens charmants, chaleureux avec moi tout comme Geneviève leur fille. La possibilité d'aller et venir en ville entre deux cours entre Montesquieu et Pigier, de musarder un peu qui était cause de ce fléchissement ? D'un manque de concentration, de zèle, finalement inhabituel chez moi ? Car aussi longtemps, pour sa modeste part d'institutrice de campagne, que j'avais été son élève, du moins avait-elle exigé de moi régularité, application, autodiscipline dans le travail. A telle enseigne qu'il arrivait que je m'en plaignisse autour de moi et même à elle-même, aussi, d'être chargée de donner le bon exemple dans la classe. Restait que j'avais peut-être ces temps-ci des circonstances atténuantes. La mobilisation de mon père, à la suite de la déclaration de guerre m'avait pas mal secouée. Aussi qu'il ait dû être hospitalisé rue Berthelot pour cause d'ulcères aux jambes, de plaies ouvertes très douloureuses. Ajouté à cela que je venais d'avoir mes premières règles. Ce qui me fatiguait sans doute, créait chez moi le fameux déséquilibre de l'âge ingrat. Et puis, sait-on jamais avec un enfant, fût-il le vôtre, même si on a eu à cœur de l'élever le moins mal possible, même si on croit le connaître, comment il se comporte quand on ne l'a plus sous les yeux ? Ce qu'il ose faire ou ne pas faire. Ce qu'il vous cache. De quelle façon il s'y prend pour changer la vérité en mensonge et inversement.

Voilà ce dont auprès de la personne la plus habilitée à lui donner un avis puisqu'elle m'avait en cours, six heures par semaine, elle désirait avoir le cœur net. Pouvais-je une fois qu'on m'aurait fait prendre conscience de mes négligences, de mes étourderies, repartir d'un meilleur pied ? Elle admettait d'ailleurs volontiers, étant payée pour le savoir, que j'étais une « tempéramentueuse ». Une imaginative par excellence. Que j'avais besoin qu'en classe on me tînt la bride courte. Ce qu'elle avait elle-même toujours fait, quitte aux moments de détente à jeter du lest. A me laisser donner libre cours à un appétit de mouvement, de paroles de meneuse de jeu, de boute-en-train. Et puis encore... Et puis encore !

Sacrée Marthe, oui sacrée Marthe, vraiment !

Souriante, avenante quand il le fallait. Sérieuse, combative quand il le fallait. Menant avec la sûreté de l'avocat, sans prétendre forcément à l'absolue innocence de son client, la plaidoirie jusqu'au bout. Magnifique, fantastique Marthe ! Réussissant, comme toujours ou presque, dès qu'avec une aisance, une alacrité non pareilles, elle se mettait à parler, à faire passer à l'arrière-plan, le handicap d'une obésité dont elle souffrait bien évidemment pourtant et qui écourterait ses jours. A faire que Georges son premier mari, tué sur le front en Argonne en juillet 18 l'avait aimée. Qu'Auguste l'aimait. Qu'un simple baiser d'elle, sur la joue, dans la journée, une chiquenaude tendre le faisait rosir de bonheur comme un gamin. Que c'était avec elle comme dans les contes. Comme s'il lui fût sorti de la bouche des perles et des roses en même temps que les mots. Que, déguisée exprès, pour éprouver la qualité de votre âme, en lourde dame institutrice, on ait eu devant soi, une fée. Une magicienne.

Et l'autre, la pointilleuse agrégée aux froides prunelles d'agate, sèche comme un balai, l'écorchée vive aigrie par le malheur, d'en être à son tour retournée comme un gant !

Mais non, que Madame Roulette se rassure. Le cas d'Annie n'était nullement désespéré. Mais non, je n'étais pas vraiment indisciplinée, ni sotte non plus, loin s'en fallait. Mais il est vrai que pour sa part, elle me trouvait instable. La puberté, en effet, sans doute. Que je pouvais passer du silence buté, à la prolixité excessive. D'une attention extrême à ce qu'on me disait, m'expliquait, à des périodes d'absence déconcertantes. Tout à coup, je décrochais. Je rentrais littéralement dans mon trou et quand j'en ressortais c'était pour foncer, ouvrir le fourré en deux comme un sanglier. Je pouvais alors émettre des idées étonnantes, voire subversives. Ainsi, de toute sa carrière, j'étais bien la seule fillette qui ait eu le front de déclarer que la *Chanson de Roland* c'était à la fois bête et rigolo. Que c'était comme dans les films de cow-boys. D'un côté il y avait les bons, c'est-à-dire les Blancs, les chrétiens, de l'autre les méchants, c'est-à-dire les Indiens, les païens, enfin, dans *Roland*, les musulmans. Comme ça il n'y avait pas de problème. Si on était chrétien et blanc on était forcément sûr de son bon droit. Le droit de mépriser l'Indien, le musulman et de le bousiller par la même occasion. Sans parler de l'invraisemblance du récit. Celui de la chanson de geste et du western. Le pompon (oui c'est ainsi que je m'exprimais en plein cours : bousiller, pompon, rigolo, à se fendre la pipe...) c'était ce fameux Roland qui continue à sonner du cor, le pauvre malheureux « alors que par son nez et ses yeux sa cervelle se répand »... Évidemment, on pouvait admettre que mes verdeurs de langage, ma capacité d'actualiser l'épopée médiévale de la vieille Europe en l'identifiant à celle de la conquête de l'Amérique, de la sortir du ronron des passes d'armes à répétition, de leur désuétude, pouvait avoir son prix.

Mais comme c'était du même coup, faire se tenir les côtes à toute une classe, il fallait bien, pour maintenir la discipline, sanctionner et mon vocabulaire et mes façons de voir en serrant mes notes en explication de texte et en dissertation. En résumé, une force de la nature, voilà ce que j'étais et qui avait besoin d'être canalisée. Qu'on y parvienne, alors, cette force-là mériterait un jour le nom de personnalité. Qu'on se mît, famille et professeur bien d'accord là-dessus : originalité mais pas extravagance, esprit critique mais non point frondeur. Franc-parler à la rigueur mais sans de ces vulgarités argotiques qui font mouche mais nuisent à la bonne tenue d'un commentaire littéraire. Que je m'assagisse donc un peu, me civilise, et je parviendrais, sans doute, avec de meilleures notes en lettres, d'autant que Madame Garcelin s'était laissé dire que j'étais d'un niveau très acceptable en latin et en allemand, à monter en quatrième.

Qu'ajouter sinon que ces dames s'étaient quittées dans les meilleurs termes. Qu'ayant droit dès le lendemain à être appelée au cours de lettres familièrement par mon prénom, je ne m'entendis plus jamais être renvoyée à mon obscurantisme de trayeuse de vaches. Que de mon côté, chapitrée par Marthe, je parvins, ou presque, à me glisser dans le bon moule. A me conduire en élève de tout repos. Rédigeant posément. Répondant posément en fonction d'un sujet donné et qui finirait l'année avec un treize de moyenne en français.

Un treize, le gros lot, le pied ! Avec en prime le coup d'assommoir ! La percée à Sedan des armées allemandes, le contournement de la ligne Maginot par les blindés de Guderian, l'évacuation avec tant d'autres, des Mayrand en direction de la Loire et mes parents venus, en grande hâte, me récupérer en Mona quatre pour Aulaines, après qu'Auguste eut décidé, pour sa part, et cette fois Marthe avait dû obtempérer : réflexe de vieux soldat, d'ancien militaire de métier, habitué s'il en a reçu l'ordre à se maintenir coûte que coûte à son poste, de continuer d'assumer son rôle de secrétaire de mairie au service d'une communauté de quatre cent cinquante âmes, déboussolée par les perspectives de la défaite, privée, à la veille des moissons, des bras des chefs d'exploitation, de leurs valets sous les drapeaux, des artisans, de leurs commis dont, en ces premiers jours de juin, on ne savait déjà plus rien. S'ils se battaient encore ici ou là, du côté de l'Alsace, des Flandres, de la Bourgogne. S'ils réussiraient à barrer les routes de la Loire aux troupes allemandes. S'ils grossissaient déjà le troupeau des captifs plus ou moins conscients du malheur qui allait s'abattre sur deux millions d'entre eux. Une opération de pourrissement des forces vives de la nation française, condamnée pour avoir souvent fait du pacifisme irresponsable en face du nazisme, à être réduite à l'ombre d'elle-même, comme la Pologne, la Hollande, la Belgique, s'il eût finalement triomphé.

Autre gros souci pour mon père, le service d'administration et d'intendance qu'il assurait pour la vingtaine de réfugiés de Paris et du Nord échoués dans nos murs. Les premiers, dès 1939, à la déclaration de guerre ; les seconds, ces derniers temps, à cause de la débâcle. Nourriture, logement, gestion des dépenses réparties entre la commune, le département et les réfugiés eux-mêmes, s'ils étaient solvables. Pour Auguste, pris au piège des responsabilités qui s'accumulaient (le maire faisant confiance à son sens de l'organisation, à son expérience d'ancien gardien du maintien de l'ordre), le casse-tête ! Les heures de travail supplémentaires qu'on ne compte plus et par-dessus le marché, les confidences à recevoir de la part des nouveaux venus. A gérer dans la discrétion au mieux de leurs rapports avec la population de souche.

Ainsi de cette femme, domiciliée pour l'ordinaire, rue Élysée-des-Beaux-Arts, en plein cœur de Pigalle. Une rouquine à cheveux huileux rassemblés en chignon lâche qu'elle réajustait sans cesse à hauteur de nuque laiteuse, à l'aide d'épingles-mèches. A cou flexible, reptilien ; gorge légèrement gonflée de goitreuse ; incertain regard bleu sous le velours jaune pâle des sourcils ; à visage maladivement doux, résigné, de madone médiévale. Allaitant trois fois le jour, avant le café et la tartine du matin, la soupe du midi et du soir, son bébé chauve et larvaire qu'assise sur une chaise paillée d'auberge de la salle de bal du café Dormeau, une longue pièce étroite et parquetée située au-dessus d'une écurie, aménagée, pour la circonstance, en réfectoire pour les réfugiés, elle tenait suspendu de biais au téton d'albâtre auréolé de mauve de son sein découvert comme on tiendrait contre soi, pour ne pas qu'elle tombe, une excroissance de chair encombrante, moitié fruit, moitié tumeur, qui vous prolonge. Qu'il faut continuer à nourrir jusqu'à mûrissement complet, jusqu'à ce qu'elle se détache, se libère. Vous libère.

Pour l'ordinaire donc, avait-elle avoué à mon père à la mairie quand elle avait dû lui fournir des renseignements sur son identité, sa situation familiale, ses moyens d'existence, elle vivait à la colle et dans les quartiers chauds avec son homme, originaire des environs de Grenoble. Un jules, un marlou mobilisé depuis dix mois dans les chasseurs alpins et dont elle avait eu cet enfant. Un proxénète à scrupules épisodiques qui ne l'avait pas mise, par respect (elle avait beaucoup insisté sur cette idée de respect à son égard, de considération, en marge des trois tapineuses qu'il faisait travailler) sur le trottoir quand, à force de lui faire de l'œil, de lui offrir de l'eau de Cologne et des colifichets, de lui vanter les beautés de la montagne d'où il venait et où il espérait bien un jour retourner quand il aurait fait sa pelote, il l'avait finalement soulevée dans un bar de la place Clichy où elle jouissait, selon elle, d'une réputation d'honnête serveuse. Orpheline de père, ayant rompu avec sa mère, couturière à Nevers, une femme qui buvait sec, avait le vin mauvais et l'avait brouillée là-bas avec tout le monde, une fois montée à Paris, elle n'avait plus eu que lui. Que le Lulu ! Pas méchant type au fond, mais le poil dans la main, ça c'était sûr. Pas prévoyant non plus. Contraint et forcé, pour aller prendre la dérouillée du côté du col de Saverne, d'abandonner dans la nature son cheptel de bêtes d'amour, sans doute au profit de quelqu'un d'autre, et qui l'avait laissée, son pauvre moutard et elle, presque sans ressources...

Impayable de calme, de discrétion, Roulette dans ces cas-là. Impayable, imperturbable comme un confesseur de métier, laissant s'écouler le flot des confidences révoltantes ou pitoyables dont sa vieille expérience de gendarme lui faisait dire qu'il fallait savoir non seulement l'écouter mais en prendre et en laisser !

Se trouvaient là, dans le même lot, outre une ancienne ouvreuse de cinéma, une pointeuse de tickets de métro à la retraite, un veilleur de nuit du Bon Marché, une vieille dame qu'on appelait la Mémé à cause de ses deux petits-enfants qu'elle avait amenés avec elle, un petit père ventru, à barbiche grise de faune bonasse, à tête ronde de vieux vigneron naïf, de Bacchus montmartrois, qu'il avait fallu, tant, dès son arrivée, ses souliers menaçaient ruine, équiper d'une paire de sabots de bois blanc aux frais de la commune et qu'on avait surnommé l'artiste. Il était de la Butte justement. Interrogé sur sa profession, il avait déclaré, ce qu'Auguste avait enregistré sans ciller, qu'il était chanteur de cabaret et poète et sans aucune ressource par conséquent. Quelque temps après, dans le courant de l'hiver, il avait prêté à Marthe une plaquette de ses poèmes qu'il avait amenée avec lui au milieu de son linge élimé où il était question de « jardinet verdelet, de mignonnette brunette, de Charlotte fiérote, d'Amandine coquine, de Nini fleur des rues, à moitié nue » enfin tout un programme dont Marthe, par charité, en en faisant des gorges chaudes entre nous, l'avait félicité. Il occupait chez la veuve de l'ancien maire, autrefois cabaretier, une chambre à murs chaulés meublée d'un lit de coin de guignier, à matelas et édredon de plumes, d'une table ronde Charles X ornée de portraits de communiantes et de militaires, d'une armoire en loupe d'orme et de deux chaises. Par charité toujours, ma mère l'invitait parfois le dimanche après déjeuner à prendre le café qu'Auguste lui assaisonnait d'une rincette de calva. Une gourmandise, qu'avec deux petits-beurre friables et secs sous la dent, il savourait les yeux brillants. De ces invitations chez l'institutrice et le secrétaire de mairie, il était visiblement flatté.

Un dimanche où je me trouvais là, il nous avait chanté, dressé debout et bien droit sur ses gros sabots de peuplier, le béret basque renversé sur la nuque, ventre piriforme, la complainte d'amour et de désespoir de Vaucaire et Delmet : *Les Petits Pavés*.

> « *Las de t'attendre dans la rue*
> *J'ai lancé deux petits pavés*
> *Sur tes carreaux je les ai jetés*
> *Mais tu ne m'es pas apparue*
> *Demain je recommencerai* (bis).
> *Et tes amants, je les tuerai...* »

Vingt ans plus tard, Mouloudji devenu l'éditeur de mes propres chansons et par la même occasion un très fidèle ami, me la fredonnerait plus d'une fois quand il viendrait dîner chez moi à Belleville, de cette voix souple, travaillée, toute en finesse, narquoise et tendre de gavroche surdoué. Une irrésistible voix désespérée d'enfant de la balle.

Reste que ce dimanche-là, après « l'artiste » ç'avait été mon tour de distraire la compagnie en entonnant *Le Danube bleu*, *Plaisir d'amour*, *Le chaland qui passe* et le retour par le train pour regagner la maison Mayrand, malgré sa bonne dizaine de haltes à travers champs, ses bringuebalements de carriole à vapeur, pour une fois, ne m'avait pas semblé long à cause de cette chanson des *Petits Pavés* dont l'air et les paroles me tournaient dans la tête. De ces histoires d'amour sombres, sans issue, pouvant aller jusqu'à déboucher sur un crime de sang, et dont je m'étais délectée comme d'un poison délicieux.

Avec cette faune des quartiers chauds de Paris, plus ou moins à plaindre, plus ou moins à tenir à l'œil et qui, particulièrement insolvable, se donnait comme but de promenade bucolique la visite des bordages dans l'espoir de s'y voir offrir une bolée de lait fraîchement sorti, crémeux et chaud du pis de la vache, il avait fallu faire cohabiter encore, celles-ci réfugiées du Nord, deux familles que nous qualifiions, entre nous, de distinguées. Celle d'un ingénieur des Mines et celle d'un industriel dans les textiles. Dont les épouses, mères et belles-mères, avec les enfants pour la première, qu'ils avaient réussi à conduire de l'avant saines et sauves, respectivement en Citroën et en Panhard, persistaient, malgré leur exténuement, l'angoisse du déracinement, la peur de l'avenir dramatisant leurs traits défaits, à porter chapeau pour se rendre à la popote du café Dormeau y partager la soupe et le rata avec les lascars de Pigalle, comme si elles se fussent encore trouvées à trois heures après-midi, en ville, dans le centre de Roubaix ou d'Amiens pour y faire des visites ou quelque achat à la pâtisserie ; y procéder à un essayage chez leur couturière à façon.

Elles attendaient, souffle coupé, car leurs époux n'étaient pas sans ressources et décidés qu'ils étaient dans l'instant à ne pas courir plus loin l'aventure de la fuite en avant, que mon père leur dénichât dans le bourg, des gens disposés à leur louer deux ou trois pièces à feu, offrant la possibilité de faire la cuisine et de ne plus dormir à trois ou quatre dans la même chambre à deux lits, les enfants réunis pour leur compte sur une même paillasse. Elles rêvaient luxe inouï ! C'est-à-dire, pompe à portée de main au seuil d'une porte qu'on n'aurait qu'à ouvrir pour y avoir accès, et, même, elles se seraient contentées, s'il le fallait, de la présence d'un puits, de son dôme rugueux, de son tabernacle de pierre tapissé de lierre noir, ouvert et refermé en même temps sur la providence d'une source, la présence sacrée de l'eau. Dans la foulée, l'élan irrépressible du rêve, elles espéraient encore cabinets d'aisances bien abrités au fond d'un jardin, antique fourneau à l'émail craquelé mais encore capable de leur mitonner un ragoût, un riz au lait, et lits-cages pour les garnir de ces beaux draps pur fil du Nord, festonnés et brodés à leurs initiales, qu'avec un lot de couvertures, quelques nappes enrichies de dentelle de Calais ou de Bruges elles avaient, avec leurs bijoux, sauvés du désastre, sans compter une malle d'osier bourrée de linge de corps.

Avec l'accord de Roclin le maire, Roulette qui plaignait particulièrement leur situation, l'effort qu'il leur fallait fournir, après une existence confortable, pour en maîtriser les rigueurs et les promiscuités, s'était décarcassé pour leur trouver quelque chose qui ressemblât à un vrai logement chez l'habitant avec ce qu'il fallait de nécessaire en mobilier, en vaisselle, en ustensiles de cuisine. Et comme ils étaient en mesure de payer leur charbon, leur éclairage, un loyer, des gens disposant de pièces inhabitées s'étaient laissé faire pour les y installer de façon rudimentaire mais vivable.

Tout cela, cette population disparate plus ou moins honorable, indigente, étrangère à la commune, à sa paysannerie séculaire, à gérer au jour le jour, en attendant on ne savait quel miracle de dernière heure qui eût paralysé l'avance allemande, réduit en fumée les divisions panzers de Guderian, de Rommel, les Messerschmitt de Goering, au profit de nos divisions blindées presque inexistantes, de notre propre aviation de chasse.

Il me souvient, lors de ce voyage de retour en Mona, l'un des derniers que nous ferions en 1940 (après ce serait la privation d'essence et l'interdiction de rouler aux voitures françaises à moins de circonstances exceptionnelles à justifier auprès des autorités d'occupation) que, contre tout bon sens et comme malgré lui, quand nous croisâmes un petit convoi de tanks et d'automitrailleuses filant vers Le Mans, c'était aussi ce qu'Auguste avait espéré, à moins de deux semaines de la première entrée des hommes d'infanterie de la Wehrmacht dans Aulaines sous la direction d'un fringant lieutenant leur faisant chanter à deux voix, ordre impeccable, rangs serrés, le fameux *Aï Aïo* de l'optimisme allemand en marche.

« Nom de Dieu de bon Dieu », avait-il juré, et assise à l'avant à ses côtés j'avais vu ses mains se crisper sur le volant, « si nous pouvions encore renverser la vapeur. Si Weygand pouvait nous sortir de cette merde. »

Derrière nous, avec Marthe qui lui tenait la laisse courte pour éviter qu'il ne s'agitât dangereusement et qu'afin de rendre service aux Mayrand à notre tour, nous avions pris en charge, pour leur éviter le souci de traîner avec eux un chien énervé par les inconvénients du voyage, ses aléas, aboyant de la Mona aux blindés comme aux lapins, aux renards, il y avait Larry que ma présence avait suffi à rassurer, ou presque, quand il avait dû s'arracher à celle de ses maîtres. Il faut dire que le lascar et moi, à force de parties de balles de tennis : « Larry baballe avec Annie, Annie baballe avec Larry » qui supprimaient quasiment entre nous la différence de nature, nous amenaient au même paroxysme d'animation, de bien-être ludique débridé, étions comme larrons en foire. A force aussi de contacts physiques, toujours vibrants, heureux quand je l'empoignais contre moi, sur moi, ventre à ventre. De tout ce déploiement d'énergie palpitante et chaude que nous échangions de giron à giron. Sa vie plaquée contre la mienne. La mienne contre la sienne. Et puis il y avait les bains au savon noir, contre les puces, les bactéries et la cérémonie du rinçage, de ses ébrouements dont je sortais, le tablier de caoutchouc trempé. Celle de la friction à la serviette-éponge et au vieux gant de crin où, le tenir sur mes genoux, courtes pattes d'acier en l'air, c'était le tenir comme mon enfant ! Le plaisir ! L'abandon ! Le bonheur !

Le bonheur !

Déferlement étroit et lisse de parquet bleu, de rampe de lancement passée au goudron, entre deux alignements de platanes, devant nous, il y avait la route. Son invitation à la fuite en avant, à la plongée, tête baissée, dans les tumultes d'un avenir que tel le nageur, emporté par le raz de marée, nous ne serions probablement plus en mesure de maîtriser, si nous perdions cette guerre. Levée d'angoisse que j'avais tue alors qu'elle me faisait serrer plus fortement mon cartable par-devers moi comme je le faisais d'habitude pour retenir Larry et comme si j'avais craint que ma serviette ne m'échappe, happée par le vide à travers la vitre éclatée. M'accrocher à son contenu de manuels d'étude, de dictionnaires, de cahiers, de devoirs de l'année, rangés par matière dans leur classeur respectif ainsi qu'à une bouée. A laquelle, faute de mieux, j'allais continuer à me tenir rivée pendant quatre ans, alors que, jusque-là, ç'avait été la vie en soi, celle dont on jouit, au goût, à l'ouïe, au toucher, au flair, à la vue, à l'effervescence de la course du sang, des élans du cœur et du corps qui avait toujours eu ma préférence.

Toute nation occupée, tout peuple colonisé, développe forcément toujours chez les hommes et les femmes qui les composent, au-delà des mouvements de révolte, de résignation, d'adhésion même à la condition qui leur est faite, comme dans les maladies chroniques, un certain nombre de phénomènes pathologiques récurrents qui, parce qu'ils les maintiennent en état d'inconfort moral et physique quasi permanent, les amènent plus ou moins à cet état de schizophrénie individuelle et collective qui leur permet, avec le triomphe de la langue de bois dans les conversations, dans les comportements, celui de la dérobade en face de situations inacceptables, de se donner l'illusion d'avancer, d'avoir un avenir, une dignité, alors que le piège refermé, il n'est plus question que de tourner en rond jusqu'à ce que mort ou avilissement, consenti ou non, s'ensuive. Pour ma part de très jeune fille frappée comme tout le monde par les privations, les interdits, retirée d'instinct, par sauve-qui-peut, dans le cocon d'une existence studieuse, la plupart du temps hors actualité, me permettant, même si le sol était miné, de me raconter que j'évoluais sur un terrain presque neutre, je n'y échapperais pas.

Et puis enfin à qui me rallier, nous rallier ? Fallait-il continuer à faire confiance à Pétain auquel la Chambre des députés sortante, parmi eux, des élus de gauche, avait, dans l'éperdument de la défaite, aussi d'un exécutif réduit à l'état de fantôme, confié le pouvoir après qu'il eut d'ailleurs été ministre de la Défense sous la IIIe République ? A l'un de ces pères de la Patrie qui avait été, avec Foch, la grande figure de la guerre précédente, contre l'Allemagne toujours ? Dont, en 1940, l'avènement avait fait pousser un ouf à tant de Français qui maintenant s'en défendent ? A cet auguste vieillard aux traits réguliers, à moustaches blanches d'octogénaire bien conservé, soigné de sa personne, élevé, pour services rendus à la patrie, au maréchalat et dont on avait dit qu'il épargnerait du moins à la France les rigueurs d'un Gauleiter, d'un proconsul allemand, comme en Pologne, en Bohême-Moravie ? Faire confiance à ses discours prônant le retour au sens du devoir civique, à ce fameux « Travail, famille, patrie » clef d'une révolution nationale, synonyme de relèvement et même de partenariat avec l'ennemi d'hier dans la construction d'une Europe nouvelle, sur fond d'insupportable discrimination raciale allant en s'aggravant ?

A son vice-président Pierre Laval dont on voulait espérer, parce que le grand négociateur entre Vichy et les autorités allemandes à Paris, qu'il pourrait, un jour ou l'autre, réussir à jouer au plus fin avec Abetz, avec Ribbentrop, avec Goering et autres durs à cuire de la Wilhelmstrasse ? A travers, lui succédant, lors d'une période momentanée de disgrâce auprès du Maréchal qui détestait en lui, outre sa façon cavalière de lui imposer la fumée de ses cigares, son passé de socialiste, l'amiral Darlan dont l'anglophobie viscérale d'officier de marine français dépassait les espérances des Allemands, eux-mêmes, qui la considéraient comme un atout susceptible d'amener le gouvernement vichyssois, contre de vagues promesses de libération des prisonniers de guerre français, d'allègement des charges d'occupation, de maintien de l'intégrité de notre empire d'Afrique, à entrer ouvertement en guerre contre l'Angleterre ?

Au demeurant, à tout prendre, une formidable auberge espagnole que ce pétainisme-là, dans laquelle on entrait juste pour le gîte, avec son propre boire, son propre manger dans la musette. Avec sa façon de comprendre ou d'être aveugle. D'aimer ou de haïr. De se laisser manipuler par une propagande mensongère quitte parfois ou d'y échapper par un retournement sur soi, une manière d'illumination, ou au contraire, de s'enfoncer avec elle dans des épaisseurs de fumier. Où, du plus naïf des légionnaires de la première heure vichyssoise, ancien combattant de 14-18 et 39-40, de Dupont-Durant, titulaire de la croix de guerre, hier encore brave poilu le long de la ligne bleue des Vosges, ayant sacrifié ses vingt ans entre le Rhin et les Dardanelles ou au Tonkin, à la défense des intérêts de la patrie, admirateur inconditionnel du vainqueur de Verdun prêchant à la radio abnégation et solidarité dans l'épreuve, coiffé en son honneur, lors des défilés, du béret basque du militant de base du Renouveau français, qui croyait aimer beaucoup son pays et la civilisation en aimant le Maréchal, à celui que, rien, au fur et à mesure que le voile se déchirerait sur les hypocrisies, les violences du fascisme, ne désolidariserait de la collaboration, du simple pékin excité au tortionnaire patenté passé au service de la Gestapo, tous seraient finalement floués. Floués les activistes, les vrais ! Les jusqu'au-boutistes d'un antibolchevisme fanatique. Les enthousiastes de Marcel Déat, de Jacques Doriot. Tant le socialisme d'élève de Normale sup du premier, d'agrégé de philosophie exerçant le professorat à Saint-Cloud, l'ouvriérisme marxiste du second, suivi de l'exclusion du Parti pour refus de soumission aux diktats de Moscou les auraient menés à tout. Floués les fanas des coups de gueule des tribuns sous-fifres d'un fascisme en perdition depuis sa défaite à Stalingrad mais décidé à se survivre à lui-même, à coups de génocides, de déportations, de travaux forcés. S'adonnant dans les meetings à leur délire verbal devant un parterre de Parisiens ou de provinciaux, lecteurs de *L'Œuvre*, de *Je suis partout* ou simplement d'indécis, en complets-vestons plus ou moins délabrés pour cause de pénurie de textile, de dames en tailleurs ou manteaux de même, réussissant, dans un décor de bannières blasonnées au signe de la LVF, à force de voilettes rapetassées, d'écharpes taillées dans la chute de soie d'une robe de l'année de Munich, à donner à cette entreprise de lavage des cerveaux, de carnaval nazi au petit pied, un tour quasi mondain !

Floués les amateurs de messes noires, de séances de dédoublement de la personnalité individuelle et collective dont les meneurs politiques de tous bords ont le secret. Capables qu'ils sont, de vous retourner une conscience comme un gant. De l'amener à ce point d'insensibilité avec elle-même qu'elle en arrive à être étrangère à ses propres actes, à se laisser envahir par celle de l'autre. Par la perversité de l'autre qui guide son geste. Celui du tortionnaire, du tueur. Ainsi l'on devient bourreau. Par idéal dévoyé, par mystique même. Ce qui n'empêche pas pour autant de garder son quant-à-soi de Monsieur tout-le-monde. De se retrouver, hors séance de brûlure de verge, d'anus, de clitoris à la cigarette, etc., tel qu'en soi-même. Plus amateur dans la vie, de volaille que de viande rouge, de concerts symphoniques que de musique de chambre, d'amour conjugal que de ribote au bordel ou vice versa.

Autre auberge espagnole, fût-elle une pépinière de héros que celle où, bon an mal an, cohabiteraient les membres de la Résistance active. Car du patriote gaulliste de droite au marxiste convaincu que le communisme est la panacée du bonheur humain, du franc-maçon au curé, lancé dans l'aventure contre le fascisme au nom de son devoir de chrétien, on y fut loin, même chacun disposé, en faveur de l'entreprise, à y laisser sa peau, de faire bon ménage.

Quant à moi, ni monstre ni héros, à cette époque de la vie où l'on ne sait jamais quand on est encore si jeune, jusqu'où l'influence d'un milieu peut vous conduire, celui de votre entourage, de vos copains, des rabatteurs chargés de vous recruter en vue de la bonne ou la mauvaise cause, où l'on peut se réveiller maquisard ou volontaire engagé dans la Légion française contre le bolchevisme sous bannière nazie, ma langue de bois à moi (et je n'avais pas été la seule dans ce cas) ç'avait été la culture. L'aubaine de la culture !

Me permettant, en marge du froid, parfois de la faim, de me raconter une autre histoire que la vraie. En marge de l'intrus. De l'oiseleur. Alors qu'oiseau piégé avec les autres dans son filet, il pouvait disposer de moi, au gré de son caprice, de ses appétits, de ses besoins. Ainsi d'Helmut Steiner lui-même, sans doute, vis-à-vis de moi. Puisqu'il arrive parfois que même l'oiseleur, justement, découvre, ne fût-ce que la durée d'un éclair, que le pouvoir exorbitant de vie et de mort lui pèse. Qu'il éprouve, comme l'oiseau capturé, le besoin de se survivre en porte à faux avec lui-même, de se raconter de son côté une autre histoire que la sienne, inhumaine, coercitive. Qu'il lui arrive d'espérer sinon d'être aimé, mais admis. Pardonné même.

La culture ! Cette merveilleuse, cette incontournable escroquerie quand elle n'est pas accompagnée de qualités humaines ! Dissimulant sous le masque du progrès scientifique et technique celui des beautés de l'art dont elle se prévaut, siècle après siècle, son piétinement millénaire dans les bourbiers de la barbarie hominienne. Les Pyramides et puis le temple de Louksor et puis Versailles et les palais de Petrograd, celui des Doges et puis les cathédrales et la muraille de Chine, et puis encore et puis encore ! Des dizaines de milliers d'ouvriers-esclaves morts à l'ouvrage, de condamnés aux travaux d'Hercule, à la fièvre des marais. Entassés chaque soir, par chariots et de nuit par discrétion (ainsi du palais de Versailles) : pour être jetés aux barrières de Paris dans la fosse commune. Caméra au poing et tenue de globe-trotter façon USA, le touriste impénitent d'ici et d'ailleurs n'a que l'embarras du choix. La culture... ! Charriant si bien sous le manteau, les sortilèges de la musique comprise, qui n'aura, pour autant, jamais adouci les mœurs, le cours du flot intarissable de la violence, des souffrances et de la mort infligée à autrui, par férocité concertée, systématique ou tout bonnement dans le vain espoir d'y échapper soi-même, d'en faire reculer l'échéance. La vie pour soi. Rien qu'à soi. A volonté comme le pinard. Jusqu'à ce qu'on croule sous la table, et le lendemain, ma foi, on recommence.

J'avais donc, quant à moi, décidé, puisque j'aimais les mots, le cérémonial de leur agencement ordonné selon des rites éprouvés, par les générations des magiciens du verbe qui s'étaient succédé depuis le premier signe martelé dans la pierre, de m'en saouler de mon côté comme du pinard justement, et faute d'autre soupape de sûreté, de m'adonner à la poésie, sa thérapeutique incantatoire exorcisante.

Parallèlement, à partir de Pâques 1942 je crois, j'avais dû, à mon corps défendant, bien sûr, puisque j'étais toujours restée viscéralement brouillée avec les disciplines communautaires, me résigner à reprendre la vie de pension. Outre que l'aggravation de la pénurie alimentaire et le départ de leur bonne qui venait de se marier faisaient qu'il devenait difficile aux Mayrand, ayant regagné Le Mans après l'armistice, de me garder indéfiniment, faute de celui de la rue Berthelot continuant à faire office d'hôpital militaire allemand, un nouvel internat pour les lycéennes venait d'ouvrir ses portes dans les anciens locaux de l'école normale d'instituteurs du chef-lieu.

Considérant qu'édifiées par le socialisme de la IIIe République, sa volonté de laïciser l'éducation, de la séparer de l'enseignement religieux qui forcément y avait beaucoup perdu, les écoles normales avaient toutes plus ou moins été, depuis cinquante ans, des foyers d'athéisme, assorti de pacifisme à courte vue qui, détruisant l'esprit de sacrifice dans les masses populaires, avait mené la France à la défaite de 1940 en face d'une Allemagne structurée de fond en comble en vue d'imposer son impérialisme (pourtant il en était mort des « instits » à Verdun, à Douaumont, au Chemin des Dames, des jeunes sous-lieutenants conduisant leur compagnie au feu), le gouvernement de Vichy venait, pour cause d'influence pernicieuse sur les enfants des écoles publiques, de les supprimer. Désormais, tout en continuant pour être admis à enseigner à devoir se présenter à un concours d'entrée qui leur était spécifique, les promotions de normaliens existantes, celles à venir, devraient se fondre avec les élèves du secondaire dans un tronc commun. Abandonner la préparation du brevet d'études supérieures qui cessait d'exister pour celle du baccalauréat sous l'autorité administrative et morale des directeurs et directrices de lycée.

Normaliens, normaliennes, plongés dans une atmosphère différente, mis en contact avec des professeurs et des élèves souvent issus de milieux moins ouvriers, moins épris de syndicalisme, de lutte des classes, que les boursiers, les boursières qu'ils étaient souvent, devraient mettre une sourdine à leur rationalisme incrédule, s'imprégner d'une mentalité plus élitiste, plus bourgeoise. Moins confondre l'éducation et le savoir avec une revanche contre le paternalisme, les rigidités de ses cloisonnements sociaux. Contre aussi l'épée et le goupillon.

Dans le même but, Vichy, désireux de lutter contre l'athéisme chez les jeunes, de proposer à sa place aux Français éprouvés par la défaite ce qu'on appelle les secours de la religion, venait d'introduire dans les lycées, des cours facultatifs d'instruction religieuse, dans le but d'entraîner un certain nombre d'entre nous, normaliennes comprises qui n'étaient pas toutes forcément agnostiques, ce que le chanoine Sevin, théologien distingué, désigné par l'évêché pour être l'aumônier de notre lycée, auteur d'un roman couronné, entre les deux guerres, par l'Académie française : *L'Enfant qui était capitaine*, appelait, si nous venions vers lui dans l'intention de nous inscrire au cours d'instruction religieuse : l'approfondissement des bases de notre foi, avec son aide. Et comme depuis les épreuves de l'Occupation et la mise au panier des partis de gauche, la mode était souvent davantage à la dévotion, qu'à l'incrédulité, surtout par une époque aussi troublée où l'avenir était bouché, où le regain de mysticisme y trouvait son compte, où la statue de Notre-Dame de Boulogne, réputée miraculeuse, promenée processionnellement de ville en ville en zone occupée, faisait des églises bondées, son cours, soit par conviction profonde pour certaines, pour d'autres par conformisme ou simple curiosité était pas mal fréquenté. Restait le noyau dur de celles qui, résolument contre, n'y mettaient bien évidemment pas les pieds.

Situation parfois tendue sinon explosive dans ces débuts de la fermeture des écoles normales d'instituteurs, posant des problèmes d'adaptation, non seulement au corps professoral, à Marguerite Bolnat, mais entre nous. Entre l'équipe des normaliennes animées, surtout celles des classes terminales, d'un vigoureux esprit de corps et la nôtre, des lycéennes. Qui, pour avoir bénéficié des rudiments d'une culture un peu plus large où la littérature mystique n'était pas a fortiori présentée comme le produit de la superstition, les considérions parfois comme sectaires, leur battions réciproquement froid. Plus encore, vis-à-vis du contingent des Brestoises, des Nazairiennes, réfugiées. D'ombrageuses Bretonnes, la tête d'autant plus près du bonnet qu'elles souffraient du déracinement. Que parquées à l'internat à longueur de trimestre, si elles n'avaient pas la chance d'avoir des correspondants manceaux venant les chercher le dimanche pour les rendre à un semblant de vie de famille, elles devenaient, car elles broyaient du noir, passablement difficiles à vivre, aboyant pour un rien : une porte d'étude mal refermée, une serviette de toilette empiétant sur la leur dans les lavabos ; pour des questions de préséance, par promotion, par âge, au seuil du réfectoire où nous attendaient, toutes sensibilités confondues, les mêmes platées de macaronis infects, appareillés les uns aux autres, dans le ciment des graisses de cheval, de mulet, les mêmes rations de boudin au sang de bœuf, de cervelas douteux puant les viscères, de confitures de carottes à la saccharine.

Encore que le vrai drame se déroulait ailleurs, à l'externat.

C'était celui des quelques élèves assujetties au port de l'étoile jaune qui, une fois l'opération dite de la « solution finale » mise au point à Wannsee, en vue de l'extermination des Tziganes et des juifs, sous la direction de Kaltenbrünner, successeur de Heydrich assassiné en Bohême-Moravie où il avait sévi en tant que Gauleiter et chef de la Gestapo, par un terrible matin de rafle, au Mans, en 1942, disparaîtraient du décor.

De l'une de ces adolescentes qui n'était pas dans ma classe, avec laquelle je n'aurais jamais eu l'occasion de parler, qui, prise dans la tourmente, ce jour-là, avec ses parents et ses frères serait d'abord emprisonnée à Angers avec une quarantaine de juifs sarthois pour y grossir, à destination d'Auschwitz, le convoi du 20 juillet des huit cent vingt-trois israélites de nationalités diverses ratissés dans l'Ouest par les soins des services de la Sipo, de par la diligence minutieuse de tabellion du SS, Hauptsturmführer, autrement dit du capitaine docteur Hans Dietriech Hernst honorablement connu dans le civil comme notaire, paraît-il, j'ai gardé le souvenir, à la fois précis et flou, d'une fille très brune, aux longs cheveux d'Ophélie orientale, formant masse à hauteur d'épaules avec les longs poils d'un manteau de fourrure (ses parents avaient été fourreurs, je crois, avant d'être contraints à fermer boutique) qu'elle était la seule à porter parmi nous, cet hiver-là et qui lui donnait des airs de femme se rendant en ville pour un thé, ou au théâtre.

Il m'arriva parfois d'en bas, dans la cour du lycée Montesquieu, de l'apercevoir, piétinant sur place avec les autres, à cause du froid, entre deux cours, sous les galeries du premier étage et même de constater qu'elle riait. C'était un rire de femme aussi. Ironique et pulpeux. Qui me déconcertait et m'intéressait ensemble. Tout comme me déconcertaient, pour les avoir parfois croisés, le jeudi, place de la République au Mans, ses deux frères. Des garçons basanés, à chevelure luisante et noire d'aile de corbeau, en cossu pardessus de poil de chameau ponctué d'une étoile et qui riaient eux aussi en bavardant avec quelques copains aryens de leur classe, à deux pas de l'annexe de la Kommandantur, des allées et venues en voitures blindées des officiers de la Wehrmacht, des hommes en manteau de cuir noir de la Gestapo.

A croire que cette menace qui pesait sur eux depuis dix-huit mois, qui avait commencé par des mesures vexatoires leur portant du même coup préjudice matériel, n'était pour eux qu'un mauvais rêve. Un de ces cauchemars qu'on s'empresse de jeter aux oubliettes au saut du lit comme on défèque, pour vivre sa journée en apparence comme tout le monde, arriver à l'heure au lycée, y travailler les mathématiques, la physique, barboter à travers les méandres du kantisme ou la théorie des idées chez Platon comme si de rien n'était ou presque. Que cette présence nazie ne les concernait pas vraiment. Même si Vichy, pour obtenir le satisfecit de l'occupant, lui arracher des concessions, apportait de l'eau au moulin de la mise à l'index. Comme si, mieux encore, on pouvait dans leur cas compter sur le Maréchal, sa probité d'homme d'honneur, sa pitié de père aussi, réticent à leur égard de nationaux de souche récente et aussi de minorité religieuse séculaire, en désaccord avec le monde chrétien sur le messianisme de l'un des leurs. Le Maréchal ! Qui recevrait même à sa table, en zone libre, à l'hôtel du Parc, et qui finirait gazé avec toute sa famille à Auschwitz en 43, Heilbronner, ancien vice-président du Conseil d'État sous la IIIe République, président du Consistoire des israélites de France, titulaire de la Légion d'honneur et qui avait contribué, sous Poincaré, dont il avait été le chef de cabinet, à sa propre nomination de général en chef aux armées. Oui c'était cela. Compter sur lui pour qu'il imposât, quitte à jouer sa propre tête, des limites à la persécution.

Naïveté invraisemblable de leur part et de bien d'autres de leurs coreligionnaires certes. La même, ni plus ni moins stupéfiante, que celle du mourant accroché à l'espoir que demain, pour lui, le jour se lève. Que la première flaque de lumière pâle qui éclaire ses traits ravagés soit le signe renouvelant avec lui le pacte de vie. Désinformation extraordinaire aussi. Puisque, juif ou non, il faudrait bel et bien attendre la chute de Berlin pour connaître l'étendue de la barbarie dans les camps ! Et puis enfin, pour cette fille, pour ses frères, l'inconscience de la jeunesse. Le besoin irraisonné, viscéral, de profiter à corps perdu de l'instant qui passe, de l'air qu'on y respire, eût-il l'odeur de la poudre et du sang.

Pour nous aussi d'ailleurs ; bien moins directement menacés mais, attendant souffle coupé, que le printemps revienne, le dernier pour eux. Que le mur contre lequel le dos s'appuie, le banc sur lequel on prend place soit presque tiède, les jours plus longs, le couvre-feu d'autant plus tardif qui permettra de prolonger une visite, une flânerie sous les arbres, le long des vitrines presque vides mais où le moindre article exposé, cruche ou gobelet de poterie grossière, triste coupon de fibranne à texture cassante et rêche, lourdes chaussures à semelles de frêne, fait saliver d'envie, rêver le promeneur dont il arrive alors que l'heure lui paraisse presque douce à vivre, malgré la présence constante du monstre.

Et puis comment faire comprendre, mesurer, en effet, à qui n'a pas eu l'occasion d'en éprouver la tragique beauté, une fois les gens retranchés comme l'exigeait l'occupant derrière les volets matelassés de papier noir gaufré ou prenant silencieusement le frais dans la pénombre de leurs potagers clos de murs, à l'inverse des villes d'aujourd'hui où le bruit, le mouvement ne cessent jamais, l'extraordinaire qualité de silence, fût-il pesant, anormal, d'être si absolu, qui pouvait, à cause d'un clair de lune radieux de mai, de solstice d'été, baigner les arcanes d'une ville morte, l'immerger jusqu'à ses racines, jusqu'aux fondations de ses caves, des nécropoles antiques de sa vieille cité ? En solenniser, ici ou là, pour l'occupant lui-même, au cours de ses libres allées et venues, de ses rondes de nuit, le hiératisme des statues de ses squares, ailleurs de ses églises, au carrefour de vacuité de ses avenues ? Silence impossible à décrire de début et de fin du monde. Rassembleur de forces contradictoires qui se sont donné rendez-vous pour en découdre.

Tout se tait. Arme au poing, visière rabattue, également sur le pied de guerre, également non identifiables, la vie et la mort, se font face. L'enjeu entre elles deux c'est l'avenir. Inerte, bicéphale, à têtes de démon et d'ange. Laquelle sera tranchée ?

Cependant qu'on ait un peu lu ou médité dans son lit ou même fait l'amour comme si l'amour avait encore droit de cité, on finit par s'endormir, terrassé par ce silence justement ; par ce renoncement à en savoir plus, sur l'issue d'un combat qui pourtant n'aurait dû faire aucun doute, puisque le ronron de gros chat de la voiture de police allemande, équipée du gonomètre pour repérer au passage ceux qui écoutent Radio Londres, tisse lentement de rue en rue sa toile d'araignée. Que l'arrestation pour crime de résistance au nazisme, pour cause d'ignominie raciale, c'est pour tout à l'heure, pour demain, pour dans huit jours ou plus. Ce sera selon.

Question d'organisation, de poigne, sous la férule de Karl Oberg, général SS. Nommé en mai 42 par Adolf Hitler qui jugeait insuffisants les résultats d'ensemble obtenus par les fonctionnaires de police, la garde de Paris et le corps de gendarmerie, chef de toutes les polices allemandes pour la France avec évidemment mission d'accentuer partout le ratissage des juifs, des résistants, le démantèlement des maquis aux effectifs grossis à partir de 43 par les réfractaires au Service du travail obligatoire en Allemagne. De resserrer l'étau jusqu'à la limite extrême du mors.

De 42 à fin 43, l'interlocuteur privilégié du moment pour Oberg, l'homme de la situation avait été René Bousquet. Brillant haut fonctionnaire ayant dès 1929 fait preuve de ses capacités comme chef de cabinet du préfet de Tarn-et-Garonne ; en 36 comme chargé de mission à la Direction de la police du territoire, et qui s'était vu confier par Salengro, ministre de l'Intérieur sous le Front populaire, la création d'un fichier central à la Sécurité nationale, avant d'être promu préfet de la Marne en 40, préfet régional de Champagne en 41 et, par décret de Vichy d'avril 42, secrétaire général de la police.

René Bousquet. Le grand rabatteur dans un premier temps, pour le compte de l'appétit insatiable du minotaure nazi, du gibier juif étranger : allemand, polonais, tchèque voire turc, espagnol ayant fui le fascisme du pays d'origine en se réfugiant en France.

Pour les juifs de nationalité française, que les anciens responsables vichyssois, lors de leurs procès d'après-guerre, auront, pour leur défense, toujours prétendu avoir tenté d'épargner en leur sacrifiant les autres, il paraît qu'on avait essayé de gagner du temps en attendant que le vent tourne.

Quoi qu'il en soit, au bout d'une vingtaine de mois de chasse aux sorcières, Bousquet n'avait plus fait l'affaire d'Oberg. Limogé, janvier 44, pour cause de mollesse dans la persécution, Darnand le fondateur de la Milice avait pris le relais. Darnand la calamité. L'obscurantisme indécrottable sous le béret du légionnaire vichyssois de la première heure, virant rapidement avec les énergumènes de son acabit, à la collaboration intégrale avec crime contre l'humanité à la clef. Qui terminerait sa carrière d'ouvrier ébéniste d'avant 14, reconverti dans une entreprise de transport après le traité de Versailles, celle de combattant des deux guerres, promu en 39 officier de la Légion d'honneur à titre militaire, confondant l'amour de la patrie avec la haine des démocraties, dans la peau du chef de quelque cinq mille tortionnaires français de la franc-garde. Exerçant, on ne le rappelle jamais assez, pour être de nos jours objectif, et sur les personnels de la Préfecture de police elle-même, sur la garde de Paris et sur le corps de gendarmerie qui n'étaient pas tous, et de loin, fascistes, xénophobes, racistes, des pressions de plus en plus fortes, de plus en plus illégales, par la persuasion ou la menace. En se substituant, si besoin était, à leur propre hiérarchie pour les acculer à des opérations de plus en plus rigoureuses contre les résistants, les maquisards, à des arrestations arbitraires pour cause raciale ou politique.

Années 43-44. Années terribles où, dans les corps de police, chez les fonctionnaires de l'Intérieur, les militaires, gardiens traditionnels de l'ordre public depuis Philippe le Bel, le meilleur aura naturellement voisiné avec le pire, comme chez les civils. Car ils auront traîné du pied bien plus souvent qu'on ne le dit dans leur tâche rebutante d'exécutants, ces agents de quartier, prenant prétexte qu'ils connaissaient la concierge ou un collègue d'un meublé populaire du onzième ou du vingtième arrondissement où logeaient des familles juives pour y crier, haut et fort, dans les cages d'escalier, les arrière-cours, en multipliant les adieux bruyants, que de toute façon, demain, on se reverrait, puisqu'ils seraient de corvée, au chant du coq, pour la rafle. Ces flics du petit matin, feignant de ne pas apercevoir le gamin caché sous un lit, dans un placard de grenier, derrière une barrique de cave, l'un des exemples les plus notoires ayant été celui du futur comédien Samy Frey, enfant. Ces pandores de campagne décidés à ignorer la présence, sur leur territoire, de réfractaires, de résistants, de juifs, déguisés chez les paysans en valets de ferme. D'enfants déguisés, eux, en écoliers de village, non inscrits sur la liste des effectifs de la classe qu'ils fréquentaient avec la complicité du maire, de l'instituteur, du curé, de leurs parents nourriciers. Ces gendarmes à vélo se lançant de nuit à travers champs pour prévenir que l'attaque du maquis, l'arrestation, c'était pour tout à l'heure, à la pointe du jour. Qu'il fallait que la maison soit vide avant qu'ils ne reviennent en service commandé avec les francs-gardes. Prenant sur eux de déchirer les lettres de dénonciation qui leur parvenaient de par la diligence des collabos locaux ou simplement d'un voisin malintentionné qui avait eu des mots avec les Jacobvitzis, les Rodriguez d'à côté dont la gueule ne leur revenait pas. De sorte que, pour ne citer que les hommes de gendarmerie, il y aurait parmi eux, pour avoir été pris sur le fait, mille trois cents déportés, pas loin de huit cents fusillés ou décapités à la hache, sans compter bien sûr ceux qui seraient passés à travers les mailles du filet. Enfin comme partout, en tout temps, dans tous les milieux, quand la période historique est particulièrement troublée, que le meurtre, prémédité ou non, le geste qui sauve, également prémédité ou non, la veulerie qui dame le pion à l'héroïsme, à la générosité suicidaire, ou tout bonnement, le chacun pour soi de la minute à réussir à mettre bout à bout avec celle qui la suit, ce qu'on appelle survivre, non seulement, se côtoient mais, plus d'une fois, s'interfèrent.

Et moi, sur fond de drame, d'incertitude, de souffrance collective, tapant puérilement du pied de rage, un certain dimanche soir d'avril 42 clôturant les vacances de Pâques, de devoir finalement réintégrer l'internat du lycée de filles aménagé dans les anciens locaux des élèves instituteurs.

J'AVAIS pourtant tiré sur la ficelle au maximum pour éviter ce retour au bercail sous la houlette de Marguerite Bolnat. Après l'intermède passé chez les Mayrand, j'avais encore gagné quelques mois de répit sur les sorties en rang, le sommeil, le travail d'étude sous surveillance, en prenant mes quartiers, dans une pension de famille, située en centre-ville, mais à l'écart des grandes artères, rue Crochardière. Comment j'avais atterri là, un peu en catastrophe à la rentrée de troisième avec deux autres filles de ma classe qui avaient été internes en sixième rue Berthelot, en même temps que moi, j'ai oublié...

Madame Saurin (nous l'appellerions vite la Mère Saurin parce que nous lui en voulions, en échange de nos cartes d'alimentation et d'un prix de pension relativement élevé, acquitté par nos parents, de nous nourrir si mal à table d'hôte, avec les demoiselles de magasin, les dactylos qui prenaient leur repas de midi parce que le temps leur manquait pour aller déjeuner chez elles, à pied ou à vélo) nous régalait, comme l'exigeaient les joyeusetés culinaires de l'époque, de rutabagas filandreux qu'il fallait d'abord écraser à la fourchette pour les amener à l'état de purée comestible arrosée d'une sauce brune puant le suif dont elle avait le secret. Qu'il s'y mêlât le miracle d'une pomme de terre ou deux, d'une portion de chou bouilli avec une rondelle de cervelas, d'une demi-tranche pierreuse de foie de bœuf, c'était la fête. Avec une tranche de pain de son, une pomme, une poire de plein vent, acide comme du cidre, nous retournions, après banquet, la faim au ventre, recevoir de nos profs aussi affamés que nous, la bonne parole au lycée Montesquieu, en fredonnant *Maréchal nous voilà* que nous avions par insolence transformé en « baron de Krack nous voilà. Nous voilà, tu es notre espérance, baron de Krack tu es là, je voudrais me jeter dans tes bras » et autres gaillardises de pucelles en fleur, se taisant, et prenant des airs très « Travail, famille, patrie » au passage de la police militaire allemande nous croisant par deux et à pied, casquée, bottée, équipée de la plaque de la Feldgendarmerie lui ballottant sur l'estomac comme une espèce de bavoir d'acier pour redoutables nourrissons-soldats, à peine sevrés, mais déjà manieurs, entre deux tétées, du coutelas et du revolver purificateurs. Certains parfois assez beaux gosses sous la marmite à jugulaire, la lourde salade des gens de guerre, celle de Trente Ans, de la montée des Habsbourg, de la Prusse, remaniée, adaptée aux exigences des combats modernes en général et du national-socialisme en particulier. Une appréciation à garder pour soi si l'on ne voulait pas susciter l'indignation, passer pour une traînée, une fille à soldats, une collabo en puissance !

A la pension Saurin, comme si nous eussions, les autres jours de la semaine, à grand renfort de fantômes de pieds de cochon, de collier de mouton, de cous et de gésiers de poule aux petits oignons, résolument fait gras, le vendredi, par respect religieux, nous faisions maigre, c'est-à-dire que nous avions droit à ce qu'il convenait de baptiser pour se remonter le moral, une portion d'omelette, bien qu'il se fût plutôt agi d'une bouillie de farine d'avoine au lait écrémé portée à consistance de galette grumeleuse à l'aide de quatre œufs pour la dizaine de convives. Ou bien, et c'était paraît-il le comble du raffinement, aussi du dévouement de notre hôtesse qui était allée faire la queue à la halle au poisson, dès sept heures du matin, la pêche en haute mer désormais interdite, la réduisant à quelques coups de filet le long des côtes, à une platée de seiches dont il fallait extraire à la cuillère d'étain, du plat de service, les grosses larves caoutchouteuses enchâssées dans l'épaisseur des alluvions d'une béchamel à l'eau.

Mollusque céphalopode pourvu par la nature de bras sessiles, armés de ventouses d'une part et de bras tentaculaires d'autre part, le poulpe, *sepia* du latin, autrement dit, la seiche me répugnait et mon sacré bagou de bateleuse aidant, qui finissait toujours par prendre le dessus quelle que fût la situation, par me servir d'estoc autant que de bouclier, je n'avais pas de mots pour en dégoûter les autres.

Donc, si l'on voulait m'en croire, et il le fallait, ce que nous étions, faute de grives, en train d'essayer de mastiquer en désespoir de cause à la table de l'honorable pension Saurin, ce n'était même pas du poulpe gélatineux mal vidé de sa poche d'encre qui vous empestait la bouche, vous noircissait la langue et les dents, vous donnait, toute la soirée, l'envie de cracher en tapant à la machine, en remmaillant des bas, en vendant quelque misérable col de lapin censé réchauffer des manteaux étrennés l'année de l'Anschluss, en bâillant d'ennui au cours de physique ou de math, mais du lombric, parfaitement ! De l'annélide oligochète. Du ver de terre accommodé, par les soins de notre cordon-bleu, à la sauce m'étouffe.

Et demain, mes p'tites dames, si vous étiez encore en vie, vous auriez droit, en récompense, à une tartine de pain à la sciure en supplément, avec une portion de cervelle de corbeau bouillie. La cervelle de corbeau bouillie, un régal ! Surtout avec de la gelée de coing et mieux encore, si le corbeau s'est nourri de ce même coing avant d'être occis par l'oiseleur qui l'a d'abord charmé en lui jouant à la clarinette, l'ouverture de *La Flûte enchantée* et en lui faisant miroiter, par-dessus le marché, la perspective d'une fiancée. Parce qu'une cervelle de corbeau amoureux c'est plus tendre, naturellement ! Ça vous réserve un de ces festins à vous faire péter le ventre. Ça vous donne des ailes. Des ailes de corbeau, justement. Qui vole là où il veut, comme ça lui chante et qui se fiche pas mal du couvre-feu. Ah le couvre-feu ! Dommage que ça ne se mange pas le couvre-feu. De celui-là aussi on ne ferait qu'une bouchée avant d'aller danser ou au cinéma, après souper.

Toutes ces folies débitées à mi-voix, entre les dents, pour éviter les foudres de Madame Saurin, qui, occupée avec son aide, à la cuisine, à répartir sur des soucoupes, deux cuillerées de compote de pommes à la saccharine par tête de pipe, les entendait quand même, et c'était tant pis. Et ça faisait que les demoiselles de magasin, le lendemain, m'en redemandaient, « de la cervelle de corbeau amoureux à la gelée de coing ».

Oui, c'était tant pis, puisque la machine, c'est-à-dire Annie Roulette était lancée, qu'il n'y avait là, ni père ni mère pour lui rabattre le caquet. Que lorsqu'on obtient un certain succès à table d'hôte, que les mots, les images qu'ils dessinent se mettent, comme des agneaux, des cabris pétulants, à gambader autour de vous, qu'au fur et à mesure que vous les appelez par leur nom, ils se bousculent pour rejoindre plus vite, plus joyeusement leurs stalles, leur place dans le bercail de votre tête, que c'est entre vous et eux, nourriture infecte ou pas, avenir bouché ou non, Occupation ou non (ce quelque chose à subir comme une maladie de peau, un eczéma en passe de devenir chronique) la grande parade de séduction, le grand jeu. Que le monde se met à bouger, à faire la fête.

Tant pis pour la traversée de la ville, faite avec des renvois d'encre de Chine, mêlés à la compote glaireuse à vous en faire vomir tout à l'heure au petit coin, entre deux cours. Pour les engelures aux mains, leurs morsures aux orteils qui rendent la marche éprouvante, dans le désert de janvier des avenues, se croisant à des carrefours où des agents de police frigorifiés sous la cape de bure, joues violettes de froid sous le képi, battent de la semelle de croquenot usée devant le vide des vitrines, des petits bistrots-restaurants-débits de tabac puant les fadeurs du café-ersatz.

Tant pis encore pour la toile d'araignée que dessine patiemment le side-car des deux gendarmes allemands de rue en rue, un quadrillage précis, obstiné, en vue de quelle arrestation future, de quelle surveillance accrue, le long d'immeubles figés dans l'attente du malheur. Tant pis pour les bottes luisantes et noires du commandant de la place s'immobilisant une seconde sous le long manteau vert-de-gris, en haut des marches de l'ancienne chambre de commerce, le temps, avant de s'y engouffrer, de jeter autour de lui le coup d'œil du maître.

Mais tout de même, quelle vie !

Même si on a décidé, pour pouvoir la traverser, cette ville, où le calme apparent qui règne est celui d'une population placée sous haute surveillance, avec ses arrestations, ses dénonciations ignobles, ses tortures car on s'est mis aussi à interner, à torturer au Mans, là-bas au pied de la colline de Malpalu, du côté des casernes Paixhant, Cavaignac, à deux pas des archives départementales, surtout depuis Pearl Harbor et depuis aussi que le gaullisme, voire le giraudisme gagnent du terrain sur le pétainisme, que tout cela pourrait bien ne relever que de la fable. Que d'un mauvais moment à passer comme au théâtre encore unc fois. Où l'on assiste à quelque sombre drame qui s'éternise certes, où les scènes d'humiliation, de cruauté, s'accumulent jusque dans les coulisses, mais où l'on peut, à partir de son fauteuil, qu'on soit plus ou moins bien mal assis, garder de la distance.

Encore que la pièce n'en finisse plus. Qu'on ne soit pas certain de pouvoir continuer à se boucher les oreilles, à fermer les yeux jusqu'au dénouement. A pouvoir lui échapper. D'autant qu'on a fermé les portes de la salle pour vous empêcher d'en sortir. Celles de secours comprises.

La seule issue, du moins quand on est le fou de cour de la pension Saurin, étant, une fois de plus, ce recours au discours parallèle délirant où il est question, comme chez Jourdain, de soupers-concerts à tout casser à festiner les dames, ou de flonflons d'accordéon sous les étoiles sarthoises des bords de l'Huisne, assortis, entre deux javas mauvais genre, de fritures de goujons relevées de persil, avec en guise de dessert, d'autant plus savoureuses qu'elles sont subreptices, qu'elles vous vaudraient (d'ailleurs ce n'est qu'un rêve) si elles étaient portées à la connaissance de vos honorables familles une paire de claques et les foudres du chanoine Sevin, votre aumônier, des parties de pince-fesses derrière les buissons de seringas en fleur, à vous laisser des souvenirs impérissables. Quels seringas, alors que c'est janvier, qu'il fait un froid de canard, on s'en balance. Il suffit d'y croire...

Et puis ma cocotte, un tuyau entre nous ! Le pince-fesses pratiqué par un pince-sans-rire, équipé pour ce faire, d'une pince-monseigneur, c'est le paradis !

Ça y est. Encore une fois, le système, mon système, a fonctionné.

Pliées en deux par la rigolade, la Lucette, l'Adeline et moi tellement on se marre à s'en tenir le ventre, nos jolis ventres ronds de demoiselles à peine pubères empaquetés, sous la jupe usée, dans des épaisseurs de jupons marron ou beige tricotés à la main à l'aiguille numéro trois par nos mères dévouées avec la laine des pull-overs de nos pères, également dévoués, s'arrachant du dos le gilet, dans l'espoir de nous rendre moins cruel le froid des salles de classe, repassons, après avoir ingurgité à Montesquieu la théorie des vases communicants au cours de physique, décrypté, à celui de latin, les mystères de l'emploi de l'ablatif absolu, devant l'annexe de la Kommandantur, via la pension Saurin comme s'il ne s'agissait là, au pire, que d'un décor en carton-pâte, aux allures inquiétantes certes, mais qui ne nous concerne pas vraiment.

En bref, nos quatorze, quinze, seize, dix-sept ans ou plus, leur phénoménale capacité de jouer avec le feu sont en train de se faire la belle dans le dédale des rues-prisons, d'un lycée-prison censé nous conduire vers la libération par le savoir, à nous prodigué par un personnel enseignant plus ou moins affamé de son côté, équipé, comme nous, de mitaines, de gros bas reprisés réchauffés par des socquettes et des semelles en papier journal dans ses souliers, pendant que, massées sur des gradins étroits, devant des pupitres à pieds de fer, tailladés au canif par des générations de potaches, nous prenons, sur cahier ou feuille volante, d'une écriture de fourmi, sans observer aucune marge ni aller à la ligne pour épargner le papier, des notes au crayon dont la mine se casse, au stylo qui crache, sur le fonctionnement des glandes salivaires basé sur l'expérience de Pavlov et, non moins décisif pour l'avenir humain, sur les péripéties du surgissement alpin.

Un événement qui aurait, paraît-il, provoqué la scission, entre l'Europe et l'Afrique et par conséquent la rupture avec nos ancêtres éthiopiens, ou peuls, pourquoi pas soudanais, pygmées ou bantous.

Commentaire Roulette : on peut toujours en discuter en se regardant dans la glace pour savoir si on a le noble profil du broussard nègre, manieur de sagaie, la lippe et le nez écrasé du chef de famille arboricole, à moins qu'il ne faille se résigner à reconnaître sur soi les vigoureux stigmates du faciès du pithécanthrope de service qui continue à sévir en chacun de nous.

Fais gaffe, frère gorille. Il y a en toi un homme qui sommeille.

Tout ça pour faire bisquer mes chères compagnes battant de la semelle avec moi pour se réchauffer dans les escaliers, dans les cours. Surtout celles qui auraient tendance, influencées par un entourage fascisant, à se sentir l'âme indo-européenne pure et dure à la Gobineau. A souscrire à sa théorie d'inégalité irréversible entre les races, si chère à l'auteur de *Mein Kampf.*

Tous propos, accueillis par les éclats de rire des unes, les haussements d'épaules des autres, qui auront chez moi, à l'époque, bien plus relevé de la provocation, du refus de l'embrigadement que d'une conscience politique d'envergure au demeurant. D'ailleurs, maréchalistes ou gaullistes plus ou moins convaincues ou non, ou tout bonnement attentistes, selon nos milieux, nos tempéraments, nous en étions toutes à peu près là. Avec aussi la volonté, malgré nos prises de bec à l'occasion, de faire bon ménage. Ne fût-ce que parce que nous étions dans le même bateau.

Et puis, comme une Marguerite Bolnat, amaigrie par les privations, emmitouflée dans des châles, visage tourmenté par les soucis qu'elle nous cachait, celui de nous maintenir en terrain neutre, de feindre d'ignorer que le mari de telle ou telle de ses subordonnées pouvait se trouver sous les verrous du jour au lendemain pour faits de résistance (deux professeurs du lycée de garçons mourraient en 44 en déportation) s'efforçait de nous en persuader, « nous en tenir à préparer nos examens dans la discipline, dans l'application et dans le calme ! ».

Quoi qu'il en soit, pour Adeline, Lucette et moi, trio d'adolescentes presque toujours enfiévrées, presque toujours sur leur faim, malgré, à dix heures, une distribution de trois biscuits vitaminés et la providence de quelques provisions ramenées de chez nos familles : un peu de beurre par-ci, de confiture par-là, de saucisson, de pâté de foie, aurons-nous vécu une année et demie, là-haut, au second étage de la pension Saurin, dans la mansarde que nous occupions, avec ses lits-cages, ses affreuses armoirettes en pitchpin surmontées de nos valises en carton, sa table ronde à toile cirée craquelée d'usure croulant sous le poids de nos dictionnaires, de nos livres, dans un état d'excitation singulière, exaltant selon les heures, nos complicités ou la virulence de nos rapports. Surtout entre Adeline et moi.

Ainsi avions-nous été de mèche pour attirer avec des caresses parfaitement hypocrites jusqu'à notre soupente dont nous avions ouvert le vasistas pour la déposer dans la gouttière, la jolie chatte blanche et grasse de Madame Saurin qu'elle redoutait de voir engrosser par le matou d'à côté. Un gaillard efflanqué, noir de poil, fascinant regard jaune virant au vert, un sacré monte-en-l'air, feulant de concupiscence, le long des rigoles de zinc à s'en faire péter les cordes vocales, à la façon des nourrissons tourmentés par la poussée des dents. Un énergumène sans foi ni loi, multipliant dans un rayon d'une centaine de mètres les appels tonitruants à la fornication que c'en était une splendeur ! Enfin, une horreur !

Car en effet, que la candide Mounette, parachutée par nos soins dans la gouttière, tirât, de son côté, de sa gorge, des sons terrifiants d'ardeur, nous voici, alors que nous l'avons suscité avec des sournoiseries qui nous auraient mérité une raclée, tout à coup dépassées par l'événement. Prises de court par l'imminence d'une pariade qui s'annonce brûlante, de ses figures de ballet préliminaires où l'échine se cabre, les poils se hérissent, les pattes se font d'acier, trio de roublardes, d'effrontées, entachées, autant que de malignité, de curiosité des choses du sexe qui nous sont interdites, nous reculons à l'intérieur de la pièce, en proie au vertige, au désarroi même, à cause de ce qu'elles peuvent atteindre, surtout quand elles sont saisonnières, rattachées aux cycles cosmiques gouvernant les lois de la continuité des espèces, de sauvagerie triomphante, d'impudeur.

Exactement l'inverse, non seulement de ce que nous prône l'aumônier, grand partisan de la chasteté, jusque dans le mariage, fût-elle alors relative dans l'intérêt de la procréation (c'est là sa formule !), mais nos livres de morceaux choisis où l'amour courtois le dispute au sentiment romantique désincarné. Et comme les contradictions qui nous assaillent, le besoin de romanesque en effet, mais tout autant, d'amour charnel, sont de taille, pour noyer le poisson, éviter de nous laisser prendre mutuellement, en flagrant délit d'ambiguïté sur le chapitre, nous affectons, après la séance de rut et la récupération de la Mounette, qui ronronne à nos pieds, avec des airs à lui donner, comme à nous, le bon Dieu sans confession, de nous absorber, autour de la table dans la révision de nos leçons, ou dans la version de langue vivante ou morte à rendre en fin de semaine.

De fameuses petites garces, voilà ce que nous sommes.

Grimpées sur nos chaises paillées, de vieilles chaises de bistrot, échouées là avec les lits-cages de notre antre d'apprenties délinquantes, nous nous sommes de surcroît découvert une autre raison de nous en payer une bonne tranche.

Située sous les toits, vis-à-vis de la nôtre, l'assez misérable chambre louée dans la maison d'en face, par Mademoiselle Trochu, professeur d'histoire et de géographie, réfugiée de Saint-Nazaire depuis les bombardements des ports de l'Atlantique par les Anglo-Américains et mutée au lycée du Mans est devenue, pour nous, le point de mire. Le sujet de curiosité, de dérision par excellence pour péronnelles mal nourries, mal chauffées, faisant équipe pour le meilleur et souvent pour le pire sur vingt mètres carrés de turne où elles travaillent ou s'ennuient selon les heures. Où il faut bien inventer quelque chose pour se récréer, à quelques mètres à peine, à vol d'oiseau, du bunker de l'avenue de la Gare, de sa maussaderie de grosse casemate en béton armé, érigée en face de l'hôtel de Paris, où ces messieurs de la Wehrmacht logent et tiennent salon avec leurs demoiselles en uniforme après les heures de service.

Mademoiselle Trochu a pratiquement tout perdu. Mobilier, vêtements et linge et le déracinement forcé, la laissant seule ici, sans amis, l'a pratiquement rendue folle. Folle de solitude. De misère aussi. Puisque c'est bien de misère qu'il s'agit, que, du haut de nos perchoirs de singesses, se démanchant le cou pour mieux voir où elle en est de sa détresse, nous avons découverte. Car nous avons bel et bien l'âge de la méchanceté et non point de l'innocence comme tant d'adultes le prétendent pour se rassurer sur eux-mêmes à travers le mythe de notre pureté. Encore que la nôtre, la méchanceté d'Adeline, de Lucette, la mienne se sera banalement limitée à se moquer en paroles du malheur d'autrui, alors qu'on sait (ou refuse de savoir) que celle, par exemple, des adolescents SS de la division de la Jeunesse hitlérienne, atteindra, fanatisme et incitation au crime aidant, des paroxysmes d'inhumanité à peine concevables. Des garçons de notre âge, en somme. Habités par la fougue impitoyable des monstres. Leur vitalité meurtrière.

Là-haut, dans sa soupente, source inépuisable pour nous de quolibets, de ricanements, Mademoiselle Trochu, pour corriger sur une table de bois blanc recouverte d'un torchon de chanvre nos copies, oublie d'ôter, moitié-canotier, moitié-toque de feutre poussiéreuse, du triste gris de son chignon, son couvre-chef hors d'âge. Elle n'ôte pas non plus son manteau-redingote, déchiré aux boutonnières, taché de graisse à hauteur de poitrine, de bas de manches et qu'avec une indifférence absolue, celle du désespoir, d'un état second qui l'a rendue comme insensible à elle-même et par conséquent au regard des autres, elle traite à la fois en vêtement de sortie et en peignoir, faute d'ailleurs d'en posséder un qui l'aiderait à avoir moins froid dans son gîte sans chauffage.

Notre surexcitation aura été à son comble, le jour où nous aurons découvert au milieu du bric-à-brac qui constitue, comme le nôtre, son mobilier de fortune, la présence bien évidente, au pied même de la table où elle travaille dans un désordre inouï de paperasse, de bols de petit déjeuner, de lampe Pigeon, de flacons pharmaceutiques, d'un seau hygiénique dont elle se sert de jour comme de nuit, pour éviter d'avoir à descendre à chaque fois trois étages et les remonter, puisque les commodités, comme à la pension Saurin, sont en bas dans la cour.

D'émail luisant et bleu, pourvu d'une anse à poignée de bois, cet ustensile cylindrique aura été l'objet de nos commentaires les plus débridés, de nos gloussements de volailles rameutées par la présence d'un rat, d'un renard dans leur poulailler. Et il va de soi que nous nous sommes relayées pour faire le guet. Ne pas rater l'occasion de la voir, au moins, une fois, quitter sa chaise et toujours en chapeau, en collet de renard noir à pattes molles et verdies d'usure, s'asseoir, pans de manteau et jupe retroussés, culotte à hauteur de mollets sur le fameux seau.

Cependant, à cause, peut-être, de ce profil émacié, de cet air égaré sous le pauvre feutre rabougri ramené de Saint-Nazaire avec le linge de corps lamentable, les souliers de même, la honte de nous-mêmes nous prendra d'avoir poussé si loin, et jusqu'à pareille grossièreté, l'indiscrétion. De sorte que nous déciderons de garder pour nous, au lieu d'en faire état en classe de troisième B, le spectacle de Mademoiselle Trochu, épinglant sa culotte au caoutchouc usé à son corset pour ne pas la perdre en ville ou au lycée ; lissant, d'un geste machinal, la double retombée d'étoffe couleur de terre lui tenant lieu de jupe, celle de la redingote à doublure déchirée avant de regagner sa place devant sa table. Silhouette bossue, affaissée de voyageuse rompue de fatigue, égarée, comme dans une gare, par les rigueurs d'une guerre qui ravit à ceux qu'elle broie, souvenir, identité sur les quelques mètres carrés d'un meublé sinistre d'émigrante, n'ayant pour fortune que les nippes qu'elle a sur le dos et qui témoignent d'un temps où elle vivait en quelque sorte sur une autre planète. Où, vêtements décents, élégants même, elle pouvait les porter non sans plaisir pour ses promenades en ville ou sur les quais du port sous les crachins iodés, leurs douces grisailles salées qui vous mangent délicieusement les lèvres comme le feu d'un baiser. Ensuite, rentrer chez elle pour y dormir dans un lit de famille, y manger dans le service à vaisselle hérité de ses parents, y recevoir une amie, une collègue, des cousines et puis encore espérer, même à son âge, les quarante ans largement sonnés, de faire une rencontre. Quelque monsieur comme elle, convenable et cultivé, frappé par le veuvage et désireux d'en finir avec le grand vide de sa maison, le soir, un vide tellement sonore que c'est, quand on l'entend, dès le seuil de la porte, à s'en boucher les oreilles, ou, demeuré timide au point de n'avoir jamais osé faire sa demande à personne, quand il était jeune et qui finirait, la sachant honorablement connue au lycée de filles de Saint-Nazaire, par se hasarder à l'inviter à dîner ou au concert, par lui prendre le bras pour l'aider à descendre d'un trottoir, traverser un carrefour et c'est ainsi que les choses se seraient faites entre eux, qu'elle aurait fini un matin, un beau grand matin de soleil ou de pluie cravachante, qu'importe, par se réveiller dans ses bras.

Mais, puisque le malheur aidant c'est pour de bon qu'elle est donc devenue quasi folle, que de notre programme d'histoire allant du Consulat à la IIe République, en passant par la Restauration, elle a décidé de ne s'en tenir qu'au premier Empire ; de nous transformer en spécialistes de l'épopée napoléonienne ; puisque ce petit Corse qui est né avec l'ambition dans le sang est devenu sa marotte, son grand homme de stratégie et d'alcôve, qu'elle le voue aux gémonies tout en criant à son génie, qu'elle ne cesse de s'étendre sur la multiplicité de ses amours à la hussarde légitimes ou non, entre deux séances d'élaboration du code civil, deux campagnes raidement menées sur les bords du Danube, histoire de mettre au pas l'Europe entière et de finir par s'offrir, pour lui planter un enfant dans le ventre, une authentique princesse de dix-neuf ans, une Habsbourg d'Autriche, livrée à lui après Wagram, du moins jusqu'à ce que le vent tourne ; puisque le cours qu'elle nous dicte, d'une voix de canard, d'enrhumée, en nous ordonnant sans cesse, et sans avoir jamais épuisé le sujet, d'aller à la ligne (alors, elle se met à crier comme on crie à moi, au secours, petit a, petit b, petit c et il arrive que nous atteignions petit x) consiste à nous préciser, avec une minutie de sergent fourrier, batailles après batailles gagnées ou perdues, le nombre des morts, des survivants en hommes, en chevaux, celui des pièces d'artillerie mises à mal ou gagnées à l'ennemi, puisque nous nous enlisons depuis un bon mois avec elle dans les neiges de Russie, ce qui nous fait murmurer entre les dents, qu'ici au second étage de l'ancien cours Pigier c'est Stalingrad, qu'on y est comme les chleuhs en train de prendre la pilée, c'est dire que son enseignement est un désastre.

A la composition trimestrielle, début 42, je me retrouve sous sa houlette, première avec un sept sur vingt. Elle annonce à la cantonade, que mes connaissances sont presque nulles sur la politique napoléonienne mais, avec ce qu'elle baptise « des éclairs de lucidité sur les effets pervers du Blocus continental visant à ruiner l'Angleterre ». Ensuite il y a deux cinq, trois quatre et demi, quelque chose comme une demi-douzaine de deux et une flopée de zéros.

Pliées en deux sur nos pupitres, en mâchouillant les trois petits gâteaux vitaminés qui viennent de nous être distribués par le mari de la concierge, un petit bonhomme aux yeux vifs de putois sous le béret basque et qui en disent long sur ce qu'il pense de l'équilibre mental et des attraits de Marie-Adèle Trochu, nous pouffons. Elle s'en aperçoit et c'est brusquement à hauteur d'étroit podium, de chaire professorale, l'apocalypse.

Mouettes décapitées, vidées de leur sang, oiseaux de papier, nos copies volent sous notre nez avant d'échouer, moitié sur nos pupitres, moitié sur le parquet. Nous prenons le parti de les ramasser en continuant à rire pendant qu'elle trépigne, traits révulsés sous son misérable chapeau couleur de suie.

Tout à coup, elle se calme. Quelque chose vient d'arriver. De décisif, d'apaisant même peut-être, pour elle. Quelque chose qui n'est sans doute rien d'autre que le renoncement définitif à espérer de nous que nous entrions dans l'univers de sa folie. Qu'à tout le moins en le feignant, nous l'aidions à sortir de son enfer. Celui de cette solitude de la chair et du cœur qui, venue s'ajouter à la liquidation de son passé, lui brouille les idées, lui mange le cerveau, lui ronge les nerfs, la réduit à un certain nombre de manies, de tics intellectuels et physiques lui tenant lieu de caractère.

Jamais nous ne l'aimerons. Jamais nous ne la respecterons. Jamais nous ne croirons en elle. Voilà ce qu'elle vient de comprendre. Ce qu'il lui faut accepter pour être elle-même. Comme on accepte qu'une porte refuse de s'ouvrir alors qu'on a longtemps frappé. Qu'une invitation à un bal, à un thé sur laquelle on comptait pour nouer une amitié, un baiser, prélude d'amour, ne vienne jamais. Et c'est alors qu'il vous tombe sur les épaules une de ces grandes paix glacées qui permet de survivre à soi-même après avoir enterré les dernières espérances qui vous servaient de boulet. Désormais, vous serez plus légère. Plus imperméable à autrui. Aux événements. Et puisque vous n'attendrez plus rien de personne, vous ne songerez même plus au suicide. Vous allez continuer d'avoir faim et froid à peu près comme tout le monde, dans cette ville. A vous enferrer, pendant vos cours dans la multiplicité des détails d'intendance régissant la Grande Armée jusqu'à son hécatombe, au détriment des grandes lignes de force qui régissent le cours de l'histoire des nations, mais ça n'aura plus d'importance, entre les élèves et vous.

Vous en avez pris votre parti. Elles aussi.

Et c'est pourquoi, Marie-Adèle Trochu, en attendant que la sonnerie la délivre de notre compagnie s'absorbera dans la lecture de ses propres notes durant que notre poignée d'irrécupérables aura de son côté décidé de lui rendre la pareille. De faire comme si elle n'existait plus. De plancher sur un devoir de géométrie, de latin... De s'adonner au tricotage d'une paire de gants avec des restes de laine ou simplement de cancaner en sourdine.

Il paraît que les deux sœurs X, l'une en première, l'autre en philo auraient, depuis la rentrée, chacune un amoureux allemand. Qui les emmènent dîner le samedi, dans une auberge où il y a des chambres aux environs du Mans. Quelqu'un les aurait, dit-on, reconnues, s'engouffrant avec eux à l'hôtel-restaurant du Faisan Doré, proche du camp militaire d'Auvours. Un établissement connu depuis longtemps par les viveurs et qui continue à faire son beurre avec les combinards du marché noir et un certain nombre de gradés de la Wehrmacht plus friands à l'occasion de la compagnie des petites Françaises complaisantes que des secrétaires en strict costume gris de la Kommandantur, ou des infirmières à longues robes rayées, à souliers bottier lacés serrés, aux cheveux cachés sous le strict bonnet qui les casque.

Les sœurs X je les connais de vue. Pas très belles pourtant. Surtout l'aînée avec un regard glauque, batracien. Après avoir été internes au lycée jusqu'en 1939, elles ont vécu chez des correspondants en ville. Ce qui leur a donné pas mal de liberté. Ce sont des filles de famille aisée mais dont le père, pharmacien de campagne, se serait paraît-il, ces temps-ci, découvert une vocation de champion de l'Ordre nouveau, à la Doriot. Comment ont-elles fait la connaissance de leurs galants galonnés et où ? Comment s'y sont-ils pris (puisque ce ne sont pas des grues) pour qu'elles deviennent pour de bon, leur petite amie ? Celle qui, régalée d'abord d'un bon souper, avec baisers volés à la clef, ensuite partagés, rendus, devient votre complice de plaisir et pourquoi non, amie de cœur ? Voilà qui échauffe nos imaginations, les entoure de cette sulfureuse odeur de scandale qui les isole des autres filles de leur promotion, qui leur battent, pour le moins, froid. Tandis que, surtout l'aînée, constamment sur ses gardes, les défie de ses yeux verts globuleux d'hyperthyroïdienne sans cesse sur le qui-vive et à laquelle, pour le moment, personne ne peut s'en prendre. Ni les professeurs, ni Marguerite Bolnat non plus qui continue à nous interdire, sous peine de renvoi, l'innocente fréquentation des lycéens. Pour ces deux-là, qu'elles en profitent. Qui vivra verra. Il se pourrait qu'elles ne perdent rien pour attendre.

Le ton monte et pour une fois pas spécialement le mien.

Certes, comme mes voisines de pupitre, la nouvelle me suffoque mais elle renforce en moi, à l'intuition, que l'amour peut être aveugle, imprévisible, dangereux. Que lorsqu'il prend, en dehors de toute vénalité, les couleurs de la passion, qu'il vous enferme dans le cercle de sa magie, vous voici devenue, comme à colin-maillard, le joueur aux yeux bandés, poursuivant, à tâtons, un partenaire pouvant user à son gré de votre impuissance à y voir clair.

Août 44, lors de la libération de la Sarthe, j'apprendrais, par la rumeur publique, que les sœurs X, ayant regagné après la fermeture du lycée, mi-juillet, la maison de leur père dans la petite ville où il tenait apothicairerie, pour avoir eu l'imprudence de s'être affichées jusque dans leur commune avec leurs amants qui les y avaient ramenées parfois en voiture, passaient un assez mauvais quart d'heure. Que, puisque c'était soi-disant de bonne guerre de sanctionner les histoires de fesses, voire d'amour avec l'occupant, abandonnant à son sort pour raisons majeures, aimée ou non, celle avec laquelle il avait tenu commerce, de retourner, vieux comme le monde, vieux comme l'Orient, sinon au rituel de la lapidation de la femme adultère : ici la France, honteusement cocufiée dans le lit de l'Allemagne, mais à celui, infamant, de l'humiliation publique, il y avait eu là des gens qui sauteraient sur l'occasion, non point pour faire enquêter par qui de droit sur leur père et elles, s'inquiéter si elles avaient nui pour de bon à leurs concitoyens, fait envoyer leurs voisins en prison, à la mort, mais pour les mettre nues et les tondre. Leur imposer, sinon le défilé en charrette le long des rues, ce qui eut lieu au Mans, comme ailleurs, pour quelques pauvres filles qui s'étaient seulement rendues coupables d'avoir eu des faiblesses pour un militaire d'outre-Rhin qui leur avait tapé dans l'œil, gentil garçon parfois dans le privé et qui préférait la petite employée de bureau, la serveuse de café qu'il avait repérée en faisant la sentinelle devant la caserne ou le bunker de l'Oberkommandant à la putain de service, mais la station prolongée à genoux sur la place de la mairie jusqu'à nuit tombante. Encore ne furent-elles ni battues, ni violées par la poignée de justiciers locaux dont plus d'un, en dernière minute, s'était improvisé héros de la Résistance. Et même elles s'en tirèrent sans croix gammée peinte au goudron en plein crâne et sur le cul.

Bilan pour le pharmacien, femme et filles, la vie derrière les volets qu'on n'ouvrait plus. Sa boutique mise en vente avec déménagement hâtif pour une destination inconnue.

Élevée par des parents farouchement adversaires des règlements de comptes sur le tas, de cette justice qu'on fait soi-même par besoin de donner libre cours à sa propre violence, aussi par lâcheté, si l'on a devant soi quelqu'un n'étant plus en état de parer les coups, pour ma part, finalement, je les plaignis. Non que je les aie jamais trouvées particulièrement sympathiques, même avant la guerre à l'internat, avec, dans leur comportement, quelque chose d'abrupt, de renfermé, encore une fois, surtout chez l'aînée et qui n'avait fait que s'accentuer à cause de la situation dans laquelle depuis 1942 elles s'étaient mises. Une situation que, puisqu'elles n'ignoraient ni qu'on les guettait ni qu'on se défiait d'elles comme du feu, elles avaient peut-être bien plus mal vécu, en réalité, que nous le supposions. Avec cela, d'autant plus explosive, que la cadette, en classe de première fréquentait avec les élèves de sa section, le cours d'anglais d'une Lorraine, Madame Dôme, une douloureuse petite rouquine, tavelée de taches de rousseur, mère de quatre gamins turbulents, dont le mari chef de réseau de Résistance dans la Sarthe, après son arrestation, un matin, à l'aube, venait d'être déporté avec deux de ses collègues professeurs du lycée de garçons. Messieurs Bouvet et Maréchal, tous deux professeurs de lettres et qui mourraient en camp de concentration.

Autre coup de théâtre, à la même époque sur la place du Mans. L'exécution, après jugement devant tribunal militaire, d'Emmeric, commandant allemand, convaincu d'espionnage, au profit de l'Angleterre après avoir assuré deux ans des responsabilités dans les services de sécurité de la Kommandantur. Sa fille et sa femme condamnées aux travaux forcés en Pologne où elles moururent sans doute et de misère et de mauvais traitements.

Je me souviens d'eux trois pour les avoir repérés, rue Émile-Duployé non loin de la rue Abraham où ils occupaient, alors réquisitionné à leur intention, un charmant pavillon d'angle dont l'aspect, jusqu'à ce jour n'a pratiquement pas changé, avec son petit jardin de façade, ses quelques marches à monter pour atteindre sa coquette porte d'entrée à linteau cintré, avec ses géraniums, avec ses baies.

Des Allemands du Nord sans doute. Des gens d'ailleurs. Grands, impénétrables, stylés. Presque des Scandinaves ! La mère en deux-pièces sombre, corsage immaculé de dame protestante, chignonnée, impeccable. La fille, mince comme un jonc. Vingt-six, vingt-sept ans peut-être. Cheveux fins, lisses, impalpables, la coiffant de fluidité, d'eau froide et claire, bougeante en travers du front quand par hasard, elle tournait la tête en vous croisant pour vous dévisager de ces yeux gris pâle, des yeux aigus et absents, couleur de Baltique. Avec cela, très entourée, du moins en apparence, par de jeunes officiers, jouant dans la rue ses chevaliers servants.

Destin tragique que celui des Emmeric. Digne à coup sûr d'être rappelé à la mémoire de l'Europe avec celui d'autres Allemands broyés comme eux, dès 1936, par la machine hitlérienne pour avoir tenté par la parole et par l'action de s'opposer au national-socialisme.

Pour en revenir aux sœurs X, comment par la suite, elles raccommodèrent les morceaux, essayèrent, avec les cheveux qui repoussent, le passé qu'on tâche d'enterrer, de se fabriquer une nouvelle peau, je l'ignore. Mais me revint encore aux oreilles que trois ans plus tard, l'amoureux de la cadette, décidé à retrouver sa trace après avoir survécu aux derniers combats livrés par l'Allemagne dans les Ardennes, avoir été rendu à la vie civile après deux ans de captivité dans un camp américain, était venu la chercher en France pour l'épouser et l'amener chez lui.

Histoire d'amour, entre ces deux-là, voilà tout.

Ni plus ni moins condamnable, moins acceptable que celle de ces prisonniers français, ramenant en 45 avec eux, cachée au passage de la frontière sous les bardas, les couvertures accumulées à l'angle d'un wagon, d'un camion militaire, avec la complicité de certains gars de Leclerc, de la 2e division blindée, des patriotes pourtant ceux-là, des baroudeurs sachant ce que risquer sa peau veut dire, mais qu'aussi l'amour peut planter sa tente n'importe où, jusque dans le plus ingrat des décors, le plus hostile, l'Allemande à laquelle ils tenaient. Une femme qui avait risqué la prison en se donnant à eux, en les entourant de soins, d'affection, comme de leur côté, s'ils avaient été pris au lit avec elle ou dans les tiédeurs de la paille de la ferme où ils travaillaient sous le même toit qu'elle, ils avaient risqué les cruautés d'un camp disciplinaire.

Quoi qu'il en soit, réussissant à quitter leur ville, leur quartier à la cloche de bois, à trouver asile chez une parente, une copine compréhensive, parfois avec un nourrisson sur les bras qui n'en pouvait mais d'être le fruit d'un croisement interdit, il y aurait les chanceuses échappant à la fièvre de l'épuration sauvage, à ses mises au pilori où, bien des femmes, elles-mêmes, prêteraient la main aux hommes pour se venger sans doute, avec les privations, des frustrations sexuelles et affectives endurées pendant l'éloignement de plus de deux millions de Français en captivité en Allemagne.

Plus chanceuses encore, quand, du moins politiquement peu compromises, elles s'étaient contentées de s'envoyer en l'air au Ritz, au Crillon, ou de recevoir chez elles quelque amant du camp ennemi, l'officier de haute volée circulant de nuit avec chauffeur à travers la vacuité silencieuse et morne de Paris, pour les rejoindre avec du champagne, des gâteries, des fleurs, des cigares, quelques intouchables femmes du monde ou de renom. Les irrésistibles cuisses légères quatre-étoiles dont la personne, que l'on sache, même s'il arriva qu'on les inquiétât un moment, ne fut ni déshabillée en pleine rue, ni tondue. Les prestigieuses viveuses fortes, au plus fort de la tempête, de leurs relations, de leur crédit dans tous les milieux, fussent-ils à couteaux tirés, les uns avec les autres. Rompues à l'art de plaire. A cibler leurs pâmoisons au gré de l'événement dans l'alcôve du nouvel homme du jour. Après l'Oberkommandant galant, brillant dans le privé, le collabo en vue, le résistant en vue, le plénipotentiaire yankee ou anglo-saxon tombé sous le charme et disposé sans être forcément dupe, à traiter leurs amours, d'hier, en enfantillages. A les blanchir. D'autant que certaines avaient même été parfois bonnes filles. Obtenant de leur Otto, de leur Karl, leur Ludwig la libération d'un ami, d'un proche, soupçonné de Résistance, l'ignorance feinte de sa part de la présence d'un juif dans leur immeuble, vivant et travaillant sous un faux nom.

Restait que, célébrées dans toutes les langues, chantées, non seulement par les vedettes allemandes du moment, les Zarah Leander, les Marika Rökk de l'Europe fasciste, mais à New York, à Londres par la Berlinoise Marlene Dietrich ayant fui, elle, le nazisme ; incarnant dans les rangs des armées adverses, la nostalgie du dernier baiser échangé avec elles, sous la lumière brumeuse d'un lampadaire éclairant la porte d'un casernement, les Lili Marlene sans gloire de quartier, ayant ouvert leur porte et leurs bras au petit chleuh sans grade du coin, mangé avec lui la portion de saucisse ou de lard qu'il avait échangée à la popote contre quelques marks avec le cuistot du bataillon, partagé de bon cœur avec lui sa maigre soupe (et après ils s'aimaient plus ou moins adroitement à l'étouffée sous les draps à cause des voisins et ils en attrapaient des sueurs incroyables malgré le froid et s'échangeaient entre eux de ces mouvements de reconnaissance, de ces élans du cœur dont le souvenir, quoi qu'il leur arrivât par la suite, resterait gravé en pleine chair) passeraient, plus d'une fois, un mauvais quart d'heure, paieraient le prix fort pour avoir eu des faiblesses de femme avec le garçon de Bavière, du Mecklembourg, de Thuringe placé sur leur chemin par les hasards d'une guerre interminable et barbare.

Donc, les sœurs X, entre autres, c'était vrai, n'allaient rien perdre pour attendre. Et nous ne croyions pas si bien dire ce jour-là, certaines, malmenant d'indignation leurs pupitres à coups de règle, bousculant leurs cahiers, leurs livres, d'autres, plus étales, échangeant des recettes de points de tricot pour la confection de bas de laine jusqu'à ce que l'heure de la sonnerie nous délivre d'un tête-à-tête devenu plus que jamais sans objet avec Marie-Adèle Trochu.

Cependant puisque ici-bas rien n'est simple dans l'être humain, que si j'ai l'âge de la cruauté, je ne le suis pas vraiment de nature, je décide de traîner un peu dans la classe, après le départ des autres. D'avoir pitié de Marie-Adèle Trochu continuant à griffonner on ne sait quoi sur une demi-feuille de papier étalée à l'intérieur de son manuel d'histoire. De l'approcher à la toucher alors qu'elle sent mauvais parce que le savon lui manque et pour son linge de corps et pour elle-même. Je prends mon élan. Je déclare tout à trac : « Je vous remercie, Mademoiselle, pour le sept sur vingt. Vous avez raison, ça ne les valait même pas. J'ai mal révisé. Pourtant, Napoléon m'intéresse et vous en parlez si bien, oui mais voilà, je ne l'aime pas. » Et je pose devant elle, au milieu du manuel d'histoire, un de mes trois petits gâteaux secs vitaminés. Celui, qu'après avoir ingurgité les deux autres en clabaudant au sujet des sœurs X, j'avais réservé pour mon goûter.

Comment oublier, avec ce regard de biais, redevenu humain, proche des êtres, des choses, de moi, les grosses larmes sales qui lui auront roulé le long des joues ? Et ce balbutiement à peine audible pour me dire : « Décidément, Annie Roulette, vous êtes un drôle de corps. Merci pour le petit gâteau mais je n'en veux pas. Reprenez-le. Il n'est pas question que je vous en prive. J'ai passé l'âge des vitamines, vous savez. »

« Il n'y a pas d'âge pour les vitamines, ai-je riposté. Goûtez-y pour me faire plaisir. Il n'est même pas mauvais. Il paraît même qu'on y met de la vraie farine, du vrai sucre dedans. De toute façon vous êtes obligée de le manger parce que je vous l'échange contre mon sept sur vingt. Comme ça, après, on sera quittes. »

Jamais oublié, non plus, ce rire, répondant par miracle au

mien. S'y accrochant comme à une bouée. Un rire à partager comme morceau de soleil ou de pain. Qui lui avait fendu la bouche en deux au point de la rendre, pour une seconde, à ce visage de petite fille menue, vive comme un passereau qu'elle avait dû être, quand elle avait un père et une mère, des frères et sœurs peut-être, des vêtements du dimanche d'avant la Première Grande Guerre mondiale, ornés de passementerie, des bottines bien cirées, des bas de coton blanc, bien tirés, tenus aux cuisses par des jarretières ponctuées d'une minuscule rose de soie bleue pour se promener dans Saint-Nazaire. Et c'est alors qu'elle s'était mise à grignoter le gâteau sec avec cette application de souris soucieuse de n'en rien perdre qui avait sans doute toujours été la sienne, l'avait conduite à faire des études patientes, minutieuses d'historienne qu'incapable désormais de maîtriser, elle dégurgitait à longueur de cours sous forme de bouillie verbale, d'incontinence de détails noyant l'essentiel. Un rire qui m'avait décidée de continuer à lui donner une fois la semaine, un, et même deux, de mes petits gâteaux.

Parmi les faits marquants de mon passage à la pension Saurin, avant le retour à l'internat, il y eut encore cette extravagante équipée qui nous conduisant à l'aventure, à travers les rues, Adeline, Lucette et moi, un dimanche après-midi, aurait pu tourner au drame.

Janvier 42. Un froid de canard ! Avec la pénurie de bois, de charbon, parvenir à faire monter le thermomètre jusqu'à onze degrés quelques heures par jour est devenu un exploit. L'eau est gelée dans les caniveaux, les gouttières. On pourrait y débiter la glace en tronçons à la hachette comme s'il s'agissait d'un gourdin, d'une grosse canne en verre plein enchâssée dans la rigidité d'une gaine de zinc. Les vitres de notre chambre-soupente où nous dormons avec, collées sous nos reins, des briques empaquetées dans de la toile après qu'elles ont été chauffées au four, à la cuisine de notre hôtesse, sont totalement obstruées par le givre. Un enchevêtrement fabuleux d'étoiles, d'éoliennes, de jets de salive étincelante, de fougères fossilisées dans l'épaisseur d'une plaque de quartz qui nous masque un ciel de lait pâle, écrémé, opposant, à son tour, au regard qui voudrait s'évader, réussir à y percer une trouée, s'élancer sur l'aile nomade du nuage, celle de l'oiseau, un second écran. Et puisque depuis une semaine, hommes, femmes, enfants, amis, ennemis, bêtes et gens se meuvent dans un décor somptuaire et désespérant de neige persistante, galonnant la nudité des vitrines de parements duveteux, que l'élan au-dessus d'un toit noir d'une cheminée comme passée à la chaux blanche n'est plus là que pour rappeler le temps où, le soir, autour d'un mirus de salle à manger, de poêle de classe, de fourneau, il faisait bon jouer aux cartes, aux dominos en sirotant du vin chaud et si l'on était en âge d'être amoureux, en se faisant du pied sous la table, que nous avons failli geler sur place ce matin à la messe, qu'à la pension Saurin, le déjeuner dominical a été aussi lamentable que d'habitude avec sa portion de saucisse de carne de bœuf sur un îlot de purée à l'eau, nous décidons, sur le coup de deux heures après-midi, de faire un éclat. C'est-à-dire de quitter nos lits-cages où nous nous étions réfugiées à moitié habillées pour avoir moins froid en lisant Duhamel, sa *Chronique des Pasquier* que j'ai décrochée pour deux sous, l'été dernier chez un libraire-soldeur, du Romain Rolland, du Saint-Exupéry ou quelque policier de la collection du Masque, à survoler sans conviction, parce que, ni les péripéties de l'enquête, ni les finasseries de la reconstitution du crime, ni même l'identité du criminel ne nous intéressent ; de remettre nos jupes, nos gilets, d'enfiler par-dessus nos bas, des socquettes de laine, de nous embobiner dans l'étirement de nos cache-nez pour sortir en ville. Pour ce que nous appelons, rigoler !

Rigoler qu'est-ce que ça peut bien être quand on a l'âge que nous avons ? Qu'on est acculées à mal manger, à endurer le froid à la limite du supportable, créant du matin au soir un tel malaise qu'il met les nerfs, l'imagination, les sens à vif, vous sort de vos gonds ? Qu'on n'a que rarement les moyens, en guise d'exutoire, d'aller au cinéma, ne fût-ce, honni soit qui mal en pense, pour voir un film allemand, écouter la belle voix rauque de Zarah Leander, chanter des chansons d'amour sous-titrées dans le genre : *Der Wind hat mir ein Lied erzählt (Le vent m'a murmuré une chanson)*, dans un décor romantique made in Germany, avec gerbe d'orchidées devant une fenêtre à store brodé, ni d'entrer dans un salon de thé (ils sont d'ailleurs pratiquement tous fermés) ? Qu'on fait partie d'une communauté nationale dont l'horizon est cadenassé, les possibilités d'avenir de même, par la présence d'un occupant qui ne cache plus ses intentions de la réduire à l'ombre d'elle-même ?

Rigoler ! C'est-à-dire, foncer tête baissée, pour échapper à ce qui vous maintient étroitement incarcéré dans la prison d'un corps brimé, malheureux, à cause duquel vous étouffez de toute votre âme. Se conduire en bélier, en taureau furieux qui rompt, cornes en avant, la palissade de l'enclos où il est parqué. Quelque chose comme l'évasion du bagnard, du condamné à perpétuité, du nègre marron. Autour de soi, en soi, dans chaque fibre, dans le cerveau, plus rien d'autre que cette frénésie de fuite, que cette promesse, ne fût-elle jamais tenue, pas même une heure, de respiration libre.

Nous voilà parties.

Accoutrées de nos démoralisants manteaux bleu marine foncé d'anciennes pensionnaires de la rue Berthelot, élargis à hauteur de hanches, de poitrine, depuis que nous avons des seins, avec des morceaux de lainage à carreaux ou de tweed de l'ancienne garde-robe de nos mères, avec nos parapluies en guise de cannes parce que la neige durcie est glissante, qu'elle donne aux rues, quasiment vides de promeneurs terrés chez eux, à part quelques troufions allemands, ayant quartier libre, circulant à deux ou trois, les oreillettes de leur calot rabattues et s'ennuyant, eux aussi, visiblement ferme, des allures de patinoire, avec, à ne jamais oublier en cas de vérification-surprise par la Feldgendarmerie, maintenue en place dans une poche sous notre mouchoir, notre carte d'identité, indiquant notre lieu de naissance, nos origines parentales, notre domicile habituel, nous prenons le large.

Le mien de manteau pour être au goût du jour, car il y en a quand même bel et bien un, non seulement à la rubrique Mode des journaux autorisés à paraître après visa de la censure ou résolument collabos, mais dans les quelques magazines féminins illustrés que l'on s'arrache, est pourvu d'une ceinture à boucle sur le devant mais qui lui donne, glissée par deux fentes pratiquées dans ses coutures latérales, de sorte à laisser le dos libre, des allures de cape. Celui d'Adeline dont les parents sont plus aisés que ceux de Lucette et les miens (ils vivent dans la Sarthe du Sud dans une île du Loir, affluent de la Maine, où ils exploitent une chute d'eau pour la production de l'électricité. Ils y font aussi valoir des vignes, possèdent des caves dans le tuffeau, échangent le jasnières blanc local, âpre, excitant et sec contre le litre d'huile chez l'épicier, contre la peau de mouton tannée par l'ancien ouvrier pelletier du coin qui a repris du service depuis que les temps sont durs et qu'on a remis à l'honneur le principe du troc) est le plus chaud des trois avec sa pelisse d'agneau. Et puisque le règlement du lycée continue d'exiger que, même vêtues de bric et de broc, nous ne sortions pas tête nue, mes compagnes sont en bonnets crochetés dans des laines bariolées et moi en béret de modiste. Façonné dans du feutre raide de teinte marine à la façon d'un chapeau, comme il a reçu la forme exacte d'un couvercle de camembert, ponctué en milieu de calotte, d'un cône rigide de même nature, il tient par conséquent à la fois du béret de marin de Hambourg et à la rigueur du casque à pointe.

De sorte que, posé tout droit sur mon crâne rond aux boucles mal disciplinées par des barrettes enjolivées de nœuds de ruban à pois, tenu en place, pour ne pas tomber, par un élastique derrière la nuque, il donne à mon visage large et clair de terrienne aux traits mobiles, des airs de matelot nordique travesti en fillette montée en graine de province française. En clownesse aussi. Ce couvre-chef époustouflant, ressorti depuis peu, par mes soins, du placard aux oubliettes de Marthe où il sommeillait depuis quatre ans. Encore une de nos folies chapelières, acquise à Paris cette fois sur les Boulevards, lors de notre unique voyage de cinq jours, à trois, dans la capitale pour la visite de l'Exposition universelle en 1938. Un défi au ridicule maintenant que j'ai passé l'âge du déguisement. Un de ces accessoires hilarants et déplacés à porter pour se moquer de soi et du monde, en période débridée de carnaval, qui fait se retourner les gens sur moi, piétaille occupante comprise. Une initiative prise de ma part pour ne pas sombrer dans les banalités du bonnet tricoté maison.

Devant nous, après avoir bifurqué sur notre gauche pour quitter la rue Crochardière, parallèle à l'avenue de la Gare, la rue Auvray. Sa perspective de voie rectiligne, tirée au cordeau, aimantant les pas du promeneur qui s'y engage, en même temps qu'elle l'effarouche. Car elle débouche sur un à-pic, un tertre herbeux surplombant la rivière. De sorte que, lorsqu'on la découvre à ses pieds, c'est comme dans les rêves. Quand tout à coup, ce qu'on appelle l'être éveillé, son côté achevé, rassurant, ce qui lui donne une pesanteur, une stabilité, une force d'inertie, fout le camp. Que c'est la rupture d'avec le sol ferme, la fuite en avant vers le gouffre, vers l'estuaire. Vers la perfidie envoûtante des eaux. Ici, celles de la Sarthe. Son cheminement silencieux, mortifère d'énorme anguille décapitée, poisseuse des vases, des scories de l'hiver, entre deux rives de quais de débarquement de moellons, de grès roussard de Mayenne, d'ardoises d'Anjou, de grumes des forêts de Normandie, en bordure de chemin de halage désaffecté. Avec, pour l'agrément, plantés de lauriers-roses, de buis, de conifères d'ornement, d'étroits jardins publics ménagés sur le tracé de l'ancien chemin de ronde des fortifications ayant naguère ceinturé la ville médiévale.

C'est vers l'un de ces jardins, pris de glace et resserré comme les autres dans le corset d'un mur d'enceinte démantelé, formant terrasse à l'ombre du pont de Fer que, moitié pataugeant avec nos souliers qui prennent l'eau dans des épaisseurs de neige boueuse, moitié perdant l'équilibre sur les trottoirs glissants, nous nous dirigeons.

L'enjeu de cette expédition, de cette équipée sauvage, après avoir prétendu que nous allons aux vêpres suivies de la récitation d'un chapelet pour nos chers prisonniers de guerre, étant de nous créer des sensations de liberté susceptibles de nous donner l'illusion d'être ailleurs. En quelque lieu secret, aussi malaisé à atteindre qu'à deviner. Où personne ne s'aviserait de nous supposer.

Le feu de la neige et du froid aux mollets, aux joues, aux phalanges mangées d'engelures, à moitié saoules de faim, d'excitation, c'est avec, en nous, cette révolte contre tous, contre tout, qui nous travaille depuis des jours, au fur et à mesure des épreuves à endurer, des interdits à subir, pas seulement de la part des Allemands, mais du lycée, de nos parents aussi, craignant pour nous, à l'âge de tous les embrigadements possibles sur un terrain miné par le fascisme, quelque entraînement qui nous conduirait à nous compromettre avec lui, ou à l'inverse, à nous découvrir une âme de résistante activiste, dangereuse pour nos vies, avec cette turbulence dans nos têtes, nous donnant l'impression d'y voir rouge autour de nous, alors que le monde a la couleur d'un suaire, que nous accrochant d'une mitaine ravaudée à la rampe de fer de l'escalier du tertre pour en descendre les marches verglacées, nous nous dirigeons vers la rive gauche de la Sarthe.

Nous voici dans le jardin.

Dans ce monde végétal, devenu statuaire, où, sur quelques mètres carrés de splendeur immaculée, vergetée par endroits, d'hiéroglyphes de pattes d'oiseau, de leur trajectoire de ballet-écriture dans l'épaisseur d'une tablette de cire blanche, friable, où chaque buisson, chaque arbuste taillé de main d'homme et au ciseau, en forme de globe, de croix grecque, de roue de paon fait, à cause du froid, bloc avec lui-même, a pris la rigidité de la pierre, nous nous tenons d'abord décontenancées, craintives, le souffle court, avec l'envie inavouable, de rebrousser chemin. De retrouver, même sans attraits, les banalités rassurantes de la salle à manger de la pension Saurin. De son buffet Henri II encastré dans la pénombre d'une pièce orientée vers le nord.

Pourtant, c'était bien ce que nous voulions, tout à l'heure, cette irruption hasardeuse dans nos vies, d'univers de formes rigides, de musée lapidaire où l'on marche entre les statues, entre les ruines, comme entre les tombes, à la recherche d'un nom impossible à découvrir. A travers lui, d'un message qui deviendrait audible. De cimetière érigé à la lisière de la noyade, car, pour avoir voulu approcher de trop près un pilier du pont passé au talc, nous hisser sur nos pointes pour en atteindre du doigt le chapiteau couronné de stalactites étincelantes, toute l'aventure, notre aventure, pourrait basculer dans l'horreur. Il suffirait que, mal chaussé, mal préparé aussi à l'épreuve de la mince couche de névé qui en maçonne la base, le pied glisse. Alors, l'une d'entre nous, désignée par le destin, disparaîtrait avec un hurlement de bête violentée, poussée vers l'abattoir à coups de fouet, dans les tourbillons du barrage. Quelques secondes suffiraient. Le temps d'être assommée par ses verges glacées, de se remplir les poumons d'eau sale, pour que cette jeune vie, en train de rejoindre la mort par le fond comme une carpe ballonnée, un chien la pierre au cou, n'ait servi à rien qu'à faire le malheur de ceux qui la lui avaient donnée, avaient espéré qu'elle prolongerait la leur.

Voilà pourquoi, dépassées, une fois de plus, par les possibles conséquences de nos initiatives inavouables, ainsi celle de la Mounette quand elle finit par se jeter à l'eau, par tendre ses reins au matou d'à côté, traversées de frissons, viscères noués, prises au collet par la conscience du danger que nous courons, sur les bords de cette rivière dense et sombre comme du mercure, pour ne pas hurler comme des louves flairant la présence des chasseurs et des chiens, nous nous mettons à danser sur place, à glapir, à bouffonner en donnant dans le pot-pourri exécrable allant du *Tiens, voilà du boudin, Maréchal, nous voilà, Tout va très bien, madame la marquise, C'est dans le bois qu'avec François j'ai perdu mon ombrelle à Donne-moi ton corps, J't'aime jusqu'à la mort* et autres facéties du même tonneau. Qui nous font rebondir sur nos pieds, retrouver, pour quitter le jardin funèbre, notre assurance de demoiselles lycéennes en rupture de ban ; le tonus qu'il faut, pour rompre le barrage des interdits de cette chienne de vie qui nous est faite.

D'autant qu'un flic de service, à capote verdie d'usure, transi autant que nous, circulant lourdement à pied dans des épaisseurs de neige le long de l'avenue (après le couvre-feu c'est la Feldgendarmerie qui prendra le relais), un fonctionnaire de police à profil sérieux et long nez qui ressemble à mon cousin Bourgault, lui-même agent de police de son état et que j'ai la consigne, de la part de ma famille, d'embrasser dans la rue quand je le rencontre : « Bonjour, cousin. – Bonjour, cousine. Dis bien des choses au cousin Roulette quand tu le verras » et ensuite, si les copines, m'attendant sur le trottoir d'en face, se croient obligées de rouler des yeux blancs, de me mettre en boîte, je leur jette au nez, avec coups de cartable ou de pépin dans les jarrets toujours, que c'est mon droit d'être à tu et à toi avec les forces de l'ordre, nous a repérées.

Nous. Notre trio de mineures emmitouflées dans des châles. D'oursonnes nous adonnant, sous un pilier de pont verglacé, à une mystérieuse danse rituelle orchestrée par quelque musique d'ultrasons que nous sommes seules à décrypter. A laquelle succèdent des chansons à boire ou d'amour réservées, en principe, aux gaillardises des fins de repas de mariage, quand l'assistance est éméchée, mûre pour danser la polka piquée après le dernier coup de gnole et le vol de la jarretière de la mariée par le garçon d'honneur, chargé d'exercer pour la circonstance, ne fût-ce qu'à titre symbolique, le droit de cuissage. Et puisqu'il a visiblement l'air de trouver que nous manquons de tenue, que nous n'avons rien à faire dans ce jardin aux allures de mince presqu'île polaire, nous retrouvons, pour le dépasser, des allures convenables de jeunes filles soucieuses de discrétion et qui ne sortent en ville qu'avec l'agrément de leur vigilante famille.

Or Dieu sait et le diable naturellement, ce que, nous tenant ostensiblement bras dessus dessous, avec des mines de saintes-nitouches, maintenant, nous mitonnons.

Comme il nous reste trois quarts d'heure à peu près pour nous balader avant le couvre-feu, fixé en cette période de solstice d'hiver à dix-sept heures trente, juste une demi-heure avant la fin de séance, au cinéma, au théâtre, car au milieu de tout ce malheur, il y a parfois du théâtre en matinée, les samedis et dimanches où, sur une scène glaciale, décorée d'un mobilier charmant de salon romantique, des comédiennes de Paris, pour jouer *Les Caprices de Marianne* ou *Il faut qu'une porte soit ouverte ou fermée*, apparaissent, trésors extirpés des réserves somptueuses de la Comédie-Française, en merveilleuses jupes gonflantes qui les transforment en abat-jour soyeux animés d'un balancement doux, de la taille et des hanches pour donner la réplique à des comédiens porteurs de chemises à jabot mousseux sous des redingotes à boutons de jais, nous avons décidé, non seulement de prolonger la vadrouille en faisant un détour par la gare et de remonter l'avenue Thiers, une des plus grandes artères du Mans qui ramène à ce qui fut, hier encore, son quartier commerçant, mais pour n'avoir pas pu, à cause de ce bougre d'agent, faire provision de dérèglement sur les bords de Sarthe, de hausser sérieusement la barre.

De tenter le coup d'audace qui suscite le grand frisson. D'atteindre la cote d'alerte de la délinquance juvénile française face à l'exercice de coercition policière hitlérienne, en profitant de la tombée du jour et de l'absence d'éclairage dans les rues pour, après avoir visé juste, faire mine de perdre l'équilibre sur le verglas du trottoir à hauteur de la sentinelle allemande de corvée de garde devant l'hôtel de Paris. Histoire, non seulement de troubler son va-et-vient mais, pire encore, de le bousculer et, nom de Dieu, et c'est ça qui serait le rêve, de le faire atterrir, s'il le faut, avec nous, cul allemand, culs petites mademoiselles françaises confondus, dans la gadoue d'un hiver aux rigueurs aussi impitoyables que celles du destin.

Après, on pourra toujours s'excuser, prétendre, si nous sommes appréhendées, que sur un sol transformé, en cet endroit, en patinoire pour l'humble passant qui se hâte de rentrer chez lui, le mauvais état de nos semelles nous a trahies.

Bras dessus dessous pour nous tenir chaud, nous sentir solidaires, camarades unies à la vie à la mort par les perspectives d'une entreprise à haut risque, susceptible de nous conduire au violon, sinon au poteau, nous remontons l'avenue Thiers. D'ailleurs, nous imaginons avoir tout prévu. En cas de vrai grabuge, nos explications sont prêtes, et puisque je suis une des moins médiocres élèves de la classe d'allemand, j'ai déjà préparé les phrases d'excuse qui témoigneront et de mes connaissances grammaticales et de l'étendue de mon vocabulaire auprès des autorités allemandes : « Excusez-nous, s'il vous plaît. Nous sommes désolées. Nous avons glissé sur la neige glacée. »

Le moral au zénith ou presque, nous longeons, au passage, une façade de cinéma encore ouvert annonçant sur fond d'affiche couleur de muraille avec profil de femme esquissé à grands traits sulfureux, un film policier : *L'Inconnue au gardénia*. Du hall d'entrée, déjà plongé dans le noir, il faut emprunter, pour entrer dans la salle qui le surplombe, un escalier raide, presque de meunier, tapissé de moleskine sombre maintenue en place par des tiges d'acier. Nous aurions dû, si nous avions eu de quoi payer nos places, nous enfourner dans l'obscurité de cette salle où se déroule, sur écran, on ne sait quel drame assaisonné de poursuites policières, d'exécutions, à la pointe de l'aube, d'officiers dégradés ou de belle espionne aux yeux bandés, qui, nous matraquant deux bonnes heures d'images fabriquées, nous aurait peut-être maté les nerfs, servi d'exutoire, incité à un retour sans histoire à la pension Saurin. Oui mais, voilà, nous sommes lancées.

Nous longeons l'alignée des mornes bistrots pour voyageurs en transit caractéristiques du quartier. L'un d'eux, aux allures de cave avec ses trois ou quatre marches à descendre pour accéder au bar est désormais particulièrement mal famé. Boîte à matelots de passage des mers Baltique et du Nord rejoignant leurs navires de guerre mouillant le long des côtes de Brest, de Saint-Nazaire, de Cherbourg et qui s'y envoient, en arrière-salle, entre deux bières, deux correspondances de train, la pute de service, une habituée des lieux qui ne bosse que pour elle. Une indépendante !

Après cette enfilade de lieux de perdition, il y a une église. Sans ancienneté, sans style mais bien fréquentée par les gens du quartier et les enfants de l'école catholique de la Visitation qui la prolonge à l'arrière. Viennent encore des immeubles de rapport, une boutique de maroquinerie où l'on ne vend plus que des sacs en toile de jute montés sur carton, l'autogare, son hall de ciment sinistre où l'on fait la queue pour réussir à prendre place dans la poignée de cars équipés au gazogène qui assurent, peu ou prou, une fois le matin, une fois le soir la liaison, entre les principales bourgades du département et le chef-lieu.

Voici l'hôtel de Paris, enfin ! Sa façade à perron cintré, presque seigneurial. Les baies à petits bois chantournés de ses salons-fumoirs, de ses salles à manger dont on dit que les tables sont marquetées, leurs sièges capitonnés de velours, les dosserets de lit dans les chambres de même. Tout ce faste désormais réservé au gratin allemand que l'on sait.

Surtout, ne pas nous dégonfler, pire encore, ne pas nous laisser désarmer.

Par ce profil joufflu, presque d'enfant, qu'a justement ce soir, en train de faire les cent pas, à notre portée, la sentinelle de faction, d'ordinaire bien plus redoutable sous le chaudron du casque. Par ce corps de jeune homme qu'on devine délié, presque fragile, végétal, sous l'épaisseur de la bure du militaire sans grade, au pantalon d'un gris pierreux, ramassé aux chevilles dans la lourdeur des bottes courtes maculées de neige du fantassin. Ne pas nous demander à quoi, peut-être, il rêve, la main crispée sur la bandoulière du fusil, le poignard court au ceinturon. Aux bretzels de sa mère, à ses petits gâteaux parfumés au gingembre, à la cannelle, au pavot, à ses petits pâtés de viande servis dans une soupe chaude avec des tranches de rave, avec du chou ; aux seins gonflés de sève de la fille de son âge qui lui écrit des lettres où elle mêle la vocation civilisatrice de la Grande Allemagne avec le désir qu'elle a de lui, passionné, animal et tendre, de ses lèvres, de ses mains sur elle, dans le creuset de sa chaleur. Des lèvres, des mains, à cette heure violettes de froid devant la façade de l'hôtel de Paris au Mans.

L'une poussant l'autre à l'autre soudée, bulldozer de chair de filles enfiévrées, aimantées, autant que par la volonté de démystification symbolique de l'invulnérabilité allemande en la faisant d'une bourrade tomber de son piédestal que par celui d'effleurer la sienne : sa chair de jeune homme d'une nation ennemie, tyrannique plus encore, mais échappant, comme toute chair, à son insu, au nôtre, à tous les interdits politiques et raciaux, leur criminelle stupidité, talonnées par le besoin aussi brûlant qu'inavoué, d'en identifier ne fût-ce qu'une seconde, le degré d'innocente virilité qui le dépasse, nous dépasse ; à travers elle, celle des frères de nos amies, des fils des amis de nos familles, celle de l'inconnu de la rue et dont parents, professeurs, directeurs de conscience ne cessent de nous tenir vigoureusement à l'écart, nous fonçons.

Dieu soit loué, l'espèce de giration aveugle que notre bloc aura exercée quelques secondes sur son pivot, de dérive d'aiguille de boussole ayant volontairement perdu le nord, aboutira, non pas sur sa planète de soldat allemand à lui, pleine de zones d'ombre, d'embûches, mais sur celle, inopinée, venant imposer sa trajectoire rectiligne entre la sienne et la nôtre, d'un passant, en long pardessus lui battant les jarrets, et qui, jaillissant de la demi-obscurité en sens inverse, essuiera sur la neige glissante notre coup de boutoir. C'est lui qui sera tombé dans la gadoue en jurant de fureur contre nous. Contre notre maladresse de jeunes cruches, notre fuite aussi lâche qu'éperdue, sans un mot d'excuse, par la rue formant directement angle avec l'hôtel de Paris en direction de la rue Crochardière. Quant à la sentinelle au profil joufflu, le regardant, qui sait, avec une commisération vague, un haussement d'épaules intérieur pour notre trio de jeunes folles en dérive sur un sol verglacé, pour notre mauvaise éducation française aussi, elle n'aura sans doute pas même éprouvé, à cette heure dangereuse pourtant, où dans une ville, à la tombée du jour, tout redevient forêt, carrefour végétal, où, pour l'homme comme pour la bête les risques se multiplient, le besoin de mettre franchement le doigt sur la détente.

De cette peur rétrospective du danger que nous avions couru en jouant et par esprit de fronde et par sensualité, à tout le moins autant que par velléité de conscience politique à nous prouver que la sentinelle de l'hôtel de Paris n'était pas intouchable, j'ai gardé le souvenir comme elle nous avait donné faim ! Comme une fois engouffrées dans l'étroit vestibule de la pension Saurin, autant que du besoin pressant de vider nos vessies dans les latrines de son arrière-cour, elle nous avait jetées là-haut sur nos boîtes à provisions que nous avions presque entièrement vidées ; saisies que nous avions été d'une boulimie incontrôlable qui avait eu pour conséquence de nous réduire presque au pain sec les matins des jours suivants, jusqu'à ce que nous puissions retourner dans nos familles. Du dernier morceau d'andouille d'Adeline, à mon fond de pot de confiture de rhubarbe, du restant de quart de beurre de Lucette à l'ultime tranche de quatre-quarts rassis, de la poignée de noix d'Aulaines, aux prunes du Val-de-Loire séchées sur claies sous le soleil des coteaux de Vouvray, tout y serait passé. Collation mémorable entre compagnons de baroud. Partageant, terrés dans leur gourbi, après l'attaque qui fut chaude le pain et le sel. Avec, pour terminer la soirée, brouiller les cartes à la maisonnée, la partie de nain jaune à la salle à manger.

Une rentrée dans l'ordre dans les têtes, les cœurs et les corps. Du moins en apparence !

Car au-delà de nos complicités donc, il y a nos tensions. A telle enseigne, qu'une fois Adeline et moi nous serons battues. Lucette, gentille fille, du tout sotte, mais sans sérieuses aspérités de caractère, demeurant exclue de la plupart de nos affrontements à deux. Qui auront fait qu'Adeline dépassant, un soir, pour cause d'exaspération virulente à mon égard, le simple stade des empoignades verbales, de la poussée de fièvre qui finit par retomber sur elle-même comme une pâte mal levée, armée de la brique de son lit, debout au-dessus du mien où j'étais déjà couchée, en aura profité pour m'en administrer d'assez rudes coups aux bras, aux épaules avec, dans les yeux, ce quelque chose de dangereux qui doit bien, partout au monde, être dans un regard le signe du prélude au massacre. Quelque chose qui m'avait jetée hors des couvertures, fait empoigner une chaise, la darder contre elle pieds en avant, la plaquer dos au mur en la menaçant, si elle ne lâchait pas la brique, de l'assommer. Heureusement, Lucette, assise en tailleur dans sa chemise de nuit sur son lit s'était mise à crier.

Elle avait crié que c'était honteux d'en arriver là quand on est amies comme nous l'étions. Que nous allions nous faire mal, nous casser un poignet, nous éborgner. Que si nous continuions, elle allait descendre chercher Madame Saurin. Et, lancée sur un ton péremptoire qui ne lui était pas coutumier, la menace nous avait douchées.

Adeline avait lâché sa brique, moi la chaise et lui tournant le dos je m'étais remise au lit pendant que de son côté elle se déshabillait pour gagner le sien, voisin du mien, tout en chantonnant pour donner le change comme si de rien n'était. Qu'il ne se fût agi, à tout prendre, que de l'un de ces incidents mineurs qui ne vaudront même pas la peine, par la suite, d'être évoqués. C'était d'ailleurs depuis un certain temps devenu sa tactique, censée signifier qu'elle n'avait pas de comptes à rendre sur ses sautes d'humeur, que ce chantonnement persifleur, à la limite du supportable.

Tout avait pourtant marché quasiment comme sur du velours quelque trois ans plus tôt entre cette petite Sarthoise du Sud, vive comme un merle, un passereau, à visage clair, étiré de Habsbourg, de Marie-Antoinette d'Autriche tourangelle, à long nez, lèvres bien ourlées et pulpeuses, née sur les bords du Loir, en vieux pays troglodyte où l'on vivait, encore à l'occasion, ménagées à même le tuffeau, dans des maisons-grottes dont la fumée de cheminée empanachait, plantée de vignes, de vergers, la falaise de craie qui leur servait de toit et moi, la Sarthoise du Nord, la mâtinée de Celte et de Viking, la buveuse de cidre doux, l'amateur de ripailles en décembre quand on tue le cochon, l'inconditionnelle des forêts où l'on s'enfonce comme dans une mer. Et ce rapprochement entre nous avait sans doute tenu, à ce qu'au naturel, nous étions, chacune à sa façon, bonnes vivantes. Avec des habitudes, quand l'occasion s'en présentait, de banqueter sans façon en famille, aux communions, dans les noces, avec les lurons du cru, les paysans-vignerons de par chez elle, portés, au temps des vendanges, de la mise en barrique ou en bouteilles dans les caves de la falaise toujours, sur le petit blanc sec du pays, le jasnières, à siffler avec la matelote d'anguilles ou la fricassée de poulet. Avec les éleveurs céréaliers de par chez moi, portés, eux, sur la gnole, le bœuf au cidre, le ragoût de mouton de même, et, bien sûr, les rillettes.

En bref elle me trouvait marrante, attractive avec mes histoires de frère naturel ottoman, mon aplomb désespéré d'histrion, de bateleuse pour chanter *Le Chaland qui passe* ou *Ramona ;* mon goût pour l'élevage des escargots et le tango que je lui faisais danser, mon tablier rose mis à l'envers en guise de smoking, elle une fleur en papier d'étain sur l'estomac pour faire plus habillé.

Bien plus aisés que les miens, puisque ses parents tenaient donc une usine de production d'électricité dans une île entre Château-du-Loir et Vouvray ; qu'ils avaient acquis, en 42 je crois, un hôtel d'assez bon standing rue de Fleurus, où les chambres étaient généralement louées au mois, à des employés de banque, de magasin, des comptables, tous, plus ou moins célibataires endurcis et prenant leurs repas en ville, sa mère avait été tout bonnement postière avant son mariage avec son père, petit homme rond, sans façons, qui avait, comme le mien, appris le métier de cuisinier avant de se lancer un peu dans les affaires. D'avoir su acheter quand il le fallait pour arrondir son avoir. Les Coutard choyaient beaucoup leur fille qui s'était mise, de son côté, à me gâter copieusement à l'heure du goûter en friandises, en provisions de bouche qu'elle avait en abondance. Pour lui avoir un jour confié mon penchant pour le haut goût du saucisson de Lyon qui n'apparaissait chez nous sur la table en entrée qu'aux jours fastes avec le céleri rémoulade et le filet de hareng mariné dans l'huile d'olive, elle avait battu le rappel auprès des gens de sa maison, obtenu d'eux, double ration de cochonnaille à partager avec moi.

J'avoue avoir gardé, à l'heure qu'il est, de ces collations à la gauloise d'avant-guerre, où la tartine beurrée d'une main, le demi-saucisson sec de l'autre, nous folâtrions de concert sous les tilleuls de la cour du lycée Berthelot en nous gavant de charcuterie fine ou de campagne savourée sur le pouce, entre deux corvées, celle des cours, celle de l'étude du soir, un de mes souvenirs les plus vivaces et de plaisir et de libre amitié, alors sans ombre. De toute notre bouche grasse, de toutes nos dents, taquinées délicieusement par la viande sèche, les épices, nous riions à notre avenir qui se confondait avec ce régal, cette frairie, alors que, devant nous, il y avait la guerre. Que nous n'en savions rien. Que nous gobions l'instant comme fruit juteux, raisin doux !

Les ombres entre nous viendraient plus tard. Quand Adeline, bonne élève en français, s'aviserait, au fur et à mesure des années, que je pouvais non seulement être une meneuse de jeu à tout crin, mais une rivale en classe de lettres. M'y affirmer, au point, de décrocher souvent, en dissertation, ce qui la mettait hors d'elle, une note supérieure à la sienne. Car, et qui l'eût cru, les temps avaient changé. Après avoir été en cinquième la bête noire de Madame Garcelin, deux ans plus tard, la retrouvant en troisième, elle, son caractère pointu comme son chapeau, ses gestes mécaniques de créature frustrée et bien entendu frappée de surcroît, comme tout le monde, la pauvre, par la dureté de nos conditions de vie, j'étais devenue, décidément rodée par la fréquentation du latin, l'art de la traduction au flair autant qu'au savoir, sa préférée parce que imbattable, du moins par rapport à l'ensemble de la classe, en décryptage d'extraits de textes en vieux français. Qui, en passant par le *Roman de Renard*, les aventures de Lancelot et la *Ballade des dames du temps jadis* de Villon, constituant un bon tiers de notre programme, faisaient bayer aux corneilles la plupart de mes condisciples. Pour l'archaïsme des termes, des tournures dont je faisais mes délices, j'éprouvais une passion. La même que celle du collectionneur d'étoffes, de tapisseries anciennes, de celui qui s'abîme dans la contemplation des fresques, des monuments, des objets, des machineries antiques, de l'intemporalité de leur message, des énergies intactes, revitalisantes qui s'en dégagent.

Ce qui faisait qu'on entendait de la part de mon ancienne ennemie des réflexions proprement ahurissantes du genre : « On se demande dans cette classe où apparemment tout le monde a avalé des somnifères avant de se traîner jusqu'ici, ce qu'on deviendrait sans Annie Roulette. »

Pour moi, de quoi pavoiser ! Pour Adeline, de quoi grincer des dents ! Car, si ç'avait été très vite entre nous, une raison supplémentaire de rapprochement que nous ayons été toutes deux plus des littéraires que des mathématiciennes ou des scientifiques, c'était devenu désormais un sujet de friction quand je m'étais mise de plus en plus souvent à obtenir en dissertation des résultats qui dépassaient les siens.

Dieu sait pourtant combien, aussi longtemps qu'elle avait cru qu'elle pourrait toujours, sinon me dominer, mais continuer à donner moralement et intellectuellement le ton, comme elle avait tenu à moi. Pleurant quand je m'amusais avec une autre. S'accrochant de toute sa sensibilité un peu morbide d'adolescente surgâtée, à ma vitalité de luronne douloureuse qui l'aimait alors de tout son cœur, mais refusait d'être par elle entièrement gouvernée. Car, s'il y avait en elle quelque chose à sauver qui n'était pas moi, il y avait, ce qu'elle n'acceptait pas, quelque chose à sauver en moi, qui n'était pas elle.

Et puis, avant nos retrouvailles à la pension Saurin, car elle avait cette année-là, de nouveau tout fait pour m'y rejoindre, alors que sa famille aurait pu lui trouver meilleur gîte et meilleure table dans Le Mans, il y avait eu, à cause de la fermeture de l'internat Berthelot et de l'entrée en guerre, un sérieux hiatus entre nous.

Pendant qu'on m'accueillait chez Ginette, rue Abraham, par je ne sais quelle filière, quelles relations, Adeline avait été prise en charge par le directeur de la Banque de France et Madame.

Avec ses somptueuses grilles noires et dorées taillées en fer de lance, sa vaste cour pavée interposant, entre ses bâtiments datant du premier Empire, inscrits entre les très bourgeoises rues des Arènes et de Tascher et les allées et venues du tout-venant à ses frontières, ce qu'il fallait de distance, la Banque de France avait, a toujours, de quoi intimider.

En ces lieux privilégiés, au-dessus de l'enfilade des bureaux, des salles de travail, des chambres fortes où se jouait, au rez-de-chaussée, à huis clos, le sort financier de la nation, celui du grand parvenu d'après les Bourbons et du petit épargnant qui mourrait dans les plaines de Russie, de leurs descendants à venir, dans les appartements privés à belles fenêtres hautes et régulières où, sur des parquets assemblés au point de Hongrie ou plus simplement à l'anglaise, des tapis, en provenance de la manufacture d'Aubusson (parfois ils venaient d'Orient, de Boukhara ou de Perse) fleurissaient ici ou là comme des parterres d'où il serait monté, après chaque grand nettoyage des pièces par la femme de chambre une fine odeur de cire, Adeline, prise en main par Madame qui n'avait pas d'enfant et se découvrait, cette année-là, une vocation d'éducatrice bienveillante et soucieuse de l'affiner, comme si elle eût été de son sang, apprendrait l'usage des couverts à poisson, de la cuillère à entremets à ne pas confondre avec celle à café ; du couteau à dessert à ne pas confondre, lui, avec celui du fromage. Aussi à prendre le thé.

Bien évidemment rien à voir avec nos ripailles au débotté de l'année précédente, nos mains poisseuses, nos nourritures plébéiennes de cochers de fiacre.

Assise en fin de soirée, avant le souper, sur une ravissante chaise basse aux pieds de Madame, désireuse de lui sonder les reins et le cœur, de contribuer à faire naître en elle des sentiments résolument élevés, de lui faire toucher du doigt ce qu'on appelle la distinction, livrée à un jeu de miroirs ambigu, narcissique, celui d'une femme par trop sûre d'elle, à tous égards, de sa beauté (car elle en avait), de sa position dans une ville où toutes les portes lui étaient ouvertes, lui permettaient de trier son monde sur le volet, de se fournir dans les meilleures boutiques et qui tirait, de surcroît, une sorte de volupté à pouvoir se contempler dans les yeux admiratifs d'une jeune adolescente subjuguée par ses manières, ses toilettes, la façon olympienne qu'elle avait de donner ses ordres le matin à sa cuisinière, de s'adresser à son aimable, insondable haut fonctionnaire des Finances de mari, d'un ton à la fois enjoué et lointain d'épouse choyée dont il suffisait à lui, que, remontant le somptueux escalier intérieur assurant la communication entre son bureau et les appartements, il ouvrît la porte d'entrée pour savoir si elle était rentrée de ses visites, de ses essayages, à la qualité de son parfum qui régnait ou non dans le vestibule, Adeline était en train d'oublier tout le reste ou presque. D'oublier qui elle était. Une enfant d'esprit délié, portée à la lecture, à la poésie, à la réflexion mais, aussi, fille de terroir, d'humus. Comme ses parents, eux aussi, d'esprit délié, d'humeur entreprenante, mais sans prétention, l'étaient. Gens de cœur et d'accueil au demeurant comme les Mayrand. En particulier avec moi parce que j'étais l'amie de leur fille. Lui jovial, guilleret même. Aimant, comme tous les Tourangeaux Angevins, à l'irritation plus ou moins virulente de leurs femmes, se donner de l'air à la saison des vendanges. Nomadiser de cave en cave pour des priapées locales entre Chavaîgnes et Vouvray. S'y adonner aux délices du tâte-vin jusqu'à nuit longuement tombée, à la lueur de falots suspendus par des crochets aux parois de grottes parfois traversées d'une source qu'il fallait enjamber pour voguer d'une barrique à l'autre et qui ne m'appela jamais, quand j'habitai toute une année chez lui, rue de Fleurus, après la Libération, en classe de philo, qu'Anisette, comme si j'étais, à coup sûr, une bonne liqueur, un bon cru ! Elle, pas très grande non plus. Yeux en amande, nez long (Adeline lui ressemblait), active, enjouée, bonne ménagère, bonne hôtelière aussi quand elle le devint. Et qui aimait les potins. Nous régalait d'anecdotes au sujet de ses locataires. Ainsi de la liaison de Monsieur X avec une femme mariée, chef de rayon aux Nouvelles Galeries. Un fameux fil à la patte qui l'avait toujours empêché de se mettre lui-même en ménage ! Aussi des amours des femmes de chambre, tout cela en nous faisant sauter des crêpes à la cuisine.

Ce qui nous avait tant attirées l'une vers l'autre, en sixième, c'était cela qu'elle tenait d'eux, ce goût rabelaisien pour la frairie, les joyeusetés conviviales villageoises, comme le désir rapproche les amants en puissance avant qu'ils ne sachent encore s'ils sont faits l'un pour l'autre. Si ce désir sera un piège que leur sensualité leur tend ou le chemin qui pourrait les conduire à ne faire plus qu'un.

Or, voici qu'Adeline, cette année-là pour plaire à Madame était en train de trahir son parentage, de me trahir. De se trahir. Que Madame l'ayant persuadée que le goût pour les belles-lettres, la méditation des Évangiles, l'approche du sublime de la pensée et des arts étant forcément incompatibles avec les gaillardises de terroir, leurs ripailles à faire noce, tout juste supportables dans les tableaux de Breughel père et fils, l'Ancien, et celui dit de Velours, on ne pouvait les tolérer que dans l'enfilade des cimaises, lors de visites guidées ou non, dans les musées, où l'on daigne jeter sur la poésie roturière de leurs kermesses, leurs danseries de plein air, un œil amusé, condescendant, elle commençait à prendre des airs. A se croire obligée de se démarquer, en particulier de moi, après que Madame eut cru bon de refuser de me recevoir quelquefois comme elle l'en avait priée, pour un goûter parce que alors, du moins dans les débuts de son installation chez les Trousseaux, je lui manquais.

Il paraît que renseignements pris, je n'étais pas du bois qu'il fallait pour, après avoir grimpé le bel escalier menant aux étages de la Banque de France, en fouler un peu les tapis d'une semelle plus ou moins assurée, poser mes fesses sur le capiton d'une bergère et tenir des propos élevés ou en écouter. On me disait forte tête à l'occasion (celle d'Auguste), d'un franc-parler décapant, intéressant pour les uns, déplacé pour les autres ; insuffisamment policée, pour cultiver l'art de raser les murs, de multiplier les courbettes, d'afficher l'humilité qui sied, quand on sort d'un milieu modeste d'institutrice de campagne de pauvre village et d'ancien pandore reconverti en gratte-papier. D'ailleurs, Madame ne les connaissait pas, c'était tout dire.

Par orgueil tout neuf, enivrement de se sentir distinguée par le sort au point d'être admise à l'occasion par la maîtresse de maison à présenter les petits-fours, quand elle avait des visites,

Adeline, faute de résister au plaisir de me blesser un peu, eut la cruauté de me répéter les paroles de Madame.

Que l'épouse du directeur de la Banque de France me jugeât indigne d'entrer dans le saint des saints, à tout prendre, je m'en fichais. Et si c'était tant pis pour moi de ne pas être admise dans son joli salon aux doubles rideaux de velours, c'était tant pis pour elle aussi. Pour son manque de cœur. Sa bêtise. D'ailleurs, Auguste et Marthe m'avaient de bonne heure appris les règles du jeu. Que ce qu'on vous refuse une première fois, quand vous êtes le demandeur, ne doit pas être réclamé une seconde. Qu'on y perd en dignité. J'étais très heureuse par-dessus le marché, chez les Mayrand et pouvais me passer de prendre le thé place de l'Étoile dans de la porcelaine de Chine. Mais qu'elle eût égratigné au passage ce père et cette mère que j'aimais tant, qu'elle eût traité, du haut de sa suffisance, des gens de caractère et de dévouement qui étaient, chacun à sa manière, l'âme de toute une communauté villageoise, voilà qui m'insupportait.

J'ai déjà dit que depuis mon entrée au lycée, toutes larmes bues, j'avais pris l'habitude de ferrailler seule. D'assumer seule, avec une espèce de virilité de fille unique, ne pouvant compter sur aucun frère pour défendre les couleurs de sa maison, les devoirs qui incombent à un fils aîné.

Il se trouva que Madame et moi nous croisâmes par hasard dans la rue dans ces moments-là. Je la revois encore, parée comme une châsse, chaussée, gantée de cuir souple et luisant. Son visage aux traits avenants, fardé, poudré, enrobé dans l'écume d'une voilette claire, drapée autour d'un toquet de velours. Avec une majesté de fausse reine savourant son plaisir d'être en représentation, elle avançait lentement en prenant appui d'une hanche sur l'autre, toute sa personne animée d'un léger mouvement de roulis et c'était vrai, j'en devais convenir, qu'elle méritait qu'on lui dît avec le poète : « Tu fais l'effet d'un grand bateau qui prend le large » et qu'on s'effaçât d'instinct pour la laisser passer.

Mais, à cette somptueuse femme-caravelle qui me connaissait de vue, avait, je ne sais pourquoi décidé, ce jour-là, après m'avoir interdit sa porte, de me faire l'aumône d'un sourire pour que sans doute alors, le rouge de l'émotion aux joues, je la salue bien bas, j'avais décidé de refuser le passage du chenal.

A peine pour elle le temps de se reconnaître. De s'aviser qu'au lieu de descendre précipitamment du trottoir avec inclinaison de tête à l'appui comme la civilité l'exigeait de ma part, elle m'avait eue au contraire plantée là, devant elle, s'opposant comme un récif à sa marche triomphante ; l'insolence peinte sur le visage sous mon inénarrable béret de marin de Hambourg et les yeux réduits à un fil. Ceux du chasseur, décidé à ne pas la rater. Elle, sa façon de tenir une fois pour toutes le haut du pavé, de se croire autorisée à manier le froid et le chaud au gré de son humeur.

L'affrontement entre nous, s'il ne dura qu'un éclair, ne l'obligea pas moins, sur l'instant, à perdre pied. A dériver sur place en face de moi. A se sentir piégée. Prise dans une sorte de goulet qui pourrait même la contraindre, qui sait, à reculer. A se sentir enfin fragile, sujette à toutes sortes d'aléas comme n'importe qui. A son haut-le-corps, son regard outré mais décontenancé aussi, presque un regard d'enfant, désarçonné qu'on lui résiste, j'avais su que ma revanche était prise. Et puisque nous étions quittes, que je venais de lui faire comprendre que je ne lui devais rien, combien je pouvais être coriace quand on m'offensait, je pouvais m'effacer enfin pour la laisser passer. Mais à ma manière, sans la saluer, comme s'il se fût agi pour moi d'une étrangère. D'une femme inconnue, sans intérêt particulier, à laquelle, étant donné ma jeunesse et puisque de l'éducation, ne lui en déplaise, j'en avais reçu une, je devais la préséance sur le trottoir.

Maintenant, j'allais pouvoir à nouveau respirer. Aisément. Largement. Me sentir parfaitement moi-même. Ni plus ni moins que j'avais toujours été. Que je le resterais demain : Annie

Roulette d'Aulaines, fille d'Auguste et de Marthe Roulette d'Aulaines.

Une créature non point sans angoisse, sans fragilité, mais structurée. Riche d'un père et d'une mère, d'un terroir qui lui servait de patrimoine, de boussole et pouvant, par conséquent, se passer de toutes les Madame Trousseaux de la planète.

Pour la seconde fois, la première ayant été celle de mon entrée au lycée, et bien sûr, il y en aurait d'autres, beaucoup d'autres, où l'on réussissait à me faire trembler sur mes assises, je venais de sauver mon identité. De trouver l'énergie d'en rassembler les forces dispersées par les turbulences environnantes, autour de mon propre noyau. Cette fameuse intégrité de l'être que tout le monde, à un moment ou à un autre, risque bel et bien de perdre, pour s'être laissé dévorer par la stupidité, l'orgueil, plus banalement, l'indifférence d'autrui. Pire encore, pour avoir consenti à se couler dans le moule dans lequel l'adversaire, allant même parfois jusqu'à prétendre vous aimer, a décidé de vous faire entrer.

Finalement, contrairement aux apparences, Adeline, moins chanceuse que moi, parce que plus sensible aux tentations de la vanité, ne sortirait pas indemne de la fréquentation d'un milieu où l'on se flattait de s'élever au-dessus du commun en confondant la forme et le fond. Ce serait l'époque où, tout en persistant à rechercher ma compagnie, à rester ma voisine de pupitre, à me tenir par le bras dans les rues, elle commencerait pour de bon à prendre des airs. A bannir par exemple de son vocabulaire pour le remplacer par celui d'office qui sonnait si bien à la Banque de France, le mot cuisine, évoquant, chaleureuse, patriarcale, celle de ses parents rue de Fleurus où il faisait si bon s'asseoir pour déguster les tartes aux fruits préparées par son père, commérer pour le plaisir, avec sa fine mouche de mère. L'époque où, choyée, admirée par eux, elle s'estimerait autorisée à se sentir d'une autre essence. A me faire, par ricochet, prendre conscience que je manquais de distinction. Qu'il y avait là de ma part, quelque chose de foncièrement vulgaire à me régaler des gaillardises de Rabelais au lieu de m'abîmer exclusivement dans *Le Soulier de satin*, *L'Annonce faite à Marie*. D'y puiser matière à me dégrossir l'âme, à me sublimer les sens. Et moi à l'occasion, alors que j'admirais Claudel bien sûr et Péguy, de l'envoyer paître. De la taxer d'hypocrisie, d'affectation, de religiosité mondaine qui faisait partie de son nouveau standing. Comme, lorsque nous aurions un aumônier, à chercher par tous les moyens, à coups d'apartés après les cours, de visites privées pour lui exposer ses cas de conscience, à se faire passer auprès de lui pour de la graine de sainte, de future moniale !

Rapports ambigus, souvent heurtés, surtout depuis que j'avais pris la tête, au cours de lettres. Elle, me renvoyant à mes prétendues ribauderies de kermesses médiévales, moi, à ce que j'estimais son mysticisme de pacotille. Rien à voir, ces rapports, avec ceux entretenus avec Ginette, leur bienveillance réciproque de grandes fillettes contentes de se tenir compagnie, de jouir gentiment de l'instant qui passe, de la promenade avec Larry, des confidences ébouriffantes de la bonne, ancienne religieuse défroquée, tombée amoureuse du charpentier venu monter le toit de la nouvelle maison des Mayrand qu'ils faisaient construire sur une parcelle de terrain voisinant leur usine. Un veuf qui la prenait sur ses genoux dans la cuisine à l'heure du café et qui l'épouserait. Non plus qu'avec ceux, détendus, mûris, fort gais à l'occasion qui s'étaient établis avec Antoinette, depuis que nous avions fait la paix.

D'Adeline et moi, au fur et à mesure des années, il en serait, car nous ne cesserions jamais pour de bon d'être intimes, du moins jusqu'en 1950, et malgré, pendant deux ans, mon éloignement dans le Palatinat, après la guerre, comme de ces couples où l'on vit presque sans arrêt à la limite du grand amour et de la petite guerre, avec des périodes résolument de froid où chacun prend ses distances, boucle ses valises puis revient, une fois découvert que malgré l'agrément de nouvelles rencontres, la séparation l'a mutilé. Qu'il a besoin de ces passes d'armes, parfois de leurs coups bas, pour avoir quelque chose à pardonner à l'autre, à se faire pardonner de lui. Que c'est sans doute le sel de la vie que ces crises où le torchon brûle, ces raccommodements en alternance avec leurs plages de tendresse, d'indulgence mutuelle.

Ainsi de l'épisode de la brique, après lequel, Lucette, visiblement toujours outrée, ayant brusquement fait l'obscurité, nous nous étions retrouvées seules avec nous-mêmes, dans le noir. Incapable pour ma part de trouver le sommeil, d'oublier qu'il faisait froid autour de moi, en moi, que j'étais malheureuse. De son côté, Adeline avait très vite cessé de chantonner, de donner le change. Et même à ce silence que maintenant elle observait, j'avais su que de son côté, elle ne dormait pas. Que ma relégation volontaire de hérisson, de marmotte sous l'édredon la désemparait. De nouveau au-dessus de moi, elle s'était mise à tâtons, de ses petites mains aux doigts fins et courts dont elle aimait, le dimanche, à vernir les ongles de rose, à essayer de dénouer, à travers leur épaisseur, les fils serrés du cocon dans lequel je m'étais enfermée à la lisière de son propre lit pour n'avoir plus jamais commerce avec elle. Pour venir à bout de l'inertie qui me collait face au mur, faisait de moi cette masse, moitié pierreuse, moitié larvaire, qui l'ignorait, lui ôtait, et c'était ma vengeance, le pouvoir de m'atteindre, elle était allée, pour me ramener à elle, alors qu'elle avait de l'orgueil, ce fameux orgueil qui gâterait à la longue nos rapports si affectueux, si confiants par instants, jusqu'à se lover contre moi pour que je sache qu'elle revenait en suppliante, faisait les premiers pas et lorsque y mettant toute la force musculaire, l'énergie dont elle disposait, elle avait réussi à me dégager la tête et les épaules hors du trou, ç'avait été pour m'enfoncer entre les lèvres un bonbon qu'elle avait en réserve dans je ne sais quelle poche de son pyjama, que, non point seulement, eu égard à notre tumultueuse amitié, mais par compassion pour elle, tant il est vrai que, peu sûrs d'eux comme ils le sont, les orgueilleux ont toujours besoin d'aide, j'avais décidé de ne pas lui recracher à la figure. Aussi de souffrir qu'elle restât allongée en silence le long de moi, m'entourant de ses bras aussi longtemps qu'il le faudrait pour que nous réapprenions à respirer normalement et ensemble, afin de parvenir à trouver le sommeil.

RESTAIT que l'alerte, une de plus, avait été chaude et qu'aussi à la rentrée de Pâques 1942, que cela me plût ou non, après l'intermède mouvementé à la pension Saurin, j'allais devoir sans elle, encore qu'elle m'y rejoindrait en octobre suivant, de nouveau m'accommoder des disciplines d'un internat replié, et par principe et par prudence, farouchement sur lui-même, pour cause d'occupation allemande, se faisant toujours plus inquiétante, coercitive. Une décision d'Auguste et de Marthe dont je n'avais pas réussi à les faire changer. Car ils avaient eu, quand j'avais essayé de plaider ma cause pour continuer à vivre ma vie rue Crochardière, quelque chose d'irrévocable dans la voix qui m'avait brusquement ramenée à la soumission obligée de la petite enfance, rappelée au devoir d'obéissance. A ma minorité en face d'eux.

Peut-être avaient-ils eu vent, par Madame Saurin elle-même, dont nous noircissions l'avarice de marchande de soupe, sans tenir compte des difficultés réelles qu'elle pouvait avoir pour nourrir sa clientèle, de l'insolence de mes commentaires culinaires débités à la cantonade, de la malice de notre trio, de son chahut sous les combles avec engrossement de la Mounette à la clef. De nos vagabondages dominicaux sur les bords de la Sarthe, dans le quartier de la gare, de ses cafés mal famés, au lieu d'aller à vêpres ou de rester rue Crochardière, à travailler nos mathématiques ou à ravauder nos chaussettes, nos bas en bavardant autour d'une tasse de tilleul, sans sucre évidemment, mais réconfortante, apaisante pour les nerfs de jeunes filles travaillées par les effervescences d'une adolescence placée sous le signe et des privations et des interdits draconiens. D'où ce parti qu'ils avaient pris, dont je ne leur saurais gré, que plus tard, de me protéger contre moi-même. De me tenir, autant que faire se pouvait, à l'écart des drames qui se jouaient dans la ville.

Sans attrait, radical et simple, le rythme de vie qui, m'attendant, me faisait enrager ce dimanche-là, ronger mon frein, par avance, entre mes deux valises dans la galerie vitrée de l'ancienne école normale d'instituteurs, c'était celui du retour, quatre fois le jour, cette fois, aux allées et venues en rang et par trois, du carrefour de la Croix-de-Pierre au lycée de garçons et vice versa. Après dix minutes de morne défilé le long des murs de l'hospice Saint-Vincent, de, faute d'être entretenues, la lèpre des façades des maisons anciennes, de leurs portes cochères armées de clous, notre irruption par vagues, dans l'étroit et long couloir d'une première cour, sa désolante grisaille de chenal de mer du Nord orpheline de soleil, encadrée, sur trois étages, par deux corps de logis, la superposition de leurs salles d'étude et de classe, leur régularité déprimante de fenêtres de casernement et ce serait tout pour le bol d'air ! Même si, pendant le peu de temps qu'aurait duré le trajet sous la prunelle acérée des pionnes, chargées de nous encadrer, alors qu'il n'y aurait eu presque rien à voir : l'homme, la femme en habits ternes, se hâtant, visage soucieux, cabas au poignet vers une problématique arrivée de vivres dans les boutiques, le passage d'un garçon jetant sur nous, notre jeunesse mal fringuée, mal lavée, mais trouvant le moyen d'avoir la beauté du diable, le regard furtif, animé de la petite flamme vorace du connaisseur en puissance, nous aurions tout enregistré pour en faire notre pâture. Provision de ricanements avant les trois heures de cours qui nous attendaient. Leur purgatoire : car de décembre à mars avec des pointes de moins cinq, moins six au-dessous de zéro au lever du jour, séances après séances d'explications, de traductions de bribes de Salluste, des *Brigands* de Schiller, contractées par le froid de la nuque aux fesses, doigts boudinés par les engelures, à peine en état de tenir le stylo, c'est bien de purgatoire, pour nous, qu'il s'agissait.

L'une des plus à plaindre d'entre nous, arrivant chaque lundi matin au cours de lettres avec la demi-heure de retard (mais qui lui en aurait tenu rigueur étant donné la situation ?) serait Lydwine Bazin, la fille aînée de Germain Bazin conservateur en chef du musée du Louvre, ayant émigré avec sa famille et un nombre important de Rubens, de Le Nain, de Fragonard, de Boucher, sans compter des œuvres italiennes, espagnoles au château de Sourches dans la Sarthe, pour limiter les risques de la destruction du patrimoine pictural national en cas de bombardements sur Paris.

Un peu forte des mollets, un peu trop râblée peut-être, mais jolie petite blonde aux cheveux longs et fins, au nez busqué, aux yeux d'émail bleu dans l'écrin, finement ourlé de longs cils des orbites, prenant pension en semaine dans une famille au Mans, je la revois encore faire son entrée dans la salle de cours en claquant des dents de froid après avoir donné rageusement, obstinément de la pédale par tous les temps, pour revenir de Sourches où elle avait passé le dimanche.

L'absence presque totale sur elle de vêtements chauds, de gilets, de bas de laine, même rapetassés comme les nôtres, resterait pour moi une énigme, quatre années durant. A croire que, bénéficiaire du privilège de baigner dans un milieu remarquablement cultivé où la sensibilité artistique était extrême (sa mère, ses tantes étaient excellentes musiciennes, elle-même travaillant ardemment le piano quand elle le pouvait), le sort eût décidé de l'en punir en la faisant par ailleurs la plus démunie d'entre nous. La plus éprouvée par le froid. Énigme seulement résolue pour moi à la fin de la guerre quand, devenue étudiante en Sorbonne, j'aurais l'occasion de découvrir, en fréquentant sa famille, les raisons de l'espèce de dénuement qui avait été son lot dans la Sarthe.

D'emblée très bonne camarade avec moi, elle deviendrait de plus en plus chaleureuse à mon égard.

« Tu comprends, mon petit vieux », me disait-elle (c'était là son expression favorite ce « mon petit vieux » qu'elle avait pêché je ne sais où et qui signifiait qu'elle vous tenait pour bon compagnon de travail, de faim et de froid, obligé, comme elle, de serrer les dents pour continuer à ouvrir le sillon dans un sol ingrat), « tu es nulle en math mais on s'en fout. Ce qui compte, c'est que tu es la meilleure en dissert, que tu as un tempérament et par-dessus le marché une voix à chanter Wagner. »

C'est en 45 donc, que dînant assez souvent chez elle à Paris, rue du Dragon, après avoir découvert la mésentente qui régnait entre ses parents et de longue date, je prendrais la mesure, et de leur déséquilibre affectif et des rigueurs financières de leur ménage. D'une volonté de la part du père de n'assurer à sa femme et ses deux filles, que le minimum vital jusqu'à ce qu'un divorce, qui était dans l'air, consommât la rupture.

Germain Bazin ! Un personnage, bien sûr. Au demeurant hospitalier avec moi. Hautement cultivé, cela allait de soi. Que, malgré mes évidentes lacunes en histoire de la peinture j'amusais souvent beaucoup, intéressais même, à cause de cette manie que j'avais, de courir, au hasard, les galeries d'art, de m'emballer pour la période bleue de Picasso et plus encore pour le Douanier Rousseau. Pour sa *Charmeuse de serpents* à laquelle je m'identifiais désormais. Dont je prétendais entendre les sons qu'elle tirait de sa flûte traversière dans un décor d'eaux stagnantes nourries de magie lunaire, de roseaux rassemblés en faisceaux autour d'elle comme des épées d'où jaillissaient des serpents noirs. Leurs grosses algues de chair venimeuse tenues verticalement en suspens par aimantation sonore et stellaire.

Madame Bazin était fine musicienne, je l'ai déjà dit. Elle poussait la gentillesse comme Madame Dion à m'accompagner au piano quand j'entonnais, sans prétention, mais non sans aplomb, l'air de Chérubin. A telle enseigne qu'il fut même décidé qu'une de ses sœurs que je n'ai jamais entendue appeler par Lydwine et Laurence, sa sœur, autrement que « tante Lélée » (sans doute se prénommait-elle Marie-Louise) me donnerait des leçons de chant. Ce qu'elle eut la générosité de faire gratuitement toute une année avant que je devienne, en 1946, assistante de français à Spire dans le Palatinat.

Les séances avaient lieu une fois la semaine à Suresnes et, d'Argenteuil où j'habitais alors, il fallait compter, par le train de banlieue jusqu'à Saint-Lazare, ensuite par le métro, puis en autobus à partir du Pont de Neuilly, l'heure et demie de trajet. A chaque fois, j'arrivais crevée à Suresnes, à bout de nerfs mais cependant quelque chose me soutenait. Qui était la perspective que j'allais recevoir pendant une heure l'aide et les conseils me permettant d'élargir et d'affiner un peu mes possibilités vocales à l'état brut. D'en tirer d'autant, une impression accrue de liberté vis-à-vis d'un instrument qui s'appelait ma voix, c'est-à-dire de moi-même.

Avec sa sœur qui enseignait le violoncelle, Lélée officiait dans un pavillon de banlieue proche de la Seine, avenue Gabrielle, dans un quartier gentiment bourgeois où les maisons, accolées les unes aux autres, étaient pourvues d'un minuscule jardin de façade dont la grille les isolait de la rue. A partir d'une entrée assez exiguë meublée d'un portemanteau, on aboutissait à l'étage par un escalier fort raide à la petite pièce, bourrée à craquer de guéridons, de classeurs à partitions, de poufs en tapisserie au petit point, où Lélée donnait ses leçons de chant sur un Pleyel encombré de photos de famille, de cantatrices et de chanteurs en tenue de concert ayant fait leurs preuves entre les deux guerres dans *La Traviata*, *Faust*, *Tannhäuser*. Debout devant la glace voisine du piano, j'apprenais à vocaliser. A m'habituer à voir mon visage se dilater parfois jusqu'au seuil de l'éclatement, par l'effort respiratoire à fournir, puis à maintenir, du ventre aux poumons, avec remontée et filtrage du son par les narines, de sorte que je devienne un instrument à vent, ou à cordes. Ce serait selon ! Lélée et moi n'en savions rien encore dans les débuts. Nous tâtonnions...

Souvent elle levait une main presque ailée à hauteur de son propre front pour m'indiquer la marche à suivre. De sorte que, ménagère de mon souffle, je lui fraie un chemin obligé du pharynx à la racine du nez, l'y maintienne longtemps sans qu'il explose. L'enjeu étant que, ma voix de gorge, ma voix abyssale, son contralto naturel avec lequel j'avais chanté dans les banquets, la nuit, au lycée, dans les caves sous les bombardements de 44, gagnât en hauteur, en pureté. Forte d'une expérience de vingt-cinq ans d'enseignement du chant, Lélée pour m'y encourager prétendait que j'avais l'étoffe d'un soprano dramatique. Que bientôt, je pourrais aborder quelques mélodies de Schumann, de Schubert. Aborder, ce que toute sa personne respectable de demoiselle sur le retour, haussée d'enthousiasme sur la pointe de ses sévères richelieux appelait « l'ineffable ». Et c'est vrai que j'étais sans doute un peu douée puisqu'elle réussirait, au bout de quelques mois seulement de leçons hebdomadaires, à me lancer dans *Les Amours d'une femme*, aussi dans certaines pièces du *Voyage d'hiver*. Tout cela sur des textes admirables en allemand : Goethe. Heine dont la poésie, intraduisible, comme toute poésie, faisait tellement corps avec la musique, en décuplait les sortilèges de telle façon qu'elle était pour moi source, en effet, de délectation. Que j'y mettais, pour en venir à bout, toute la concentration et le feu dont j'étais capable.

Le clou fut avec l'air de « Marguerite au rouet », son lancinant leitmotiv de désespoir d'amour, celui du fameux air de la Lorelei de Wagner : « Sur une blanche armure, parut un chevalier », qu'elle décida de me faire, non seulement aborder, mais affronter pour de bon, en vue du récital annuel où les élèves de son cours se produisaient, fin juin, dans une petite salle de concert qu'elle louait, chez Gaveau. Car enfin, déclarait-elle, j'étais bel et bien un organe et un tempérament et s'il fallait absolument me dégrossir la voix, la polir, il eût été, selon elle, impardonnable d'en tarir les ressources, d'en réduire l'épaisseur de la texture sur laquelle, on pouvait (je pouvais) broder en filigrane, depuis que je commençais à la dompter, des arabesques de douceur.

A cause de ces arabesques de douceur qui correspondaient si bien à ma fragilité secrète, mon besoin d'amour partagé, sur fond de vitalité apparente, je décidai, surtout pour faire plaisir à Lélée, qui me faisait tant d'honneur, de prendre au sérieux mes possibilités de cantatrice en herbe, de tenir la gageure. De ne pas me laisser intimider ni par l'opéra, ni par Wagner surtout, dont je me défiais du génie apocalyptique qui s'était si bien prêté sous le nazisme au culte païen de la cruauté. Celui d'une mégalomanie à prétentions héroïques et guerrières. Car elle me mettait mal à l'aise, me ramenait à Helmut Steiner, ses beaux yeux trop clairs intensément posés sur moi avec une chaleur froide, leurs éclairs de violence latente que j'avais feint d'ignorer, plus encore de ne pas craindre, dans l'espoir d'en neutraliser les effets, de les réduire à de simples fulgurations qui ne pourraient pas m'atteindre.

Comme décidément, on m'aimait bien, rue du Dragon, il y fut applaudi à l'ambition d'une entreprise où je courais tous les risques d'être au-dessous de la situation. Mais qu'importe ! Oubliant pour la circonstance solennelle du récital des élèves de la tante Lélée à Gaveau, les différends qui l'opposaient à sa femme, à ses filles, le conservateur en chef du musée du Louvre, par un chaud après-midi d'été, nous chargea dans un taxi sur le coup de deux heures après-midi, toutes quatre en robes de cérémonie en direction de la rue La Boétie.

Merveilleusement habillée pour une fois dans une robe blanche de chez Lanvin que son père lui avait offerte, Lydwine jouerait ce jour-là un *Nocturne* de Chopin qu'elle avait bien sûr travaillé des semaines durant avec une sensibilité passionnée.

Mon tour vint.

En robe de taffetas jaune pâle, à jupe ornée à hauteur de chevilles et d'ourlet de naïfs petits nœuds de velours marron, à corsage décolleté, fleuri d'un iris bleu dont j'avais été galamment gratifiée par Germain Bazin (ses filles l'avaient été, elles, d'un œillet rouge de Nice), je montai les marches du podium. Bien sûr, la tête me tournait. Bien sûr, les murs de la salle, les rangées de spectateurs venus applaudir aux progrès de leurs enfants, de leurs amis, basculaient devant moi sous l'effet d'un tremblement de terre dont j'étais l'épicentre. Mais il y avait là Lélée, en tailleur de draperie noire et corsage de soie blanche des grands jours avec, à mon intention, ce sourire de connivence d'abord, immédiatement suivi de ce signe de tête impérieux, accompagné du haussement de la main droite en direction du front qui préludait toujours avec moi au premier accord retentissant ou feutré du lied ou de l'air d'opéra que je devais entonner. Et c'est pourquoi, cet après-midi mémorable-là, en tenue de cortège de noces de campagne, d'ingénue de village, taillée par les soins de la couturière d'Aulaines, une robe de gala avec laquelle, au mariage de la fille aînée du premier mari de Marthe convolant avec un paysan de l'Orne, j'avais tant dansé avec mon cavalier, un jeune boucher de la Villette, cousin du marié, auquel, on me le ferait savoir par la suite, ma gaieté et ce qu'il avait appelé mes bonnes manières avaient, paraît-il, tapé dans l'œil, je chantai.

Je chantai comme il faut sans doute chanter, jouer sur une scène. En sachant qu'on y est seul. Que ce qu'on attend de vous c'est que vous fassiez quelque chose de cette solitude qu'on est venu identifier pour essayer de comprendre comment on s'y prend, en pareil cas, pour en sortir, en venir à bout, ne fût-ce qu'un moment. Ce qu'on appelle incarner un rôle, un personnage.

Donc je fus tout à coup la Marguerite de Berlioz. La pauvre petite amante engrossée puis délaissée par Faust, la porteuse du fruit de leurs brèves amours dans la tiédeur innocente et menacée de son ventre. J'entrai dans Marguerite promise à la honte, à la folie. Dans les profondeurs de son enlisement. De son isolement. Surtout, ne pas crier ! Ne pas enfler la voix. Ne pas obéir à la véhémence de ma nature mais à la capacité de souffrance de la sienne. A ce désespoir tournant en rond sur lui-même comme son rouet. Comme sous hypnose. A cette noyade par lente immersion à laquelle tout l'être dévasté finit par consentir en s'attachant lui-même la pierre au cou. Pendant trois minutes et vingt secondes, être avec Marguerite et personne d'autre ! Pour que je devienne son miroir. En même temps ne pas perdre le fil. Celui du souffle. Garder le souci constant de la modulation des sons, de l'articulation. Fournir la preuve d'une acquisition honorable des rudiments de la technique du chant. Trois minutes vingt secondes pour tenir la main de Marguerite dans la mienne et ne rouvrir les yeux (car je les avais fermés pour chanter) que lorsque je l'aurais lâchée, qu'elle m'aurait échappé à cause de la barrière des applaudissements se dressant entre nous. Puisqu'il y en aurait eu, et passablement chaleureux.

Saluer. Marquer un temps de passage à vide, de disponibilité avant le coup de collier. Un sacré élan à prendre pour une apprentie soprano dramatique, chargée de donner dans l'emphatique, dans le pompeux de l'âme d'une princesse allemande médiévale confondant les élans du cœur avec les nobles rites de la chevalerie. Surtout, consigne de Lélée, ne pas épargner les contrastes ! Passer de l'impétuosité à la douceur de la femme, pour rebondir dans le viril, le majestueux. Avant tout, tenir le choc jusqu'à la dernière note. Saluer de nouveau pour remercier qu'on vous applaudisse généreusement une seconde fois. Ne s'apercevoir qu'après, quand on a regagné sa place, qu'on est à bout. Que les oreilles vous bourdonnent, qu'on n'a plus de salive. En fin de récital alors qu'on s'ébroue, esquisse quelques pas au hasard entre la salle et un palier d'escalier, entendre quelqu'un, un homme d'âge, distingué, bien habillé vous dire : « Est-ce que vous savez que vous auriez, si vous persévériez, l'étoffe d'une wagnérienne ? » Se mettre à pleurer comme ça bêtement, enfantinement, en se promettant de faire le récit de l'aventure, par lettre détaillée à Auguste et Marthe qui m'ont expédié par colis postal la robe jaune à Argenteuil, pour que je fasse bonne figure salle Gaveau.

Et puis encore, pour vous saisir le bras, vous entraîner par les escaliers, vers la sortie, gaie, frémissante, amicale comme jamais, Lydwine : « Je te l'avais bien dit, mon petit vieux, que tu étais faite pour la *Tétralogie*. » Toute cette euphorie, cette soudaine grâce d'état, ce bonheur du chant qui resterait sans suite, puisque, l'automne suivant, je partirais pour l'Allemagne dans le but d'y préparer une licence. Que transplantée dans un tout autre milieu, je serais coupée des Bazin. De Lélée !

Lydwine, si séraphique dans sa robe blanche de chez Lanvin ! Toute de fraîcheur, d'alacrité, de blondeur cendrée dans le soleil d'une de ces fins d'après-midi d'été de l'après-guerre où flâner librement, à pied, le long des avenues, avait encore un sens, jusqu'à ce que l'usage généralisé de circuler en voiture ne les ait transformées en cloaques et en enfer. Lydwine, ses dix-neuf ans fragiles, déchirés ! Tourmentés secrètement par le cas de conscience d'un amour impossible, dont je savais, sans que nous en ayons jamais parlé (puisque finalement tout se sait), que l'année précédente au Mans, il l'avait bel et bien conduite, elle, son jeune corps aux jambes violacées de froid, son goût ardent pour les arts, au bord du suicide. Si souriante ce soir d'été-là, en effet. Si parfaitement belle et comme déjà, et pour toujours, détachée d'elle-même, au milieu de nous. Avec nous. Avec son père. Avec sa mère, leur couple démantelé. Avec sa sœur, avec moi, dans l'attente d'un taxi pour le retour rue du Dragon où nous attendait, en ces temps de ravitaillement encore difficile, un régal de corned-beef américain et des œufs au lait. Si prête, semblait-il, à marcher à la rencontre du destin. Le sien. Qui serait, après avoir tenu plusieurs années la rubrique musicale dans un hebdomadaire féminin, de mourir de mort violente avec sa mère, sur l'autoroute du Sud, tuées toutes les deux par un chauffard ayant, après une queue-de-poisson, réduit leur deux-chevaux en bouillie. La mère tuée net. La fille non. Subissant d'abord, poumons perforés, rate éclatée, le martyre sur un lit d'agonie et d'hôpital, plusieurs heures durant. Laurence sa sœur, assise à l'arrière, sortie indemne mais dépressive à vie. Lydwine qui s'introduit parfois dans les arcanes de mon sommeil. Elle va, elle vient, ouvre une porte, la referme, me dit quelque chose qui doit sans doute être : « Alors, comment est-ce que tu t'en tires, mon petit vieux ? »

42-44 ! La chienne de vie d'internat qui recommence. S'en faire une raison. S'organiser. A croire que le pli a quand même été pris de ces errances de salles communes en salles communes où tout le monde finit par se retrouver. Pour étudier, manger, faire semblant de se laver dans le froid des lavabos-gouttières surmontés d'une armoirette à glace devant laquelle on peut toujours se tirer la langue en guise de consolation. S'habiller, se déshabiller au même rythme, se réveiller au même drelin, drelin, au même sursaut du coup de sifflet. En prendre son parti. A cause aussi des retrouvailles avec de vieilles connaissances. Trois charmantes filles de ma promotion avec lesquelles je m'entends, et pour rigoler et pour rouspéter. Et pour nous donner des tuyaux en math et pour danser le tango à la cordonnerie. Qui me prennent comme je suis. Que je prends comme elles sont. Antoinette Cottin, mon Antoinette au pépin, son esprit délié, cartésien même, sur fond de mysticisme inchangé. Michèle Bodard, une Mayennaise d'Évron, fille d'institutrice veuve de la Première Guerre, très soudée à sa sœur aînée, à sa mère, à la petite tribu féminine qu'elles ont formée depuis la mort du père. Deux beaux grands yeux châtains dans un minois aux traits mobiles que la véhémence des émotions : enthousiasme, indignation, bouleverse facilement. Antoinette et moi assisterons à son mariage, en Mayenne toujours, vers les années cinquante, avec Roger, un grand et charmant Breton. Et puis ce que j'appelle dans les conversations l'autre Antoinette, Antoinette II, Antoinette Leroy, fille, elle aussi, d'instituteurs exerçant à Saint-Georges-du-Rosay, à peu de distance d'Aulaines. Élancée, beau regard marron, le teint un peu bistré à cause de problèmes d'albumine qui la fragilisent. Tout à fait différente de la précédente, élevée dans un milieu agnostique, le rapprochement avec Dieu n'est pas précisément son problème. Qu'importe. Décidées à nous accommoder au mieux de nos différences, sur fond de solidarité de lycéennes de souche en face du gros des normaliennes avec lesquelles nous finissons par mettre au point un modus vivendi, basé en gros sur les inconvénients de la malnutrition, de l'inconfort, du manque de sommeil à cause des alertes de nuit qui se multiplient et nous malmènent pareillement, le trio, à cause de moi, devient quatuor et pour ne pas faillir à ma réputation d'auteur-compositeur-bateleuse, je concocte une chanson à notre strict usage personnel, à chanter le soir après l'étude, sur le coup de vingt et une heures quand nous montons à quatre les escaliers à la queue leu leu en nous tenant par la ceinture du sarrau, jusqu'au dortoir après nous être donné subrepticement du bon temps en tangotant, au lieu de cirer, usés jusqu'à l'âme, nos godillots de jeunes filles sous-alimentées. Pas piqué des vers, et comme on s'en doute, de la plus belle venue, en voici un extrait à coasser sur l'air des lampions, quels que soient, tout à l'heure, les inconvénients du passage des forteresses volantes, au-dessus de nos têtes innocentes, dont il n'est pas forcément exclu qu'une erreur d'aiguillage pourrait les réduire en bouillie : « Nous sommes les quat'larrons. Digue, digue, digue, digue, digue, digue. Nous sommes les quat'larrons. Digue, digue, digue, dong. Sans ceinture ni cordon. Sans ourlet à nos jupons. Nous sommes, vous êtes, oui elles sont, ma foi de fameux larrons » et tutti quanti...

Et puis là-haut, où nous sommes voisines de lit, il y a l'autre recours, l'autre prétexte à défoulement. La mise en boîte de la pionne. Une brave fille pourtant celle-là, mais toujours un peu molle, un peu absente, un peu hagarde, qui prépare, entre ses heures de service, une licence d'italien et qui n'arrête pas de grossir à force de se bourrer des ignobles macaronis à la graisse de bœuf dont on nous régale régulièrement avec une entrée de carottes râpées sans huile et un dessert de confitures de carottes toujours. Pas méchante pour un sou, la pauvre, et qui se contente de surgir en peignoir de derrière les rideaux lui tenant lieu d'alcôve et de poste de vigie à l'entrée de notre chambrée. De nous menacer, moi en tête, mais sans conviction, d'une colle pour le dimanche suivant, si je continue après l'extinction des feux, à faire glousser l'auditoire, normaliennes comprises, en racontant l'histoire du Messerschmidt et de la forteresse volante, qui se jouent d'abord la comédie du ballet nuptial au-dessus de la Loire avant de se casser la gueule par mitrailleuses interposées ou de l'écureuil de la forêt de Bonnétable, père de famille et sans ressources, venu solliciter au château un emploi de valet de chambre en faisant valoir auprès de Monsieur le duc de Doudeauville, Grand d'Espagne, vicomte de La Rochefoucauld, l'avantage de posséder, par ces temps de restrictions où tout fait défaut, même les têtes-de-loup, une queue en panache, susceptible à tout moment et dans les moindres recoins : solives, clefs de voûte, vitre à meneaux, de lui épousseter dignement de fond en comble, sa demeure séculaire.

Vient l'épuisement. Celui des corps, des cerveaux contraints dans la journée à fournir leur effort. Le besoin d'être seul avec soi-même. De franchir, chacun pour soi, la porte des rêves. Qui vous rend, même dilué, estompé par le brouillard du songe, le visage d'un père, d'une mère et dont, comme frappé de surdité, vous êtes réduit à tenter de déchiffrer le message, seulement aux mouvements des lèvres. Qui vous ramène à une maison, la vôtre. A sa façon de s'insérer après, avant une courbe, dans la mortaise d'une arrière-cour, son cul-de-sac boueux, l'hiver, fleuri de géraniums-lierres, de clématites, en été. A l'abri d'une abside d'église, en face d'une épicerie-mercerie-café où l'on débite le café-ersatz et le commérage, à l'enseigne du Bon-Laboureur, du Chat-qui-Fume, du Petit-Pêcheur, dans le bric-à-brac d'un village, ses éléments homogènes ou disparates, dont vous reconstitueriez, s'il le fallait, le puzzle, yeux fermés. C'est l'heure où les corps, selon leur nature, s'allongent ou se recroquevillent sous le tipi blanc, grumeleux, d'une couverture, la chape d'un drap. Car il y a celles qui se cachent, s'immergent de la tête aux pieds, rentrent chaque soir dans le ventre de leur mère. Celles qui ont décidé, au contraire, de flotter en dehors d'elle, visage et bras découverts, hors immersion du liquide matriciel, à la recherche d'un équilibre entre ciel et terre.

A ma droite, Michèle s'endort sur le côté. Redevenu candide, exprimant l'abandon encore qu'une sorte d'entêtement, et même d'anxiété, chez elle, le visage est celui de l'enfant qui tâtonne pour se frayer au milieu des arbres, des ronces, un chemin. L'Antoinette de Saint-Georges-du-Rosay dont je suis séparée par l'autre, finit toujours, dans l'attente d'une seconde naissance, par s'enfoncer dans le cocon des couvertures. Sa manière sans doute de miser tous les soirs sur l'éternité. De croire à la résurrection des morts renouvelable à l'infini. A la sienne.

L'Antoinette au parapluie déchiqueté dort à ma gauche. Même sommeil qu'il y a trois ans dans les dortoirs de la rue Berthelot. Même façon, dans l'allongement sur le dos, bras et jambes légèrement écartés de s'offrir à plat comme un radeau, une barque légère sur la mer étale de la prière. Et qu'elle aura, ce me semble, toujours gardée, là-bas en Syrie sous la tente où elle vivait au rythme des nomades qu'elle côtoyait, à la lisière du désert quand elle soignait les lépreux. Aujourd'hui encore. Des décennies plus tard. Puisque, l'année dernière, venue se joindre à nous à la maison d'Aulaines pour une petite fête, ayant passé la nuit dans la chambre située à l'étage, fenêtre ouverte à cause de l'été torride, c'est, telle qu'en elle-même, que je l'aurai découverte étendue le lendemain matin. Fidèle à cette volonté de sérénité organique et spirituelle propice à la libération. A la visite de l'ange.

Pour moi il en va autrement. Avant que de parvenir à pénétrer dans le long vestibule agreste gorgé d'ombres, d'herbes, d'arbres mythiques qui m'a toujours tenu lieu d'antichambre avant le sommeil depuis les promenades édéniques de l'enfance, dans la forêt de Bonnétable avec Auguste, pour donner le coup de talon qui m'élèvera dans les airs (alors je pourrai dormir accrochée à la crinière d'un cheval blanc ailé) avant que le hululement des sirènes d'alerte ne nous arrache de nos lits pour nous jeter à une ou deux heures du matin, en peignoir et savates, embobinées dans nos couvertures, vers les caves de l'internat, leur boyau sinistre parcouru au plafond de la boursouflure des tuyauteries, je fais des vers.

Au fur et à mesure que leurs mots, tout à l'heure encore, engloutis dans l'épaisseur des limons de quelle mémoire séculaire, font surface, qu'au rythme de la course du sang, du trépan du cœur leur ouvrant, à travers moi, un chemin obscur, viscéral, sous-marin, qui finit par les rejeter comme des paquets de varech à l'embouchure de mes lèvres, ils me viennent, je me sens mieux, en dehors du temps. De mon temps de fille encagée du matin au soir ; de postulante bachelière sans réelle perspective d'avenir sur arrière-fond d'hégémonie hitlérienne qui finira bien par me broyer à mon tour, par me réduire, avec mes pareils, à un sous-prolétariat à sa botte contraint à prendre le relais, après liquidation de la main-d'œuvre esclave polonaise, russe, juive et tzigane, si le miracle, celui du renversement des forces, ne se produit finalement pas.

Pour ne rien oublier d'eux, je les apprends par cœur en me les répétant dans le noir. Retranscrits le lendemain en salle d'étude sur un carnet que je trimbale partout avec moi, où que je sois, où que j'aille et que je tiens caché la nuit sous mon traversin pour le glisser en cas d'alerte aux côtés de mes pièces d'identité, de mon porte-monnaie, de mes photos de famille, dans mon sac à main que j'emporte comme tout le monde dans les sous-sols, ils sont devenus pour moi le pain et le sel de la vie. Le verre d'eau qui vous épargne la mort par la soif.

A l'instar du dessin, de la peinture rupestres qui auront, sans doute, en période glaciaire hostile tenu lieu d'exutoire, de remède magique à l'angoisse, aussi de témoignage de son passage sur la terre au chasseur réfugié dans les grottes, condamnée dans les ténèbres d'un dortoir cadenassé sur lui-même, sur la cinquantaine de filles plus ou moins en mal de sommeil, de malaise, d'espérance, à hiverner dans l'attente d'un meilleur ou d'un pire, c'est avec la fulgurance des mots, leur pouvoir de me libérer du désordre de mes pulsions, de leur imposer une ordonnance, une hiérarchie que j'aurai tenté de me mesurer pour exprimer ma faim irrépressible, boulimique de vivre. La circonscrire par ricochet. En lui donnant forme, couleur, tempo reconnaissables. En la coulant dans le moule, fût-il naïvement calqué sur celui de la poésie étudiée en classe, d'une parole reconnaissable.

Bien entendu, il s'agit de vers d'amour.

Je suis devenue femme rue Abraham, chez les Mayrand. Un beau matin, dans la chambre aux lits jumeaux partagée avec Geneviève, les jambes de mon pyjama collées à l'intérieur de mes cuisses par une glu. Et cette odeur fade, déconcertante, moitié de sang frais, moitié de reste de vin éventé oublié dans un verre qui s'en dégage. Que je dégage. Puisque c'est bel et bien moi la source de ce flot d'eau lourde, poisseuse, couleur de raisiné, s'écoulant sans bruit et par intermittence de mon bas-ventre.

Tout à coup, l'impression d'être victime du destin. Prise au piège de ma nature désormais soumise, chaque mois, trois ou quatre jours de suite et des années durant, à une incontinence sanglante de femelle assujettie à sa fonction ovipare. Grande agitation autour de moi, en même temps. Intervention de

Lucienne Mayrand. Apprentissage de l'usage du bidet pour raisons d'hygiène, prêt de serviettes, de ceinture, d'épingles doubles pour les y fixer, appartenant à Suzanne. Voyage-éclair de Marthe par l'autocar dans les jours qui suivront pour m'acheter au Mans l'équipement nécessaire. S'habituer à marcher, à travailler, manger, dormir, plaisanter, comme si de rien n'était avec le handicap d'une épaisseur de tissu-éponge entre les jambes qui complique de surcroît les allées et venues au petit coin et les préparatifs pour la nuit afin d'éviter de souiller la literie. Reste, qu'après avoir tempêté auprès de Geneviève, auprès de Marthe de ne pas être un garçon échappant aux contingences du flux menstruel, ce qui m'aura valu de sa part l'observation qu'elles m'exemptaient, du moins, de celles du service militaire et en cas de guerre, des misères du soldat, je prendrai assez vite mon parti de cette mise sur orbite matricielle réglée sur l'horlogerie des cycles marins et lunaires. Mieux encore, je me surprendrai bientôt à y tenir comme à un privilège d'état me permettant de mieux me situer par rapport au monde masculin. D'en finir avec mes ambiguïtés garçonnières d'enfance. De leur tourner le dos de bon cœur au profit d'une toute neuve, toute passionnante féminité encore incrédule d'elle-même. D'autant qu'un dimanche matin de congé à Aulaines devant l'armoire à glace de Grand-Mère, je découvre y avoir gagné au-dessus d'un ventre bombé, trempé dans du lait, une assez charmante paire de seins à ne pas montrer à n'importe qui bien sûr, mais à considérer secrètement comme un atout, quand les circonstances, même si ce n'est pas demain la veille, pourraient s'y prêter !

En attendant ces lendemains qui chanteront donc, on peut toujours, jeune fille soumise aux convenances (mais les convenances, après tout, entretiennent le rêve), s'adonner, au lit, le soir, et qui confère aux élans du cœur, le jeu consistant à ne pas les suspecter d'aspirer à se confondre avec ceux de la chair, à la poésie, gage d'honorabilité sous le couvert des belles-lettres : « Ô temps, suspends ton vol » et puis la suite...

Je suis à cette époque éprise, plus exactement, Antoinette II et moi, sommes éprises, alors qu'au demeurant, l'année suivante, son cœur, à elle, battra pour un autre que plus tard elle épousera, du fils aîné du directeur de l'école publique de garçons de Bonnétable. Sur le point de terminer ses études secondaires au lycée du Mans, Jean Busson a l'intention de préparer une licence de droit, à la faculté de Caen. Nous sommes en extase ou presque, devant ses dix-neuf ans de jeune homme à silhouette longiligne et souple et qui tient de sa mère le charme romantique d'un visage au teint pâle, aux traits fins. De son père un regard à la fois vif, ironique même, qu'il évite par pudeur et par éducation de poser franchement sur vous, comme vous évitez, pour les mêmes raisons, de poser le vôtre sur lui, avec en prime, quand il lui arrive de sourire, des promesses d'abandon, de tendresse à vous en donner le tournis quand justement on aspire tant soi-même à la même chose, sous le manteau !

Antoinette pense avoir résolument des chances de lui plaire. Moi, beaucoup moins. Et si j'en souffre, dressée par les Roulette à être fair-play en toute circonstance, quitte à me marcher sur le cœur, je ne lui en tiens pas rigueur. Et puis enfin c'est vrai, que sa famille et celle de Jean vont bien l'une avec l'autre. Les Busson et les Leroy se sont toujours fréquentés beaucoup. Ils ont passé ensemble plusieurs années de suite un mois de vacances d'été au bord de la mer. Laïques convaincus, agnostiques en diable, les Leroy instituteurs de Saint-Georges-du-Rosay et les Busson de Bonnétable sont sur la même longueur d'onde. Au demeurant excellentes gens, très dévoués à leurs élèves au nom du progrès social, du bonheur humain par l'éducation et l'instruction. Leurs enfants ne sont bien évidemment pas baptisés, alors que je le suis. Placée à la rubrique des superstitions, la religion fait surtout obstacle pour eux aux progrès de la civilisation dont ils déplorent dans les conversations que malgré la prise de la Bastille et le triomphe de la république, elle réussisse encore à drainer dans son sillage un contingent de naïfs indécrottables.

Chez les Roulette, où règne pourtant un certain scepticisme sur l'existence de Dieu, clef de voûte de la Création, on est beaucoup moins radical. Plus nuancé. D'autant qu'Auguste, orphelin de père, reste en fort bons termes avec l'abbé David de Vallon-sur-Gée chez lequel ma grand-mère, après la mort de son mari se fit servante pour le sauver, sa sœur et lui, de la misère et dont il fut l'enfant de chœur. Que Marthe, dont le père était radical-socialiste, mais la mère dévote, dont l'une des tantes, Élise, religieuse de Saint-Vincent-de-Paul en Algérie était pleine d'affection pour elle, ne bouffe pas particulièrement du curé. Que celui de Bonnétable, justement, le chanoine Buglot, licencié en allemand, germaniste et théologien assez distingué, poli avec elle, la saluant dans les rues quand il la croise, passe à ses yeux pour le contraire d'un imbécile. Excellent chrétien, au sens vrai du terme. Qui, huit ans plus tard, le prouvera en contribuant au sauvetage d'une poignée de fillettes juives, réfugiées sous un faux nom au pensionnat de l'école du Sacré-Cœur. Ce qui le mettra à deux doigts d'être arrêté par la Gestapo.

Baptisée, ayant été reçue première à l'examen du cours de catéchisme, l'année de ma communion solennelle, voilà qui ne peut qu'éloigner Jean de moi. Me faire passer à ses yeux pour une bigote en puissance. Gentille fille peut-être mais sévèrement handicapée par des conformismes religieux frisant la dévotion bêtifiante. Reste que nous sommes en très bons termes avec les Busson. Qu'outre qu'ils apprécient les qualités de pédagogue de Marthe, le travail de dix heures par jour qu'elle fournit pour assurer le fonctionnement, du cours préparatoire à celui du certificat, d'une classe unique et mixte de quarante-cinq élèves, la loyauté de caractère d'Auguste, son dévouement de secrétaire de mairie à la communauté d'Aulaines, à sa femme qu'il épaule de son mieux en se tenant devant les fourneaux pour lui épargner le plus gros du travail domestique, ils les trouvent agréables à fréquenter. Bien souvent, le jeudi après-midi, Maman et moi leur rendons visite à Bonnétable. C'est la grande récréation de Marthe que ces sorties à pied, fournissant prétexte à mettre un chapeau, des souliers convenables, à quitter le tablier pour un manteau. Que ces conversations à bâtons rompus dans la petite salle à manger des Busson où il est question des dernières consignes de l'inspecteur d'académie en matière de méthode d'apprentissage de la lecture, de la mode qui est au tailleur avec renard et turban de jersey, des fiançailles de la fille du percepteur avec un sous-lieutenant aviateur qu'elle a connu lors d'un voyage dans les Pyrénées, des gueuleries d'Hitler retransmises à la radio, j'en passe.

Intarissable conteuse, maniant l'art du trait dans les moindres détails, Marthe, qu'elle papote ou parle d'affaires sérieuses, tient son auditoire en haleine. Assise sagement sur ma chaise dans la pièce à vivre des Busson, jusqu'à laquelle parviennent par la porte de la cuisine ouverte, des odeurs de lait tiède, de langes fraîchement lessivés en train de sécher, suspendus à un fil au-dessus du fourneau, à cause de la venue au monde de Pierre, leur dernier-né, le gentil Pierrot aux traits mobiles, au fin regard bridé qui deviendra vite un petit garçon vif comme une anguille, si drôle, si naïvement futé (ainsi, à quatre ou cinq ans, déclarera-t-il avec sérieux, juché sur les genoux de l'une de ses tantes, opulente de poitrine : « Tata, je n'ose pas m'appuyer contre tes beaux ballons de peur de les faire éclater. ») au milieu des allées et venues de Reine, la jeune bonne, occupée au repassage, à l'épluchage des légumes pour la soupe du soir, mes dix, mes douze, mes quatorze, mes seize ans, même, se seront pas mal délectés non seulement à écouter Marthe, à subir la fascination de son discours pittoresque, coloré, mais dans cette chaude atmosphère familiale, moitié-salon où l'on cause, moitié-nursery puisque les Busson ont quatre enfants, les trois cadets, Yvette, Jeanine et Pierre leur étant venus quand leur aîné avait largement dépassé ses dix ans, à regarder Jean.

Du moins quand il se trouvait là en période de vacances scolaires, qu'il n'était pas de sortie avec ses copains de lycée, les fils Benoît, le fils Huvé de Bonnétable eux aussi ; qu'il ne jouait pas au foot, ne se baladait pas à vélo. Souvent assis de profil devant l'étroite fenêtre en surplomb de la rue, il arrivait qu'il dessinât en prenant pour modèle un vase de sa mère, une plante verte posée sur un guéridon ; aussi les visages de ses cadettes qu'il s'essayait à saisir. L'attitude qu'elles avaient, dos courbé, traits fuyants, pour jouer en coin de table, aux dominos, au nain jaune. Grand garçon discret, peu causant, du moins en apparence, passablement indéchiffrable, tout simplement, sans doute, un peu perdu au milieu de ses cadets qui avaient, comme toujours en pareil cas, passablement modifié ses rythmes de vie d'enfant unique, en prenant bien garde à donner l'impression de m'intéresser, surtout à ses sœurs, à son petit frère, je l'admirais sans espoir sérieux de jamais lui plaire.

Inutile de me leurrer. Je n'avais, à l'inverse d'Antoinette, aucune chance de l'intéresser. Jamais, je n'avais, comme elle, joué avec lui sur une plage cuivrée de soleil, où le pied, délicieusement englué dans l'épaisseur des varechs, donne à vos mouvements, à cause de la fièvre du jeu pour recevoir un ballon, le renvoyer, une liberté, une grâce sauvages, une vitalité enchanteresse qui n'appartient qu'aux sirènes. Jamais nous n'avons suffoqué et ri ensemble d'essuyer à la même seconde le coup de boutoir de la vague sur nos ventres. Nous n'avons en commun aucun de ces souvenirs violents de voluptés marines qui pourraient nous conduire à rêver d'en partager d'autres. Au lieu de cela, quand nous nous voyons, dans le cadre agréable mais étroit de visites où je me dois de faire preuve de la retenue qui sied, je me sens lourde, pataude, statufiée sur ma petite chaise. Et puis ce serait essuyer, en privé, les foudres de Marthe, l'institutrice, la régente, que de ne pas m'abstenir de ce franc-parler aussi qu'elle me laisse tenir, à la rigueur, à la maison mais qu'elle estime incompatible avec la bonne opinion qu'elle veut qu'on ait de sa fille partout où nous allons. D'autant qu'elle sait pertinemment que je tiens d'elle. Qu'il suffirait de me lâcher la bride en compagnie pour que j'occupe la scène sans rien avoir à lui envier. Qu'aussi l'effraie ce corps devenu celui d'une femme presque du jour au lendemain. Sans période de transition. Ces expressions de physionomie passionnées ou frondeuses que j'ai toujours eues mais qui ne sont plus celles de l'enfant. Ces réflexions à l'emporte-pièce, ce refus, du moins en paroles, d'entrer dans le jeu des conformismes et qui témoignent, dès mes quatorze ans, d'une entrée en maturité sans crier gare. Car, moitié scolastiques, puisées dans mes lectures, moitié strictement personnelles, fruit de ma propre réflexion, j'ai déjà des opinions sur tout. Sur la justice, l'injustice. Les bienfaits, les méfaits de la religion et d'ailleurs ceux de l'athéisme qui en est une autre. Sur les gens. Sur l'amour. Et c'est là que singulièrement le bât blesse quand j'ose, une fois, déclarer à Marthe (heureusement nous sommes entre quatre z'yeux et surtout pas chez les Busson), que si je ne comprends pas le puritanisme de l'Église, celui de la société laïque me tape autant sur les nerfs. Qu'au demeurant cette histoire d'acte charnel à confondre dans le mariage avec le devoir, ça me court sur le haricot ! De quoi lui donner des sueurs froides ! Sommée de garder pour moi ce genre d'incongruités, je suis priée d'adopter un autre langage. De proposer aux personnes que je rencontre une autre image. Celle d'une fille comme il faut. Réussissant honorablement au lycée, capable, pourquoi non, d'avoir de la conversation mais sans hardiesse dérangeante de pensée, d'attitude. Être réservée, encore que souriante, spirituelle sans être acérée, voilà selon Marthe la panacée. Le nec plus ultra de la jeune fille distinguée. Le sésame ouvre-toi débouchant sur de vraies perspectives d'avenir. D'avenir sentimental même, si mes études terminées je rencontre un garçon à mon goût ayant de son côté le désir de me plaire.

L'avenir ! Quel avenir en ces années 42-44 où nous végétons, pieds et poings liés sous une chape de plomb, on n'en sait rien. Mais c'est malgré tout comme si, le seul fait d'en prononcer le mot, en entretenait l'espérance. Qu'il eût pouvoir de faire tomber nos chaînes, de décadenasser notre horizon.

Oui mais le drame, mon drame, et qui risque bien de perdurer ma vie durant, c'est qu'il m'est généralement impossible de faire preuve, plus d'une heure d'affilée, et encore ! de cette fameuse réserve enjouée qui serait, selon Marthe, avec un physique avenant, l'un des atouts les plus incontestables des demoiselles à marier. Devrait m'aider, quelque jour, à drainer un cœur ou un autre, en particulier celui de Jean, le lointain, l'indécryptable, l'inatteignable Jean. D'autant plus inatteignable, qu'il vit désormais loin de chez nous, à Bayeux en Normandie où, devenu surveillant d'internat, il prépare sa licence en droit. Ce qui m'en impose singulièrement. Que, féminine en diable par certains côtés, passionnément désireuse d'être agréée, d'être la confidente, la consolatrice, l'amante complaisante, la mère de ses enfants, que sais-je, sa ménagère, sa ravaudeuse, sa panseuse de plaies privilégiée dans la plus pure tradition des personnes du sexe, je suis conjointement une bateleuse. Une nature. Une meneuse de jeu sans cesse à la limite de la rupture de ban. Car il y a cette faconde explosive, ce tempérament de bonimenteur patenté, d'avocat (là, je tiens d'Auguste) qui me ferait tenir tête à tout un prétoire. Par ivresse de parole. Exaltation du discours. Habitude aussi de fille unique de me mettre en scène. D'entrer en conversation avec moi-même. Moins par égocentrisme invétéré que par espoir que je puisse exister aux yeux des autres. Me faire aimer d'eux. Ce sont d'ailleurs là des aspirations qu'ignore totalement Jean et pour cause, habitué, quand il me rencontre, à ne m'envisager que sous les traits banals d'une bonne petite fille parmi d'autres, très tenue par sa mère et par conséquent trop vertueuse pour parvenir à le troubler. De ma capacité d'élan que le jeu social m'impose de cacher, il aura tout ignoré. Aussi, qu'à la bavarde que je suis, il sera arrivé de manquer de salive, de ne pouvoir tirer un seul son pour répondre à son simple bonjour. S'y ajoutera l'amour-propre. Le refus, quand j'aurai gagné un peu en âge, en liberté de manœuvre, d'aller au-devant de l'humiliation en me jetant à sa figure et d'être repoussée.

Que faire d'autre par conséquent, ces années-là, quand on a, par-dessus le marché, le vertige de la page blanche, sinon de griffonner des poèmes ? Des poèmes en son honneur, naturellement.

Par un temps glacial qui fait qu'en ville surtout, on se vendrait, ou presque, pour un lot de fagots, un demi-quintal de boulets, un stère de mauvais bois, l'entreprise débute au cœur du dur hiver 42 par un premier poème d'une cinquantaine de vers courts intitulé : *La Promenade fantastique*. Un programme !

Marthe et moi revenons de Bonnétable après de maigres achats : quatre pelotes de laine grise obtenues contre des bons de textile, un peu de coton à repriser, un demi-mètre de flanelle pour retaper les chemises chaudes d'Auguste, avec, pour finir, une visite chez les Busson. La scène se passe entre Noël et le jour de l'an. Devant nous, entre le double alignement de maisons basses ratatinées sur elles-mêmes comme pauvres chiens crevant de froid, sous un ciel de neige décapé à fond de toute trace de soleil, il y a la route qui fait le gros dos, sa fascinante blancheur mortifère avec, pour seul point de ralliement, pointé dans un grand vide absurde, l'index bleu foncé du clocher d'ardoise de l'église d'Aulaines.

J'ai le moral passablement bas. Jean n'était pas là. Parti rejoindre ses amis en ville ou faire des courses, qu'importe. Alors que je n'aurai pas même une fois l'occasion de le voir avant qu'il ne retourne à Bayeux, que cela me fait mal, il m'a fallu donner le change, faire semblant, en jouant aux osselets, aux cartes, avec ses sœurs, avec son jeune frère, de m'accommoder parfaitement de son absence. Et maintenant il y a cette route. L'incontournable monotonie familière de cette route où nous pataugeons dans la fange. Avec, de surcroît, l'éloignement, également incontournable, de Jean. Comme s'il était déjà parti. Rendu là-bas très loin à son collège de Bayeux irrigué par les vents de mer. A quelques kilomètres à vol d'oiseau des côtes normandes que les ouvriers réquisitionnés par l'organisation Todt, avec, en renfort, le contingent de déportés polonais, russes ou tchèques réduits à l'esclavage, fortifient face à l'Angleterre.

> « *Il a neigé*
> *Et tous les frimas sont en fête*
> *Je pense à vous, mon bien-aimé*
> *Lourde est ma tête.* »

Ça y est. C'est parti. Il est parti malgré moi le premier poème consacré à Jean. Du moins à l'idée que je me fais de lui. De celle que je voudrais qu'il ait eue de moi, si nous avions pu nous approcher tout à l'heure. Si nous revoyant, après des mois d'absence, il m'avait découverte. Si je l'avais troublé. Car plus que jamais tout me sépare de ce jeune étudiant menant sa vie absolument en dehors de moi. En train de se forger une personnalité, un caractère qui m'échappe totalement. De se battre comme il peut dans les odeurs graillonnantes d'un internat, entre ses corvées de pion, en potassant des cours de droit qui finiront par faire de lui un commissaire de police à Nantes, où il se mariera dès la fin de la guerre, une première fois. Dont l'un des oncles, Adolphe Busson, chef de division à la préfecture du Mans, résistant et franc-maçon arrêté à son bureau par la Gestapo en octobre 43 mourrait en déportation tandis que, dans le même temps, Suzanne sa femme, institutrice, venue lui apporter un colis de nourriture et de linge à la prison d'Angers serait immédiatement appréhendée, embarquée pour Ravensbrück d'où, classée N N : *Nacht und Nebel* – Nuit et Brouillard –, c'est-à-dire destinée à l'extermination, traînée dans ce but à Mauthausen, l'arrivée de la Croix-Rouge le 10 avril 1945 la sauverait de justesse de la dernière fournée de liquidation prévue pour le 1er mai par Bachmayer le chef du camp, avant que, minée par les misères endurées, elle ne mourût en 1953 d'un cancer à l'anus provoqué par les coups qu'elle avait reçus au bas des reins.

Je viens pour ma part d'entrer en classe de seconde. Il en est, lui, à son dernier certificat de licence. Bientôt, il quittera Bayeux pour, après avoir fait l'école de police au Mont-Dore être nommé à Nantes. A ce jeune commissaire de vingt-deux ans qui se sentira si perdu dans ses débuts, autour duquel les drames familiaux se multiplient, que les bombardements de 1944, leur violence, conduiront au bord de la dépression, que la solitude jettera dans les bras d'une jeune fille dont il croira sur le moment qu'elle est la femme de sa vie comme de son côté elle croira qu'il est l'homme de la sienne, dont je suis à cent lieues des préoccupations, des angoisses, je vais continuer, encore des mois, à rêver. Entre deux alertes, deux stations nocturnes dans les caves sur fond d'infernal ronron de bombardiers visant la gare, le champ d'aviation, les camps militaires, les casernes, les lignes de chemin de fer en direction de la Bretagne et de Caen. Entre deux promenades macabres où, par ordre des autorités préfectorales, sous la conduite de nos pionnes, on nous fait défiler à la cathédrale devant l'alignement navrant des cercueils des victimes des bombardements : vingt-sept morts lors de celui du 8 mars 1944, le grand séminaire éventré, les maisons qui lui font face de même ; quarante-sept une semaine plus tard dans la périphérie des usines Renault où l'on travaille pour l'armée allemande. Toutes ces pauvres chairs, cette bouillie, soldats allemands compris, rassemblées, mises en boîtes et sous couvercle avant obsèques solennelles célébrées par Monseigneur, sous les voûtes de la grande nef érigée par les Plantagenêts princes de France et rois d'Angleterre.

Et voilà ! Sept siècles plus tôt, et bien avant encore, à la première arrivée des Francs Germains par ici, ça a été déjà le même scénario et il continue. Ça continue les tortures, les prises d'otages, les tueries, les gens dont on ne peut rassembler que les débris. Et alors que dire aux survivants qui les avaient aimés pour qu'ils ne deviennent pas fous ? A l'abbé Guyard, par exemple, lui-même, vicaire de cette cathédrale, n'ayant retrouvé de sa mère, dans les décombres, que la langue et un morceau d'estomac sinon que l'homme, même réduit en pâté de viande, en poussière d'os calcinés continue à se survivre à lui-même, à posséder bel et bien une âme. Inaliénable. Indestructible, donnée et reçue une fois pour toutes et qui échappe à toutes les entreprises terrestres d'anéantissement.

Et moi, au milieu de toute cette boucherie qui m'aura épargnée, de continuer poème après poème, de cultiver, faute de mieux, avec acharnement, la liturgie des mots.

Nourris de sensualité, de désir, de tendresse aussi, attifés de sublimation avec des accents maladroitement baudelairiens, verlainiens, selon les heures, voire héroïques à la Leconte de Lisle, ils finiront par constituer un tout. Une sorte de petit roman versifié procédant par épisodes à l'instar des feuilletons. Quelque chose comme un triptyque amoureux. Une composition picturale où l'on ne vous aime pas, où vous aimez, où l'on finit par vous tomber dans les bras et dont on peut à son gré ouvrir et refermer un des volets selon l'humeur qu'on a, de souffrir, d'espérer, d'être heureux. J'en fais la lecture le soir, à la belle saison, dans les jardins potagers de l'internat, à Michèle, aux deux Antoinette et même, parfois, à un auditoire élargi de normaliennes dont l'une, Geneviève Darras, réfugiée du Nord, succédera en 45 comme institutrice à Marthe, à Aulaines. Geneviève devenue l'épouse de Gustave de Savigné-l'Évêque. Paysan de souche en même temps mécano dans l'âme et avec lequel Auguste, après la guerre tiendra des conférences extraordinaires sur le fonctionnement de sa Mona 1932. Mais nous n'en sommes pas là. A ces temps bénis de délivrance, où ce qu'on appelle le futur retrouve un visage, se refait une seconde peau.

Reste qu'à force de me lire et relire, de déclamer mes poèmes à la cantonade, de m'imprégner de leur chant, d'en modifier à l'occasion pour les besoins du rythme, de la passion, de l'incantation verbale, certaines strophes, d'en insérer, ici, une nouvelle, ailleurs, d'en supprimer une autre, dans le souci devenu presque objectif de rééquilibrer l'ensemble, de jeter sur lui un regard critique, ce n'est plus seulement, à la fin, de Jean qu'il s'agit, dont le nom n'est, lui, jamais prononcé, mais d'une tentative de mise au net d'un répertoire émotionnel dont, autant que le sujet, il est devenu le prétexte, l'alibi même. A telle enseigne que je suis en passe, sans en être consciente, à force de faire des gammes autour du même thème, son thème, de m'exercer, sinon à me libérer totalement de lui mais à prendre mes distances. Qui sait, à me préparer pour autre chose. Un autre amour.

En marge du lycée, pour m'écouter pérorer, entonner mes litanies amoureuses il y a Nadia, mon amie juive qui vit, au lieu-dit : la Mare-Pineau, avec ses parents et son frère, retirée dans une charmante maisonnette de campagne en lisière de forêt, à travers laquelle on peut, à la rigueur, espérer pouvoir prendre la fuite en cas d'arrestation de nuit.

Mai 42, Heydrich chef de la Gestapo de Berlin, grand spécialiste avec Eichmann de l'accélération de la « solution finale » pour l'ensemble des juifs d'Europe et des Tziganes, vient d'installer à Paris dans ses fonctions, Oberg chef de la SS et de la Sûreté allemande pour la France. Il a pour bras droit le major Hagen, jeune officier de vingt-huit ans qui parle parfaitement le français, déteste les démocraties et comme il se doit « la lèpre juive ». Ambitieux, déterminé, capable, il réussira avec le concours du commissariat aux Questions juives de France dirigé par Louis Darquier de Pellepoix à infiltrer ses agents de renseignements dans toutes les administrations, Préfecture de police comprise. L'enjeu, c'est du moins aussi celui de l'ambitieux lieutenant Dannecker qui rêve de monter en grade, de devenir l'égal d'Oberg, de Hagen, ses supérieurs, c'est, après ce que l'Allemagne baptise les atermoiements de Vichy, la déportation dans les plus brefs délais, zone, dite libre, incluse, d'une fournée de cent mille juifs, la mesure atteignant Français et étrangers.

En face d'eux, de leur appétit de génocide, à partir d'avril il y a donc Bousquet avec Leguay son délégué pour le nord de la Loire. D'entrevues en entrevues entre les grands patrons de la Gestapo et leurs interlocuteurs vichyssois, de marchandages en marchandages entre Oberg et Laval qui consistent, de la part de ce dernier, à livrer le maximum de juifs d'origine étrangère pour épargner, peu ou prou, ceux de nationalité française, la machine broyeuse est pour de bon lancée. Le détonateur étant la première grande rafle à Paris, le transfert de treize mille personnes au Vel d'hiv dans l'attente de la mise sur pied des convois pour Auschwitz.

En province, la Sipo tend parallèlement ses filets. Celle des pays d'Ouest qui couvre huit départements, incluant le Poitou, les pays nantais, l'Ille-et-Vilaine, le Maine-et-Loire et le Maine vient sous la conduite d'Ernst, qui a le génie de l'organisation, de s'illustrer par sa diligence. Puisque son convoi : huit cent vingt-trois personnes incluant d'ailleurs deux cent dix juifs français contrairement aux accords Knochen-Bousquet, programmé, en principe, pour le 20 juillet 1942 au départ des prisons d'Angers sera le seul à avoir réussi à partir pour Auschwitz à la date prévue. Dans ce convoi, il y a cinquante-quatre juifs raflés en Sarthe. Parmi eux une dizaine d'adultes appréhendés au chef-lieu de canton de Tuffé à moins de quinze kilomètres de la Mare-Pineau. Dans ce cas précis, les enfants auraient été laissés à la rue, recueillis par des personnes pitoyables en attendant un rassemblement dans quelque orphelinat. Enfin on ne sait pas. D'ailleurs qu'est-ce qu'on sait par les temps qui courent et de ce qui se passe exactement sur le front russe et de l'importance du soutien consenti par l'Amérique à l'Angleterre alors qu'elle continue d'observer une attitude de neutralité, vis-à-vis de l'Allemagne ? Qu'est-ce qu'on sait de ce qu'il peut advenir de ces juifs de tous âges, de toutes conditions, arrachés à leur lit, à l'aube, hissés, manu militari, dans des camions bâchés, des autobus avec un baluchon de hardes, deux couvertures en bandoulière, deux jours de vivres dans un cabas, un panier, une musette ? Bien sûr, on ne leur veut évidemment pas du bien, pour le moins qu'on puisse dire, en les rassemblant comme bétail dans des camps de triage avant de les déporter vers l'Est pour les assujettir aux travaux les plus durs mais a-t-on systématiquement l'intention de les tuer ? Est-ce que même le nazisme peut délibérément aller jusque-là ? A croire que certains des déportés eux-mêmes qu'on verra quitter leur logement ou leur asile d'emprunt en complet-veston, chapeau mou et nœud papillon, leurs femmes en tenue de ville, se seront refusés de leur côté à cette idée.

La première fois que Nadia Zacarovitz m'aborde, qu'elle me sourit de ce désarmant sourire fruité de brunette qui est le sien, elle a, sa famille et elle, l'épée de Damoclès suspendue au-dessus de sa tête. En a-t-elle pleinement conscience ? A-t-elle clairement compris que l'étau se resserre ? Qu'entre l'été 42 et les tout derniers jours de la collaboration étroite des hommes de Doriot avec la Gestapo, le contingent des malheureux juifs étrangers livrés aux abattoirs d'Auschwitz n'y suffisant pas, sa nationalité française de jeune juive d'origine polonaise ne la protégera vraisemblablement plus ? D'autant que Dannecker, auquel son zèle à travailler à la réussite de la « solution finale » a valu le grade de capitaine, marchant sur les traces d'Eichmann, champion de l'assainissement ethnique en Hongrie (environ six cent mille personnes liquidées) rêve de se retrouver au plus vite dans la peau d'un lieutenant-colonel en travaillant Vichy au corps pour obtenir le retour des israélites naturalisés français dès 1919 au statut d'apatrides, de racaille émigrée, hors protection légale. Oui, en a-t-elle pour de bon conscience et moi aussi d'ailleurs qui ne suis pas directement concernée ?

Ce que j'ai bien compris par contre, pour ma part, lorsqu'en petite robe d'été blanche à fleurettes de simple jeune fille de campagne, elle m'aborde pour la première fois, m'invite, lors de l'une de mes promenades à pied où je passe devant sa maison, à entrer chez elle, que je découvre qu'elle m'a depuis pas mal de temps repérée, moi, mes airs de lionne solitaire, ma croix de communion de chrétienne ballant sur mon corsage au bout d'un ruban de velours noir, qu'elle connaît mon nom, sait que je fréquente au Mans le lycée, c'est que, si nous nous lions, elle et moi, car je la sens si désireuse d'échanges avec quelqu'un de son âge qui lui apporterait, aussi modestes qu'ils soient, les échos d'une culture dont elle ne peut bénéficier, sous peine, si elle était scolarisée, d'être à coup sûr très vite déportée, c'est qu'il s'agira, étant donné les circonstances, d'une de ces amitiés marginales qu'il me faudra entretenir en dehors des autres, en évitant même d'y faire allusion. Qu'il faudra donc jouer serré. Pas seulement vis-à-vis, au lycée, d'un entourage de condisciples, de professeurs eux-mêmes souvent fort divisés vis-à-vis de Pétain et du gaullisme, de la Résistance et de son contraire, mais d'abord entre nous deux. Jouer la comédie serré. Avant tout, dans nos conversations, nous abstenir de jamais prononcer le mot « juif ». Moi par souci instinctif de la ménager, les siens et elle, de ne pas la pousser à de ces confidences douloureuses qui font parfois autant de mal que de bien quand on s'y abandonne. Elle, sans doute, par même souci de ne pas m'en charger. De ne pas alourdir l'atmosphère entre nous. Et puis enfin il y a en nous qui perdure comme lorsqu'on est jeune, et nous l'étions tellement encore, cet état de grâce de l'enfance qui jouit, à corps perdu, de l'instant qui passe. Cette ineffable légèreté de l'être qui vous conduirait à la mort en parlant d'autre chose. De la meilleure façon d'accommoder un lapin chasseur, une poule au pot quand on a eu la veine de décrocher l'un ou l'autre dans une ferme, de la mode qui est aux souliers à semelles de liège, aux chapeaux hauts et plats en étoffe drapée sur une structure demi-circulaire en fils de laiton, des charmes de la forêt qui nous entoure. Car elle nous cerne, nous rassure, cette forêt, hissée sur un massif primaire érodé, constituant aux frontières des collines de l'Orne et du Perche-Gouet un premier palier sylvestre. Car il suffit, franchi le seuil de la petite maison des champs que Nadia habite dans un décor typiquement rural de pavage fissuré, d'antique cheminée sarthoise, de tables et de chaises en bois fruitier, de traverser un carrefour pour s'y enfoncer. D'emprunter une première longue allée tirée au cordeau où l'ombre, en suspens sous les couverts, déploie sa trajectoire liquide, s'y fraie, comme du sang vert dans le couloir d'une artère, une remontée jusqu'au cœur. Son cœur de forêt. Et c'est alors qu'on est ailleurs, à l'abri des hommes, de leur effroyable malignité.

Une forêt, quand on a quelque chose à redouter d'eux c'est comme la mer. C'est comme une mère. On baigne dans une lumière couleur de miel foncé, dans un fouillis nourricier, caressant, reptilien d'algues-fougères où le passage du chevreuil, celui du sanglier et, plus furtif encore, collant à la terre, du blaireau, est celui du dauphin, du requin-marteau, de la lente obstinée tortue d'eau. Sous l'arcature des futaies, dans le grand silence sonore de leurs travées, plus parlant que n'importe quelle voix au monde, le corps s'allège. Avec lui, l'âme, délivrée de toute mémoire ankylosante, déploie des ailes d'oiseau, commence délicieusement à perdre pied, à prendre le large. Devant soi, on a le soleil. Cette arène de lumière qu'il circonscrit en bout de nef, de croisée de chemins, d'épicentre des points cardinaux. Cette arène, il faut l'atteindre. S'y ressourcer comme dans une fontaine. Dans le bassin d'un baptistère. Y prendre place comme dans un temple, une église, une synagogue, une mosquée, qu'importe, mais dans le même esprit d'attente, d'émerveillement, d'espérance. Ici on pourrait chanter : « Iahvé est mon pasteur. Ici, je ne manque de rien. Sur des prés d'herbe fraîche, il me parque. Il me mène vers les eaux du repos. Il m'y refait une âme. »

Au lieu de cela, pour faire à Nadia lecture de mon dernier poème, j'ouvre mon carnet. Mon fameux, mon précieux carnet, mon bréviaire. Dans lequel, d'une écriture de fourmi qui va rester la mienne, de tisserande acharnée à entrecroiser minutieusement fils de chaîne et fils de trame, à les armurer toujours mieux, plus serrés, pour, qu'à la fin, la toile se déploie, lourde, belle, élastique, sous les doigts comme coulée d'argile humide, terre glaise avant tournage, j'accumule naïvement, passionnés toujours, souvent d'une banalité désarmante, avec, ici ou là, une trouvaille d'expression, ma provision de vers rimés, consacrés à Jean. Ou plutôt à cette image de Jean façonnée à l'aune d'un rêve éveillé qui permet à Nadia de s'y insinuer.

Nous sommes assises dans le sous-bois. Dans le cercle de sa magie forestière, de la flottaison des branches ramifiées au-dessus de nous. De leur balancement sur place de barques aériennes arrimées à la bitte du tronc. Elle a cette robe blanche à fleurs qui sied à son teint mat, à ses bras nus terminés par de petites mains agiles et capables qui savent cuisiner, tricoter, coudre, des mains vivantes. Je porte une jupe à bretelles, marine, rayée de blanc, tirée d'une ancienne robe de Marthe et un corsage bleu clair en voile de coton auquel je tiens beaucoup parce qu'il a été tiré, lui, d'une de mes plus jolies toilettes d'été quand j'avais douze ans pour nos sorties et aller à la messe.

A propos de messe justement, compte tenu des distances que je continue à prendre avec la bondieuserie pour jeunes filles confites en dévotion et qui permet si bien à leur confesseur de les tenir en lisière, je me suis remise à fréquenter assez souvent l'église mais à ma façon. Avec du recul. Une volonté de m'en tenir à ce qui est pour moi l'essentiel du sujet.

C'est le Christ qui m'intéresse. Son message. Ce refus de sa part, fût-elle monothéiste, eût-elle la prétention d'être sortie du païanisme, d'une dictature théocratique figée dans ses conformismes, entraînant la confusion en matière de spiritualité, entre la forme et le fond. De ritualisme obsessionnel. Car charpentier ou non, fils de Dieu par l'opération du Saint-Esprit ou non, ou fils de Joseph et Marie ou non, Messie ou non, ce jeune juif enfant de la verdoyante Normandie galiléenne, incarne cette proposition d'amour renouvelable à l'infini, ayant, certes, fait boule de neige dans un Occident prétendument civilisé mais ramené, pour l'heure, aux lois de la jungle. Une régression que je sens avec plus ou moins d'acuité selon les heures mais dont j'ai suffisamment conscience pour avoir décidé de porter ostensiblement sur ma poitrine la grande croix d'argent émaillée de blanc de ma première communion. Elle n'a pas l'air de gêner Nadia cette croix. Pas plus que ne me gêne son espérance juive sans doute et qu'elle me tait, d'un messie qui ne serait pas le mien. D'ailleurs, est-elle croyante, je n'en sais rien.

Le miracle est ailleurs s'il y en a un. C'est celui de cet instant que nous vivons ensemble. L'une lisant à l'autre, maladroits, flamboyants, des vers d'amour comme si l'amour allait être un de ces jours forcément au rendez-vous. Que chacune en recevrait sa part. Alors que d'un moment à l'autre tout peut basculer dans le drame.

Nadia et sa famille ne portent pas l'étoile jaune. J'en augure, ce qui n'est pas un sujet de conversation avec elle non plus, que son père a décidé de courir le risque de ne pas se présenter au commissariat de police d'Argenteuil en 1940 où il exerçait la profession sur les marchés, de commerçant en produits d'entretien et de savonnerie, pour le recensement obligatoire de toute personne juive, promulgué par Vichy avec la bénédiction nazie sous peine, en s'y dérobant, d'internement. Non plus que d'y annoncer son changement de domicile, au hameau de la Mare-Pineau, sur le territoire de Bonnétable dans la Sarthe où il a été élevé en nourrice, entretient de bonnes relations avec le voisinage, avec les Joubert qui y tiennent auberge et les paysans des environs. Tout cela ne tenant qu'à un fil. Car, pas même la dénonciation délibérée, mais la parole imprudente pourrait y suffire. Déclarés à la mairie de Bonnétable, sous leur vrai nom, mais sans mention d'origine ethnique particulière, religieuse non plus (mais c'est là secret de polichinelle jusqu'à la gendarmerie), tout le monde sait, personne ne sait. D'ailleurs par ici on les appelle les Théo. Théo est le prénom du père. Une façon d'ignorer, ne serait-ce que leurs origines polonaises. Marthe me dit : « Alors tu vas cet après-midi chez les Théo ? » Je réponds : « Oui, je vais chez les Théo » et ainsi de suite. Reste qu'ils ont beau s'être mis, depuis des mois, à faire partie du paysage, que Zacarovitz père, en culotte de velours, casquette et sabots a pris des airs de Sarthois du cru, que Nadia, Adèle sa mère, plaisante femme au charme oriental, d'une grande placidité apparente, ont, elles, adopté des façons de ménagères villageoises, il suffirait d'une mauvaise langue pour les perdre. Bien entendu ils le savent, ne sont jamais sûrs de se réveiller dans leur lit chaque lendemain matin. A telle enseigne qu'intelligent, curieux de tout, aimant la lecture, la discussion, disert à n'en plus finir, ne fût-ce que pour oublier, en parlant, l'angoisse qui le mine, Théo sans avoir jamais bu, mourra, peu de temps après la guerre, d'une cirrhose du foie provoquée par un stress quotidien qui aura duré quatre ans.

Et puis il y a le fils. Il y a Roger. Fortement typé comme son père. Promenant à bicyclette pour se rendre à Bonnétable deux fois par jour où il exerce les fonctions de garçon de bureau, coursier, standardiste, factotum chez Benoît, marchand de grains en gros, qui, lui aussi, l'emploie sans jamais avoir l'air de s'apercevoir de quoi il retourne, sa silhouette de jeune homme longiligne, presquc filiforme, à profil sémite, à faciès pulpeux de bouche, de narines, de faon, de cabri, de nomade des déserts du Néguev, du Sinaï. Derrière cette égalité d'humeur, cette diligence qu'il déploie chez Benoît, qu'éprouve-t-il ? Quels tourments ? Apparemment, pour l'heure, l'un de ses plus grands plaisirs de jeune homme dans une existence réglée par les allées et venues ponctuelles entre Bonnétable et la Mare-Pineau : huit heures-midi, quatorze heures-dix-huit heures, ce sont justement ces trajets à bicyclette qui lui permettent, aux allers, de descendre à toute vapeur en roue libre une forte côte forestière, ensuite, tout étourdi de vitesse, de tumulte venteux plein les oreilles, de caresses d'ondes fraîches insinuantes à travers ses vêtements, de pédaler, mains aux poches, en zigzaguant, sur toute la traversée d'Aulaines, en terrain plat. Une performance d'enfant de la balle sur piste de goudron, de virtuose de l'équilibre sur deux roues qui, le corps rejeté en arrière, le dos rond sous le paletot (et la proue du bateau, le guidon, obéit à l'injection du gouvernail des reins), le fait siffler d'aise, sourire aussi. De ce grand sourire largement fendu, amical, en même temps que passablement absent, avec lequel il salue les connaissances le long du chemin. Deux fois le quart d'heure par jour à peu près pour renouer, lui aussi, avec cette ineffable, imprudente, irrésistible légèreté de l'être ! La sienne. La nôtre à sa sœur et moi qui pendant ce temps-là, dès que l'occasion s'en présente, nous montons le bourrichon avec des quatrains amoureux :

« Doucement dans tes bras trop forts
ma tête s'écroule
Oh l'insondable et tendre port
de tes yeux sans houle »

et autres hardiesses incroyables... ! La suite c'est pour demain. Enfin, jusqu'à la prochaine fois. Enfin s'il y en a une. Surtout pour elle. Pour Nadia. A laquelle, jusqu'à la dernière seconde ou presque, à son frère, à ses père et mère, ses grands-parents terrés à l'écart dans une bicoque de plein champ, Auschwitz pendra au bout du nez !

Il leur pendra au bout du nez encore, à peine une semaine avant l'arrivée des troupes de Patton quand le frère et la sœur viendront, comme s'ils n'avaient rien de particulier à craindre, à mon petit goûter d'anniversaire du 4 août 1944, alors qu'Helmut Steiner bivouaque encore au-dessus de nos têtes.

Helmut Steiner qui, avec le capitaine logé à l'autre extrémité du bourg, attend les ordres. Il les attend, semble-t-il, de sang-froid, avec un grand calme apparent puisqu'il arrive qu'à nuit tombante il prenne le frais accoudé à l'appui de la fenêtre de l'étage pour le plaisir d'assister au ballet des hirondelles, celui des chauves-souris que la chaleur électrise, d'une rue à l'autre. Avec une surprenante suite dans les idées aussi à mon égard. Car s'il n'a plus récidivé auprès de Marthe, sa demande de lui faire du café à lui monter le matin pour en tirer prétexte à s'isoler avec moi, il a bel et bien décidé de persévérer à me faire sa cour, à maintenir le dialogue entre lui et moi comme si c'était devenu à ses yeux quelque chose d'important. Sa tactique est simple et par conséquent, étant donné les circonstances, incontournable. Puisque je ne m'assieds plus sous le tilleul pour coudre l'après-midi, il a pris le parti, sa voiture crapaud rangée sous le cerisier, au retour d'on ne sait où ? est-ce de la forêt, du QG de Hauser au Mans, de Villaines-la-Carrelle près de Mamers où, depuis des mois, les ouvriers de l'organisation Todt forent dans la falaise calcaire des galeries souterraines de montage des V1 en vue de bombarder Londres à partir du village des Mées, pourvue d'une rampe de lancement, de m'obliger, chaque fin d'après-midi, à tenir salon avec lui dans la cuisine où je continue, en attendant la Libération ou l'apocalypse, à ourler consciencieusement, sous l'œil maternel, mes éternels torchons.

A cette visite qu'il m'impose, il n'aura pas failli le 4 août non plus. Simplement, pour avoir, ce jour-là, découvert par une des portes entrebâillées de la classe donnant sur la cour, avec mon père, ma mère, fatigués, inquiets mais s'essayant à être gais au milieu de la dizaine de jeunes gens attablés autour de moi devant des assiettes à dessert écornées par l'usage posées en rang d'oignons sur les pupitres, tout un petit monde, un pauvre monde : deux garçons réfugiés du Nord, une Parisienne, les trois copains menacés sous peu par le STO, Antoinette II et son frère Pierre venus de Saint-Georges à vélo, avec pour renfort de potage les deux petits juifs de la Mare-Pineau fondus dans le lot, oui, un pauvre monde occupé à mâchouiller sa précieuse portion de quatre-quarts et à siroter un fond de verre à moutarde de mousseux éventé d'avant-guerre, il aura attendu (comme les ordres ?) que nous en ayons fini avec notre pauvre fête. Et même que nous ayons eu cette hardiesse, cette inconséquence, de sortir quelques minutes sur le trottoir pour une photo de groupe-souvenir avec les deux corbeilles de glaïeuls blancs et d'œillets, la gerbe de dahlias qui m'avaient été offertes, puisque par miracle, mes invités, après s'être cotisés, avaient pu se procurer des glaïeuls, des œillets, des dahlias chez le jardinier-fleuriste de Bonnétable. Un spectacle, visiblement pour lui à ne pas rater d'en haut. De sa fenêtre toujours. Sur fond de groupe, ce cliché de jeune fille cernée de fleurs blanches comme une mariée. Une espèce de ballet nuptial immobile et sans partenaire, à moins qu'il ne soit là, justement, invisible à ses côtés. Qu'il ne s'appelle la mort. Une mort qu'il a aussi décidé de tenir en respect sous le regard vigilant, perspicace de ses yeux jaunes. Qui ne se départiront pas avec moi, jusqu'à son départ, d'un intérêt, et d'une indulgence absurdes pour un homme de son espèce, à condition et cela je l'ai compris, que je ne refuse jamais le dialogue avec lui. Que je continue à lui donner le sentiment de n'avoir repoussé ses avances que par bonne éducation et non par horreur de ce qu'il incarne. Parce que je suis le contraire d'une fille à soldats.

« Ich gratuliere und wünsche Ihnen Gesundheit und Glück », me dira-t-il d'entrée à la cuisine ce jour-là, après le départ de mes invités : « Je vous offre mes compliments et vous souhaite bonheur et santé », et j'aurai l'à-propos de l'en remercier. Après, nous parlerons de choses et d'autres, comme si nous étions de vieilles connaissances. Il me demandera en souriant si le gâteau était bon. Se réjouira de l'avantage que nous avons, en ces temps difficiles, de posséder une petite basse-cour qui permet d'avoir quelques œufs pour la pâtisserie, de cette chance qu'il ait fait si beau aujourd'hui pour mon anniversaire. Ce qui a permis cette photo-souvenir sur le trottoir, avec toutes ces fleurs.

C'est vrai. Notre « hôte » a raison. Il a fait beau et ce fut peut-être une chance, à la veille, selon le cas de figure, de la délivrance ou de l'enfer, d'avoir pu prendre ce cliché-souvenir. C'est vrai, c'est le plein été, ses tiédeurs, ses générosités. Le sol des deux cours de l'école, celui du jardin chauffent doucement les pieds nus dans les sandales usées quand on les traverse pour aller à l'eau, arracher des légumes, ramener du vinaigre du cellier.

Ailleurs, depuis huit ans que dure cette montée monstrueuse du fascisme, des millions et des millions d'êtres humains ont connu la mort lente ou violente, en Russie, à Londres, au Japon, en Europe centrale, aux quatre coins du monde. Ces deux derniers mois, proches de ce village, à quelques heures de train, et même de voiture à cheval, des dizaines de milliers d'hommes, de femmes, d'enfants, de soldats, brûlés vifs dans leurs blindés, de civils enterrés vifs sous les décombres, de pauvres bêtes domestiques déchiquetées à travers champs ont connu le même sort et, pour autant, la Terre n'a pas cessé de tourner. D'assurer, saison après saison, sa fonction orbitale de survie. Et même, encore du moins, dans l'instant, d'assurer la nôtre, circonscrite par les quatre hauts murs chaulés d'une école et d'une mairie de campagne ayant fait provision naturelle, comme si de rien n'était, de chaleur, de rayonnement solaire.

A l'intérieur de ce fruste cocon où nous évoluons, Auguste, Marthe et moi, accrochés à nos souvenirs heureux d'hier, à l'espérance, si Dieu veut, de jours meilleurs où, jusqu'ici, seulement le bruit d'une porte qu'on ouvre ou referme sur soi, d'un peu de vaisselle nerveusement maniée par Marthe, crispée jusqu'au bout des ongles dans l'attente du dénouement, celui de la petite toux de gazé d'Auguste qui, comme par hasard, depuis ces derniers jours, l'a sauvagement repris, viennent se mêler à son propre pas de colosse armé et botté ébranlant l'escalier, avec, en guise de fond sonore, là-bas, un peu plus au nord, le halètement spasmodique d'une escadrille de bombardiers, du côté d'Alençon, de Sées pour nous rappeler, plusieurs fois par jour, à l'ordre de la guerre, Helmut Steiner aura eu l'air, en somme, de se plaire. D'aimer à reprendre souffle. Mieux, même, d'aimer entretenir avec moi, une semaine d'affilée, le rituel quotidien de la conversation familière au bord du gouffre.

Avec, fût-elle involontaire de ma part, ce qu'elle aura comporté de complicité entre lui et moi. Celle de ce baiser refusé, mais tout de même subi, cette approche sur les miennes de lèvres masculines, élastiques et chaudes avec, aussi déroutante pour moi que leur fringale, tout à coup, leur renoncement, presque leur timidité. Comme si Helmut Steiner, à tout prendre, n'eût pas été un monstre mais quelqu'un d'ordinaire. Ni meilleur ni pire non plus que tant d'autres. C'est-à-dire quelqu'un d'incertain de lui-même, sous la carapace du nazi de choc. Incertain du bien-fondé, de la légitimité de ses pleins droits d'exécuteur des basses œuvres hitlériennes. Qu'il n'ait pas été l'homme des grands défilés de Nuremberg. Celui de la Sipo d'Angers rivalisant de zèle avec ses pareils sous les ordres d'Ernst et, pourquoi non ? le tortionnaire de service ; à moins qu'il n'ait, avant d'atterrir par ici en Normandie, cassé, à l'Est, du Polonais, du Russe, du juif, du Tzigane, du Slovaque, du démocrate allemand dans la foulée de l'Anschluss. Comment savoir, comment savoir !

Et maintenant en ce début d'automne 44, même si la guerre à l'Est n'est pas finie, puisque je suis vivante, puisque le général des Waffen SS Paul Hauser, promu commandant en chef de la VIIe armée allemande, en remplacement de Dollmann, mort subitement, mystérieusement aussi, le 29 juin 1944 au matin à la sortie de son bunker de la rue Chanzy, a décidé, au plus fort des combats livrés autour de Falaise, de renoncer, par contre, à défendre Le Mans, qu'Helmut Steiner et son capitaine ont procédé, sans exaction particulière, au repli de leurs hommes et de leur matériel en direction de Chartres, de la Seine, puisque nous n'avons pas été transformés en charpie, ni par l'aviation alliée ni par les affrontements d'artillerie, les batailles de rues, de chemins creux, de fossés, que je n'ai pas été tuée comme ça, bêtement, cruellement, l'avant-veille de l'arrivée des GI de Patton (une reprise du terrain presque sans heurt) par ce jeune soldat de la Wehrmacht, battant en retraite à pied (quel âge avait-il ? Deux ans, trois ans de plus que moi seulement) surgissant par une barrière de la cour de l'école, le surlendemain du départ de la division SS, jusque dans le garage où je me trouvais seule à la recherche d'un râteau en me pointant son revolver sous le nez et en martelant les yeux durs : *bicyclette* et sans doute, s'il n'y avait pas eu là celle de Marthe qu'Auguste lui avait offerte dans les débuts de leur ménage, soit qu'il me soupçonnât d'en cacher une ailleurs ou simplement par réflexe d'animal furieux, de traînard solitaire aux abois, il m'aurait peut-être de rage, de déception, fait sauter la cervelle, je danse avec un Américain.

Relevant, il y a peu de mois encore, littéralement de la fiction, du rêve éveillé, la scène se passe un samedi soir de novembre dans un des baraquements du camp militaire d'Auvours, proche du Mans, au pied de la butte d'Yvré-Levêque. De son monument érigé à la mémoire des soldats de l'armée de Chanzy, tués lors des ultimes batailles livrées par eux en 1870 pour tenter d'enrayer sans succès l'avancée prussienne.

Occupé par les Allemands pendant quatre ans, qui y faisaient, dit-on, élever de la volaille et des porcs pour améliorer leur ordinaire par des prisonnières russes qu'ils utilisaient aussi comme putains, maintenant qu'il a changé de mains, est tombé dans celles de la IIIe armée américaine au repos, aussi de ses cadres administratifs, de son centre de télécommunications, alors que pourtant la guerre continue au-delà de la Somme, que regroupées par von Rundstedt, les dernières forces du Reich vont encore opposer une résistance sévère à l'entrée des Alliés en Allemagne par les Ardennes, de notre côté, nous, Français, avons, jeunes et vieux, parents, enfants, tous changé d'allure, d'état d'esprit, de visage et, comme il advient après une mue, entraînant avec elle une modification presque radicale de peau, de nature, nous aurions peine, si quelqu'un nous tendait le miroir d'hier, à nous y reconnaître.

Tout est devenu si joyeux, si déraisonnable, en particulier dans nos vies de lycéennes avec ce retour à la liberté. Avec les Américains. Bien sûr, il a fallu se faire à eux dans les débuts. A leurs manières abruptes, non seulement de défricheurs, de pionniers, de vachers du Texas mais aussi de gaillards charriant encore dans leurs veines un sang d'aventuriers au grand ou au petit pied, portant en eux le souvenir encore passablement frais des violences de la conquête d'un continent ayant entraîné le génocide des peuples indiens et l'importation de main-d'œuvre esclave africaine. Quoi qu'il en soit, si différentes, si désinvoltes ces manières-là, des pesanteurs de la raideur prussienne. Si désarmantes par conséquent. Si attirantes même.

Il a fallu se faire à ce hululement moitié appel du coyote, moitié sirène d'alarme, annonçant le passage de leurs divisions, de leurs pièces d'artillerie hissées sur des fourgons porteurs, de leurs blindés. A chaque fois, à cause du ronron feutré des moteurs, de l'élasticité des roues, l'impression d'assister, toutes fenêtres et portes ouvertes pour la regarder passer, au déroulement annelé, presque silencieux, d'une longue chenille brune allant son train merveilleux de chenille géante, de monstre bénéfique. Se faire, ou tout au moins faire semblant, quand nous les applaudissons puisqu'ils sont nos libérateurs, qu'assis au coude à coude en tenue de campagne sur les bancs de leurs camions hauts sur pattes les conduisant vers un ailleurs où ils devront recommencer à en découdre avec l'adversaire, ils nous sourient de toutes leurs dents, la jugulaire du casque leur ballant sous le menton, à cette pluie, sur le trottoir, au pied de nos bancs, de nos chaises, où nous nous tenons l'après-midi pour ne rien perdre du spectacle, de capotes anglaises qu'ils ont gonflées d'avance à pleine bouche comme des ballons avant d'y glisser un chewing-gum dedans ou un morceau de chocolat pour nous les expédier en retour de nos bravos de petites Françaises reconnaissantes. Un appel du pied, plus exactement du sexe, sans précédent dans la plupart de nos vies de très jeunes filles, placées, à part pour les plus hardies d'entre nous, sous le signe de la respectabilité.

Marthe mettra des jours à se remettre de l'arrivée dans mon giron, tant le lascar avait bien visé, d'une de ces météorites de forme phallique enrichie de menues friandises d'outre-Atlantique à goût de cacao ou de menthe, à extraire vaille que vaille de leur étui noué à l'extrémité libre avant de les mâchouiller innocemment toujours quand, le long des chemins, passent les armées auxquelles les nécessités de la stratégie empêchent de se mettre en état de passer aux actes.

Se faire, après quatre années d'uniformes de troufions allemands, alourdis, même s'ils étaient beaux gosses, par l'ampleur de leurs culottes de bure enfoncées dans de frustes bottes courtes, à leur silhouette presque d'éphèbes, soulignée par des pantalons étroits leur collant à la chute des reins ; à leur démarche souple sur les semelles caoutchoutées, increvables de leurs rangers qui leur affinent les chevilles, les rendent, pour peu qu'ils soient avenants de visage, passablement attractifs, même si le bon ton exige de ne pas en faire franchement l'aveu. En bref, l'euphorie de leur présence aidant, ici, par chez nous, même si les jeux ne sont pas encore complètement faits, qu'au-delà du Rhin, il faudra encore plus de six mois de guerre, d'atroces misères, de génocides de dernière heure avant la chute de Berlin, nous vivons tous plus ou moins comme si nous avions des ailes. Comme si nous avions perdu les pédales.

Marguerite Bolnat en tête. L'austère, la méritante Marguerite Bolnat qui aura supporté le poids de ses responsabilités de chef d'établissement dans un climat toujours de plus en plus tendu, elle aussi, la faim au ventre, les souliers en peau de serpent n'en pouvant plus, les bas reprisés à mort, la jupe noire verdie d'usure comme la vieille soutane d'un curé de campagne impécunieux, le châle frileusement croisé sur la poitrine. Elle les aura perdues (une sacrée aubaine pour nous) quand à la suite d'une visite de courtoisie du commandant du camp d'Auvours, multipliant auprès d'elle, outre les politesses et les assurances de bonne vie et mœurs des hommes du XVe corps d'armée qui y sont parqués, elle acceptera, sous réserve du consentement par écrit de leurs familles, car enfin nous sommes mineures, que les externes des classes terminales et j'en suis devenue une, depuis que je vis rue de Fleurus chez Adeline, rendez-vous pris à vingt et une heures, place de la République, soient conduites en camion militaire, le samedi soir à Auvours pour y danser jusqu'à minuit pile. Heure militaire toujours. La consommation d'alcool et de tabac sera interdite. L'encadrement des GI en veine de tours de piste au son du saxo, de la trompette bouchée, au rythme de la batterie comme s'ils étaient à Cincinnati, Los Angeles ou dans leur trou natal de l'Oregon sera assuré par des chefs de section gardant les issues pour prévenir toute velléité d'isolement du cavalier avec la cavalière.

Toute l'affaire, ses détails, à nous solennellement trompetée, lors d'un interclasse, avec le même accent bourguignon, les mêmes effets de voix directoriaux, de sourcils haut levés, les mêmes mouvements d'amplitude des bras, des épaules accompagnés de haussements sur la pointe des pieds avec retombée sur place et sur les talons, ayant, hier encore, présidé à l'interdiction, avec mesures disciplinaires à la clef, d'entretenir tout commerce avec les garçons de notre âge.

La bride sur le cou, l'évasion. La permission de minuit. Le pied !

A Auguste, à Marthe surtout qui n'a pas oublié le coup du préservatif expédié en rase-mottes en direction de mon pubis, ce qui l'aura décidée à me consigner à l'étage pratiquement du matin au soir, du moins, en gros, les deux semaines où à leur tour, les hommes de Patton bivouaqueront dans la forêt, (quelque chose pour moi au fond comme un retour à la case départ juin 40, quand j'avais été mise à l'écart autant que faire se pouvait des possibles violences de l'avancée allemande), j'arracherai de haute lutte, mais j'arracherai, la permission, après la rentrée scolaire d'octobre 1944 d'aller guincher avec Adeline à Auvours.

Car me voici, depuis un an, tout à fait remise avec elle. Redevenue sa favorite en titre, depuis qu'à leur tour, après le séjour à la pension Saurin, ses parents jugeant le quartier de la Croix-de-Pierre moins menacé que le leur, rue de Fleurus, l'ont remise à l'internat. Et même nous avons réussi à retomber dans les bras l'une de l'autre sans couper les ponts avec nos autres amies. Pour ma part avec mes trois larrons, avec Nadia. Pour la sienne avec deux externes qu'elle s'est mise à fréquenter beaucoup. Deux filles de la classe, intelligentes, portées au mysticisme ce qui est leur droit. Denise Génin et Françoise Prat avec laquelle elle montera un charmant petit spectacle où elles réciteront du Péguy et joueront un extrait du *Soulier de satin*. Toutes deux très Jeunesse étudiante chrétienne, très idéalistes au demeurant mais trop respectueuses pour mon goût (il est vrai que de leur côté, elles me reprochent in petto le contraire) des diktats de l'aumônier qui me coincera une fois entre quatre z'yeux pour me traiter de rebelle. Aussi, dix ans plus tard, m'avisant au Mans, carrefour de la Sirène, après avoir lu dans *La Croix* une bonne critique du père Guissard sur mon premier roman, pour me jeter, l'œil ténébreux sous le chapeau vénérable de l'ecclésiastique : « Ah, vous voilà, Annie. Naturellement, vous triomphez ! Les jésuites vous soutiennent... » Et de nous quitter là-dessus, chacun allant à ses affaires après un bref salut de ma part. Entre lui et moi, des comptes à régler comme toujours. Enfin qu'importe.

Ce qui nous importe fin 43, début 44, à Adeline et moi, en pleine recrudescence des alertes, des difficultés de ravitaillement et puis, voilà, dit-on, que la milice s'est mise de son côté à torturer à une centaine de mètres, à vol d'oiseau, de l'internat, dans une belle maison patriarcale de quartier résidentiel où sans doute, hier encore, il a fait si bon vivre en famille, c'est de reconstituer le puzzle de l'amitié, sans ombre, sans calcul de notre année de sixième. De redémarrer une autre lune de miel, main dans la main ou bras dessus bras dessous le long des allées du jardin de l'école normale, de la prolonger le soir, assises sur nos lits en nous lisant nos poèmes. Car nous avons pris le parti d'en finir avec nos rivalités littéraires et même de nous prêter mutuellement une oreille attentive. Moi aux accents mystiques des siens. Elle à ceux de mon paganisme invétéré.

Alors qu'il faut maintenant descendre deux fois par nuit dans les caves, interrompre nos cours, pour nous engouffrer dans celles du lycée Montesquieu, que la nourriture devient de plus en plus infecte, la surveillance policière de plus en plus serrée, que la haine fait pour de bon rage en ville entre doriotistes et résistants, qu'on s'est mis à s'assassiner mutuellement (état de grâce, inconscience qui perdure, refus, par sauve-qui-peut, de cesser de maintenir la tête sous l'aile), nous vivons, elle et moi, des moments heureux d'amitié sans ombre. Privilégiés même ! A telle enseigne que, dans la foulée de la Libération, Adeline obtiendra de ses parents et des miens, en le faisant au charme, à la gentillesse, qu'au lieu de me morfondre à l'internat, en classe de philo, maintenant qu'on peut respirer, aller, venir à sa guise, je vienne habiter chez elle, rue de Fleurus. Une sacrée nouvelle vie, rue de Fleurus. Ah oui, une sacrée nouvelle vie !

Différente de toutes celles que j'ai menées jusqu'alors. A Aulaines entre Auguste et Marthe, chez Ginette, à la pension Saurin, à l'internat. La vie d'hôtel justement ! Sa trentaine de chambres réparties sur trois étages. Réquisitionnées à partir de 42 pour les cheminots allemands, des espèces de pépères souvent d'apparence placide, paraît-il, dont il fallait bien supporter les allées et venues d'employés de chemins de fer en costume de bure marine, casquette plate à large ruban violet (quelque chose en eux d'une Armée du Salut confondant les intérêts du service de Dieu avec ceux du Reich et qui montraient, à l'occasion, la photo de leur épouse, de leurs enfants aux femmes de chambre dont certaines avaient pris l'habitude de les appeler par leur prénom : il y avait le Willy, le Hans, le Rudi et les autres) elles sont, depuis juillet 44, réservées au personnel militaire féminin des armées alliées. Un fameux branle-bas avec ces clientes-là. Car ces dames se supportent mal. Et comme les Anglaises détestent les Irlandaises et vice versa, que les Américaines battent froid aux Canadiennes, il a fallu pour réduire les heurts, voire les crêpages de chignon pour tout et rien, l'attente devant les w-c, la salle de bains, opérer des répartitions savantes par étage et par ethnie, d'autant, qu'ayant généralement en commun d'être de sacrées fêtardes, elles drainent dans le sillage de leur petite jupe étroite d'uniforme, de leurs bas nylon, de leur bonnet de police planté avec effronterie sur leurs cheveux clairs d'Anglo-Saxonnes, l'uniforme galonné ou non de leur amant. Généralement leur chef de service auprès duquel, lieutenant ou capitaine, elles assurent les fonctions de secrétaire et d'âme sœur. Parfois même un simple GI. Un marin au repos qui, sur le coup de onze heures du soir, la bouteille de gin sous le bras, monte les escaliers quatre à quatre avec elles, pour trinquer, fumer des Camel et par la même occasion, même si le lit est étroit, le lit-cosy pour célibataires vivant en meublé, style entre les deux guerres, leur faire voir, du moins comme on dit par chez nous, la feuille à l'envers.

Parce qu'on n'a plus idée quand on a cessé de l'être, de la faculté d'adaptation qu'on peut déployer, quand on est jeune, aux événements de l'heure, à leurs changements à vue, au milieu de tout ce train, de ces portes qui claquent, de ces nasillements yankees d'un palier à l'autre, Adeline et moi, imperturbables, nous faufilons avec, dans nos cartables d'apprenties philosophes, la *Critique de la raison pure* d'Emmanuel Kant, le *Discours de la méthode* de Descartes, *Les Deux Sources de la morale et de la religion* de Bergson, enfin tout ce qui, en la matière, nous tombe sous la dent, en direction, via la rue de Fleurus, de l'aile du lycée de garçons de la rue Germain-Pilon qui nous demeure réservée avec quelques salles de cours qu'on a rouvertes dans les locaux de l'internat de la Croix-de-Pierre, en attendant l'éventuelle remise en état du lycée de filles de la rue Berthelot dont les Allemands avaient miné les caves, provoquant un début d'incendie, maîtrisé par miracle par le voisinage et les curés de l'église de la Couture. Qui a subi, de toute manière, des dégradations sévères, avec disparition de son mobilier de réfectoire, de dortoir, ce qui fait que nous ne reverrons plus jamais, entre autres, nos belles chaises d'élèves à dossier estampé au sigle LFM : Lycée de filles du Mans.

Au rez-de-chaussée de l'hôtel qu'ils viennent d'acquérir, l'appartement des Coutard est très plaisant. Quatre belles pièces. Salon moitié privé, moitié de réception de la clientèle, salle à manger, vaste chambre à coucher flanquée d'un cabinet de toilette où l'on accède par quelques marches, cuisine. Chacune confortablement meublée, agencée, mais comme il ne s'y trouve, par contre, pas de seconde chambre, j'ai droit, comme Adeline, chacune d'entre nous en occupant respectivement une, au premier étage, aux deux extrémités du couloir, tout comme si j'étais une piaffante secrétaire militaire made in USA, aux avantages d'un lit-cosy avec lampe de chevet à abat-jour de raphia jaune vif, pieds de bois façon acajou, socle de même, orné à sa base d'un long oiseau brun, insolite, aux yeux blancs et fixes taillés dans des éclats d'os, à profil anxieux, corps en fuseau ciselé d'écailles et de stries, queue rigide, interminable, dont le soir, l'ampoule allumée, prolongeant jusque sur mon drap l'ombre en forme de passereau exotique sur le qui-vive, m'aura fait beaucoup rêver à ces fleuves des pays lointains « là où les lions vont boire ».

Et puis il y a ce plaisir d'avoir un lavabo pour soi avec de l'eau presque chaude qui glougloute en s'évacuant par le tuyau de vidange. Avec un miroir qui le surplombe éclairé par une lampe tulipe. Il m'arrive d'éprouver le besoin de monter sur une chaise pour me voir nue en pied. Je trouve que ça me donne des airs de modèle, juché sur un escabeau dans un atelier de statuaire. Et c'est la raison pour laquelle, afin de rompre avec ce hiératisme de nymphette d'albâtre, de trop sage Vénus de bocage, au risque de me casser la figure, j'agite les bras et les mains, je me déhanche sur place, coup de fesse à droite, coup de fesse à gauche en fredonnant l'air de *La Carmencita* ou d'*Amor*, bien entendu, qui fait fureur depuis l'arrivée des Américains. Le spectacle se déroulant à huis clos, sans qu'Adeline même soit conviée. D'ailleurs la consigne est formelle et c'est même à peu près la seule qui le soit de la part des Coutard, si tolérants, si « cool » dans l'ensemble avec leur fille et moi. Nous enfermer à clef dès que nous sommes là-haut. Pas question qu'un de nos chers libérateurs se trompe de porte, confonde nos modestes chemises de nuit en pilou datant encore des années difficiles avec le pyjama réglementaire en coton de Louisiane du paquetage de sa bonne amie.

A part cet interdit, en dehors de nos cours, du temps à consacrer à nos devoirs à la maison, nous sortons à peu près comme nous voulons. A ceci près encore qu'il a été convenu que nous fassions toujours équipe. L'une étant censée servir de chaperon à l'autre. L'aubaine est qu'Adeline bien qu'elle reste dévote et même, aux dernières nouvelles, sur les conseils de Madame qu'elle revoit quelquefois, partisane du retour sur le trône de France du comte de Paris, aime le cinéma et que les Coutard qui ont avec nous le porte-monnaie facile, nous offrent la place volontiers. Jusqu'à deux fois la semaine, le jeudi et le dimanche en matinée nous courons d'un point de la ville à l'autre les salles de ciné pour y voir n'importe quoi. Pourvu que nous soyons assises dans l'ombre avec, devant nous, sur écran, le défilé hypnotisant des images, tout nous est bon. Les géniales singeries de Fernandel, les coups de gueule de Raimu, ceux de Jean Gabin sans oublier, avec l'arrivée des films américains, les baisers qu'échange, sous son irrésistible chapeau mou, l'aventurier au cœur sensible, Humphrey Bogart avec sa partenaire platinée, dans un décor de boîte de nuit hollywoodienne ou sur les coussins tout cuir d'une somptueuse décapotable à l'heure du bain de minuit en Floride. Et puis il y a les films policiers. Leurs folles poursuites en bagnoles somptueuses toujours et qui finissent bien. C'est-à-dire que la crapule de service, le malfrat sans foi ni loi, à profil écrasé de bookmaker véreux, de proxénète, de tueur à gages disparaît avec la sienne et avec le colt chargé à balles jusqu'à la gueule qui lui aura tenu jusqu'au bout lieu d'ami de cœur, quand il fait le grand bond dans la mer ou dans les gouffres. Ensuite, on est soulagé et on peut rentrer gaiement rue de Fleurus, après que justice est faite.

L'autre aubaine c'est qu'Adeline aime danser, et que Madame Coutard qui est une gaie de nature, qui ne se croit pas obligée, comme Marthe l'institutrice, d'afficher, par devoir d'état, le respect intégral des convenances, peut-être aussi par mentalité d'hôtelière, obligée de s'adapter à la clientèle, de s'accommoder de ses mœurs plus ou moins relâchées, a su déployer auprès de ma mère des trésors de persuasion pour qu'elle me laisse aller au bal, au camp d'Auvours. Trois arguments de poids auront vaincu les réticences des Roulette, venus régler au Mans, rue de Fleurus, mon trimestre de pension à prix d'ami comme chez les Mayrand. A savoir que Marguerite Bolnat, elle-même, n'a pas cru devoir opposer une fin de non-recevoir à la démarche du commandant, venu à la pêche aux cavalières pour ses GI. Qu'il s'est porté garant de la respectabilité de l'entreprise. Qu'Adeline et moi n'irons à Auvours ni n'en reviendrons jamais l'une sans l'autre. Et puis enfin, il faut nous faire confiance. Ne pas oublier que nous sommes des jeunes personnes bien élevées, qui allons à la messe et fréquentons le cours d'instruction religieuse du très respecté chanoine Sevin. Qu'on ne peut pas tout nous refuser, il faut en convenir, après les rigueurs des quatre années précédentes. Qu'il n'y a pas de mal à ce que nous prenions un peu de bon temps en voltigeant sur un parquet avec des garçons qui ont risqué leur peau pour venir au secours de la démocratie en Europe, et, finalement, comme si Marthe n'avait pas demandé mieux, au fond, que de se laisser convaincre, l'affaire aura été dans le sac.

Par un samedi soir mémorable de novembre, à heure et lieu de rencontre convenus, place de la République, hissées, soulevées même, fille après fille, gravement, méthodiquement, jusqu'à l'intérieur d'un camion bâché par les hommes de service : un trio de grands nègres de Harlem, impassibles en apparence, interdits de bal avec nous comme il se doit, mais pas de corvée pour nous y conduire, après un extraordinaire voyage d'un quart d'heure consistant à franchir, sous le couvert des bois de pins et de la nuit, les quelques kilomètres d'une route longeant une ligne de chemin de fer, une rivière d'où s'élevait une brume qui faisait un peu tousser, obligeant à resserrer une écharpe autour du cou, à se pelotonner contre la chaleur de celle d'à côté, à se tenir à deux mains au rebord des bancs durs où l'on était assises pour ne pas tomber, j'aurai eu mon baptême du feu. Mon bal de débutante d'après-guerre.

DANS un assez doux visage, presque d'enfant, John Urovich a deux yeux fendus et bruns d'Oriental, de jeune pêcheur de thons du golfe de Gabès ou de la mer de Chypre, ou de pasteur de chèvres, de moutons dans le Rif ou l'Atlas, ou bien encore dans le Caucase ou les Tatras. L'ensemble, cet air exotique et candide à la fois, ce profil latin ou grec ou syrien ayant été, l'émigration digérée par sa famille d'origine, remodelé à l'américaine. En bref c'est un fringant petit GI d'environ vingt-deux ans qui porte l'uniforme, le calot, les rangers aussi bien que ses ancêtres ont dû porter le fez, la djellaba ou la toque de fourrure et le pantalon à la turque de ses aïeux d'Europe centrale, de Russie ou du Moyen-Orient.

Nous dansons ensemble une première fois et comme j'ai l'air de lui botter, qu'il me demande, après avoir consulté son dictionnaire de poche de français, si je veux bien continuer à passer la soirée avec lui, que je n'ai rien contre, que je le trouve plaisant, rassurant même, ni mal élevé, ni crâneur, c'est lui qui va devenir, encore qu'en tout bien tout honneur ou presque (mais c'est de toute manière une véritable révolution dans les mœurs) mon boy-friend attitré ! Il va d'ailleurs le rester jusqu'à ce que la chute de Berlin entraînant le déplacement des services de transmissions de la XVe armée en Allemagne, y provoque sa mutation.

Amor, Good night, my sweetheart, I am in love with you et autres irrésistibles douceurs !

Danser sur un air de slow, langoureux, entêtant. Un art spécifiquement nègre et yankee, qu'ont la trompette bouchée, le saxo, d'aller chercher dans les notes hautes, en prenant appui sur la batterie, des sons délicieux, lancinants ! Et voilà votre corps qui fout le camp avec sa raison, avec sa tête. Qui se met, accroché, soutenu par un autre qui en fait autant, à s'ouvrir une voie invisible qui lui permet d'échapper à lui-même, à son habituel enfermement. Et les épaules, les hanches suivent, et la chair, ordinairement mortifiée par la station assise devant un pupitre, se dénoue. Danser sans penser à rien d'angoissant, de sérieux, de grave. Pas même à la guerre qui continue. Pas même à l'amour. Car c'est souvent toute une affaire l'amour. Ça peut vous captiver, vous démolir, vous empêcher de respirer normalement l'amour ! Danser avec quelqu'un qui veut seulement partager avec vous l'agrément de l'instant, son état de grâce fortuit, c'est ce que j'aurai fait tout un hiver, un printemps avec Johnny. Adeline avec Humphrey. Qu'elle aura connu dans les mêmes circonstances. Danser ! Sortir avec Humphrey, avec Johnny, sans se soucier sérieusement de ce qu'on attend de ces soirées glamour, avec jus de fruits et portion de moka géant à la demande, improvisées par les gars de Patton, en lieu et place des régiments d'artillerie de la VIIe armée allemande ! Danser comme ça, gentiment, bêtement sur des cadavres peut-être. Car sait-on jamais ce qui se passe dans un camp au gré de la fortune des armes ? Quels souvenirs, parcourant de leurs ondes de violence, la banalité fruste de cloisons de baraquement y perdurent encore, entretiennent, à l'insu de ceux qui viennent après, jusque dans l'euphorie apparente du moment, un climat de fièvre maligne ?

Danser ! Sans rien présumer des conséquences que pourrait avoir pour notre avenir sentimental la rencontre avec Johnny, avec Humphrey. Non plus que sur le sérieux de nos études, ce rituel de réjouissances venant s'y insérer entre deux coups de collier. Apprendre à nous dégourdir. Nous récréer. A profiter au mieux, puisqu'ils nous trouvent gentilles (ils disent *nice* et même *very nice*), de leur présence inopinée de merveilleux oiseaux de passage dans les grisailles studieuses de nos existences. Et puisque les armées américaines, où qu'elles se trouvent, où qu'elles aillent, ont toujours eu le génie de l'installation, de la nidification temporaire avant le vrai retour à la maison, puisqu'ils ne demandent pas mieux que de nous voir ailleurs qu'au bal du samedi soir à Auvours, qu'ils aimeraient, quand ils ont quartier libre, en fin de soirée, qu'un camion les amène au Mans pour y baguenauder, que nous, nos gentilles façons de lycéennes recrutées par les soins de leur commandant en milieu convenable qui soient, plutôt que les cafés-bordels de la gare, leur point de chute, pourquoi nous y refuser ?

Bien sûr, ce sera à nous de jouer. D'obtenir, et Adeline l'obtiendra naturellement, qu'on leur ouvre deux fois la semaine la porte du logis de la rue de Fleurus. Et comme nos deux lascars savent vivre, qu'ils n'ignorent pas que le ravitaillement en France n'est pas encore brillant, ils arriveront pour le cérémonial des présentations aux Coutard non seulement sur leur trente et un de militaires, rasés de près au point d'en avoir des joues de fille, le sourire en batterie, mais avec de quoi souper !

A nous le poulet en gelée du GI bien nourri par les soins de la mère patrie. A nous le miracle du café en poudre (un goût oublié depuis 1940) avec, aux dîners particulièrement fastes, l'énorme gâteau crémeux praliné, chocolaté, aux allures de pièce montée de mariage. Toutes ces merveilles de bouche à faire gaillardement couler, en buvant avec nos hôtes et à leur santé, le raide petit jasnières de derrière les fagots que débouche Alexandre Coutard.

Quelque chose alors très vite s'installe entre ces deux garçons venus d'ailleurs dans la foulée de plusieurs centaines de milliers d'autres et nous. Un rituel d'habitudes, de vie quasi de famille, de repas du soir, souvent pris en commun, où l'on se parle surtout par gestes, par onomatopées sous les lumières éblouissantes d'une suspension modern style en verre teinté, sur une table ovale d'acajou verni de salle à manger bourgeoise où nous avons fait diligence pour dresser le couvert avant leur arrivée de charmants planqués ayant eu la veine d'éviter les affres du Débarquement et de la campagne de Normandie parce que n'ayant pris pied sur le sol français que dans le sillage des marines et qui n'ont pas fait non plus partie du contingent de ceux destinés à se faire trouer la peau du côté des mers du Japon et de Chine.

Bon Dieu que c'est chouette d'avoir un boy-friend ! Pour qui on fait toilette, glisse des nœuds de ruban dans les peignes des cheveux, ajuste un col de dentelle sur un pull-over « fantaisie » c'est-à-dire tricoté avec des laines différentes, potasse son Assimil d'arrache-pied le soir dans son lit-cosy avant de s'endormir d'un coup le nez sur la quarantième, la quarante et unième leçon, celle dont le titre est justement *« Dinner is ready »*. Ce qui nous permettra par la suite, avec « le dîner est prêt » d'en placer le *ready* ailleurs. Par exemple, s'il est question d'aller souper en ville avec Johnny, de nasiller : *« Yes, I am ready to go in the town with you. »* Enfin de donner l'impression aux Coutard, aux femmes de chambre, d'avoir fait beaucoup de progrès en anglais !

Année fantastique, chaotique, initiatique !

Depuis qu'à cause d'Helmut Steiner j'ai appris à mentir, à feindre de ne pas avoir peur, à entrer dans son jeu de miroirs à lui ; depuis que j'ai compris qu'il faut savoir porter un masque pour aborder les êtres, surtout ceux qu'on redoute ou qu'on aime le plus, de sorte qu'à un moment ils oublient que de leur côté, ils en ont mis un, et afin que, lors de la conversation qu'on tient, au bord du gouffre avec eux, amis, ennemis, ils ne vous y précipitent, j'ai appris à me dédoubler. A être quelqu'un et puis encore quelqu'un d'autre. A ne plus vivre uniquement à l'intérieur de moi-même comme si j'étais sous une tente, dans une grande pièce unique, celle de l'enfance où chacun se meut sans défiance sous le regard de l'autre. J'ai appris à me cloisonner.

Ainsi, pour danser avec Johnny, m'empiffrer avec lui de sucreries, dîner quelquefois en ville (c'est lui qui m'offrira au restaurant ma première sole meunière d'après-guerre), pour aller à la foire, place des Jacobins, où il achète jusqu'à trente ou quarante tickets d'un coup à la caisse du manège, que je thésaurise dans mon sac à main en rabane pour que nous puissions, sans avoir besoin d'en sortir, multiplier, pendant plus d'une heure, les tours de piste en voiture tamponneuse, et quelle partie de rigolade que ce ballet hasardeux sur parcours hérissé d'obstacles, que ces feintes, ces coups de volant, ces chocs inévitables entre bagnoles-wagonnets allant buter du museau ou du cul, les unes contre les autres en même temps qu'elles nous épargnent la conversation laborieuse en sabir franco-yankee, je me cloisonne. Et puis encore, quelle revanche sur les promenades en rang et sous stricte surveillance de l'année de sixième, très exactement, au même endroit.

Reste que je dois veiller au grain pour me le garder, mon boy-friend. Que si je prends soin d'arborer pour lui être agréable mes plus beaux vêtements, j'ai décidé, par contre, de lui taire leur histoire. John Urovich, en effet, sait taper à la machine vite et bien, déchiffrer un message câblé, réparer un téléphone, un émetteur de campagne, mais ce n'est pas un intellectuel, pas un artiste non plus et je ne veux surtout pas l'intimider, le voir prendre le large.

Car cet ensemble de velours noir enrichi de menues paillettes bleutées au décolleté, cette veste en caracul, également noire, garnie au col et sur toute sa longueur, d'une fastueuse bande d'opossum qui me donnent des airs de femme sinon de mauvaise vie, mais déjà faite, pour aller danser à Auvours ou manger au restaurant avec lui, ces splendeurs héritées de ma marraine Clémence, conservées pieusement dans la naphtaline depuis

1938, remises à ma taille et au goût du jour depuis la Libération et qui lui font dire « Baby, vous avez l'air d'une star », ne sont pas seulement, finalement, au-dessus de mon âge mais, comment le lui avouer sans l'effrayer, mes vêtements de poétesse.

Car c'est ici que l'affaire se corse. En ce début d'hiver 44, celui de mon entrée en classe de philosophie-lettres, je suis quasiment en passe de me faire une réputation de poétesse ; du moins dans les milieux « autorisés » sur la place du Mans ! Je viens en effet de commencer à défrayer la chronique entre lycée, services académiques et Association littéraire du Maine en ayant eu le culot de faire publier à compte d'auteur, sous les auspices de cette même société, dont la présidente, Jeanne Blin-Lefèbvre, institutrice de campagne ayant démissionné vers 1930 pour s'adonner exclusivement aux belles-lettres, auteur d'un recueil de vers à l'époque fort prisé : *Le Cœur exagéré* couronné par l'Académie française m'encourage, des poèmes d'amour, secrètement dédiés à Jean Busson, devenu commissaire de police de la seconde division de la ville de Nantes.

Confiée aux bons soins, sur ses conseils pratiques avisés, des imprimeurs Charles Monnoyer se prévalant non seulement d'être de fondation vénérable : 1618, mais d'avoir longtemps assuré l'impression en France du *Bulletin des lois*, l'ouvrage (mon ouvrage) limité à deux cent cinquante exemplaires dont cinquante hors commerce, intitulé *Tous deux* sera paru aux environs de la Toussaint, sous couverture bleu pâle ornée d'un cul-de-lampe figurant un couple de colombes, œuvre de Raymond Chelet directeur de l'École des beaux-arts, époux de mon professeur de philosophie qui me veut du bien et pour couronner le tout, sous le pseudonyme de Catherine Paysan. Un programme !

Peut-on de nos jours imaginer ce que pouvait alors représenter pareille entreprise ? Ce qu'elle avait de fou, de hardi ? Quelle aventure c'était, quelle provocation même, que la publication, avec mise en vente dans les trois plus grosses librairies de la ville du Mans : les maisons Graffin, Vadé et Leroy des quarante-sept pages de vers d'une adolescente encore scolarisée, relevant encore de la discipline du lycée, des convenances et, mineure, de l'autorité parentale ? Ce qu'il avait fallu déployer et de diplomatie et de persuasion pour mettre père et mère de mon côté. Obtenir d'Auguste, à une époque où le salaire des fonctionnaires d'État gelé par Vichy n'avait pas encore été revalorisé, en conséquence le budget des Roulette passablement serré, l'avance de trois cents francs, une somme en ce temps-là, représentant le coût de l'édition ? Inutile de dire que le morceau, une manière d'avance sur recettes hypothétique, un prêt consenti presque à yeux fermés, et laissant le créancier sans recours en cas de mévente de la marchandise, n'avait pas été facile à arracher.

Ce n'était pas moi toute seule qui l'avais emporté, mais, devenue ma providence, ma confidente, ma tendre sœur aînée, Germaine Vannetzel, mon ancien professeur de lettres de seconde.

Jolie femme de trente-deux ans, aux traits gracieux et doux, à chevelure lisse et noire de vahiné, de Chinoise, qu'elle relevait en chignon, à silhouette juvénile et poitrine opulente de jeune mère de deux enfants qu'elle élevait de son mieux et avec beaucoup d'abnégation en l'absence d'un mari, alors prisonnier en Allemagne, elle avait la cote d'amour parmi nous.

Qu'elle fût intelligente, cultivée (elle enseignait aussi le latin et le grec) n'y aurait pas suffi, car nous avions d'autres professeurs excellents, ainsi de Madame Pontoise, elle aussi femme de prisonnier avec deux enfants, à laquelle je serai aussi redevable d'un enseignement de qualité et d'intérêt à mon égard, mais elle était le charme même. Le charme-état de grâce, c'est-à-dire inné et qui, pour être le contraire de la pose, de la roublardise féminine en quête de succès, la rendait pour nous proprement irrésistible et je me demande encore à cette heure si j'ai jamais eu, depuis, l'occasion d'approcher une femme aussi émouvante de ferveur, de pureté. Si, peut-être. Mon amie allemande, Heidi

Deluz, épouse du pasteur Deluz de Neuchâtel en Suisse, morte prématurément en remerciant Dieu de tout ce qu'Il lui avait donné avant de la reprendre.

Car elle l'était, émouvante, cette sacrée Maine, comme on l'appelait dans le privé ! Que je tutoierais plus tard, traiterais en copine à la vie à la mort, tant et si bien, qu'arrière-grand-mère que la voici devenue, nos rapports ont gardé toute leur fraîcheur. Elle l'était ! Avec cette qualité émotionnelle qui lui mettait des sanglots dans la voix pour nous lire des scènes d'*Andromaque,* nous mettre en appétit d'entrer dans le jeu fascinant et cruel aux odeurs de sang, de la passion racinienne. Toutes ces horreurs : la vie d'un enfant en échange de l'abandon de sa mère aux appétits du meurtrier de son père, le marché barbare passé entre une femme folle de jalousie qui se promet à l'homme qu'elle n'aime pas s'il tue celui qu'elle aime et qui la dédaigne pour une autre, empaquetées dans de beaux vers coulants, limpides comme une eau de source, d'une musicalité souvent si enivrante qu'elle vous brouille les cartes, vous fait tenir la perfidie pour de la grandeur, les exigences d'un désir cynique pour le comble de la civilisation.

Il me souvient, puisque de ces choses-là je n'étais déjà pas dupe, comme, de ma place, dans les débuts de l'année, dans la salle de cours où elle officiait, évoluant entre les travées, le livre ouvert à la page de la scène de la leçon, l'écharpe autour du cou, col du manteau relevé et rejetant souvent en arrière d'une main rapide la mèche de cheveux noirs dont la retombée fluide par instants l'aveuglait, je la guettais. Comme on guette un acteur au théâtre, curieux qu'on est de savoir jusqu'où il réussira d'aller. Jusqu'où le génie du mensonge le poussera à conduire son personnage. A l'obliger à devenir vrai. Jusqu'à quelles extrémités ! Car elle tenait, devant nous, le rôle d'Andromaque, celui d'Hermione, de Pyrrhus, d'Oreste. De tous ces héros princiers travaillés par le ferment des amours fatales, impies, destructrices. Inavouables ! Puisqu'il y avait aussi Phèdre, convoitant son beau-fils avec, bien plus brûlante que celle de la femme jeune, l'ardeur ultime, désespérée de la femme mûre. Son acceptation d'en mourir s'il le fallait. Elle entrait dans les poèmes de Musset, dans la lecture de ce qu'elle appelait les passages clefs des romans de Flaubert, dans Maupassant, comme on entre dans la mer. Du moins comme il faudrait y entrer. Nu, yeux fermés, livré aux mouvements du liquide matriciel de la vague, à son travail de remodelage par phénomène d'osmose, par captivante musique des ultrasons qu'elle charrie avec les varechs.

Bien sûr, sa sensibilité, sa grâce, son extrême gentillesse jusqu'avec les élèves les plus médiocres me captivaient. Cependant, je cherchais la faille. Quelque chose qui m'indiquât ce que la pédagogue douée, rayonnante, pouvait cacher en elle de possible médiocrité. Ne fût-ce que de calcul pour nous charmer. De coquetterie. D'ambiguïté. Je la cherchai longtemps sans la trouver. Sans rien trouver en cette jeune femme qui arrivait, haletante, le matin en vélo, avec son garçonnet de quatre ans, un enfant à doux visage et regard incertain, mal sorti de la première enfance sous le bonnet de laine à pompon censé l'empêcher d'attraper froid ; qu'elle transbahutait avec elle à cheval sur son porte-bagages depuis les quartiers périphériques de Pontlieue jusqu'au lycée de garçons, pour le confier, sa petite sœur de deux ans gardée par la femme de ménage à la maison, aux bons soins de la concierge ou d'une surveillante d'externat qui l'asseyait à côté d'elle en salle d'étude pendant la durée de ses cours. Battant, dès qu'elle avait une minute, le dimanche, la campagne environnante, à vélo toujours, ses deux gosses en sandwich autour d'elle, pour décrocher dans les fermes un peu de beurre salé, de cochonnaille fumée dont elle se privait, à expédier à son mari. Rien qui pût m'empêcher, au-delà du cas que je faisais d'elle comme professeur de lettres, de me mettre pour de bon à l'aimer !

Il faut dire que de son côté, elle m'avait repérée. A cause de cette espèce de sûreté de plume que j'avais acquise en quatre ans. De cette faculté de me colleter en dissertation avec le sujet, d'en faire ma propre affaire, de prendre des risques pour défendre mes points de vue, au lieu de m'abriter sous le parapluie des idées reçues, des citations bateau, des conclusions de même. Et puis il y avait ces silences de paysanne défiante l'observant, la passant au peigne fin, ces saillies, par accès, d'imagination ou d'humour qui l'atteignaient, ce goût que je cultivais d'apprendre des vers, de me plier, comme je l'avais toujours fait, dès l'enfance, à la musique de leur respiration pour les dire, tout en les nourrissant de ma propre substance, les remodelant à mon souffle, et du souffle, j'en avais à revendre depuis toujours. Depuis qu'après avoir failli mourir étouffée dans le ventre de Marthe qui n'arrivait pas à m'expulser, j'avais poussé ce premier cri, moins de délivrance que d'incrédulité d'être en vie, que je ne cesserais plus jamais de pousser au plus secret de mes cellules, de leur mémoire. Alors, à moi en vrac, la chanson des rues et les lieder de Schubert. A moi aussi Musset et puis Baudelaire, ses mélancolies irrésistibles, dépravées. A moi Verlaine l'ivrogne inspiré. A moi Valéry même, dont, pour ne pas comprendre forcément, faute d'initiation suffisante, tout le travail de sensibilité savante, de sophistication allusive débouchant sur une poésie épurée, je pouvais aussi faire mes choux gras de diseuse éclectique et brouillonne évoluant entre *La Légende des siècles* et *Le Bateau ivre* avec des coups d'archet à hue et à dia d'instrumentiste balbutiante mais traitant le poème en partition.

Le grand déclic entre elle et moi eut lieu un certain après-midi d'hiver où nous avions, une fois par quinzaine avec elle, à l'initiative du ministère de l'Enseignement, dirigé par le très vichyssois Abel Bonnard, ce qu'on appelait alors « loisirs dirigés ». La formule était vague. Elle avait l'avantage de laisser au professeur principal de chaque classe, et elle était le nôtre en classe de seconde, latitude d'en interpréter les termes.

Donc il y eut, au cours d'un de ces mardis après-midi d'activités libres avec elle qui pouvaient consister à dessiner, à faire de la broderie, du tricot, en écoutant l'une d'entre nous lire un texte de son choix, un poème et l'on pouvait ensuite en discuter, donner son sentiment tout à trac, celui où je me décidai à lui montrer jusqu'où, par confiance en elle, en sa capacité d'écoute, de générosité, je pouvais aller. Jusqu'où je pouvais me trahir pour en finir avec ce quant-à-soi que le jeu social impose entre jeunes et adultes, élèves et maîtres. Avec ces conventions empêchant que le courant passe.

Mardi pluvieux et comme toujours nous avions froid. Malgré les parties de tango à la cordonnerie, les apartés et le baiser du soir d'Adeline, malgré même les lettres de Marthe et Auguste, je me sentais seule, démunie, à cause, inutile, absurde, de ce désir dont je n'arrivais pas à me débarrasser de susciter l'attention de Jean. J'avais, la nuit précédente, pendant une alerte, déniché dans les sous-sols, un tesson de bouteille. Il s'agissait d'un fond épais et lisse, d'un vert sombre, forestier, qu'on aurait dit avoir été taillé exprès au diamant à vitre et l'idée m'avait prise, après l'avoir emprisonné le lendemain, autre trouvaille souterraine, dans les réseaux serrés d'un fil de fer, laborieusement noué au centre, en lui laissant un assez long bout libre permettant de le tenir comme un paquet ficelé, de le traiter en météorite céleste qui serait tombé à mes pieds. D'en faire le trait d'union entre le ciel et moi, le bilboquet magique, le cerf-volant auquel, accrochée, je m'élèverais dans les airs et qui me permettrait, faute de pouvoir approcher Jean (si loin Jean, à Bayeux, si occupé par sa licence en droit, son boulot de pion, les filles de Bayeux), sinon d'échapper tout à fait à ma condition terrestre mais d'endosser rien qu'en le faisant tournoyer, l'habit de soie immaculée du clown blanc, entretenant à bâtons rompus, sous chapiteau et mitre étincelante d'évêque grimé, le dialogue avec les étoiles.

Le tout allait d'être d'oser. D'y aller comme ça, tête baissée au moment où tout le monde s'y attendrait le moins. Maine Vannetzel comprise. En rang avec les autres, le tesson de bouteille dissimulé dans le cartable sous la pochette de couture et l'écheveau de laine, j'avais fait une entrée banale à souhait dans la grande salle de cours parquetée de bois brut, à murs hideux couleur café au lait, baignant, parce que orientée au nord, dans une lumière de fin du monde, où devaient avoir lieu nos loisirs dirigés. Maine nous y attendait, charmante comme toujours. Comme toujours à nous très présente et très ailleurs en même temps. Car elle l'était souvent avec son beau visage sensuel et rêveur, encadré de sa chevelure de gitane, avec ce trop-plein de vie, ce besoin d'amour, de bonheur dont elle était privée depuis trois ans, qui lui embuait le regard, donnait alors à sa voix rauque jusque pour prononcer les mots les plus simples, les plus familiers et jusqu'à nos prénoms, des vibrations d'archet. Pour ce qui est du mien, je me demande qui l'aura jamais prononcé avec une aussi poignante indulgence à mon égard, une aussi patiente douceur.

Bien entendu, j'avais mon plan. Laisser sur fond de lecture de *Vol de nuit* ou du *Petit Prince* avec rituel ordinaire de la maille à l'endroit, la maille à l'envers, du relevé sur papier calque dans *L'Écho de la mode* d'un modèle de bouquet de violettes pour le reporter sur un morceau de lin, de batiste qui festonné, empesé, deviendrait napperon pour la fête des mères puisqu'il y en avait une officiellement, depuis Vichy, s'installer une manière d'ennui. Qui fait que l'auditoire se met à tousser, racle le sol du pied, trahit à toutes sortes d'indices que *Les Hommes de bonne volonté* de Jules Romains, *Le Mystère de la charité de Jeanne d'Arc* c'est très beau, très édifiant, mais qu'on ne cracherait pas à l'occasion sur autre chose de plus excitant.

Au premier temps mort, quelque chose comme une léthargie, distendant les muscles des visages, les ramenant à leur mollesse larvaire d'avant-sommeil, j'avais levé une main armée d'une aiguille à coudre pour proposer à notre professeur de lettres, chargée d'orienter au mieux notre épanouissement moral et culturel selon des critères censés nous rendre dignes de redevenir à la force du poignet et du sacrifice individuel consenti, une nation à part entière, pour lui proposer, si elle consentait à remettre, à la prochaine fois, la suite des habituelles lectures, d'offrir à la compagnie, comme ça, au débotté, et pour finir la soirée en beauté, un numéro peut-être même deux, de mon cru. Il n'y aurait qu'à pousser les tables sur les côtés pour m'ouvrir une arène au pied de son bureau et pour le reste, comme elle nous l'avait appris en littérature et je le lui rappelai, j'espérais bien obtenir « le maximum d'effet avec le minimum de moyens ». Son rire je l'ai encore dans les oreilles. Le rire de Germaine Vigreux-Vannetzel, fille des Vigreux, modestes concierges au lycée d'Auxerre. Si communicatif, si vivant ce rire qu'il avait presque réussi à les consoler de la disparition de leur fils, mort par noyade en 17 après que l'avion qu'il pilotait eut été abattu au-dessus du Rhin. Ce rire qui devait tant manquer à Jean, le père de ses enfants retenu en Allemagne. Car il s'appelait Jean lui aussi et elle venait de faire publier une plaquette de poèmes à lui dédiés et nous en étions toutes retournées, moi plus encore que n'importe quelle autre. Et je ne voyais plus comment j'aurais pu me passer d'elle, des quelques heures passées avec elle, à l'avoir là, au milieu de tout ce froid, de cette pauvreté comme une fleur. Une plante luxuriante et fraîche captant la lumière par tous les pores de ses feuilles et nous la renvoyant comme une lampe, une source de chaleur. Oui c'était bien cela, une lampe. Une planète de chair !

Mais une planète, j'en avais une aussi dans ma serviette en carton bouilli, coincée entre un dictionnaire de poche de latin et une pelote de laine.

Je sortis le tesson empaqueté dans du papier journal, me levai et tout de suite, je me mis effrontément à le faire tournoyer devant moi au bout de la partie libre du fil de fer, en déclarant à la cantonade, qu'il s'agissait, non point d'un vulgaire fond de bouteille, mais d'un morceau de soleil couchant devenu vert en tombant dans la mer, quand, à force de s'y enfoncer, il prend la couleur du lit d'algues où il finit par échouer, s'y endormir, en compagnie des sirènes. Les sirènes ! De fameuses enchanteresses les sirènes ! Avec des seins de lait, des lèvres brûlées par la saumure. Des monstres délicieux aux cheveux de varech, aux flancs écailleux de saurien femelle des îles de Caprée. Des faunesses des forêts neptuniennes, capables de jouer de leur voix comme de la flûte de Pan, pour charmer les derniers instants du marin qu'elles attirent dans les gouffres.

Maine Vannetzel avait cessé de rire. Descendue de son estrade de magister elle était venue vers moi. Elle regardait le tesson. Elle me regardait. « Je savais bien, m'avait-elle dit, Annie, qu'un de ces jours vous trouveriez le moyen de nous étonner. Allons-y pour le soleil vert et les sirènes des îles de Caprée et la suite. Il faut en effet pousser les tables. Êtes-vous certaine qu'il est solidement fixé en place dans son réseau de fil de fer ? » J'avais répondu que oui. Que je m'y étais écorché les doigts la veille pour y parvenir. Que j'étais sûre de mon coup.

« Alors, allons-y », avait-elle jeté et les chaises et les tables comme par enchantement s'étaient mises à bouger, à reculer contre les cloisons, à se presser les unes contre les autres, de sorte à créer autour de moi ce grand vide, cette aire de mouvement, de folie, de liberté à laquelle une fois de plus j'aspirais. Avec, le cernant, menace, encouragement conjugués, l'effervescence du silence. Celle de l'attente qui sent toujours plus ou moins la poudre, allume dans chaque regard qui vous guette, une petite flamme vorace, incendiaire.

Préméditée par moi, mais intenable, la situation dans laquelle je m'étais mise me donnait le vertige, la nausée. Enfin le trac. Or c'est connu, quand on a le trac, il faut chanter. Et c'est pourquoi, traversée des pieds à la tête par une succession de hululements d'oiseau nocturne qui me jaillissaient des abîmes du ventre, là où, quand on est femme ou appelée à le devenir, dorment les sirènes en attendant que les éveillent le passage du voyageur et la convoitise qu'elles ont de lui, entre deux modulations allant du séraphique à la raucité beuglante du bison, j'appelai : « Ulysse, viens vers moi. Viens apprendre avec moi comment domestiquer le soleil vert. A en faire ton sceptre, ton royaume. Viens, Ulysse, mon petit roi d'Itaque, mon Poséidon qui s'ignore. »

Et je m'étais mise à virer sur moi-même comme une toupie, à me déhancher comme elle d'un bout de l'arène à l'autre, de sa vacuité terne couleur de baie d'hiver, et je faisais tournoyer à bout de bras mon cul de bouteille dans sa nasse de fil de fer. Et maintenant j'en avais fini de l'angoisse. De cette peur panique, non seulement et avant tout, du jugement de Maine, de la crainte de ne pas la séduire assez, de ne pas réussir à faire tomber entre elle et moi les barrières qui séparent l'adolescence de l'âge adulte (et plus que tout au monde, j'aspirais à y parvenir) mais encore, de l'agglomérat noir des tables qui me faisaient l'effet d'un chaos de rochers m'obstruant le passage, d'un obstacle insurmontable, avec, grimpées dessus, au coude à coude pour mieux voir, celles du premier rang, les jambes leur ballant dans le vide comme des câbles de bateaux ayant rompu leurs amarres, le bataillon des filles, épieuses, comme des mouettes, du fretin dans la vague, de mes tournoiements de planète, d'île de chair gravitant autour d'un soleil vert. Un soleil neuf, irradiant à chaque giration, des ondes charrieuses de sève, de forces de vie et non point, portées à incandescence, les énergies de la mort.

Bien sûr, ça n'allait pas durer cet état de grâce du saltimbanque, du marchand de folie qui lui permet d'occuper le terrain aussi longtemps qu'il parvient à fasciner son public. Quitte, le rideau tombé, à être rejeté comme jouet hors d'usage, mécanique estropiée ayant fait son temps. Mais puisque déjà, à cette époque, je savais « tout », que je savais, puisqu'il m'avait fallu, depuis mon entrée en sixième, défendre l'honneur des Roulette, celui de mon village, celui de mes amours : les bêtes, la nature, il m'avait bien fallu apprendre, dans la foulée, à me ficher de la souffrance. Je me fichais de cette souffrance qui pouvait m'atteindre cette fois encore après qu'on m'aurait tourné le dos pour me punir d'avoir commis la faute impardonnable d'aller jusqu'au bout de ma vérité. Ç'avait été pour gagner du temps sur elle, la maintenir en bout de piste, qu'au lieu d'en rester là, j'avais continué. Que j'avais, sans préavis, changé de registre ; ôté mon tablier de toile rapetassé aux coudes, enfoncé mon bonnet de marin de Hambourg jusqu'aux yeux, ôté mes souliers pour mieux boiter. Car lorsqu'on va à la rencontre de la souffrance, mieux vaut boiter d'avance. C'est bien la seule façon qu'on ait de la prendre de court, de l'obliger à souffrir elle-même. De lui ôter une partie de ses moyens. Avant qu'elle n'ait eu temps de vous prendre en défaut d'orgueil, pour avoir voulu jouer les Circé, les sirènes, qu'elle vous ait fait mordre la poussière, incarner à la surprise l'auguste de raccroc ! Le claudicant bouffon au chien vert qui l'entraîne par sa laisse de fil de fer rouillé en l'appelant mon « fils », mon « émeraude », mon « que deviendrais-je sans toi depuis que ta mère m'a quitté pour un trapéziste chinois ». Et le chien répond qu'il aime profondément son papa mais qu'il se fait un devoir de le prévenir qu'il est tombé amoureux d'une jolie petite pékinoise verte comme lui et qui n'est pas sans lui faire des avances quand ils se croisent dans les allées du jardin des Plantes :

« Comment, Môssieur, vous allez m'abandonner ?

– Mais non, Môssieur mon papa. Je vous laisse le tesson de bouteille pour vous aimer.

– Mais quel tesson de bouteille, Môssieur mon fils ? Où voyez-vous un tesson de bouteille qui puisse me consoler ? »

Et ainsi de suite, jusqu'à plus faim, plus soif d'espoir, de désespoir, d'évasion, de dérision, d'affirmation de soi, de moquerie de soi. De qui m'aime me suive, qui me rejette en crève, si ce n'est moi qui en crève. Là aussi, se méfier. Ne pas ignorer que lorsqu'on prétend faire du soleil, de l'amour avec un tesson de bouteille, il y a fort à parier qu'on s'y ensanglantera les doigts.

La séance d'exorcisme, hors programme culturel sans risque, sur fond de travaux manuels aura duré plus d'une heure sans être interrompue par notre professeur principal, chargée, en principe, d'orienter dans le bon sens, nos loisirs dirigés. Sans que jamais non plus, son regard posé sur moi ait perdu sa constante chaleur. Ensuite, les tables remises en ordre, j'étais pour la dernière demi-heure à tirer, rentrée dans le rang, mais avec une main si tremblante que j'avais dû renoncer à terminer ma boutonnière.

De cette exhibition au débotté, Maine Vannetzel m'avouerait plus tard avoir été si frappée qu'elle avait cru devoir en faire état dans le cercle des professeurs de seconde et devant Marguerite Bolnat. Non point pour la condamner, mais s'étonner, ce qui était une pierre jetée dans le jardin de certaines de ses collègues, lui vaudrait parfois leur rancune, la ferait taxer, par-derrière, de farfelue elle-même, d'illuminée, qu'on ait fait si peu cas jusque-là de ce qu'elle appelait ma personnalité. De quoi susciter un mouvement d'opinion parmi ces dames. Toutes d'accord cependant sur un point. Qu'outre des résultats satisfaisants en langues, du goût pour l'histoire, j'avais une facilité d'élocution et de plume qui compensait presque ma nullité en math, d'autant moins explicable que j'avais, dans les autres matières, et de l'intuition et des idées à telle enseigne que j'étais régulièrement inscrite au tableau d'honneur chaque trimestre. Cette inscription au tableau d'honneur auquel les Roulette tenaient comme à la prunelle de leurs yeux. Moi aussi d'ailleurs. Car finalement personne ne savait combien, tout en me défendant d'entrer dans le « bon moule », celui de l'élève solide à tous égards, de la graine de bête à concours, combien je souffrais aussi de ce manque d'équilibre intellectuel qui fragilisait mes résultats. Me fragilisait. J'aurais tant voulu ressembler parmi mes camarades de classe à Jacqueline Spurius par exemple. Une fille raisonnable, réfléchie, concentrée dans le travail et que mes crises d'originalité déconcertaient. Discrète de maintien, de caractère. Décrochant le prix d'excellence chaque année (ce sacré prix d'excellence que je décrocherais une fois à l'arraché en première) à cause des résultats plus qu'honorables qu'elle obtenait dans chaque matière. Une régularité d'horloge confondante, Jacqueline Spurius ! J'aurais tant voulu être une tête bien faite, un bon appareil collecteur de connaissances à recracher ensuite en vue de leur utilisation performante, jeter mon tempérament d'artiste aux orties pour devenir une calée au sang-froid ! Une blouse blanche respectable. Une physicienne spécialiste de l'étude des propriétés générales du corps et des lois qui tendent à modifier leur état sans modifier pour autant leur nature.

Oui, mais moi, c'était de la modification de leur nature, liée aux lois souveraines de l'humeur, de l'imaginaire, de la féerie du verbe que j'attendais le salut.

J'attendais le salut d'un tesson de bouteille !

En fin d'année scolaire 1943, Maine Vannetzel profita d'un moment où nous nous trouvions seules sous la galerie du premier étage pendant un interclasse pour me tendre, soigneusement ficelé dans du papier beige étiqueté au nom de la librairie Graffin, un livre qu'elle avait tenu à m'offrir. J'ouvris le paquet. C'était, dans la traduction de Joseph Bédier, le roman de *Tristan et Yseult* imprimé sur beau papier crémeux, épais et lisse d'avant-guerre avec, non massicotées, ses pages encore intimement soudées les unes aux autres. Sur leur mystère.

« Voici pour vous, ma petite Annie, une belle histoire d'amour en souvenir de moi. Vous qui savez transformer les culs de bouteille en soleils verts, je suis sûre qu'elle vous ira. »

Je me suis mise à pleurer. Elle m'embrassa et j'eus, pour la première fois, la tendresse de son bras passé sous le mien. Alors je lui parlai du carnet qui ne me quittait jamais, des poèmes de moi que j'y transcrivais après les avoir appris par cœur le soir dans mon lit quand l'inspiration me venait dans le noir, pour pallier la solitude que j'éprouvais si souvent. La cloche sonna. Il fallut bien en rester là. Mais ce n'était que partie remise.

Que désormais le drame s'intensifiât autour de nous, qu'augmentât le nombre des cadavres à retirer sous les décombres des quartiers usiniers, celui des réquisitions en masse, dans le département, d'employés, de paysans, d'artisans pour aller édifier le mur de l'Atlantique, le long duquel Rommel multipliait les travaux de défense des côtes et les inspections, puisque des bruits couraient d'une tentative de débarquement des Anglo-Américains ; que la présence des Waffen SS venus renforcer la Wehrmacht au Mans, y créât un climat toujours plus angoissant, entre moi et cette jeune femme qui n'avait guère plus que le double de mon âge, croyait aux valeurs spirituelles, aux belles-lettres, à l'amour, qui avait besoin, au moins autant que moi, de trouver en elle ce qu'il fallait de ressources d'idéal, de vitalité pour transfigurer l'âpreté du quotidien, allaient se nouer des liens privilégiés qui ne connaîtraient pas l'usure du temps.

Devenue ma correspondante en classe de première où j'ai cessé d'être son élève, quand je ne suis pas à Aulaines, ou chez mon oncle et ma tante boulevard Carnot, ou rue de Fleurus chez Adeline, elle me prend chez elle, ce qui n'est d'ailleurs pas sans flatter et, bien sûr, toucher, les Roulette. Je me plais tellement dans le petit appartement des bords de la Sarthe, quartier nord où elle vient de déménager après avoir quitté celui, proche de la gare, devenu dangereux à cause des bombardements. Passent les heures auprès d'elle, enrichissantes, délicieuses. Je la regarde cuisiner, tirer parti de tout. D'un œuf, d'un demi-litre de lait, d'un morceau d'étoffe pour « rabibocher » un corsage, un sous-vêtement. J'apprends à faire la toilette de ses enfants avec le minimum d'eau et de savon. A les tenir debout contre moi dans la baignoire, à plonger l'éponge dans un fond d'eau tiède pour la faire ruisseler comme une pomme d'arrosoir le long de leur dos, de leur ventre nacré. Ce sont de charmants enfants, affectueux et futés ensemble. Si attachés à leur mère, si vite habitués à moi parce qu'elle m'a adoptée, si puérilement confiants que jusqu'au bout : « la guerre », un mot énorme, impossible à cerner pour leurs six et quatre ans, son bric-à-brac : l'absence du père, le manque de pain, de sucre, de pommes de terre, d'habits convenables, le froid, les alertes avec descente obligée dans une cave qui sent la poussière de charbon, du temps où il y avait du charbon, où l'on vous raconte qu'on pouvait allumer la cuisinière dès le matin, entretenir le feu toute la journée, les larmes de Madame Dôme dont le mari vient d'être déporté, ne réussira sans doute jamais à vraiment les effrayer, à leur devenir un phénomène monstrueux et tangible. Lors d'un bombardement particulièrement violent, Monique, assise sur les genoux de sa mère, René son frère lové le long d'elle, aura cette réflexion d'enfant qui ne craint rien mais sent douloureusement l'effroi de ceux qu'elle aime : « Maman, n'aie pas peur. Ils ne nous tueront pas quand de là-haut ils verront, avec mes nœuds dans les cheveux, que je suis belle. »

Moments précieux. Leur éclat de mince pépite d'or arrachée au caillou rugueux, aux sables glacés de la rivière. Et puis entre Maine Vannetzel et moi, il y a désormais le carnet. Ses vers d'amour où les élans du cœur sont si soucieux de se fondre avec ceux des sens. Ils l'ont tout de suite emballée. Elle les a trouvés plus que charmants. Prometteurs même, pour mon possible avenir littéraire. Je les lui lis, les lui relis, les lui recopie pour qu'elle y réfléchisse à tête reposée. Nous travaillons à leur mise en ordre, car au fil des semaines nous en sommes venues à cette idée que leur parution s'imposera bel et bien un de ces quatre matins. Il suffirait que la chance tourne de notre côté. Que les Anglo-Américains débarquent, boutent les Allemands au-delà du Rhin. Alors on pourrait tout oser.

« Catherine, écrira-t-elle, dans la préface de présentation qu'elle leur consacrera, novembre 44, au cours l'an passé, j'aimais surprendre le vif-éclair de tes yeux de chat. Tes brusques boutades coupant de longs silences me jaillissaient au visage comme un souffle de vie et ta pensée, mûre, déjà, trouvait parfois une expression si riche avec partout des mots qui chantent et des envols d'alexandrins. Catherine, où donc as-tu appris des mots si lourds d'amour ? » Et d'ajouter, prudente, consciente qu'ils offusqueront d'aucuns, que nous risquons, bel et bien, l'élève et le maître, de provoquer une révolution de palais, de lycée : « et pourtant, je le sais, pour toi la poésie n'est pas mémoire, je t'ai vue si simple débarbouiller mes enfants, si grave prier à la chapelle » et tutti quanti.

De quoi rassurer et Marguerite Bolnat et l'aumônier qui me coincera quand même une fois de plus entre deux portes après lecture de ma plaquette de poèmes, en me traitant de « terrible enfant n'hésitant pas à utiliser ses dons pour troubler la conscience de ses compagnes quand elles les liront » et moi qui trouve qu'il m'embête mais qui l'aime bien au fond, de prendre un air marri pour lui faire plaisir. Aussi et même surtout de quoi rassurer Marthe. Passablement stupéfaite en effet, lors de leur sortie en librairie, de les découvrir imprimés, livrés au jugement du public « ces mots si lourds d'amour » dont je lui avais toujours caché l'essentiel, me contentant de lui lire des poèmes écrits sur la nature.

Enfin bon Dieu, quand j'y songe encore à l'heure qu'il est, quel grabuge ! En l'honneur d'un charmant garçon, fraîchement promu commissaire de police, auquel ses parents, du reste, feront parvenir l'ouvrage à titre d'information, si l'on peut dire, sans qu'il lui vienne à l'esprit qu'il se pourrait qu'il fût au cœur de l'événement d'autant que le voici tombé amoureux d'une Nantaise.

Eh bien tant pis ! Puisque Maine, venue exprès à Aulaines avec ses enfants par le tramway pour un déjeuner a obtenu, à coups de charme, de persuasion, en jouant aussi de son prestige de professeur de lettres (et puis il y a pour amener de l'eau au moulin cette euphorie de la Libération qui tourne la tête à tout le monde) que les Roulette fassent taire leurs scrupules, qu'ils grattent le fond de leur porte-monnaie pour courir l'extravagante aventure de faire publier à leurs frais, dès ma rentrée d'élève en classe de philo les poèmes de leur fille, puisque le vin est tiré, il faut le boire. Nous l'avons donc bu sans, au demeurant, savoir s'il ne tournerait pas quelque jour au vinaigre et puisque tout un mois et plus, avec des retombées au moins jusqu'à Noël, ce fut finalement la « gloire », nous l'avons donc, elle aussi, endurée sur la place du Mans. Car la gloire s'endure, comme le reste. Avec ses bons, ses mauvais côtés. L'envers de la médaille d'abord : les compliments par-devant. Les coups d'assommoir par-derrière. Le professeur de lettres de la classe de seconde ? Une exaltée entichée d'une autre exaltée et qui aurait mieux fait de me maintenir « la tête sous l'eau », au lieu d'encourager mes écarts, ne fussent-ils que « langagiers ». Quant aux libraires du Mans ? Des hurluberlus, des paltoquets qui exposent dans leur vitrine, par petites piles, mais bien en vue, au milieu de livres d'auteurs reconnus, les poèmes d'une gamine, d'une évaporée de village qui se prend au sérieux c'est-à-dire pour Paul Géraldy et pourquoi pas Paul Valéry. Et vas-y pour le coup de langue. Après on se sent mieux. Plus léger de venin !

Et puis l'avers, le bon côté. Parmi les copines, celles qui adorent. Qui trouvent que l'amour voilà un bon thème. Jamais éculé. Aussi parmi les lycéens que nous ne sommes d'ailleurs toujours pas autorisées à fréquenter et dont certains feraient, paraît-il, quasiment, ces temps-ci, leurs choux gras par l'intermédiaire d'une sœur, d'une cousine, de mes élans romantiques, non tout à fait exempts d'impétuosité charnelle. Car les potins sont allés bon train. Ils sont même allés jusqu'à l'inspection académique où Monsieur l'inspecteur après avoir pris, lui aussi, la peine de me lire, a coupé court aux commérages parfois hostiles de son entourage administratif en déclarant qu'il y avait là, en effet, des bonheurs de style à ne pas décourager ! Alors donc, que les chiens hurlent et que la caravane passe...

Elle passe.

Vendus, si j'ai bonne mémoire vingt-cinq francs pièce à compte d'auteur, les quelque deux cents exemplaires de ma première œuvre imprimée, mes quarante-sept pages de vers d'amour, où la passion le dispute à l'élévation du sentiment désincarné, où la célébration de la communion des âmes et des corps débouche (car je n'ai rien épargné) sur les joies de l'enfantement, auront trouvé preneur non seulement dans quelques bonnes maisons mais parfois jusque dans les chaumières. De quoi rassurer du même coup Auguste, mon banquier.

Me trouvant un jeudi après-midi à la librairie Graffin, pour m'y procurer sur mon maigre argent de poche et dans l'anonymat le plus strict, un lot de crayons de couleur et un flacon d'encre Waterman, j'y croisai, assez pauvrement habillée, pâle, les traits tirés, une jeune femme venue acquérir cinq exemplaires de *Tous deux*, de Catherine Paysan. J'assisterais sans mot dire, sans orgueil non plus (l'orgueil on ne sait pas ce que c'est chez les Roulette) mais avec un grand bouleversement intérieur au cérémonial de l'emballage de mes petits livres bleus, au règlement de leur prix à la caisse, au départ de la cliente visiblement chargée d'un achat collectif qui ferait palpiter les cœurs dans le quartier des usines Renault. Sans vanité donc mais avec une joie profonde. Celle du captif relégué dans une île, dont on a reçu le message, ramassé la bouteille qu'il a jetée à la mer. Celle du poète, de l'écrivain, doué ou non, c'est-à-dire du solitaire de naissance et de métier.

VEILLER soigneusement donc à ce que John Urovich, mon Johnny, qui aime me sortir deux fois la semaine, qui vient de m'offrir, que je guignais dans une vitrine, une belle grosse tirelire en plâtre, en forme de lapin, à crâne hyperdéveloppé de doux enfant mongolien, à l'expression désarmante de candeur de bébé à quatre pattes, fraîchement sorti du terrier, après avoir écrit sur son front bosselé, d'une écriture puérile, et au crayon à papier, son prénom « John », reste tenu à l'écart de mes velléités d'activité littéraire. A ce qu'il ignore, qu'avant de multiplier avec lui les tours de piste dans un camp militaire, nous avons, ma préfacière et moi, mis hardiment sur pied, il y a peu de semaines, la présentation en public de mon recueil de vers, organisée par ses soins avec la complicité des libraires et sous le patronage de la Société littéraire du Maine, dans les salons d'étage du café du Commerce situé place de la République au Mans, ouverts de nouveau, avec ceux de la brasserie Grüber, à la clientèle sarthoise depuis le départ des Allemands qui en avaient fait leur cercle privé.

Une fois encore, tout se sera passé comme dans un rêve. Un rêve qui perdure depuis que mes poèmes de lycéenne plumitive, se vendent. Qu'ils « partent », comme on dit. Que les libraires les poussent auprès de leurs chalands, ne fût-ce qu'à titre de curiosité, de lecture-découverte.

Fin 44, au chef-lieu. Rousses, palmipèdes, et qui craquent entre les paumes quand on les froisse, ou sous les semelles qui les écrasent, les feuilles des marronniers jonchent le tour des grilles ceinturant le socle de la statue de Chanzy, au cœur d'une ville, en train, comme un grand corps aux membres multiples, tenus recroquevillés sur eux-mêmes pendant si longtemps, de réapprendre à respirer, à se détendre. C'est à quelques mètres de là, de leur enchevêtrement végétal rouillé que la scène se déroule, par un jeudi après-midi d'automne au ciel bouché, dans une assez vaste salle de réunion parquetée et vitrée à laquelle on accède par un imposant escalier. Des chaises cannées à dossier incurvé de débit de boissons cossu, de salon de thé fréquenté par les dames de bonne maison, ont été disposées par rangées, devant une table recouverte pour la circonstance d'un tapis damassé d'un vert profond.

Assise au premier rang entre Auguste et Marthe, j'étrenne, deux pièces de velours noir, veste de caracul garnie d'opossum, ma toilette de poétesse. Je suis coiffée, monté, drapé, assujetti par la modeste de Bonnétable, une Italienne aux doigts de fée, sur une calotte de tarlatane empesée, d'un haut turban d'un rouge ardent, lui aussi de velours, à pan large et souple me retombant sur l'épaule droite, comme giclée d'eau ruisselante et pourpre !

Spectacle prodigieux, invraisemblable, hallucinant ! Entre le costume sport d'avant-guerre d'Auguste à culottes de cheval, le vieux manteau d'hiver de Marthe rajeuni par un petit col de renard noir agrémenté au revers d'une broche oblongue en marcassite, j'ai l'air, surgie d'un film tourné en studio, de ses fastes de palais d'Orient en contreplaqué, d'une toute jeune actrice de seconde zone déguisée en maharané de bazar et qu'on aurait chargée de s'exécuter tout à l'heure dans un tour de chant avec vente de disques, autographes, envoi de baisers à distance pour remonter le moral des armées stationnées dans un trou de province. En face de moi, Germaine Vannetzel, ma distinguée conférencière en cape de lainage sombre empruntée à je ne sais qui (c'est l'époque où l'on emprunte à ses relations mieux pourvues que soi, la toilette qui vous fait défaut pour les occasions mondaines), en robe d'après-midi de lainage blanc, à larges manches coulissées aux poignets, a, de son côté, mis le paquet.

Nous aurions pu, les Roulette et moi, avec nous, ma supporter enthousiaste, sombrer dans le ridicule. Celui qui tue. Faire un bide qui nous aurait sapé le moral pour des décades. C'est le contraire qui arrive. En cette soirée d'automne pluvieux où la bataille fera bientôt rage dans les Ardennes où l'Allemagne va rassembler ses dernières énergies pour tenter de freiner l'avance des Occidentaux, obtenir d'eux, qui sait, une paix séparée qui pourrait lui permettre peut-être encore de tenir les Russes en échec du côté de la Pologne, de la Hongrie, où, nous-mêmes, dans le Maine, avons encore, dans le dos, la poche de Saint-Nazaire, son îlot de résistance que les Yankees, pressés d'avancer, ont contourné, abandonnant et la population et le problème à une poignée de FFI, de soldats de fortune résolus, mais mal équipés, mal armés, je trouve le moyen avec mes poèmes néo-romantiques, leurs effusions sentimentales calquées sur celles de mes leçons apprises, de faire, compte tenu de l'époque, quelque chose qui ressemblerait à un tabac.

Car non point seulement grâce à la présence de collègues de lycée de la conférencière dont mon professeur de philo, celui d'allemand, vénérable demoiselle férocement collet monté mais qui me pardonne mes excentricités parce qu'elle me trouve assez bonne apprentie philologue et que je m'intéresse à Goethe, les membres de la Société littéraire du Maine rassemblés autour de sa présidente, l'auteur du *Cœur exagéré*, de l'inévitable brochette des copines, les sacrées copines désireuses de n'en rien perdre, ni de la causerie ni du spectacle que j'offre sous mon turban époustouflant, mais avec un public d'inconnus, miraculeusement surgis d'on ne sait où, nous aurons fait presque salle comble. Quelque chose d'impossible à imaginer, une fois de plus, de nos jours.

Vivant, certains, sans nouvelles et le souffle suspendu à l'espérance du retour d'un être cher encore captif au-delà du Rhin, encore menacé dans son existence, gravement malade, affaibli peut-être, à moins que par malheur c'en soit déjà fait de lui, des hommes, des femmes, plus ou moins chaudement vêtus, convenablement chaussés, nourris, portant sur leur visage les stigmates de la solitude, des privations, mais contents, si contents d'être enfin libres, de pouvoir aller et venir à pied, à bicyclette, en tramway à leur guise, de pouvoir tourner un bouton à la radio sans crainte des rondes de police, de pouvoir circuler, entrer dans une salle de spectacle sans la hantise de la vérification de leurs papiers, celle de la rafle, du cachot, de la marche au poteau, des gens qui ne savent pas qu'ils deviendront, par la suite, des blasés de l'abondance, des gens encore riches d'eux-mêmes, de leur capacité d'écoute, de leur besoin de partage de l'émotion avec autrui se sont dérangés pour venir entendre parler de poésie, de sentiment, de rêve en pagaille, le mien, le leur, enfin le nôtre. Assis sagement sur leurs sièges cannés, ils sont là, silencieux, désarmants, candides, avec pour répondre à cette aspiration quasi religieuse du partage de l'émotion au-delà de ce qu'on appelle la culture, cette autre merveilleuse rayonnante candeur : celle de Maine Vannetzel qui me croit bel et bien capable de transformer pour de bon, un de ces jours, un tesson de bouteille en étoile et puisque de son côté, elle attend son Ulysse qui s'appelle Jean, de chanter comme la sirène, pour amener à moi l'autre Jean. L'inatteignable Jean de Nantes !

Reste qu'il va m'arriver ce jour-là, quelque chose d'inattendu, d'important. Qu'à force, de la place d'honneur où je me tiens figée entre Auguste et Marthe, sous le hiératisme de mon turban, de la regarder, de l'écouter réciter, commenter, debout, près de deux heures, mes poèmes de cette voix frémissante, convaincante d'actrice qu'elle met d'ordinaire au service des bons auteurs pendant ses cours, je ne saurai plus tout à coup, si ces vers, leur musicalité assortie de naïveté brûlante, sont de moi. Si, m'atteignant au cœur, à l'oreille, comme un chant venu d'ailleurs, ils ne sont pas de quelqu'un d'autre qui m'aurait habitée depuis deux ans. Je ne saurai plus si j'aime Jean. Si, pour les mêmes raisons, je ne l'ai pas confondu avec quelqu'un d'autre. Encore à rencontrer. Si d'ailleurs c'est tellement important que je l'aime encore, que je vive suspendue à ce désir de lui plaire, du moment qu'il y a ces poèmes justement. Que pouvant les entendre, les recevoir en moi, engendrés sous mes yeux comme par une étrangère, ils m'ont en quelque sorte libérée, aidée à prendre mes distances, à cesser de les tenir fiévreusement pour ma propre chair.

Fantastique après-midi en tout cas. Une cinquantaine d'exemplaires vendus en fin de soirée. Avec sur leur page de garde assortie d'une dédicace : votre nom, prénom s'il vous plaît ? Je vous remercie d'être venu, ma signature d'auteur. Ce Catherine Paysan auquel je vais rester fidèle et par fétichisme et par volonté délibérée. Une sorte de second baptême qui ne reniera jamais l'autre, celui d'Annie Roulette, l'année de ses huit ans, en robe d'organdi et chapeau de chez Wolf, dans l'église d'Aulaines mais qui, parce que j'en suis, cette fois, l'officiant autant que le récipiendaire, va me permettre de prendre du champ. Prendre du champ c'est-à-dire continuer à aimer les Roulette, à être leur héraut d'armes, leur homme lige à la vie à la mort mais en même temps leur échapper. Car c'est vrai qu'ils ont couvé un canard même s'ils sont contents. Contents en ce soir d'octobre 44 de cette fille. De cette petite fille qui a tant pleuré d'avoir à affronter la pension il y a six ans, de devoir se mesurer avec des connaissances dont elle a fini par digérer quelques-unes. Avec un embryon de culture avec laquelle elle est en train de s'essayer à se fabriquer un instrument, une manière d'exister qui lui soit propre. Pourtant les douze années qui vont suivre, qui guettent, sans aménité particulière, sa jeunesse, vont l'obliger à rentrer dans le rang, à se mater le tempérament et les nerfs, à besogner en cafardant dans des collèges de banlieue, à faire comme si, ayant pour cause de survie, abandonné la fréquentation des mots, elle en avait pris son parti de renoncer à leur clairvoyante folie ! Mais qu'importe. C'est ne pas la connaître. Ne pas savoir qu'un beau matin, avec ces années-là, elle prendra aussi du champ.

Place de l'Éperon, au pied de la vieille ville, Auguste a parqué sa Mona quatre Renault dont c'est la première grande sortie jusqu'au Mans depuis 1940. La remettre en état après des années d'immobilisation au garage, en dégripper le moteur, remonter les accus n'a pas été une mince affaire pour Durrfort le mécanicien attitré de Roulette depuis 1932. Une sacrée remise sur rails avec ses heures de gros boulot couché sur le dos en bleu de chauffe sous le ventre de la Mona. Un sacré événement aussi que ces vingt-huit kilomètres à franchir en l'honneur d'un récital de poésie. Ma poésie.

Oui, les Roulette sont contents. Ce fut une sacrée belle journée. L'impression d'avoir de nouveau la vie devant eux. Celle dont ils croyaient, depuis la défaite, depuis Montoire, l'entrée en hibernation sans perspective d'en sortir, avoir perdu le fil, le mode d'emploi. La vie devant eux. Et qui est moi, avec ma cinquantaine d'exemplaires de poèmes vendus, ma belle veste en caracul garnie d'opossum et mon turban.

La baraka ! Le pied !

Ce qui fait qu'on peut retrouver les gestes, les manières d'avant. Ainsi d'Auguste. Interrogeant machinalement, comme il le faisait autrefois avant chaque départ, chaque retour de petite virée en ville ou dans les fermes, le bon état des pneus de sa précieuse Mona, d'un bout de brodequin sombre et luisant. Ainsi de Marthe. Retrouvant, elle, à cause de sa corpulence, ce mouvement lent, réfléchi et de biais que je lui ai toujours connu pour réussir à s'insinuer à l'arrière de la voiture avec parapluie et cabas. De son sac à main de maroquin sombre à fermoir d'acier gravé à ses initiales, une folie d'avant 39 avec les chapeaux de chez Wolf, où elle a rangé, avec des précautions extrêmes, un exemplaire de mon recueil de poèmes qu'elle relira dix fois, vingt fois en continuant à les trouver trop brûlants (« Annie, je ne te dis pas que tu n'as pas de talent, mais tu écris des choses trop osées pour ton âge »), elle extrait le billet de dix francs qui va constituer le plus clair de mon argent de poche de novembre et me conseille, dès que j'aurai regagné ma chambre de la rue de Fleurus, d'ôter aussitôt mes habits de poétesse afin de les garder dans tout leur lustre pour les occasions de sortie. Et d'ajouter, autre révolution dans les mœurs : « Pour aller danser à Auvours ou manger au restaurant avec ton Américain ! »

Sur le coup de cinq heures du soir, sous un ciel ayant pris couleur de nuit, de cendre froide, après les dernières recommandations, les dernières embrassades, j'ai regardé partir la Mona. Je l'ai regardée partir avec des yeux d'amour, des yeux de mère. C'est que l'homme et la femme qui s'y trouvaient et dont j'étais née, étaient, depuis un certain temps déjà, en train de devenir mes enfants. Un changement d'état, à leur insu ; de rapports entre eux et moi qui faisait que j'aurais désormais, comme dans une famille en ont les adultes vis-à-vis des plus jeunes, moins solides, moins aguerris qu'eux, des risques à courir, des difficultés à tenter de résoudre, par conséquent des choses à leur cacher, dans le souci de ménager leur conscience, leur fragilité. D'autant qu'avec ces quatre années qui les avaient beaucoup vieillis, j'étais en passe de gagner, autant qu'ils en perdaient, en force, en lucidité, sur eux.

C'était là un sentiment neuf qui datait, fortuite, pleine d'embûches, de paradoxes, de non-dits, d'épaisseur de zones d'ombre à couper au couteau, de ma rencontre avec Helmut Steiner. Car elle m'avait beaucoup appris cette rencontre. Pas seulement que je pouvais plaire, comme ça, au coup d'œil, d'entrée de jeu, ce dont j'avais douté jusqu'alors à cause de l'indifférence de Jean, mais parce qu'elle m'avait acculée pour moi, pour les miens, pour tout un village peut-être par ricochet, à trouver en moi des trésors de pondération, de placidité calculée pour faire face à une situation qui pouvait, au moindre faux pas, tourner au bain de sang. Le miracle avait été qu'en face d'un adversaire de cette trempe, j'aie tenté le coup, à force de calme apparent, de confiance apparente de très jeune fille inexpérimentée à tous égards, vivant dans le cocon et de ses modestes études et de sa modeste famille dont elle était l'unique enfant, de décontenancer en lui le SS, sûr de son pouvoir de vie et de mort sur moi, sur nous tous. De le traiter en homme civilisé. En homme d'honneur, et plus audacieux, plus rusé encore de ma part, en amoureux transi. Car ce redoutable colosse, passablement beau garçon au demeurant, auquel j'aurais pu et je me l'étais avoué lucidement, s'il n'avait pas incarné ce qu'il incarnait, trouver du charme, avait bel et bien consenti à se comporter avec la petite villageoise sans défense que j'étais devant lui, en galant respectueux, une semaine durant. Chaque fin d'après-midi, cette visite ponctuelle à la cuisine. Cette casquette qu'il ôtait après avoir claqué des talons pour saluer Marthe terrorisée, outrée, mais jouant de son côté la comédie de la sérénité. Cette manière presque civile qu'il avait, s'étant saisi d'une chaise, de mettre, par respect des convenances, la table à la toile cirée mangée d'usure entre lui et moi, avec, dessus, taillé dans de la cretonne, mon nécessaire à coudre et l'un de mes éternels torchons dont il lui arriva de dire en souriant et en passant sa main baguée à l'annulaire d'une tête de mort, dans l'épaisseur de ses cheveux légèrement frisés que c'était un plaisir, un repos pour lui, de me voir les ourler. Cette reprise quotidienne, d'un dialogue que nous avions tacitement décidé de situer sur un terrain neutre en marge des événements. Chacun jouant à cache-cache avec l'autre et qu'il maintiendrait jusqu'au bout de ce bivouac qui aurait pu tourner au drame si j'avais eu la maladresse de lui faire sentir qu'il me tardait qu'il aille au diable. Aussi à cause de la marche de l'histoire, celle de la guerre si, Hauser, dans son bunker du Mans avait reçu de von Kluge l'ordre de continuer à se battre aux marches de Normandie et de Bretagne.

Jusqu'à la veille de son départ, le 7 août, il m'avait parlé d'Erfurt, vanté la beauté des montagnes de Thuringe, les charmes de Weimar, la ville chère à Goethe, à Schiller avec son palais ducal, sa cathédrale, son hôtel de ville gothique et nous avions échangé des considérations sur l'architecture médiévale. J'avais déclaré aimer me promener sous les voûtes des édifices gothiques comme dans les forêts et il avait déclaré que c'était là un rapprochement très intéressant et de vision et d'émotion. Quant à la montagne que je ne connaissais qu'à travers les albums, les cartes postales, eh bien que je patiente un peu. Ce serait pour plus tard quand j'en aurais fini avec mes études et quand on y verrait plus clair dans l'avenir. Car, cette fois-là, avec le *on* qui m'incluait dans le jeu, dans son jeu, dans lequel il semblait penser qu'il lui restait quelques bonnes cartes, il y avait eu ce mot d'avenir qu'il avait prononcé lentement, en me jaugeant comme toujours, moi, mon sang-froid de commande, celui de ma famille endurant sa présence d'intrus, comme une fatalité non seulement tolérable, mais acceptable. De même qu'en retour, il acceptait (le jeu des miroirs toujours) que celui que je lui tendais me renvoyât de lui, une image sinon absolument rassurante, mais supportable.

Donc il était finalement parti après avoir fait descendre de la chambre d'en haut la mystérieuse malle de fer où s'entrechoquaient, démontées ou prêtes à l'usage, un lot d'armes, des mitraillettes, peut-être des Panzerfaust et les deux hommes de corvée l'avaient calée dans le coffre de sa voiture crapaud qu'il avait, comme à l'arrivée, rangée en bord de trottoir devant la façade de l'école.

Réfugiées ma mère et moi dans la pièce de la mairie, à la fois pour lui laisser la place, ne pas avoir l'air de l'épier, toutes deux debout en face d'Auguste qui faisait mine, dans le même but, de s'absorber dans la rédaction du dernier compte rendu du conseil municipal qui portait sur l'agrandissement du cimetière, nous attendions que cela passe, ces bruits de bottes dans l'escalier où j'avais tant joué à la poupée sur une marche ou une autre quand j'étais petite, cette effervescence soldatesque ponctuée de heurts contre les cloisons, d'ordres brefs de Steiner, de claquements de portière. Un silence avait suivi. Lourd comme la chaleur, lourd comme le plomb. La silhouette de Steiner était réapparue à travers la vitre en direction de la maison. Les jeux n'étaient donc pas encore faits. Sans rien dire, mon père s'était levé pour venir vers nous et nous avions compris à son regard, le clair regard pénétrant des Roulette, toujours un peu anxieux, toujours sur le qui-vive, le regard de son père mort de la phtisie en 1900, le mien, qu'en vieux soldat de la République, vieux sergent d'armes, sa résolution était prise de nous faire un rempart de son corps en cas de malheur, d'accomplir son devoir d'homme qu'il faut tuer d'abord avant de tuer les membres de sa famille. Vivre ou mourir ensemble. C'était là la loi d'honneur en pareil cas. D'amour aussi.

Il se trouvait que de son côté, Helmut Steiner, lieutenant SS, avait décidé que quoi qu'il nous arrivât désormais, car la retraite à pied continuait, par grappes, petites escouades de traînards qui ne relevaient visiblement pas de son commandement, ce ne serait pas de sa main que nous mourrions en tout cas.

Rentré une dernière fois dans le couloir, c'est à la porte de la mairie qu'il avait frappé car il avait visiblement découvert que nous nous y étions retranchées d'instinct Marthe et moi, et par discrétion et par sentiment d'insécurité sans doute. C'est à mon père, et l'une des rares fois où nous l'aurions entendu s'essayer à parler français qu'il s'était d'abord adressé. « Monsieur, je vous rends la clef de votre porte. Je vous salue et vous souhaite bonne chance. » Ensuite, il avait claqué des talons devant Marthe, devant son vieux tablier de cuisine, son visage grave et soucieux. Après, il avait marqué un temps et m'avait aussi souhaité bonne chance mais en allemand et en me tutoyant, ce qu'il n'avait jamais fait auparavant. « Je te souhaite bonne chance et à l'automne, bon retour au Mans » et il avait franchi le seuil de la mairie et il était parti droit devant lui et seul dans sa voiture blindée, en direction de l'est, des Ardennes, de son destin de SS qui, s'il n'était pas tué ou fait prisonnier, avant la reddition de l'Allemagne, se jouerait de toute manière après la chute de Berlin.

Quoi qu'il en soit, passagère, imprévisible dans ma vie, pour le moins perturbante, l'irruption de ce champion du nazisme, instrument d'un idéal national dévoyé, m'avait singulièrement mûrie, donné à réfléchir sur l'ambiguïté des rapports qui peuvent se nouer entre les êtres, à cause de celle qu'ils entretiennent avec eux-mêmes. Sur la mienne par ricochet. Car, au fur et à mesure, comme ç'avait été la volonté d'Helmut Steiner, que j'avais dû, à la suite de ce baiser qu'il m'avait imposé, entretenir avec lui des conversations en allemand sous le nez de Marthe et d'Auguste qui, parce qu'elles leur échappaient totalement, avaient pris pour eux tournure d'un dangereux langage codé, j'avais appris à me cacher d'eux presque autant que de lui. A leur dissimuler, quand ils m'interrogeaient là-dessus avec anxiété, le ton stupéfiant et de galanterie et de gentillesse qu'il avait adopté à mon égard. De quelle manière je m'y étais prise pour, isolée avec lui, lors de ces entretiens forcés, comme dans une île, livrée à son bon ou mauvais vouloir, lui donner l'envie de m'épargner et même de me plaire. Car je n'avais pas seulement écouté patiemment Steiner me parler d'Erfurt et de la Thuringe, me réciter des ballades de Schiller ou quelques passages de l'*Iphigénie en Tauride* de Goethe, mais j'avais, quand à son tour il m'interrogeait, été rieuse quand il le fallait, poétique quand il le fallait. Me montrant capable, non point de manier sa langue avec aisance mais d'en utiliser ce que j'en savais pour en créer à l'occasion des formules de mon cru témoignant d'une sensibilité toute personnelle. Ainsi, quand il m'avait demandé, comme ça, à brûle-pourpoint, si j'aimais la vie et il avait tout à coup pesé ses mots, attendu ma réponse avec une concentration, un sérieux d'ami, de confesseur, de bourreau (ce pouvait être selon), j'avais avoué que j'aimais la vie. Que j'espérais que le destin me laisserait l'occasion de vivre assez longtemps pour l'aimer davantage encore. Du moins jusqu'à un âge qui me donnerait la sagesse de l'aimer pour ce qu'elle était et non pas pour ce que j'aurais voulu qu'elle soit.

Une réponse qui, semblait-il, l'avait médusé, pris à ce point de court qu'il s'était levé, m'avait souhaité le bonsoir ainsi qu'à Marthe, pour remonter à l'étage, d'où il était redescendu peu de temps après pour se diriger à pied vers l'autre extrémité du bourg où il soupait avec le capitaine de sa compagnie qui tenait ses quartiers en face de l'église dans les locaux d'une ancienne fabrique de poterie, aux solives du plafond de la porte charretière encore hantées, à cause de restes d'argile, par, joliment tumultueuses, menues têtes d'ébène et ventres blancs de cygne, la poignée d'hirondelles, ayant là maçonné leurs nids.

Le capitaine ! Ah oui, le capitaine !

Jamais à Auguste et Marthe je ne dirai non plus, puisque j'ai décidé de les traiter désormais comme des enfants, les miens, auxquels on veut éviter, même rétrospectivement, même le danger passé, des émotions trop fortes, la raison pour laquelle, le Hauptmann Kurt Schwanger, la trentaine, bien fait de sa personne, regard vif et glacé, avait trouvé bon de prendre la peine, le soir suivant, de se pointer chez nous avec son lieutenant, pour bavarder avec moi. Pourquoi, comme si cette visite en force de leur part eût été la démarche la plus naturelle, la plus allant de soi, entre gens du même monde, nous nous étions, Auguste retenu comme toujours à la mairie, à cette heure, retrouvées, Marthe et moi, à quatre avec deux officiers de Waffen SS, dans une cuisine d'école rurale française, à buffet vitré sans style, suspension de porcelaine orangée, grosse cuisinière Godin de fonte émaillée de vert, arsenal de seaux pour aller à l'eau. La scène se jouant cette fois dans un décor naturaliste familier à souhait où, seuls, les héros de la pièce, depuis la grosse dame aux traits tirés, assise un peu à l'écart en ravaudant, la jeune fille en naïve robe de vichy rose mais qui fait déjà si femme sans l'être, sa chaise encadrée de près par celles de deux militaires allemands qui semblent s'entretenir avec elle de la pluie et du beau temps, font figure d'éléments insolites, de personnages incongrus les uns par rapport aux autres, de couples de loups et de brebis égarés de concert dans un même lieu, à deux pas d'une bataille qui fait rage et peut, si les loups ne se décident pas d'abord, comme c'est la coutume, à égorger les brebis, les confondre tous en une même charpie.

Le Hauptmann Kurt Schwanger (il s'est présenté avant de se saisir d'un siège paillé qu'il a d'abord fait virevolter autour du poignet avec la désinvolture qui sied à un fringant cavalier avant de s'y asseoir) est venu, à la prière du lieutenant Steiner, faire ma connaissance. Il paraît en effet, non seulement que je suis charmante, fraîche comme une rose, ce qu'il constate en effet, mais que j'ai de bonnes connaissances en langue allemande acquises au lycée du Mans. Que je connais, outre la légende héroïque des Nibelungen, quelques jolis poèmes romantiques d'Eichendorff, de Wieland et que j'espère que le destin me laissera l'occasion de vieillir c'est-à-dire d'aimer la vie pour ce qu'elle est et non pas pour ce que je voudrais qu'elle soit. Et puisque je sais tant de choses intéressantes, est-ce que je sais que je plais à Helmut ? Enfin, qu'il apprécie ma compagnie ? D'ailleurs, en octobre prochain lui et son lieutenant viendront me rendre visite au lycée du Mans. Ce sera une bonne chose, non ?

Surtout ne pas ciller, ne pas tomber dans le piège. A la ruse de Schwanger, venu me prendre en traître, m'éprouver, savoir de quel bois se chauffe cette petite Française dont on pourrait ne faire qu'une bouchée et qui cache sûrement à Steiner qui s'est bêtement toqué d'elle à coups de jolies phrases laborieusement littéraires, avec fautes de grammaire et pauvreté de vocabulaire à l'appui, et l'aversion qu'elle a de lui, et sa hâte de l'arrivée des Anglo-Américains, opposer, non pas seulement la ruse de la jeune fille feignant l'innocence, mais celle de la paysanne de souche, de la Mainiaute formidablement futée, encore tout imprégnée, quelque huit siècles plus tard, de la mémoire tragique d'une guerre ayant duré cent ans entre les rois anglais angevins et manceaux et les Capétiens d'Ile-de-France, ayant transformé son terroir en terre brûlée. N'ayant laissé comme seul recours au malheureux vilain, au pauvre colon d'alors, dont elle est issue, broyé qu'il se trouvait entre les intérêts de deux dynasties, ou de ne jamais langue délier ou, s'il la déliait, de faire l'âne pour avoir du son. En la circonstance sembler à cent lieues de se douter qu'on pourrait vous vouloir du mal. Qu'on aimerait vous arracher, après avoir travaillé à vous mettre en confiance ou presque, une réponse compromettante. Ne fût-ce qu'une réflexion sans agressivité particulière, une simple constatation même sur la situation délicate dans laquelle se trouvent les troupes allemandes et qui rendrait plus qu'improbable le projet fumeux d'éventuelles visites de courtoisie que se proposent de me rendre l'hiver prochain, au parloir de l'internat du lycée de jeunes filles, le capitaine Schwanger et le lieutenant Steiner, bref de la fine fleur nazie ayant retrouvé droit de cité sur la place du Mans !

Dans un véritable état second, celui de l'animal sur le qui-vive et qui ne bouge pas d'un poil pour créer au chasseur l'illusion qu'il ignore jusqu'à sa présence, je me suis entendue déclarer que je ne pensais pas que ces visites seraient possibles. « Et pourquoi donc ? », d'interroger Schwanger d'un ton uni, terrifiant, avec le calme absolu du chasseur qui s'apprête à faire un carton sur le gibier.

« Parce que nous avons une directrice extrêmement sévère qui nous interdit la visite des jeunes gens. »

Schwanger avait éclaté d'un rire bref, métallique en regardant Steiner qui avait souri comme soulagé de voir désamorcée la situation. Steiner qui s'était pratiquement tu depuis le début de l'entrevue, laissant, par respect pour la hiérarchie, à Schwanger l'initiative de mener le train, de sonder les reins et le cœur à cette soi-disant ingénue de village dont son subordonné s'était presque entiché, au point de le tenir en haleine, quasiment au son du canon, en faisant étalage et de respectabilité et de brimborions de culture allemande au lieu de se laisser trousser sur le chemin de la retraite ou avant l'ordre de Hauser de tenir le terrain.

En attendant, je venais sans doute bel et bien d'éviter le pire. La chausse-trape ouverte sous mes pieds. Le Hauptmann Kurt Schwanger était certainement un jeune homme cruel et qui détestait faire quartier, mais bon perdant à sa manière. A condition que l'adversaire qui l'avait joué sût qu'il n'était pas dupe pour autant. Qu'il pouvait encore prendre sa revanche. « Vous être rusée », s'était-il esclaffé en se levant et il avait pris gaiement congé, entraînant dans son sillage, un Steiner muet comme une carpe, visiblement aux ordres et qui osait à peine me regarder.

Voilà. La séance était close. Apprenant la visite du capitaine, Auguste avait failli s'étrangler. La casquette en bataille, il piétinait sur place de fureur, d'anxiété :

« Nom de Dieu de nom de Dieu, quand allons-nous sortir de ce bourbier ? Au train où nous allons, ils finiront par s'inviter ici à manger la soupe avant de nous aligner contre un mur si ça leur chante. Annie, tiens-toi à carreau. Qu'est-ce qu'ils te racontent ? Qu'est-ce que tu leur racontes ? Quand je pense qu'on ne peut pas les foutre à la porte sans risquer une balle dans la peau. J'espère, au moins, que tu pèses bien tes mots. Un de trop sur les événements, la pilée qu'ils prennent et nous sommes cuits à la veille d'être débarrassés d'eux. D'ailleurs je me demande si on va s'en tirer. Ce qu'ils mitonnent. Je te le répète : pèse tes mots. »

Aussi concentrés, tendus l'un que l'autre, le père et la fille se soupesaient du regard. C'est que nous étions dans la même barque mais que les circonstances étaient devenues telles que c'était à la fille de naviguer, pas au père, et il en crevait d'inquiétude. « D'autant, avait tout à coup jeté Marthe hors d'elle et qui depuis la première visite de Steiner sous le tilleul se contenait, que celui que nous avons ici m'a l'air de te tourner autour par-dessus le marché.

– Tu te fais des idées, avais-je crié, le sang aux joues. Simplement, ça le met plutôt de bonne humeur que je parle un peu en allemand avec lui, que je le comprenne quand il me parle d'Erfurt ou quand il me récite un poème ou un autre. Ce qu'il faut espérer, ma chère (j'appelais toujours Marthe ma chère dans nos moments de tension), c'est que de bonne humeur, il y reste jusqu'à ce qu'il s'en aille, car il faut aussi espérer qu'il s'en aille, lui et les autres, sans trop de dégâts. »

Sacrée confrontation ! Sacrée épreuve ! La seconde pour moi, ce jour-là. Le contraire de la première, mais comme elle, de taille. En face de moi, non plus un Kurt Schwanger, son sourire armé jusqu'aux dents mais l'homme et la femme de ma vie. Mes bien-aimés. Leur irritation, leur angoisse qu'ils n'arrivaient plus à me cacher et cette fatigue non plus, accumulée depuis quatre ans. Celle des âmes. Celle des corps. Celle des vêtements. L'une, à la fin, n'allant plus sans les deux autres. Avec, puisque pour la première fois de nos trois vies, c'était quasiment autant la leur que la mienne que j'avais tenues tout à l'heure entre mes mains, ce renversement des rôles entre nous. De l'ordre de la filiation. Mettre cartes sur table avec eux. En même temps, mentir. Mentir par omission. Pour les rassurer. Leur éviter des nuits blanches qui doivent l'être de toute façon, quand, séparés de Steiner seulement par quatre mètres carrés de palier, ils regagnent leur propre chambre pendant que de mon côté je passe la nuit dans notre maisonnette d'à côté. Cacher l'affaire du baiser manqué. Mais le baiser ! Se taire sur la cour en règle qui a suivi. Sur l'inexplicable. Sur le piège tendu par Schwanger pour dessiller les yeux de son lieutenant sur mon compte. Qu'il cesse de se raconter à lui-même que ce qui m'aura retenue de répondre à ses avances n'est pas réserve, bonne éducation de ma part mais hostilité bien ancrée contre le militaire allemand en général, et le SS en particulier. Que mes conversations avec lui sont de celles qu'on tient avec l'ennemi pour tromper sa vigilance en attendant du renfort qui permettra de lui faire la peau. Qu'il m'eût échappé que j'y croyais à l'arrivée de ce renfort, ç'aurait été une merveilleuse occasion de me faire la mienne. De dégriser du même coup son imbécile de subordonné. Mentir !

Mentir sur le plus inattendu, le plus renversant. Sur le but, beaucoup plus brève que les précédentes, à la cuisine toujours, de la dernière visite d'Helmut Steiner, le lendemain. Courtois et même flatteur, détendu en apparence, le lieutenant Steiner m'assure que le capitaine Schwanger m'a beaucoup appréciée. Qu'il m'a trouvée très bien, très charmante, très étonnante aussi. Étonnante, et pourquoi donc ? Eh bien il a trouvé que j'ai de l'intelligence et même de l'esprit. Ici le mot de ruse, presque de roublardise utilisé la veille par son supérieur pour me faire sentir qu'il n'était pas ma dupe, ne sera pas repris par mon interlocuteur, soucieux, visiblement de continuer à me ménager. Intelligente et même spirituelle, donc ! Prudente pourquoi pas ? Intimidée pourquoi pas non plus par lui, Helmut ? Par les circonstances délicates en diable ayant entraîné ici, dans cette maison, sa présence s'inscrivant à la charnière d'une inversion des rapports de force en Europe. Encore qu'on ne sait jamais. Que les gens comme lui peuvent encore rêver d'une reprise en main, fût-elle partielle, de la situation. Défiante donc, marchant sur des œufs mais pas forcément hostile à lui. A cette cour à laquelle il se sera obligé pour apprivoiser en moi la femme depuis six jours. Car enfin, qui dit mieux que ce patient hommage rendu par quelqu'un de sa sorte à une petite Française quelconque et sans recours aucun, contre ses entreprises ? Dont il aurait pu, la nuit, forcer la porte sans qu'elle osât sans doute crier. Car enfin, des actes de violence, il en a vu, il en a fait d'autres avec torture, massacre à la clef. Il en fera encore d'autres dans l'âpreté des ultimes combats avant que son Allemagne, celle d'Hitler, de Goebbels déclare forfait. Oui, mais voilà. Il arrive parfois qu'au plus dur du noyau d'une conscience verrouillée, d'une sensibilité cadenassée par le dressage au rituel de la barbarie considérée comme un idéal supérieur, il y ait quelque part une fêlure, une lassitude même. Un besoin, pour celui qu'elle a rendu à l'état de monstre, de jardin secret. D'espoir quasi enfantin, autant qu'inavouable, de pouvoir s'y réfugier. D'y cultiver, innocemment, délicatement la rose, le lys, le muguet. Les eût-on d'abord arrosés du sang des autres.

Au bout d'un quart d'heure d'entretien à peine cette fois, déjà levé, casquette à la main pour signifier que le temps presse, qu'au bout d'une semaine d'attente sous ce toit d'emprunt, les jeux sont maintenant faits, qu'il y aura retraite en direction de l'est et non point ici, combat, yeux rivés à la clarté d'une porte-fenêtre de cuisine et de hasard, à sa flambée de lumière rouge vespérale lui désignant, comme d'un index impérieux la perspective du chemin à suivre en vue d'un dénouement dont il sortira mort ou vif, plus ou moins marqué d'infamie, au gré des derniers sursauts de la fortune des armes, Helmut Steiner aura, sans me regarder une fois encore, prononcé la phrase suivante : « Si vous voulez, puisque ma femme est morte dans un bombardement à Erfurt, nous pourrions peut-être nous marier après cette guerre » et il aura quitté la pièce et la maison pour aller prendre les ordres de Schwanger sans attendre de réponse.

Essayer de récupérer mon souffle. Accuser le choc, l'ébranlement sans perdre la face. Sans lâcher l'aiguille. L'éternelle aiguille. Le fil de la Parque à ne pas rompre. On vient de me demander ma main en somme. Une grande première !

Mâchoires ligneuses, bouche sèche et la salive qui manque.

Et puis encore cette sensation bizarre, déroutante, que j'ai cessé d'être moi. Qu'il est arrivé la même chose à Steiner d'ailleurs. Que cette proposition de mariage sera de toute façon à reléguer à la rubrique des affaires typiquement inclassables.

Pas loin de quinze ans vont s'écouler, avant qu'aussi pétrifiante, alors que la situation est sans commune mesure avec celle d'alors, cette sensation de paralysie faciale ne s'empare à nouveau de moi. Quand, juchée à sept heures du soir, un jeudi, sur un podium à Montmartre chez la mère Catherine, je chanterai pour la première fois mes propres chansons pour une équipe de peintres, de poètes, plus ou moins talentueux, de chaleureux farfelus qui m'ont ouvert leur cercle.

Le retour à la case départ. L'évidence qu'il y a maldonne. Que je ne suis pas seulement cette fille circulant dans l'existence avec une serviette bourrée de livres scolaires, de copies, cette fille laborieuse qui s'efforce tant de donner dans le genre sérieux mais quelqu'un d'autre ! Qui vient d'ôter son manteau bien classique, bien convenable, pour s'asseoir en robe de moire décolletée devant un piano de cabaret. Quelqu'un de fou, de désespéré. Qui depuis des années, peut-être depuis toujours, au sortir même du ventre de sa mère, aura cultivé subrepticement l'idée fixe d'apprivoiser un jour le soleil vert. Avec lui, Ulyssc, avec lui, la mer. Quelqu'un qui, du matin au soir et sans que personne n'y prenne sérieusement garde, pas même elle, marche à côté de ses pompes sans pouvoir faire autrement pour continuer d'avancer. D'aller à la rencontre de la folie des autres. Celle d'une poignée d'artistes, doués ou non, qu'importe. De la complicité de leur folie qui fait écho à la sienne. Celle qui permet de passer aux aveux en ayant l'air de se retrancher plus que jamais dans la fiction. Dans l'art, dans l'écriture, dans le chant. Enfin peu importe le moyen qui vous permet de vous jeter à l'eau pour rejoindre l'autre rive. Parce que enfin c'est décidé, ami ou ennemi, on a pris rendez-vous avec son double. Après, on est différent.

Différent comme j'ai commencé à le devenir à cause de Steiner, à cause encore de ce récital de poésie d'aujourd'hui au café du Commerce me permettant de regarder partir la Mona vers Aulaines, avec les Roulette dedans, avec un autre regard. Si chers à mon cœur, à ma chair, les Roulette et dont je sais que je vais, non seulement les aimer toujours, mais mieux, mais davantage qu'avant. Puisqu'on finit toujours par aimer ceux qu'on aime, mieux et davantage, quand on a pris le parti pour leur bien, leur tranquillité, d'avoir quelque chose à leur cacher. D'assumer, en vivant sa propre vie, ce qu'on appelle les risques du métier.

Voilà, je suis libre. Libre vis-à-vis d'Auguste, de Marthe, vis-à-vis d'Adeline, de Jean. Enfin du monde entier. Libre d'être heureuse ou de souffrir. De gagner ou de perdre. D'accepter mes limites humaines. De faire avec ou de les nier. Pour le reste, pour ce qu'on appelle banalement la réussite et puis encore pour l'amour, je vais voir. Mon double et moi nous allons bien voir. Ce dont j'ai besoin pour l'instant, c'est enfin de me sentir légère. Or, il y a quelqu'un ici dans cette ville qui m'aide à l'être. C'est John. John Urovich de Boston, Massachusetts !

Je ne suis pas amoureuse de Johnny qui ne l'est pas non plus de moi, que je sache. Du reste, je ne lui en demande pas tant. Je désire seulement que, puisqu'il en a pris le pli depuis ce premier bal au camp d'Auvours, il continue à se considérer comme mon boy-friend aussi longtemps qu'il sera au Mans. Qu'avec Humphrey qui vient vers Adeline, il vienne vers moi quand ils ont quartier libre. D'ailleurs, les appartements privés de l'hôtel de la rue de Fleurus leur plaisent, je crois, autant que nous leur plaisons. Avec le vaste salon-bureau à fauteuils clubs et lampadaire coiffé d'un abat-jour en peau de porc. Avec sa baie vitrée donnant sur la rue en pente à haut mur aveugle, surmonté de l'index aigu de deux mélèzes et d'un clocher. Avec la salle à manger moins vaste, plus sombre mais plus mystérieuse aussi à cause de la présence, dans une vitrine d'angle, de porcelaines délicates, bonbonnières, service à café qu'ils admirent en refusant d'y boire, de peur d'en casser une des pièces. Avec sa grande cuisine bourgeoise où l'on peut aussi laver, repasser du linge, coudre à la machine, s'installer familièrement quand au retour de nos promenades en ville du dimanche après-midi, le long des quais ou sur les bords de l'Huisne, Madame Coutard nous fait sauter des crêpes ou cuire des gaufres, à déguster avec de la marmelade de poires ou une giclée de miel.

Pour le reste, chacun sa chacune, et puis voilà. Parce qu'on peut dire tout ce qu'on voudra, même quand on persévère à aimer en secret quelqu'un d'autre, c'est si agréable, si distrayant, alors qu'on a mené, jusqu'ici, une existence si impitoyablement réglée par les rites d'un internat, ceux de l'Occupation, de la pauvreté aussi, d'avoir pour la première fois de sa vie un boy-friend. Même si lui de son côté a le cœur qui bat sans doute pour une autre, très loin, là-bas, du côté de Boston, Massachusetts. Un fascinant boy-friend yankee. Fascinant jusque pour les adultes, hier encore, si à cheval sur les principes, mais qui lui savent tellement gré de les avoir, lui et ses pareils, arrachés aux griffes du nazisme qu'ils souffrent que vous soyez en coquetterie avec lui, sinon davantage. Fascinant pour vous. Lui, ses larges yeux de brume. Ses dents de jeune fauve, si joueur quand il s'y met, si imprévisible de mouvements et qui tourne sur lui-même pour le plaisir de vous faire rire. Son uniforme bien coupé qui le moule, des épaules aux hanches, aux mollets. Ses rangers qui lui font la démarche souple, silencieuse, le coup de talon, de reins, irrésistible, pour vous entraîner sur le miroitement d'un parquet au rythme d'un slow ravageur de suavité, son charme suffocant de musique nègre quand la musique nègre se fait chant des sirènes, justement. Vous êtes en deux-pièces de velours noir et portez, comme Adeline, à l'annulaire, l'un des deux solitaires que Madame Coutard vous a prêtés pour que votre main soit celle d'une reine, enfin d'une jeune femme qui aurait les moyens d'en posséder un. Et vous la laissez traîner cette main sur l'épaule de John qui la soulève de temps en temps pour admirer le diamant. L'étincelant petit diamant d'emprunt monté sur platine que vous arborez pour lui faire honneur et qui vous donne comme au cinéma des airs de couple millionnaire pour danser ensemble : *Amor* et puis encore *I am in love with you.* Enfin le rêve ! Quelqu'un qui, à partir de mai, quand il fait beau, vous promène en bateau sur la rivière Huisne, entre l'échevellement féminin des saules, celui des aulnes gris, musculeux comme des athlètes.

Cette fois, il en est comme dans les nouvelles de Maupassant, dans les tableaux de Renoir, de Degas. Le jeune homme manie les avirons. A chaque fois qu'il les soulève pour que la barque s'ouvre une travée dans l'épaisseur élastique, sournoise de l'eau, son buste se renverse en arrière ; avec lui, sa tête, dont les mâchoires se durcissent, donnent à ses traits, d'ordinaire un peu mous, la raideur angoissée qu'ils auront sans doute quand il aura vieilli. Assise en face de lui dans sa jupe de surah noire rayée de rose qui date de la distribution solennelle des prix, de son année de sixième, en corsage transparent de plumetis, jambes nues dans des sandales à hautes semelles de liège, la jeune fille tient sur ses genoux et contre elle, sa belle veste de soldat qui l'encombrait tout à l'heure pour ramer et son calot de GI. Adeline et Humphrey sont dans une autre barque. De temps en temps, on se fait des signes. Tout va bien.

Il flotte sur la rivière des coulées huileuses de soleil. Des ombres s'y mêlent, s'y enchevêtrent, finissent par former autour de la barque un magma visqueux, une nappe de moire verte, isolant du monde quelques instants, en état silencieux de flottaison à deux, le garçon et la fille.

Un moment que sans doute ils n'oublieront pas puisque ç'aura été comme s'ils s'aimaient.

Surtout ne pas rompre le charme entre John et moi. Du

moins aussi longtemps qu'il sera à Auvours. Ne pas le perdre pour des bêtises, des choses de moi qui pourraient le décontenancer. Lui faire perdre le goût de ce lien fragile : sortir, danser, aller à la foire, au restaurant et même de nous embrasser quand la mère d'Adeline a le dos tourné, qu'elle est occupée, là-haut, dans les chambres ou à tenir ses comptes, à la cuisine. Je suis si bien, assise alors dans le fauteuil club sur les genoux de John qui m'y attire pour me bécoter un peu, en m'appelant my star, avec une de ses mains, la gauche, qui me tient un sein, à travers ma robe. Ce sont là des privautés sans conséquence mais auxquelles je tiens. Parce qu'elles sont sans conséquence justement. Parce qu'il a toujours l'air tellement ailleurs, tellement absent, John, tellement peu désireux d'aller plus loin. Je ne veux pas l'effrayer, John, lui poser des problèmes.

Il faut, par conséquent, qu'il ignore absolument que je suis poète. Que j'ai commis quelques vers brûlants qui se vendent dans les librairies de la ville et font jaser sur mon compte. Je ne veux pas non plus qu'il sache que je suis capable de décrocher un quatorze, parfois un quinze, en philosophie pour avoir su dégager dans ma dissertation (je cite) : « les caractères et le contenu de ce qu'on appelle un sentiment complexe, distinct à la fois de l'émotion et de la pensée », ou « ce qui différencic lc besoin spontané d'imitation chez l'adulte d'avec celui de l'enfant ». De quoi lui faire prendre la poudre d'escampette à John. Il faut qu'il me croie à son aune, à sa pointure, Johnny ! Incapable de tenir dans sa langue, si je la maîtrisais, comme il est incapable d'en tenir une dans la mienne, une conversation qui pourrait approfondir nos rapports. Rieuse, bonne vivante, gourmande de corned-beef, de poulet en gelée, de pâtisseries achetées à la popote d'Auvours, voilà ce qui lui botte. Ce qui lui va. Aimant danser. Gentille cavalière au bal et de flirt à l'occasion. Parce que, tout de même, pour meubler les temps morts, au cours d'une promenade au bord de la rivière, ou au salon rue de Fleurus, ça fait partie du rituel obligé, quelques baisers par-ci, par-là. Et même sur le chapitre, il a sa façon, à lui, Johnny, et qui ne me déplaît pas. Il ôte son calot de GI, me l'enfonce précautionneusement sur la tête, bien droit entre les deux petits nœuds à pois qui me retiennent les cheveux le long des tempes, il ôte mes lunettes qu'il met dans une des poches de sa veste et après il m'embrasse en me tenant à bras-le-corps et en me faisant doucement tourner sur moi-même avec lui, comme si nous étions deux astres de chair en train de se mouvoir au passage sur un même pivot. De cette figure de ballet, de cette esquisse de pariade, immanquablement, il se contente. D'ailleurs, pour y couper court, il se met à siffler, à fredonner n'importe quoi. A me demander si je veux bien lui servir une tasse de café, lui allumer une cigarette ; ce qu'Adeline et moi nous préférerions la prochaine fois qu'il viendra avec Humphrey : aller faire un tour au jardin des Plantes ou dîner en ville chez Emery, une bonne table au Mans où le poisson, qui arrive de nouveau librement, est excellent. Enfin, faute de nous connaître, nous avons trouvé le moyen d'avoir nos habitudes ensemble. Au vrai, nous sommes si bons amis, je crois.

Pas question non plus qu'il apprenne que, depuis novembre 1943, j'entretiens passablement assidue une correspondance avec, inconnu de moi, comme je le suis de lui, Robert L., un jeune étudiant belge en droit (toujours le droit !) à Liège. Un garçon de bonne famille, spirituel, intelligent, de six ans mon aîné, avec lequel sa tante Renée, celle qui m'aura fait chanter l'air de Chérubin à Aulaines, pendant la guerre, en m'accompagnant sur mon piano d'étude, m'a mise en liaison épistolaire. C'est toute une affaire qui occupe souvent mon jeudi après-midi que cette correspondance avec Robert qui la prend, de son côté, semble-t-il, au sérieux. A telle enseigne que sans nous rencontrer jamais, nous tiendrons le coup, Maître Robert L. du barreau de Liège et moi, pendant trois ans. Trois ans d'échanges de points de vue, au fil de la plume sur la vie, la mort, l'amour, la religion, l'argent, enfin, sur tout. Toutes ces merveilleuses élucubrations visées, du moins la première année, au passage de la frontière, par les services de la censure allemande ; leur fatras d'idées scolastiques à nous inculquées par nos maîtres à penser respectifs, mais assorties, heureusement, car nous ne sommes finalement pas bêtes, ni l'un ni l'autre, de réflexions plus personnelles suscitant à l'occasion des confrontations, qui font Robert me taxer d'insolence, me la reprocher encore que toujours de manière charmante quand, se piquant avec moi au jeu d'incarner les chargés d'âme de service, je rue dans les brancards à distance et lui signale que j'entends garder mon libre arbitre. De sorte qu'entre lui et moi le courant passe. Qu'il va passer contre vents et marées au-delà de 1946, jusqu'à ce que nos existences respectives prennent leur élan ailleurs.

Il me souvient d'avoir trouvé, aussi longtemps qu'elle dura, la situation entre lui et moi du dernier romanesque. D'ailleurs elle l'était. Un romanesque à tenir comme tout le reste à l'écart de mes rapports avec Johnny. Tant il est vrai qu'en ce soir de novembre lubrifié de pluie où, après la présentation de ma plaquette de poèmes au café du Commerce, je regagne à pied en tenue de maharané poète, la rue de Fleurus, sous un parapluie, quelque chose me dit qu'à cause d'eux, de leur absence de gravité, d'attachement passionné, et même de vrai désir, je suis en train de jouir des moments les plus insouciants de ma vie sentimentale à venir. Qu'un jour, leur souvenir m'en sera d'autant plus précieux.

Encore que John Urovich de Boston, Massachusetts va, sous quelques mois, me réserver une sacrée surprise !

DÉCEMBRE 46, j'habite Argenteuil chez les Zacarovitz. Chez Nadia. La guerre est ce qu'on appelle finie. C'est-à-dire que les prisonniers français ont pu rentrer dans leurs foyers en plus ou moins bonne forme, que l'horreur à peine crédible des camps d'extermination n'est plus un secret pour personne. Que la population allemande, terrassée par la misère à son tour, vit dans les caves sous les décombres de ses villes. Que lorsqu'ils sont capturés par l'armée soviétique, des dizaines de milliers de militaires allemands, hongrois, autrichiens, roumains sont conduits à la mort à travers la Pologne jusqu'en Russie, vers des camps où ils succomberont à la faim, au froid, aux sévices. Qu'on assassine dans les rues, dans les prisons, les innocents autant que les coupables. Qu'au mépris des accords de Yalta, toute l'Europe de l'Est passe sous dictature stalinienne et qu'entre Alliés obligés, à la veille ou presque de la guerre froide, Berlin avec ses quatre zones d'occupation, l'américaine, l'anglaise, la française, la russe, va devenir le symbole du démantèlement d'une Allemagne placée manu militari sous haute surveillance supranationale.

Signée mai 45 sa reddition, Humphrey, John, avec eux, leurs camarades des services de radio et de télécommunications quittent Auvours pour Berlin.

La séparation aura eu lieu entre nous, non pas sans regrets, mais sans déchirements dévastateurs. Simplement, puisqu'on n'y peut rien, une page agréable à s'obliger à tourner. Et puis encore il y a ce bac philo à décrocher, le coup de collier du mois de juin à fournir pour ne pas le rater, la correspondance avec Robert L. qui continue, toujours aussi gratifiante, affectueuse, hors du commun et, qui perdure, dans les librairies du Mans, le succès de ma plaquette de poèmes qui m'assure ici ou là une sorte de réputation. A telle enseigne que je vais pouvoir rembourser aux Roulette non seulement les frais de son édition mais, quitte de ma dette envers eux, envisager l'achat somptuaire pour ma chambre d'Aulaines d'un « objet d'art ». De certaine statuette en terre cuite qui me fait saliver d'envie, acquise au bazar des Nouvelles Galeries où l'on trouve de tout, de la casserole au mobilier de jardin, au tissu au mètre. Intitulée *Captive* en bas de socle (tout un programme donc), elle figure, assise sur un banc, dans l'attente d'être marchandée pour grossir le harem de quelque redoutable et licencieux potentat d'Orient, une jeune personne n'ayant pour tout vêtement que la draperie d'un turban encadrant savamment ses traits douloureux. Ce qu'on appelle une étude de nu. Mais quel nu ? Eh bien le mien ! Mon nu, par modèle interposé, de maharané poète, exposé fortuitement et sans que j'aie à en rougir, dans une vitrine de rue commerçante entre un lot de fleurs artificielles et un vase d'étain, comme sur un marché de Byzance ou d'Andrinople ; à faire trôner pour cent francs sur le marbre fissuré de l'antique commode bancale Charles X héritée d'Anna, ma bonne grand-mère.

Seconde partie de bac en poche, j'ai décidé Auguste et Marthe, avec l'appui de Maine toujours, à me laisser partir à Paris, pour m'y inscrire en Sorbonne en propédeutique, en vue, l'année suivante, si je réussis les examens de cette période probatoire, de me lancer dans une licence de lettres ou d'allemand. Je ne sais pas encore.

Pour me faciliter matériellement la situation, les parents de

Nadia, donc, m'ont ouvert la porte de leur domicile de banlieue, situé en face de la gare d'Argenteuil qu'ils ont pu réintégrer. Ç'a été très généreux, très amical de leur part, car leur appartement n'est pas très grand. On s'y serre à cause de moi au point que je partage la chambre de Nadia et son lit. D'ailleurs, elle et moi, ça nous arrange. Ça nous permet de continuer à nous raconter des choses, « nos choses », en catimini sous les draps, comme dans la forêt de Bonnétable, ou le long des routes de campagne où nous foncions à vélo. Je me sens bien chez les Zacarovitz, dans cette famille juive où le père s'est abonné au journal de Bonnétable pour ne pas rompre les liens avec un terroir qui lui a été lieu d'accueil. J'aime rentrer chez eux le soir. En faculté, je me sens seule, démunie. A croire que je ne vais décidément jamais me faire à ces lieux pourtant vénérables où l'on vous parque pour que vous y ingurgitiez des connaissances qui, si elles vous aideront à creuser votre trou dans la société du moment, ne vous apprendront pas pour autant à vivre.

Trop vastes les amphis. Leur hémicycle à prodiguer les clartés d'un savoir dispensé par le discours savant d'universitaires chevronnés. Toujours férocement érudits. Distillant l'essentiel de leurs connaissances d'une voix ventrale d'aurochs ou nasillarde de palmipèdes batailleurs, de jars impérieux. De très imposants, très énigmatiques hommes-troncs, derrière leur longue table-pupitre. Trop solennels, trop inhumains les amphis. Trop semblables, avec leurs gradins bourrés à craquer de garçons et de filles, immobilisés, cou tendu, traits durcis par l'attention, à une compagnie de jeunes rapaces voracement figés dans l'attente de pouvoir, d'une seule grande aile monstrueuse, fondre sur les reliefs de la parole nourricière. Toujours en moi cette horreur des foules, de leur anonymat insondable et cruel, fût-il celui de futurs distingués licenciés, voire agrégés de la génération montante. A la vérité, vautour parmi les vautours, je souffre de l'être et, s'il m'arrive d'essayer d'entrer en connivence avec l'un d'eux, de sourire à la fille assise à mes côtés, elle est généralement déjà si pénétrée de son importance à venir qu'elle me tourne le dos pour s'éviter la corvée d'échanger avec moi quelques mots de cordialité qui la distrairaient de son orgueil. Avec les garçons c'est différent. Souvent, ils prennent les devants, vous demandent votre nom, où vous habitez, vous offrent même un café sur le Boul' Mich', ou rue de Cluny. Seulement, généralement, ils vous font, par la même occasion, un rentre-dedans terrible. Ils voudraient vous entraîner dans leur chambre d'hôtel en continuant, le long du trajet et jusque dans les escaliers, à discuter imperturbablement avec vous, de la portée sociale, philosophique, assaisonnée d'ambiguïté amoureuse des lettres de Diderot, adressées à Sophie Volland, de la révolution théologique de la Réforme luthérienne, et tutti quanti et leur attitude m'insupporte. J'ai l'horreur de ces mains qui essaient, sous une table de brasserie, de traîner sous vos jupes, de ces bouches qui essaient de s'agglutiner à la vôtre, tout en maintenant ouvert le robinet à paroles, style intelligentsia, comme si de rien n'était. Que vous n'étiez pour eux qu'une machine dont on vérifie à l'avance l'éventuel bon fonctionnement ; tout en pensant à autre chose. D'ailleurs je suis vierge et si je n'attends plus rien de Jean, si j'ai réussi à tenir Helmut Steiner en respect, ce n'est pas pour me laisser coincer comme ça, bêtement, sur un lit de fortune par un quidam qui me traitera par la suite en vulgaire copine, qu'on peut à l'occasion continuer à s'envoyer sans problème, mieux encore, faire semblant dès le lendemain, de ne pas connaître.

Oui mais n'empêche, quelle solitude, quand même !

Au long des rues qui n'en finissent plus, mises bout à bout, d'être des rues. Dans les métros, dans les trains. Celui du matin, au départ d'Argenteuil. Celui du soir, de la gare Saint-Lazare. Ces marches à monter, à descendre en se frayant un chemin à travers le flux, le reflux de milliers d'êtres humains englués de fatigue comme paquets de mer alourdis de sable. Emmurés, le soir, dans des épaisseurs d'épuisement qui les font s'endormir, bouche ouverte, râlante, tête renversée contre le bois des banquettes d'un train. Sur fond de banlieue mornement crasseuse où l'apparition d'un square planté de marronniers, d'un trio de platanes tient du miracle. Des tristesses que je n'avais pas prévues !

Retrouver les Zacarovitz le soir, quel réconfort ! Ils ont repris, sur les marchés d'Asnières, de Bois-Colombes, d'Argenteuil leur commerce de produits d'entretien. C'est un métier dur, astreignant avec lever à la pointe de l'aube, obligation de se coucher tôt le soir pour tenir. Théo, Adèle, Roger, Nadia, je les regarde vivre. Ils me regardent vivre. Le matin nous courons tous à nos affaires, le soir, c'est différent, nous causons. Avec Théo le père surtout, j'ai de grandes conversations à la cuisine où je me nourris d'œufs au plat, de spaghettis. C'est un homme curieux de tout, aimant lire, s'informer, mais d'un naturel impérieux en particulier avec sa fille qu'il aime beaucoup, gâte en vêtements, en sorties, après qu'elle a fait, avec Adèle sa femme et lui, courageusement le coup de feu sur les marchés mais dont il voudrait régenter l'avenir, celui aussi de Roger, son fils. Comme je ne suis pas sa fille, qu'il n'a pas barre sur moi, nos discussions sont d'autant plus libres que je n'ai pas de vrais comptes à lui rendre bien qu'il ait l'âge d'être mon père. Il m'a, cela dit, toujours tenue pour un phénomène à part. A la fois d'assez bonne compagnie pour que sa fille et moi nous fréquentions, aller jusqu'à m'offrir l'hospitalité chez lui, mais en même temps marginale en diable à force d'idéalisme qui, selon lui, me perdra. Il m'assène au cours d'une confrontation passionnée que nous avons sur le bonheur, que mon « tempérament d'artiste » risque de me jeter, un de ces jours, dans l'amour tête baissée et que j'y laisserai de sacrées plumes. Quelque chose qu'il voudrait éviter à sa fille justement ! Je lui rétorque que les plumes ça repousse et nous finissons par aller nous coucher en rigolant ! Je suis bien au lit avec Nadia. Nous avons tant de souvenirs communs : l'Occupation, la Libération, l'amour du bocage manceau, de ses luxuriances végétales charrieuses d'odeurs, d'insectes, d'oiseaux, des habitudes de culture agreste qui vont de l'art de faire bouillir l'eau d'une lessive dans un chaudron en plein air à celui de danser sous la tente d'une chaumière à la fête des laboureurs. Autant de liens privilégiés entre nous, de passerelles. A peine parfois, au petit matin, une impression d'ailleurs, d'étrangeté, de monde à part quand, encore couchée, j'entends, à travers la cloison, Adèle et Théo se parler yiddish entre eux avant de partir vendre sur les marchés. La sensation pour moi, tout à coup, d'être en marge. Non plus la sédentaire, l'enracinée par vocation, mais la voyageuse, l'émigrée en transit chez les Zacarovitz. Que leur vraie terre, du moins pour eux, qui viennent de Pologne, c'est sans doute cette langue. Celle du cosmopolitisme et de l'enfermement ensemble. Celle d'une errance périodiquement circonscrite de gré ou de force aux limites d'un ghetto. Une manière d'être douloureuse, ambiguë, un malaise permanent qui n'est pas le mien mais que je frôle à le toucher, le faire mien.

Mi-décembre, je rentre à Argenteuil, comme tous les soirs. Nadia est sortie. Imperturbable, impénétrable, Théo m'annonce que j'ai de la visite. Parachuté de Berlin en permission à Paris, un GI, venu sonner à l'appartement après avoir grimpé vaillamment les quatre étages avec son sac de voyage et un appareil photo en bandoulière. Il a pris ses quartiers à l'hôtel de la Gare et je n'ai, si ça me chante de le revoir, que la rue à retraverser. On me tend une clef pour le cas où, si on m'emmenait en conséquence dîner ce soir, je puisse regagner mes pénates sans déranger personne. Aucun autre commentaire. A moi de jouer.

Bon Dieu, les bras m'en tombent !

Est-il possible que John Urovich avec lequel je n'avais pas, c'est vrai, coupé les ponts, à qui j'avais donné ma nouvelle adresse à Argenteuil comme il m'avait communiqué la sienne à Berlin, ce qui nous a permis d'échanger quelques courts messages consistant à nous dire que nous ne nous oubliions pas, étions en bonne santé, regrettions nos joyeuses soirées rue de Fleurus ou au camp d'Auvours, tout cela assorti, en guise de conclusion, d'un tendre baiser, ait éprouvé pareil besoin de me revoir ! A croire que je lui ai manqué. Moi, mes petites lunettes de collégienne, mes boucles d'oreilles en strass, nos tours de piste, joue contre joue, sur l'air d'*Amor, amor*, nos conversations laborieuses, rudimentaires, à grand renfort d'Assimil et de dictionnaire de poche, et ces baisers distraits échangés entre deux portes ou sur ses genoux de militaire spécialiste des télécommunications dans le salon-bureau de l'hôtel de la rue de Fleurus quand nous avions une demi-heure de liberté devant nous. Que les Coutard s'activaient au sous-sol ou bien étaient partis en course dans le quartier.

Bon Dieu, quelle affaire !

Après avoir enfilé une jupe, un pull-over convenables, noué un foulard un peu coquet autour de mon cou, brossé mes cheveux pour qu'ils brillent, je suis redescendue quatre à quatre sans bien savoir ce qui m'arrivait. Où j'en étais. Franchement, j'avais cru ne jamais plus avoir l'occasion de revoir John Urovich de Boston, Massachusetts, et j'en avais pris mon parti, comme on le prend de ne jamais revoir tel lieu de séjour agréable où l'on sait qu'on n'aura plus jamais l'opportunité de revenir. C'est si loin Berlin tout de même. A travers la Prusse, le Hanovre, la Ruhr, entre deux plis de Massif schisteux rhénan, d'Ardennes belges, au travers des plaines de Flandre, de Picardie, combien de dizaines de milliers de tours de roues de machine à broyer la distance, de passages de fleuves, de tunnels, de haltes nocturnes sous des verrières de gare grasses de suie, le long de quais sombres, huileux où chaque voyageur, l'homme, la femme, l'enfant, l'Allemand, le Belge, le Luxembourgeois, qui vous frôle, perturbe votre sommeil profond moitié d'enfant, moitié de GI sur ses gardes, dormant sourcils froncés, calot rabattu sur le front, est un fantôme dérangeant. Qui fait grincer les portes, vibrer, en les ouvrant, les refermant, les vitres des fenêtres de compartiment, se heurter des valises, avec autour de lui, dans une agitation de formes confuses, non identifiables, empaquetées dans des vieux pardessus, des châles, une alchimie d'odeurs de victuailles, de lait tiède et fade pour bébé, de ronflements, de quintes de toux, de crises de larmes de nourrissons, tout cela à endurer pour rejoindre, via Paris, Argenteuil.

Je suis allée à l'hôtel de la Gare. J'ai demandé s'il s'y trouvait bien là, arrivé depuis peu, un soldat américain. On a jeté sur moi, sur ma jeunesse de fille effrontée un regard de biais et l'on m'a indiqué sèchement un numéro de chambre. Pour accéder au second étage, l'escalier résolument étroit et raide, avec, sur le palier, l'ouverture, devant soi, d'un boyau-couloir, son cul-de-sac tapissé d'un papier faux marbre, absolument hors d'âge, n'était pas engageant. J'ai frappé au 17 et j'ai tout de suite eu dans les oreilles, qui disait que si j'étais Annie, je n'avais qu'à entrer, un peu traînante, un peu voilée, la voix de John.

Je suis entrée.

« Je suis content de vous revoir, baby », m'avait-il dit.

Nu sous les couvertures avec ses beaux grands yeux brumeux de jeune juif de Boston, son buste clair aux épaules musclées par la culture physique à son collège, ses vêtements rangés sur une chaise, son sac de voyage kaki de militaire à moitié ouvert sur le parquet à côté de ses rangers, du fond de son lit d'emprunt, John Urovich me dévisageait avec une concentration, un sérieux dont je ne l'aurais jamais cru capable. Du moins avec moi. Quelle heure était-il ? Sept heures, huit heures du soir ? L'heure d'aller dîner n'importe où, à deux, dans un bistrot d'Argenteuil où il y aurait eu les hors-d'œuvre variés et le plat garni, le camembert, la compote, le vin en carafe. De se promener ensuite un peu main dans la main, dans une rue ou une autre. De renouer avec les innocentes habitudes de la rue de Fleurus, avec baisers distraits à la clef sous un lampadaire le long d'un mur de jardin de pavillon avant de s'en aller coucher sagement chacun de son côté.

« Venez vous asseoir à côté de moi, baby, m'avait-il intimé. Vous n'avez pas changé. Toujours l'air grave et gentil en même temps derrière vos petites lunettes. Je voudrais vous embrasser. Je suis heureux que vous soyez là. Et vous, êtes-vous heureuse que je sois là ? »

Donc, nom d'un chien, ça repartait ! Ça repartait comme avec Steiner, comme avec Jean, comme dans ces rêves invraisemblables, fascinants où l'on parle, agit, marche à côté de soi. Où l'on ne sait pas jusqu'où ça ira, cette aventure qui se déclenche. Qui est vôtre et qui ne l'est pas. Qui ne dépend pas même de l'autre qui a les yeux aussi étroitement bandés que les vôtres, de sorte qu'en cherchant à vous rejoindre, vous vous heurterez à vous faire mal. Et je m'étais, pour cette raison-là, entendue répondre d'une voix qui n'était sans doute plus tout à fait la mienne, que oui j'étais heureuse, très heureuse et j'avais obéi à John, c'est-à-dire que j'étais venue m'asseoir sur le lit à côté de lui, dans le désordre d'un drap, d'une couverture usée, d'un vieux couvre-pieds sous lesquels il avait sûrement dormi avant mon arrivée, dont il émergeait jusqu'à la taille, et je l'avais laissé m'attirer dans un fouillis d'étoffes contre sa tiédeur de jeune garçon bien portant, contre sa bouche qu'il avait, après m'avoir entourée de ses bras, seulement placée contre la mienne dans l'attente d'un baiser dont il souhaitait visiblement qu'il vînt de moi. Et puisque je restais là, bouche close contre la sienne, prise entre la stupeur de me trouver seule avec lui dans une chambre, ce qui ne nous était jamais arrivé, et le désir de lui faire plaisir, de nous faire plaisir, comme les mois d'avant, mais jusqu'où ? (car la situation n'était plus du tout la même, à preuve, ce mouvement d'impatience, de virilité aussi avec lequel il m'avait brusquement serrée contre lui, comme pour me réveiller d'un songe qui depuis toutes ces années aurait trop longtemps duré), j'avais su qu'il avait changé de registre. Qu'il se refuserait à continuer à se contenter de jouer à colin-maillard avec moi.

« Annie, j'arrive de Berlin, avait-il scandé d'un ton impérieux, véhément, en m'obligeant à le regarder en face. Berlin est une ville *kaputt*. Une ville dangereuse et triste pour un garçon comme moi. C'était si bien, Le Mans. Une ville que nous n'avions presque pas bombardée, avec de vraies belles rues tranquilles, des églises vieilles comme on n'a pas idée en Amérique et puis la foire devant le théâtre et tous ces tilleuls autour. C'était si bien les dîners avec vous. Avec Adeline, avec Humphrey et quand nous dansions ensemble au camp et les promenades en barque avec ma veste sur vos genoux. A Berlin, j'ai si souvent pensé à vous et j'ai aussi pensé que j'ai été tellement bête d'avoir eu peur de vous, parce que vous êtes, comment dire, bien élevée ; qu'Adeline m'avait raconté que vous étiez bonne élève au lycée, que vous écriviez des poèmes qui faisaient parler de vous en ville, aussi que vos parents avaient eu beaucoup de mal à se décider à vous laisser sortir avec un soldat américain. Maintenant je vois les choses autrement. Je pense que c'est sans importance que vous alliez à l'université et que je n'y sois jamais allé. Que mon job à Boston comme à l'armée soit seulement de taper à la machine et de répondre au téléphone. Que cela ne doit plus m'empêcher de vous demander que vous veniez vous mettre dans ce lit avec moi et que nous passions ensemble ma semaine de permission. Que nous la passions aussi à nous promener dans Paris, à prendre des photos le long de la Seine. Aussi de vous, toute nue, c'est un de mes rêves, baby, OK ? Demain je trouverai un meilleur hôtel. J'ai ce qu'il faut d'argent pour nous deux, vous savez. Pour aller dîner, danser aussi. Vous êtes si douce, baby, quand vous le voulez. »

Sacré Johnny ! Époustouflant Johnny quand même ! Jamais je ne l'aurais cru capable, après des mois de flirt sans conséquence avec moi, de se jeter de Berlin dans un train avec ce qu'il fallait de dollars, de linge de rechange, de provisions de pellicules pour photographier Notre-Dame, la tour Eiffel et moi, en tenue d'Ève. D'avoir monté tout un programme de festivités parisiennes assorties de réjouissances charnelles où nous avalerions, en sept jours, les bouchées doubles pour rattraper le temps perdu ! Et cette petite garce d'Adeline qui avait fini par lui vendre la mèche au sujet de mes poèmes, pour mieux geler nos rapports, sans doute, s'offrir le plaisir de le voir me laisser tomber !

Maintenant que je l'avais devant moi, désarmant de sincérité, de vrai désir, beau comme un ange made in USA, dents blanches, costaud et tellement moins bêta, plus réfléchi, plus capable de lire en lui-même et sans doute en moi que je ne l'avais supposé, la colère m'avait prise. Bien moins contre lui au fond, sa nouvelle façon cavalière de jouer cartes sur table avec moi, de me promettre du bon temps, sans me parler d'amour, contre Adeline, mais contre moi. Car enfin, c'était terrible de s'entendre dire, fût-ce en sabir franco-anglais, celui de John, le mien, qu'on pouvait être, malgré soi, pour cause ou de sensibilité artistique ou de quotient intellectuel honorable ou les deux ensemble, intimidante à ce point-là. Est-ce que cette mise en échec involontaire de ma part du rapprochement amoureux, ce barrage entre le monde masculin et moi allait durer dans l'avenir ? Tu as trop de personnalité, me rabâchait Marthe. Tu t'exprimes avec trop de force. Les jeunes gens n'aiment guère cela. Peut-être qu'elle voyait juste, Marthe. Que c'était aussi pour cette raison que Jean, bien que je l'eusse toujours abordé avec un masque de retenue, de pondération, n'avait jamais eu l'envie de tomber un peu amoureux de moi. Et si c'était celle qui faisait qu'un garçon comme Robert L. prenait intérêt et plaisir à s'entretenir par lettres avec moi, alors je n'en avais pas fini avec ces conversations, ces discussions à perte de vue entre les hommes et moi qui me traiteraient en interlocutrice valable, en oubliant que j'étais peut-être aussi une femme capable d'abandon, d'élan charnel non prémédité, sur fond de tendresse. L'ironie du sort ayant été jusqu'ici, que celui qui s'en fût avisé, au premier coup d'œil, en me découvrant, pourtant tendue terriblement et sur mes gardes, dans ma robe de cotonnade rose délavée par les lessives, sur le seuil d'une pauvre école de village, eût été Helmut Steiner. A cause duquel, si pareil malentendu avec les hommes devait perdurer, ç'allait être le grand scandale de ma vie qu'un exécutant des basses œuvres hitlériennes qui, à tout moment, pouvait me tenir au bout de son fusil, eût été le seul à comprendre de quoi il pouvait retourner avec moi. Qui, s'il l'eût fallu, m'aurait tuée mais, avec au fond de lui quelque chose qui aurait ressemblé, même fugitivement, à de l'amour. L'amour ! C'est-à-dire ce qui fragilise et donne tant de force au rapprochement entre un homme et une femme, les transforme en otages l'un de l'autre. Que cela leur plaise ou non.

A cause de cette colère donc, que je nourrissais, secrètement, et depuis longtemps contre moi, contre ce caractère trop bien charpenté qui m'encombrait, empêchait qu'on s'avisât des ressources d'abandon de ma féminité, j'étais montée absurdement sur mes grands chevaux. Alors que j'étais au fond tellement bouleversée de découvrir un autre John, tellement plus résolu, plus hardi que je ne l'avais cru. Un John décidé à revenir vers moi en amant.

Refusant de rester entre ses bras, d'ôter mes vêtements, je m'étais mise à tourner furieusement du lit à la fenêtre, de la fenêtre au lit en criant presque (en sabir franco-anglais toujours) que pourtant, à Berlin, pour faire l'amour aussi facilement qu'on boit un verre, se laisser photographier nue, ce n'était sûrement pas les filles qui manquaient. Les secrétaires, les interprètes bilingues, trilingues, les infirmières, enfin tout le personnel féminin des armées américaines avec lequel on peut parler sans problème, sans dictionnaire, s'amuser au milieu des ruines d'une capitale d'Europe réduite en cendres, comme si on était chez soi, en Amérique. *At home.* Et puis il y avait les Allemandes.

Celles qui avaient survécu aux bombardements, aux combats de rue, à leur terreur ; à leur passé plus ou moins façonné par le nazisme. Des filles qui vivaient dans les baraquements, dans les caves, avaient froid et faim. Des filles orphelines devenues à leur tour les victimes de l'heure, prêtes à vendre leur âme pour du lait, des œufs, de la farine, du chocolat, à tous les John Urovich des États-Unis qui ont décidé de se donner du bon temps en attendant de rentrer chez eux. De retrouver leur girl-friend de Boston.

« Taisez-vous maintenant, Annie », m'avait-il intimé sur un ton de commandement dont j'avais également cru ses vingt-deux ans incapables et puisque c'était en effet un ordre dont il s'agissait, excédé, péremptoire, qui l'avait, en me le donnant, si violemment dressé sur son séant que j'avais craint qu'il ne jaillisse hors du lit pour me gifler, comme on gifle une gamine effrontée qui prend plaisir à vous humilier (et alors quel aurait été le dénouement de pareille scène, de la révélation de sa nudité complète, émouvante : une fuite éperdue de ma part dans les escaliers ou au contraire, ouverts puis refermés sur lui, mes bras, comme autrefois, enfant, je les ouvrais, pour les refermer sur le tronc des arbres ?), je m'étais tue en effet et même, prise entre deux feux, celui de la pudeur et de la chaude tendresse sensuelle qui s'était bel et bien emparée de moi à son égard, dès mon entrée dans cette ridicule petite chambre d'hôtel de second ordre, j'étais revenue auprès de lui, j'avais passé un bras sous le sien, emprisonné sa main dans la mienne pour ne pas rompre aussi bêtement les ponts. Nous redonner, qui sait, une seconde chance de redémarrer autrement en douceur. Aussi pour qu'il prît conscience que, non seulement jeune fille mineure, j'avais des comptes à rendre à ma famille, aux adultes qui m'hébergeaient mais que je ne pouvais pas tout bonnement m'accommoder de l'aventure aussi brève qu'improvisée qu'il me proposait, fût-elle selon lui la conséquence naturelle de nos caresses passablement innocentes de la rue de Fleurus. Et même, pour lui expliquer que j'étais étonnée, si étonnée qu'il veuille que j'entre dans ce lit tout de suite avec lui, qu'il ne m'avait pas habituée à cela au Mans, que nous pourrions peut-être nous contenter de sortir ensemble cette semaine quand il le voudrait, aussi de nous embrasser comme autrefois et que bien sûr, pour le reste, faute d'aller plus loin, il n'aurait aucun compte à me rendre, je l'avais appelé « Johnny, mon cher petit Johnny, mon doux cœur », en lui demandant de me pardonner ce que j'avais dit tout à l'heure. Qu'il lui fallait seulement comprendre que je n'avais jamais vécu ce genre de situation. Que ce n'était pas mensonge de ma part mais vérité pure.

De nouveau, il m'avait ceinturée à pleins bras. Il avait parlé bas lentement, contre mon cou, dans mes cheveux, de cette voix chantante, enrouée qui le rendait si touchant, si attractif et de sa bouche fiévreuse, tellement plus fiévreuse que le souvenir que j'en avais gardé, il était sorti des paroles étonnantes que je n'allais jamais oublier.

« Annie, vous me dites que vous n'êtes pas habituée à ce genre de situation, je vous crois. Moi non plus je ne le suis pas. Et c'est pourquoi, justement, nous devons aller plus loin ensemble vous et moi. Je vous le répète, Berlin est une ville dangereuse, une ville triste pour un garçon comme moi. Les femmes là-bas le sont souvent aussi et puis souvent elles boivent. Elles se mettent à rire comme des folles, elles vous regardent comme si vous étiez une assiette de corned-beef, une bouteille de whisky et je n'aime pas cela. Il y a quelque chose sur moi qu'il faut que vous sachiez, que je vais vous avouer parce que je sais que vous ne vous moquerez pas de moi. Jamais je n'ai fait l'amour avec aucune femme, en Europe, en Amérique non plus. Les prostituées aussi me font peur. Je ne veux pas sortir de l'argent comme ça sur une table avant de me jeter sur quelqu'un. Je dois aussi vous avouer que les camarades se sont toujours foutus de moi à ce sujet, sauf Humphrey, et c'est pour cela que j'aimais bien que nous sortions tous quatre avec Adeline et vous mais il est rentré chez lui, à Philadelphie, et maintenant, je me sens seul. Alors j'ai pensé à vous et cette idée m'est venue que vous aussi vous n'aviez peut-être jamais fait l'amour avec personne. Qu'à la place, comme on me l'avait dit, vous écriviez des poèmes, comment les appelle-t-on dans ces cas-là, romantiques ? Et puis si souvent je me suis souvenu, dans les boîtes de nuit où il y avait des filles qui venaient vers moi, essayaient de dénouer ma cravate pour me faire comprendre qu'on pouvait les avoir pour une demi-cartouche de Camel, deux ou trois boîtes de conserve de viande, de poisson, du chocolat, comme vous m'aidiez si gentiment à poser mon calot sur votre tête et me laissiez ôter vos lunettes avant que je vous embrasse. Alors dites-moi la vérité, baby. Dites-moi si vous avez maintenant un autre boy-friend. Soyez sincère avec moi. »

Je l'avais été. C'est-à-dire que continuant à garder ses doigts dans les miens, je lui avais dit la vérité. Qu'en effet, non seulement je n'avais pas pris de boy-friend à l'université, mais que je n'avais encore, de ma vie, couché avec personne de mon côté. Mais tout le reste, le rêve longtemps caressé de toucher le cœur de Jean et qui était la clef de cette *poetry* dont il avait décidé qu'elle devait cesser d'être un obstacle entre nous, et les rapports si hallucinants qui s'étaient noués quelques jours avant la libération de mon terroir d'enfance par des GI comme lui, entre Helmut Steiner et moi, je le lui avais tu.

Alors il s'était réjoui de cet aveu de virginité censé nous mettre à égalité de jeu et ses grands yeux de sémite d'un noir opaque s'étaient mis à briller de l'intérieur, à prendre l'éclat du jais.

« Vous voyez bien, baby, que j'ai eu raison de faire ce voyage pour vous retrouver. Chérie, nous devons faire l'amour ensemble. Nous saurons bien ne pas nous faire du mal. Nous y prendre doucement, tranquillement, l'un avec l'autre. Ne pas avoir peur. Vous de moi. Moi de vous. Ce sera un si joli souvenir après, pour vous et moi. »

John. Mon petit John de Boston, Massachusetts.

Quel coup de reins m'obligeant à serrer les dents, me blessant l'échine comme d'un gourdin ne m'avait-il pas fallu fournir pour échapper à la tentation d'aller à la rencontre de ce corps chaud de sève qui avait résolu de faire confiance au mien. A la capacité du mien d'inventer un langage qui nous dispensât l'un et l'autre de nous empêtrer dans l'inextricable filet des mots, ceux qui nous manqueraient forcément toujours pour que nous puissions entrer dans le fleuve insondable de l'amour, y perdre pied ! En même temps, j'avais bafouillé que je devais m'en aller. Que je ne pouvais pas dormir ici, ne pas rentrer chez les Zacarovitz, les mettre, en découchant, dans un embarras terrible vis-à-vis de ma propre famille.

Pour ne pas voir surtout, ne pas voir la tête qu'il faisait. Que John Urovich devait faire pendant qu'il m'entendait dégringoler les marches d'un escalier dont la raideur était celle, ou presque, d'une échelle de meunier. Et tout ce désordre dans ma tête, dans mon corps. A la frontière du cœur. Cette rue à traverser une seconde fois au pas de course sur le coup de neuf heures du soir, comme s'il y avait le feu. Le feu à l'hôtel de la Gare et que si je ne prenais pas à la seconde du champ, si je ne trouvais pas le moyen de rejoindre Adèle et Théo dans l'immeuble d'en face, pour échanger avec eux les plaisanteries de rigueur sur l'avantage d'avoir un boy-friend qui a de la suite dans les idées au point de venir vous rendre visite à Argenteuil, de vouloir profiter de sa permission pour sortir avec vous dans Paris, etc., j'étais fichue, j'étais cuite.

Et pourtant ! Au beau milieu de l'avenue, j'avais tout à coup cessé de courir. Je m'étais mise à me parler toute seule, à me traiter d'imbécile, à m'accuser de manquer de courage et j'avais bel et bien failli remonter les escaliers de l'hôtel de la Gare.

A la gare de l'Est, une gare que je n'avais encore jamais vue, jamais empruntée, avec son hall presque taillé au carré, sa succession de guichets à gauche, de bureaux de renseignement, de salles de consigne et d'attente à droite, on a en face de soi, au fond, tout de suite les trains. Leur mise sur rails en direction d'Alsace, de Lorraine, de Munich, de Vienne, de Varsovie, de Moscou. Une gare à soldats qui partent tuer ou se faire tuer, ce sera selon. A émigrés transfuges de tous poils. A victimes et bourreaux de toute provenance tentant d'échapper à l'infernal creuset d'un monde germano-slave imprégné d'orientalisme diffus, nourri de haines tribales où l'on survit à couteau tiré, une gare qui ressemble au destin, je suis venue faire mes adieux à John Urovich qui regagne après une semaine de congé à Paris son poste de GI dans le secteur occidental de Berlin.

La carte postale en couleurs représentant l'Arc de triomphe que j'ai reçue de lui avant-hier stipulait la date, l'heure exactes de son train pour l'Allemagne et rien d'autre. Depuis notre entrevue à l'hôtel de la Gare, nous ne nous sommes pas revus et j'avais fait mon deuil de recevoir de lui le moindre signe de vie.

Avec seulement une tranche de mauvais cervelas et une ration d'épinards dans le ventre, ingurgités à midi au foyer-restaurant d'étudiants de la colline Sainte-Geneviève, avec les pieds qui me font mal, d'avoir, dans de méchants souliers, beaucoup marché dans les puanteurs du métro, le bras gauche engourdi par le port de ma serviette où bringuebalent pour mon souper un paquet de pâtes Lustucru et quelques mandarines au milieu de mes cahiers de cours, d'un exemplaire de la *Rodogune* de Corneille de chez Hachette et d'une édition achetée d'occasion de *Jacques le Fataliste* de Diderot, arrivée trente minutes avant, fixée à vingt-deux heures quinze, l'heure du départ du train pour Paris, Cologne, Dortmund, Magdebourg, Berlin, j'arpente lentement, anxieusement, wagon après wagon un quai grumeleux comme passé grossièrement au goudron. Bientôt, amplifiée par un haut-parleur, jaillie on ne sait d'où, à hauteur de verrière, étrangement anonyme, étrangement calme, il y aura une voix pour demander qu'on ferme les portières, annoncer que c'en est fait. Que celui ou celle qui s'en va, vient de consommer avec l'autre, les autres, avec soi, définitive ou non, une rupture.

Si « partir est mourir un peu » mais il se trouve que rester, ce qui sera mon lot, est, bien plus qu'on ne le croit, la même chose, nous y voilà, Johnny.

Je viens enfin de le découvrir en milieu de rame accoudé à la fenêtre de couloir dont il a abaissé la vitre, pour ne pas me rater, sans doute, au cas où, contre vents et marées, contre malentendus entre lui et moi, je passerais outre, et viendrais lui dire au revoir. Il a comme toujours sur ses cheveux sombres coupés court et qui lui ourlent les oreilles son calot de GI planté bien droit sur le crâne à la façon d'un troufion de province française d'avant-guerre. Je suis venue, Johnny, pour découvrir une dernière fois dans ton visage mat, enfantin, l'interrogation de tes yeux opaques posés sur moi, sur mes allures, bien que je sois ta cadette, de jeune femme qui te serait une sœur, une amante aînée, qu'importe, et qui, pour le reste, s'active dans la vie, le cartable d'une main, le parapluie de l'autre, à faire la chasse aux idées. Les reçues. Celles qu'on lui suggère dans les amphithéâtres de la Sorbonne et les autres. Celles qu'elle a décidé de découvrir toute seule pour en faire son bastion privé. Je suis venue parce que depuis six jours, je suis à cause de toi, totalement désemparée. Que j'ai découvert qu'au-delà de tout ce que je vais continuer à ignorer de toi, j'ai mis le doigt sur ta vertu cardinale : cette absence de rancune à mon égard, ce côté fair-play rarissime chez les très vaniteux, très narcissiques êtres humains. Et puis encore, à cause, si désarmante, si tentante qu'elle aura été, pour moi, et qui ne m'arrivera pas deux fois, cette offre que nous passions ensemble le cap de la virginité. Qu'as-tu fait de ta semaine, Johnny ? Peut-être as-tu pris ton parti d'aller chez les filles, celles des rues chaudes entre Pigalle et Clichy ou à la Madeleine. A tout le moins d'en soulever une, au cinéma, le long des quais, au dancing. Une gentille Parisienne délurée, profitant de son jour de congé pour se donner un peu de plaisir, se laisser photographier nue comme j'aurais dû y consentir, si j'avais été une vraie girl-friend, une amie sur laquelle on peut compter.

Je t'ai déçu, Johnny, je le sais bien, mais tu verras, ça va passer. Déçu qu'après avoir voulu me faire beaucoup d'honneur en somme, en me proposant un si joli marché, j'aie cru bon de t'envoyer paître. Si seulement l'idée t'était venue, enfin la ruse, la rouerie, d'insinuer dans cette chambre d'Argenteuil que tu m'aimais, que tu avais découvert que tu m'aimais, alors j'aurais pu faire semblant d'y croire, me trouver un alibi pour me laisser aller. Car tu n'as pas idée non plus (mais quels hommes l'ont ?) comme les filles de mon espèce, les réputées studieuses, bûcheuses, même quand, par-dessus le marché, elles écrivent de la *poetry*, sont des sensitives effrénées, d'impénitentes sentimentales. Comme elles vivent dans l'attente que le plaisir charnel soit à la mesure de leur espérance d'être aimées.

Comment les choses auraient-elles tourné entre nous si je m'étais glissée dans ce lit auprès de toi à l'hôtel de la Gare d'Argenteuil, nous n'en saurons jamais rien. Est-ce que c'est si important d'ailleurs que nous puissions à cette heure où tu t'en vas, et pour toujours, je crois, en avoir le cœur net ? L'important c'est que tu m'aies demandé d'assister à ton départ à la gare de l'Est, et que je sois venue. Et puis qui donc a jamais le cœur net de qui ou de quoi que ce soit ? Embrassons-nous, Johnny, comme si nous étions rue de Fleurus. Tournons une dernière fois sur nous-mêmes au bord de ce quai, ton calot sur ma tête, mes lunettes dans ta poche, mon cartable, mon parapluie qui godillent le long de tes hanches. Soyons une dernière fois d'insouciantes petites planètes jaillies d'un système solaire que personne ne connaît, ne connaîtra jamais.

Tu t'en vas, Johnny. Tu lèves l'ancre. Et maintenant que le train s'ébranle, le baiser que je t'envoie, te souhaite, à travers lui, tout le bonheur du monde. C'est fini entre nous, je crois.

Qui étais-tu, Johnny ? Qu'attendais-tu vraiment de moi ? Je ne sais pas. Je n'en saurai jamais rien. Je ne saurai jamais non plus qui était Jean, qui était Steiner, le redoutable Helmut Steiner, et même déjà quelque chose me dit qu'à l'avenir, je ne saurai jamais pour de bon quoi que ce soit de personne d'autre. Pas même de moi !

DU MÊME AUTEUR

Grand Prix de la Société des Gens de Lettres
pour l'ensemble de son œuvre

ROMANS

Nous autres les Sanchez, Denoël, Folio.
Histoire d'une salamandre, Denoël.
Les Faiseurs de chance, Denoël, Prix des Écrivains de l'Ouest.
Je m'appelle Jéricho, Denoël, Folio.
Les Feux de la Chandeleur, Denoël, Prix des Libraires.
Le Nègre de Sables, Denoël, Folio.
Comme l'or d'un anneau, Denoël.
L'Empire du taureau, Denoël, Folio.
Pour le plaisir, Denoël.
Le Clown de la rue Montorgueil, Denoël.
Le Rendez-vous de Strasbourg, Denoël.
Dame suisse sur un canapé vert, Grasset, Livre de Poche.
La Colline d'en face, Balland, Livre de Poche.
La Route vers la fiancée, Albin Michel, Livre de Poche.

POÉSIE

Écrit pour l'âme des cavaliers, Seghers.
La Musique du feu, Denoël.
52 poèmes pour une année, Éd. Ouvrières.

THÉÂTRE

Attila Dounaï, Denoël.

La composition de cet ouvrage
a été réalisé par I.G.S. Charente Photogravure,
l'impression et le brochage ont été effectués
sur presse Cameron dans les ateliers
de ***Bussière Camedan Imprimeries***
à Saint-Amand-Montrond (Cher),
pour le compte des Éditions Albin Michel.

Achevé d'imprimer en décembre 1996.
N° d'édition : 15914. N° d'impression : 4/1124.
Dépôt légal : janvier 1997.